La cartera

NEFELIBATA

FRANCESCA GIANNONE

La cartera

Traducción de Maribel Campmany

Duomo ediciones

Barcelona, 2024

Título original: *La portalettere*

Primera edición: agosto de 2024
Quinta edición: enero de 2025

Duomo ediciones es un sello de Antonio Vallardi Editore S.u.r.l.
Pl. Urquinaona 11, 3.º 1.ª izq. Barcelona, 08010 (España)
www.duomoediciones.com

Gruppo editoriale Mauri Spagnol S.p.A.
www.maurispagnol.it

ISBN: 978-84-19834-22-5
Código IBIC: FA
DL: B 4.108-2024

Diseño de interiores:
Agustí Estruga

Composición:
Grafime S. L.
www.grafime.com

Impresión:
Grafica Veneta S.p.A. di Trebaseleghe (PD)
Impreso en Italia

A mi hermana Elisabetta.
Donde tú estés, estaré yo.

Deborah: ¿Has esperado mucho?
Noodles: Toda la vida.

De *Érase una vez en América* (1984),
de Sergio Leone

PRÓLOGO

13 DE AGOSTO DE 1961

Lizzanello (Lecce)

—¡La cartera ha muerto!

La noticia se propagó como un relámpago a través de cada calle y callejón del pueblo.

—Pues al final sí que ha estirado la pata —comentó doña Carmela, asomando la cabeza por la puerta con aspecto somnoliento. El cerco negruzco de rímel del día anterior se le había quedado pegado en las arrugas de debajo de los ojos.

—¡Descanse en paz! —replicó la vecina de enfrente vestida con una bata, y se santiguó.

—Ya decían que no se encontraba bien —se entrometió otra desde el balcón—. Hacía tiempo que no se la veía por ahí.

—Los bronquios, he oído decir —puntualizó una mujerona que estaba barriendo el umbral de su casa.

—Tenía la enfermedad de los carteros —explicó la del balcón—. ¿Os acordáis de Ferruccio? Él también murió joven.

Doña Carmela hizo una mueca.

—Voy a planchar el vestido de las fiestas —dijo.

Y volvió a entrar.

En otra casa no demasiado distante, donde terminaba el núcleo habitado y comenzaban los olivares, Giovanna estaba sentada a la mesa de la cocina y derramaba lágrimas sobre una postal fechada el 22 de mayo de 1936. La dobló por la mitad, se la metió en el hueco de los senos y salió.

Según las últimas voluntades de Anna, el velatorio se había dispuesto en el jardín de granados y albahaca, en la parte trasera de la casa. El mortero, que se trajo desde Liguria hacía casi treinta años, se lo habían puesto al lado del féretro, en el que había dos pares de calcetines de recién nacido, uno rosa y otro azul, y el anillo de boda de Carlo, que Anna había insistido en llevar consigo, colocado en el dedo encima de su alianza. No necesitaba nada más para despedirse de la vida, dijo pocas horas antes de expirar.

Roberto se balanceaba cerca del ataúd, fumando un Nazionali sin filtro tras otro. Su mujer, Maria, estaba sentada en una de las sillas de mimbre que hacían de escudo al féretro, pero no dejaba de moverse. La tripa de nueve meses la estaba haciendo sudar de manera desmesurada; si era una niña, iba a llamarla Anna, como había prometido.

La procesión de hombres y mujeres venidos a expresar sus condolencias había empezado ya con las primeras luces del día. «Menos mal que he preparado termos de café en abundancia», pensó Maria, cambiando de posición por enésima vez. En ese instante entró, compacto, el grupito de mujeres capitaneado por Carmela, envuelta en un vestido azul marino, el pelo peinado en un moño y una gruesa línea de lápiz negro en los párpados. Como una prima donna, sacó pecho y avanzó hasta el ataúd, orgullosamente consciente de las miradas curiosas que, como moscas, se le quedaban pegadas. El beso dirigido a la difunta, el apretón de manos a Maria, el abrazo a Roberto: una interpretación magistral.

Le birló la escena la llegada de Giovanna, que entró de sopetón y se lanzó hacia Anna, abrazándola y besándole la cara tanto rato que incomodó a todos los presentes.

—Siempre ha sido rara, esa —murmuró alguien.

A continuación, Giovanna se incorporó, se sacó la postal del hueco de los senos, la desplegó y se la dio a Roberto, que acababa de encender otro cigarrillo.

—¿Qué es? —preguntó él, dándole vueltas entre las manos.

—Lee —respondió Giovanna, secándose los ojos.

—«Muchos saludos a todos» —leyó Roberto.

A continuación, se quedó mirando a la mujer, perplejo.

—No, ahí no. Aquí, ¿lo ves?

Giovanna posó un dedo en la esquina superior derecha.

Roberto se fijó en que los sellos habían sido arrancados y dejaban al descubierto una serie de minúsculas palabras.

—Fue idea de tu madre —explicó Giovanna con la voz quebrada—. Solo a ella podía ocurrírsele una cosa así.

Roberto se acercó la postal a los ojos y se esforzó en descifrar lo que había escrito. Seguidamente miró a Giovanna, confuso.

—Me hacía escribir un mensaje secreto para mi enamorado y después pegaba los sellos encima —explicó ella—. Nos escribimos durante años.

Roberto esbozó una sonrisa y se dispuso a devolverle la postal, pero Giovanna lo detuvo.

—No, esta debes guardarla tú —insistió, posando su mano sobre la de él—. De recuerdo.

—Está bien —aceptó Roberto. Y, mientras miraba a Giovanna alejarse renqueando, dobló la postal por la mitad y se la metió en el bolsillo lateral de la americana.

En ese momento, una anciana de cara redonda y espesos cabellos canos recogidos en una coleta que le caía a un lado se acercó y dejó un jarrón de flores blancas a los pies del ataúd.

«Quién sabe si vendrá el tío Antonio», pensó después Roberto, tirando la colilla al suelo. Se preguntó si ya habría leído la carta. «Llévasela a tu tío en cuanto yo ya no esté», le había pedido su madre, entregándole un sobre blanco cerrado.

Anna y Antonio no se hablaban desde hacía nueve años, después de aquella noche.

¿Cuán tenaz puede ser el amor que cede ante el odio?

PRIMERA PARTE

JUNIO DE 1934 – DICIEMBRE DE 1938

1

Lizzanello (Lecce)
Junio de 1934

El autobús de línea azul oscuro, destartalado y oxidado, se detuvo chirriando en el asfalto ardiente de primera hora de la tarde. El viento, húmedo y bochornoso, hacía ondear las hojas de la gran palmera que se alzaba en el centro de la plaza desierta. Los tres únicos pasajeros que había a bordo bajaron: Carlo el primero, con el puro apagado entre los dientes, vestido de punta en blanco con chaleco y los *oxford* de piel marrón bien lustrados, impolutos después de un viaje que, primero en tren y después en autobús, había durado dos días. Se atusó el bigote y, con los ojos cerrados, se embriagó de ese aroma especial que siempre había tenido su pueblo, una mezcla de pasta fresca, orégano, tierra mojada y vino tinto. Cuánto lo había echado de menos durante sus años en el norte, primero en Piamonte y después en Liguria; en los últimos tiempos, la nostalgia que siempre había sentido se había vuelto constante, dolorosa, como un peso en el pecho. Se quitó el sombrero de fieltro y lo usó a modo de abanico, pero solo consiguió mover el aire caliente. En verano, el siroco que soplaba de África era tan despiadado como recordaba.

Anna lo percibió en cuanto puso un pie en el suelo. Llevaba un vestido negro largo, señal del luto que se obstinaba en mantener desde hacía ya tres años, y sostenía a duras penas a Roberto, un niño de un año de mirada avispada.

Carlo alargó la mano para ayudarla, pero Anna sacudió la cabeza.

—Ya me apaño —dijo sin poder disimular su enojo.

La alegría de Carlo, su entusiasmo, como si por fin le hubieran devuelto su juguete favorito después de un largo castigo, le resultaba incomprensible. Ella solo quería dormir: había sido un viaje agotador. Observó la plaza, el extraño amarillo pajizo de los edificios, los letreros descoloridos de las tiendas, la torre gris del robusto castillo. Era el nuevo decorado de su vida, y era todo tan distinto a lo que conocía... En ese momento se dio cuenta, con una punzada en el pecho, de lo lejos que estaba su Liguria, su Pigna tendida sobre la colina, sus bosques de castaños.

—Antonio ya debería estar aquí —refunfuñó Carlo, mirando a su alrededor—. Sabe que el coche de línea llega a las tres. —Levantó los ojos hacia el gran reloj del ayuntamiento—. Y son las tres y cuarto...

—No me sorprendería que por estas tierras los relojes se movieran a cámara lenta —respondió Anna, secando con el puño del vestido la frente sudada de Roberto.

Carlo le dirigió una mirada divertida y, a continuación, negó con la cabeza, riéndose; de su mujer le gustaba todo, incluso su afilada ironía.

—¡Aquí está! —exclamó Carlo, mostrando una amplia sonrisa.

Corrió a su encuentro. Le echó los brazos al cuello a su hermano, lo abrazó con fuerza y, a continuación, le saltó encima, de tal modo que Antonio perdió el equilibrio y estuvo a punto de caerse.

Anna observó a los dos hombres que reían como niños y no se movió; ese momento debía pertenecerles solo a ellos. No pasaba un día en que Carlo no nombrara a su hermano: «Antonio pensaría esto...», «Antonio haría aquello...», «¿Te he contado alguna vez aquel día que Antonio y yo...?». A pesar de los años que llevaban viviendo alejados, que habían llenado con paquetes de viandas y aceite de oliva que llegaban puntualmente desde el sur, junto con postales, cartas y telegramas, su relación no se había resentido; es más, parecía que se hubiera reforzado.

Carlo agarró a Antonio por el codo y lo arrastró hasta Anna.

Era impresionante lo mucho que se parecía a su marido, pensó ella cuando lo tuvo a un palmo: el mismo rostro afilado, solo que con alguna arruga más y sin bigote, las mismas pupilas negras como la noche, la punta redonda de la nariz, el labio inferior apenas más turgente que el superior..., como un cuadro reproducido fielmente a partir del original.

—Ella es mi Anna —dijo Carlo, muy contento—. Y este niño precioso es tu sobrino. Por fin lo conoces.

Antonio sonrió, cohibido, pero enseguida alargó la mano y Anna se la estrechó débilmente. Aunque la mirada no, pensó ella, no tenía nada que ver con la de Carlo, tan astuta, de seductor. Los ojos de Antonio eran intensos y melancólicos y, en ese momento, parecía que la estuvieran escarbando por dentro. Anna sintió que se ruborizaba y apartó la mirada. «¡Ya está, me he puesto colorada, diantre!», pensó.

Antonio también desvió la mirada.

—Yo soy tu tío —le dijo después a Roberto con una sonrisa, acariciándole la cabecita.

El oro de la alianza reflejó la luz del sol. Todavía con los ojos bajos, Anna le pasó al niño.

—Pero qué guapo eres. —Se iluminó Antonio, levantándolo por las axilas.

—Como su madre —intervino Carlo, y acarició la mejilla de Anna con el dorso de la mano.

Ella no se apartó, pero se notaba claramente que no estaba de humor para cumplidos.

El chófer del autobús de línea, con la camisa empapada que se le había quedado pegada, acabó de descargar las maletas y una gran caja de cartón. A continuación, saludó al grupito levantando la visera del sombrero y, jadeando, se encaminó sin fuerzas hacia el único bar de la plaza, el bar Castello.

Carlo cogió las dos maletas.

—Ocúpate tú de la caja —le ordenó a Antonio.

Y se puso en marcha.

Anna cogió a Roberto de los brazos de su tío al tiempo que le conminaba:

—Ten cuidado. Ahí dentro están las cosas más preciadas que tengo.

Con una pizca de vergüenza, se dio cuenta de que eran las primeras palabras que le dirigía.

—Iré con cuidado, te lo prometo —contestó él.

Levantó la caja con delicadeza, la sostuvo firmemente por la base con ambas manos y siguió a su hermano. Anna caminaba a su lado: el repiqueteo de sus tacones sobre el adoquinado pulido y resbaladizo parecía ir al unísono con su respiración, ligeramente agitada.

—Ya casi hemos llegado —la tranquilizó Antonio, dedicándole una pequeña sonrisa.

La casa destinada a Carlo y Anna se encontraba en la Via Paladini, a pocos pasos de la plaza. Tiempo atrás era donde vivía Luigi, su tío materno, apodado «el Patrón» por las muchas hectáreas de terreno que poseía. Hizo dinero, pero no tuvo hijos, por eso se lo dejó todo a Antonio y a Carlo: tierras, casas y una bonita suma para vivir tranquilos una temporada.

Por culpa de ese condenado tío había tenido que abandonar su vida en Pigna y a sus alumnos para trasladarse al sur, pensó Anna. Y lo odió, a pesar de que estuviera muerto.

Antonio dejó la caja delante de la entrada y hurgó en el bolsillo del pantalón en busca de la llave. La metió en la cerradura del portón de madera y lo abrió de par en par: el haz de luz que se coló desde el exterior reveló un delicioso patio con una bóveda estrellada y paredes de color miel, y, en el centro, una mesita redonda de mármol y dos sillas de hierro forjado; en una esquina había una maceta de barro con una planta reseca desde hacía ya unos cuantos meses.

Carlo dejó las maletas en el patio y empezó a recorrer la casa, subiendo y bajando escaleras, inspeccionando cada rincón y levantando las sábanas que cubrían los muebles del gran salón con chimenea. Apoyado en el marco de la puerta de entrada, Antonio lo seguía con la mirada y sintió que la emoción lo embargaba. Cómo había echado de menos a su Carlo juguetón, el hermanito de los grandes abrazos. Mientras Carlo estuvo a su lado nunca había necesitado a los demás: era su hermano, claro, pero sobre todo era su amigo más querido, su compañero de tropelías favorito, el único que lo conocía en profundidad. Cuando se fue, lo embargó la sensación de que estaba solo en el mundo. Y nadie fue capaz de apartar esa soledad, de dar color a su mundo. Ni siquiera, pensó con una pizca de remordimiento, su mujer, Agata, o su hija, Lorenza.

Anna miraba a su alrededor sosteniendo a Roberto en brazos y pensaba que la casa era demasiado grande para tres personas y que los techos eran exageradamente altos para su gusto. Estaba convencida de que el amor no necesitaba ni demasiadas estancias ni habitaciones que cerrar con llave: habían pasado los primeros años de matrimonio en un apartamento de tres piezas y techos bajos, y aun así habían sido felices, oh, si lo habían sido. «El espacio físico, cuando es demasiado, también aumenta la distancia entre los corazones: ¿cuándo se ha visto que las princesas vivan felices en un castillo?», pensó.

—Anna, ven a ver esto —exclamó Carlo, yendo hacia ella y tirándole de la mano—. Tú también, Antonio.

La condujo a través del salón, el comedor y la cocina hasta salir a un pequeño jardín lleno de granados.

Anna sonrió. No ocurría desde el momento en que había subido al tren que viajaba hacia el sur, pero esa visión era la primera y verdadera señal de esperanza que le daba ese viaje: las flores rojas con forma de cáliz y la corola amarilla, las hojas puntiagudas de un verde intenso, el contraste encendido de colores, los troncos retorcidos... Le gustó todo. Pensaba plantar también un montón de albahaca que impregnase el aire con su aroma. «Lo justo para sentirme en casa. Al menos un poco».

—*Quel délice! Mon jardin secret!* —exclamó, y estampó un beso en el moflete de su hijo.

Antonio la observó, sorprendido, e interrogó a Carlo con la mirada.

—Sí, de vez en cuando mi Anna sale con alguna frase en francés. Sabes...

—En mi tierra es bastante normal, ya que me crie en la frontera con Francia —lo interrumpió Anna, volviéndose por un momento.

Miró a Antonio con sus grandes ojos del color de las hojas de olivo, que resaltaban gracias al negro de sus cabellos, recogidos en una trenza floja. La piel diáfana y fina, de una criatura que no pertenecía a esa tierra, se le arreboló en las mejillas. Antonio no habría sabido decir si era a causa del calor o si había sido él la causa de que se hubiera vuelto a sonrojar.

A continuación, Anna dio la espalda a los dos hombres y se puso a palpar con delicadeza el tronco de un granado.

«Tal vez en la biblioteca municipal tengan una gramática francesa», pensó Antonio. Iría a preguntarlo al día siguiente.

—¿Y qué? ¿Cómo es? —Esa noche, Agata, la mujer de Antonio, no paraba de hacerle preguntas—. ¿Es alta? ¿Iba bien vestida? ¿Le ha gustado la casa? ¿Qué ha dicho? ¿Parecía contenta?

Antonio se levantó del sillón.

—No lo sé —dijo con un suspiro—. Creo que sí.

Algunas veces, Agata era como un torrente.

—¿Es guapa? —continuó ella, yendo tras él.

¿Que si era guapa? Antonio nunca había visto mujeres así. Había sido como una bofetada que lo había dejado aturdido. Esos ojos verdes... No podía dejar de pensar en ellos: tan intensos y llenos de luz, con un estrabismo apenas perceptible, muy dulce, y enmarcados por dos surcos armoniosos; y después esa nariz recta y orgullosa, de estatua griega, y también el porte, sólido y seguro, a pesar de los tobillos delgados de niña.

—Normal —respondió—. No me he fijado.

—Mira que eres —se quejó Agata, decepcionada.

Le habría gustado que le hiciera un resumen detallado y, en cambio, debía conformarse con algún que otro monosílabo.

—Siéntate, venga —resopló ella—. ¡Lorenza! —gritó, a continuación, mirando hacia arriba—. Baja, la comida está lista.

Mientras Agata salía de la cocina con una cazuela humeante en las manos, se oyeron los pasos rápidos de la niña por la escalera.

—Hola, papá —lo saludó Lorenza, estampándole un beso en la mejilla.

Antonio le acarició la cabeza y, en cuanto Lorenza se hubo sentado, le preguntó qué había estudiado en el colegio ese día. No veía la hora de cambiar de tema y esperaba que la presencia de la niña callaría a Agata de una vez por todas.

La mujer sirvió dos cucharones de estofado de verduras en el plato de Lorenza, después cogió el plato de Antonio y le sirvió a él. «Esas manos —pensó Antonio—, siempre estropeadas, con los nudillos desollados y las uñas estriadas a fuerza de mordérselas». Habían pasado diez años desde su primer encuentro y él todavía apartaba la mirada. «Qué quieres, son manos trabajadoras», lo cortó Agata, molesta, la única vez que él le aconsejó tímidamente que se las cuidara.

En cambio, las manos de Anna... Claro que se había fijado. Tan cuidadas, lisas, suaves solo de mirarlas.

—Italia es una península, que quiere decir que está rodeada de mar por tres partes... —estaba diciendo Lorenza, recitando con entonación.

—¿Cuándo la conoceremos? —la interrumpió Agata, sentándose.

—Vamos a darles tiempo para que se instalen —contestó Antonio, y sopló la cuchara caliente.

—Una comida de bienvenida —exclamó Agata, fingiendo que no lo había oído—. Eso es lo que hace falta. ¡El próximo domingo!

El domingo siguiente Agata se despertó con las primeras luces del día. Cerró suavemente la puerta del dormitorio para no despertar a Antonio y se dirigió al baño. Se quitó el camisón blanco que le apretaba las generosas caderas y se puso un vestidito de algodón marrón, cómodo y de manga corta, el que se había quitado la noche anterior y que había colgado al lado de la toalla. Se cepilló rápidamente el cabello cobrizo mirándose al espejo y, a continuación, se lo ató en una cola baja y se lavó la cara.

Con pasos sigilosos, bajó la escalera y fue a la cocina. Preparó la cafetera y la puso al fuego; mientras tanto, empezó a picar una cebolla, una zanahoria y un tallo de apio. Puso aceite en una cazuela alta y echó dentro las verduras picadas. En poco tiempo, el aroma a sofrito se esparció por la cocina y se mezcló con el de café. Vació en la cazuela los dos tarros de tomate triturado, rectificó de sal y seguidamente la tapó. Se sentó un momento para tomarse el café y repasó todo lo que todavía quedaba por hacer: tenía que preparar la masa para las *orecchiette* y hacerlas a mano de una en una —«¿Un kilo? Sí, será suficiente...»—, dar forma a las albóndigas de pan y queso, freírlas y ponerlas en la salsa. Se imaginó el almuerzo, a ella sirviendo los platos uno tras otro y las reacciones de Carlo y Anna: «Madre mía, qué exquisitez», decía Carlo, haciendo girar la mano en el aire. «Ah, cuánto he echado de menos nuestra cocina. Y estas albóndigas, ¡parece que estés comiendo carne de verdad!». Mientras todos rebañaban el plato con el pan para saborear la salsa hasta la última gota, Antonio la miraba lleno de orgullo y pensaba en lo afortunado que era por tener a una gran cocinera como esposa.

«Tienes que enseñarme a hacerlas», añadía entonces Anna, mirándola con admiración. Y Agata, con una sonrisa, le respondía que le enseñaría encantada. Iban a ser grandes amigas, estaba segura de ello.

Bebió el último sorbo de café, se levantó y dejó la taza sucia en el fregadero, cogió una *puccia* de pan de la despensa y empezó a horadarla para sacar la miga.

Decidió que de los dulces se encargaría Antonio. En cuanto se despertase, lo mandaría a comprar una bandeja de pastas de almendra al bar Castello.

Anna y Carlo llamaron puntuales a la puerta a las doce y media.

—Ya están aquí —dijo Agata con un destello de felicidad en los ojos. Se desató el delantal, lo tiró en la silla de la cocina y fue corriendo a abrir.

Antonio, que estaba sentado en el sillón leyendo el *Corriere della Sera,* dobló el periódico por la mitad, se levantó y se metió las manos en los bolsillos del pantalón.

Agata abrió la puerta.

—¡Bienvenidos! —exclamó con voz chillona y las mejillas arreboladas.

Carlo le sonrió y se lanzó a abrazarla; en diez años solo se habían visto tres veces y por pocos días: la primera, cuando él volvió a Apulia para hacer de testigo en su boda, la segunda, para celebrar el nacimiento de Lorenza, y la tercera, en el funeral de su padre.

Anna se quedó en la puerta sosteniendo a Roberto en brazos, que se había quedado profundamente dormido y se recostaba en su hombro.

—Anna, querida —dijo Agata, estampándole dos besos húmedos en la cara, uno en cada mejilla—. Por fin, tenía muchas ganas de conocerte —siguió diciendo, con la voz temblorosa—. Pero entrad, por favor —los invitó, a continuación, extendiendo el brazo—. Sentaos donde queráis. —Y con un dedo se secó el sudor entre la nariz y los labios.

Antonio fue a su encuentro. Abrazó a su hermano con fuerza y después saludó a Anna levantando la barbilla.

—¿Cómo estás? —le preguntó, esbozando una sonrisa.

—Bien —contestó ella, mirando a su alrededor, un poco aturdida—. Todo lo bien que se puede estar en...

—Y mi sobrina, ¿dónde está? —la interrumpió Carlo—. Ya estará hecha toda una mujercita.

—¡Lorenza! —chilló Agata en dirección a la escalera.

Anna hizo una mueca e, instintivamente, tapó con una mano el oído de Roberto que, a pesar de todo, siguió durmiendo.

—¡Ven! ¡Ya han llegado!... —A continuación, bajando la voz, dijo a Anna—: A esta hija mía siempre hay que llamarla cien veces. ¡No hay manera de que esté lista! —Y se echó a reír.

Carlo empezó a vagar por el salón mirando a su alrededor con las manos cruzadas a la espalda.

—Anna, querida, no te quedes de pie. Siéntate aquí —la invitó Agata, señalando el sofá de terciopelo verde en el centro de la sala.

Anna se lo agradeció y se dispuso a acercarse al sofá.

—Pero antes llevaremos al niño a la habitación. Si no, aquí se despertará —le propuso Agata.

—Sí, tal vez sea mejor, gracias —accedió Anna.

—Faltaría más. Ven, ven —la animó Agata, acompañándola con un brazo por detrás de la espalda—. Así también le damos un poco de prisa a mi hija. —Y empezaron a subir la escalera.

—Lo has dejado todo como estaba —observó Carlo en un tono vagamente sorprendido en cuanto estuvo a solas con su hermano.

Antonio todavía vivía en la casa en la que ambos se habían criado, separada unos cien metros de la vivienda del tío Luigi. Hasta que su padre murió, Antonio, su mujer y su hija vivieron con él, ocupando el cuarto que ahora había pasado a ser el dormitorio de la niña. Los muebles, toscos y algo recargados, eran los que habían comprado sus padres antes de casarse: el sofá de terciopelo verde, ahora con los reposabrazos desgastados, era el mismo en que Carlo y Antonio se acurrucaban de pequeños en brazos de su padre frente a la chimenea las noches de invierno; los cuadros que su madre había pintado cuando todavía era joven y tenía salud, y que representaban campos de olivos, seguían colgados en el mismo sitio, junto al hogar; los adornos —a su padre le gustaba coleccionar objetos de todo tipo, especialmente miniaturas de hierro forjado— no se habían movido, e incluso la manta de lana de su madre estaba todavía encima de su sillón, junto a la ventana, donde a Antonio le encantaba sentarse.

—Me gusta así —contestó Antonio, encogiéndose de hombros.

En el piso de arriba, después de haber tendido a Roberto en la cama de matrimonio protegido con dos almohadas, una en cada lado, Agata recorrió el pasillo y condujo a Anna al cuarto de Lorenza. Abrió la puerta entornada: la niña estaba sentada en el suelo, jugando completamente absorta con una muñeca de trapo.

—¿Cómo es posible que nunca contestes cuando te llamo? —la regañó Agata.

Anna entró en la habitación pasando por delante de Agata y se agachó junto a la niña.

Lorenza se la quedó mirando con los ojos muy abiertos.

—Hola —le dijo Anna con una sonrisa—. Soy tu tía Anna. —Y le tendió la mano.

La niña le devolvió la sonrisa y le estrechó la mano.

—Yo me llamo Lorenza.

—Sí, lo sé.

—¿Cuántos años tienes?

—Veintisiete —respondió Anna.

Lorenza empezó a contar en voz baja abriendo los dedos.

—Ocho menos que mamá —dijo a continuación—. Yo tengo nueve, así. —Y se lo indicó con ambas manos.

—Eso también lo sé. —Sonrió Anna.

—¿Es verdad que habéis venido desde muy lejos?

—Oh, sí, desde muy muy lejos.

—¿Lejos como América?

Anna se echó a reír y, seguidamente, le acarició la mejilla.

Más o menos —dijo.

Los ojos de Lorenza eran iguales a los de Antonio y de Carlo: oscuros y penetrantes, con un brillo que los hacía resplandecer desde dentro.

—Eres muy guapa, ¿lo sabes? —dijo Anna, dejando resbalar entre los dedos los cabellos de su sobrina, del mismo color cobrizo que los de Agata.

—Tú también. Eres guapísima.

—Oh, gracias.

Anna se acercó y la estrechó entre sus brazos. Se la imaginaba justo así, a su Claudia, su niña perdida, si hubiese tenido tiempo de crecer.

—Lorenza, ¿y bien? —la llamó Agata desde la puerta, con tono molesto—. Ponte los zapatos y baja, vamos. El tío Carlo quiere saludarte.

En cuanto oyeron los pasos en la escalera, Carlo y Antonio se levantaron del sofá. Antonio se fijó en que Agata tenía una expresión enfurruñada, como si la alegría de un rato antes se hubiera desvanecido de golpe. Lorenza, en cambio, parecía realmente contenta de ir de la mano de Anna que, por fin, estaba sonriendo. «Debería sonreír más a menudo», pensó. Se volvía aún más hermosa...

—¡Tío! —gritó Lorenza, corriendo a su encuentro.

Carlo rio y abrió los brazos, después la levantó y la hizo girar como una peonza por la sala mientras la niña se reía a más no poder.

—Despacio, que se va a marear —le advirtió Anna.

—Venga, todos a la mesa —dijo Agata—. Voy a echar la pasta, de la fresca, y apenas la pones a hervir ya tienes que sacarla.

Se dirigió a la cocina esperando que Anna la siguiese para ayudarla. Sin embargo, vio que apartaba la silla y se sentaba. «Es de locos», pensó entonces, sacudiendo la cabeza. Si había otra mujer entre los comensales, le tocaba ayudar a la anfitriona a servir la mesa. Así era como se hacía: había ciertas cosas que no era necesario pedir.

—¡Yo al lado de la tía! —gritó Lorenza, ocupando la silla junto a la de Anna.

—Lorenza, ven a ayudarme —la llamó Agata, brusca.

—Papá se ocupa, tranquila —le dijo Antonio a su hija, invitándola a que se quedara sentada. Y se reunió con su mujer en la cocina.

Cuando los platos estuvieron en la mesa, todos se sentaron. Agata se santiguó y con las manos juntas y los ojos bajos recitó el padrenuestro; Carlo y Antonio dejaron al instante la cuchara que ya tenían en la mano y la imitaron.

—Y tú, tía, ¿no rezas? —preguntó de repente Lorenza.

Agata levantó la mirada.

—Yo no creo —contestó Anna, lacónica.

Carlo carraspeó y miró a su alrededor.

—¿Qué quiere decir que no crees? —la apremió la niña, asombrada.

—Ahora comamos, que si no se enfría —la interrumpió Agata.

Antonio tenía los ojos pegados a Anna como si la vista se le hubiese encasquillado y solo los apartó cuando se dio cuenta de que su mujer lo estaba mirando a su vez, con el ceño fruncido. Entonces le devolvió una torpe sonrisa, cogió la cuchara, agachó la cabeza y empezó a comer.

Unas horas más tarde, en la dulce calma que seguía a la comida dominical y con la luz de la tarde filtrándose por las cortinas corridas, Antonio estaba en su butaca con las piernas cruzadas y las manos entrelazadas en el regazo, contemplando el suelo con mirada absorta. De la cocina llegaba el tintineo de la vajilla y el gorgoteo del agua mientras Agata aclaraba los platos enjabonados. Se mostraba insólitamente taciturna y, aun así, resoplaba sin parar. Lorenza estaba descansando en su cuarto.

—Ya he acabado, por fin —anunció Agata, apareciendo en la sala de estar con aspecto exhausto—. Voy a echarme yo también.

Antonio se despabiló y levantó los ojos hacia su mujer.

—Claro, ve. Debes de estar cansada...

—Bueno, sí —respondió ella, resentida—. Tanto esfuerzo para nada.

—¿Por qué «para nada»? A mí me parece que ha ido bien. Estaba todo riquísimo, como siempre.

—Ah, me alegro de oírlo, al menos alguien se ha dado cuenta.

Antonio desenlazó las manos y se inclinó ligeramente hacia delante, con los codos en las rodillas.

—¿Qué ocurre, Agata? —le preguntó con una pizca de impaciencia.

La mujer contestó con una pequeña mueca y agitó la mano, como diciendo que lo dejara correr. Se dispuso a subir la escalera, pero entonces se detuvo un instante, con un pie en el primer peldaño.

—En cualquier caso, es verdad lo que dicen sobre la gente del norte —se limitó a comentar, antes de desaparecer al otro lado de la pared divisoria.

2

Julio-agosto de 1934

Al día siguiente de su llegada, Anna no había deshecho aún las maletas. En vez de eso, había abierto la caja grande para sacar sus tesoros: las semillas negras de albahaca de Liguria, guardadas en una bolsita de rafia; el mortero de mármol blanco estriado con vetas grises que había pertenecido a su bisabuela y, más tarde, a todas las mujeres de su familia; el cofre con incrustaciones de madera de cerezo donde conservaba los primeros calcetines de Claudia, de lana rosa, y los de Roberto, de lana azul; el collar de perlas que su madre le había regalado en su veintiún cumpleaños; las fundas de almohada de seda lila que la abuela había cosido ella misma porque, decía siempre, «la seda mantiene la piel del rostro joven y lisa»; y los libros que había decidido llevar consigo: algunos en francés, como *Madame Bovary* y *L'Éducation sentimentale*, pero también *Anna Karénina*, *Jane Eyre*, *Cumbres borrascosas* y *Orgullo y prejuicio*.

Después se fue al jardín con la bolsita de las semillas y se puso manos a la obra: excavó una veintena de pequeños hoyos a una distancia de treinta centímetros el uno del otro y en cada uno plantó dos semillas. Con el calor que hacía por esa zona no iba a tener que esperar demasiado para ver brotar las primeras plantitas, de eso estaba segura.

Esa mañana de sábado de julio, precisamente, estaba regando

las primeras ramitas de albahaca cuando oyó que llamaban a la puerta. Con un suspiro entró en casa y se desató el nudo de la cinta con la que se había atado el sombrero de paja debajo de la barbilla. «¿Me acostumbraré algún día al calor del sur?», pensó, dejando el sombrero encima de la mesa.

—¡Voy! —gritó acto seguido, dirigiéndose a la puerta.

Se encontró a Agata delante, con el bolso sujeto en las manos y el rostro brillante y colorado. Llevaba una falda rosa recta y larga por debajo de las rodillas, y una blusa blanca con cuello, repleta de volantes y encajes que le acentuaban el busto exuberante.

—Buenos días. Llegas pronto —la recibió Anna.

—Sí, es que me moría de ganas —se excusó Agata, entrando en casa.

Anna cerró la puerta.

—Tengo que cambiarme, estaba en el jardín —dijo.

—Sí, sí, tranquila, no te preocupes por mí —contestó la otra, agitando la mano—. Mientras tanto, mimaré un poco a mi sobrino.

—Todavía no lo he despertado —dijo Anna, señalando con un gesto de la cabeza el cochecito en medio del salón.

—Ya me ocupo yo. Tú ve a vestirte.

Anna levantó una ceja y, a continuación, con paso indolente, subió al piso de arriba cogiéndose a la barandilla de hierro fundido.

«¿Por qué me habré dejado convencer?», se preguntó mientras se quitaba la bata de seda azul y sacaba del armario uno de sus muchos vestidos negros. Agata había insistido en llevarla al mercado matinal del sábado y ella había aceptado por agotamiento, ya que llevaba pidiéndoselo desde que había llegado al pueblo. Y no solo eso: Anna había tenido la impresión de que la vida de Agata, antes de su llegada, era un océano de soledad y que ella era una isla que asomaba en el horizonte, la única esperanza de salvación. Efectivamente, su cuñada no le daba tregua: iba a visitarla todos los días, a las horas más diversas y sin preaviso; siempre le proponía hacer cosas juntas —la compra, dar un paseo, pasar el rosario el sábado por la tarde o simplemente tomar un café, acompañado de charlas interminables— y, a menudo, le llevaba comida. «He cocinado también para ti», decía, muy contenta, a pesar de que nadie se lo hubiera pedido.

Anna acabó de recogerse el pelo en su habitual trenza y regresó abajo. Las dos mujeres salieron y se dirigieron a la plaza: Anna empujando el cochecito y Agata cogida de su brazo.

Los puestos con toldos blancos ocupaban por completo la Piazza Castello y las calles adyacentes. El ruido de fondo que Anna había percibido desde lejos se volvió de repente más agudo y la embistió hasta casi dejarla aturdida: era una barahúnda de proclamas de los tenderos para llamar la atención de los clientes, de gritos, de risas ruidosas y de disputas entre gente que gesticulaba.

La primera parte del mercado apestaba a *cacioricotta*, queso de oveja y olivas picantes en salmuera. Un olor repugnante que le provocaba náuseas, sobre todo a esa hora de la mañana. Anna aceleró el paso y se cubrió la nariz con la palma de la mano.

—Por aquí —exclamó Agata—. Ven a ver esto. —Era su zona favorita: la de los utensilios y enseres para la casa, verdaderas joyas de la artesanía local—. Ya verás como encuentras algo que te guste —dijo.

El tipo que atendía el primer puesto, un mocetón con bigote incipiente y el pelo oscuro y rizado, iba cantando las cualidades de la mercancía que acababa de llegar: «¡Es tan especial que no la encontraréis en ninguna otra parte!». Les mostró una maceta de piedra caliza típica de Lecce decorada con flores amarillas pintadas a mano, una *pignata* para cocer las legumbres y algunos cucharones de madera con la empuñadura de cerámica esmaltada.

—¿Y eso qué es? —preguntó Anna, señalando un curioso objeto de terracota.

Tenía la forma de una piña, o de un capullo de flor a punto de abrirse, con dos hojas pegadas a los lados.

—Es un *pumo* —le explicó Agata—. ¿Te gusta? —le preguntó acto seguido, con una mirada esperanzada.

—Es un amuleto —añadió el chico—. Pero solo sirve si se regala a alguien.

Anna hizo una mueca como diciendo que ella no creía en absoluto en los amuletos de la suerte.

—Es verdad —insistió él, guiñándole el ojo.

Y antes de que Anna pudiera decir nada, Agata cogió el *pumo*, lo pagó y lo metió en la bolsa de Anna.

—¡Este te lo regalo yo!

Anna le dio las gracias, pero sin sonreír. «¿Y qué hago yo con esto? No solo es inútil, sino que además es feo», pensó.

Continuaron hacia el puesto de figuras de papel maché. Entre figuras de la Virgen, de Jesús y de diversos santos colocados en fila, formando como soldaditos, la mirada de Anna fue a parar a una estatuilla que parecía abandonada en una esquina del tenderete: una campesina con un amplio vestido blanco con vuelo, el pelo alborotado por el viento y una cesta de manzanas rojas en los brazos. El rostro tenía una pequeña mella. De todas las figurillas expuestas, era la única que la tenía.

—Me la llevo —dijo Anna sin dudar, señalándola.

Agata la miró perpleja.

—¿No es mejor la estatua de san Lorenzo, nuestro santo patrón? Mira qué bonita —dijo, cogiéndola.

Pero Anna la ignoró.

El hombre sentado al otro lado del mostrador se agachó, cogió un viejo papel de periódico de una pila que tenía a sus pies y, con cuidado, empezó a envolver la figura.

—Tenga cuidado de que no se le aplaste en la bolsa. El papel maché es delicado —dijo, tendiéndole el paquete.

Un poco más adelante se detuvieron frente a una pila de cestas y canastos de mimbre. Una anciana, con una pelusa oscura sobre los labios y las manos hinchadas de callos, estaba sentada en el suelo, descalza, completamente concentrada en tejer una cesta: acababa de terminar el borde superior y se disponía a hacer las asas. Agata la saludó con cariño y enseguida se pusieron a charlar.

Mientras las dos mujeres se enfrascaban en una serie de «Gracias a Dios, vamos tirando», Anna no pudo evitar fijarse en los pies de la vieja señora, ennegrecidos de tierra, con los talones agrietados y las uñas amarillentas. Por un momento se acordó de su abuela que, cada noche, antes de meterse en la cama, se masajeaba los pies con leche y después, todavía mojados, los metía dentro de unos calcetines. «Nunca descuides las manos y los pies —decía siempre—. Las personas miran sobre todo los detalles, recuérdalo».

—Por aquí —dijo luego Agata, cogiendo a Anna del brazo.

Se metieron por una calle lateral y llegaron al carrito de las telas. Una mujer menuda, con el pelo recogido en un moño y un chal verde hecho de ganchillo sobre los hombros, estaba mostrando un rollo de seda azul a otra mujer embutida en un vestido que se le ceñía como si se lo hubieran dibujado encima. El pelo, abundante y oscuro, le caía por la espalda en suaves ondas. Pero lo que impresionó a Anna fueron sus manos: no solo porque palpaban la seda con el mismo tiento con que se acaricia la cabecita de un recién nacido, sino sobre todo porque llevaba las uñas muy cuidadas y pintadas de rojo. Ninguna de las mujeres que había visto en Lizzanello tenía unas manos tan elegantes.

—Oh, ha llegado nuestra Agata. Buenos días —exclamó la señora de las telas con una amplia sonrisa.

—Ella es Anna, mi cuñada —la presentó Agata.

La mujer de las uñas rojas se volvió de golpe y la seda azul se le escapó de los dedos.

Anna estrechó la mano que le tendía la señora de las telas y, con el rabillo del ojo, se fijó en que la otra mujer la repasaba de arriba abajo.

—¿Qué necesitan, queridas?

—Tengo que hacer una cortina para la ventana del dormitorio —explicó Agata—. Ponme unos metros de algodón blanco y también un poco de algodón fino para tejer con ganchillo, para los bordes.

—Las dejo, pues —se entrometió la mujer de las uñas rojas, apartando por fin la mirada de Anna. A continuación, en dialecto, dijo a la señora—: La seda está bien; apártamela, que más tarde enviaré a mi marido a buscarla. —Al final, sin saludar, se dio la vuelta y se fue.

—¿Y esa quién es? —preguntó Anna al oído de Agata.

—Carmela —contestó Agata, un poco incómoda.

—¿Qué Carmela?

Agata la miró perpleja.

—La modista...

—Aquí tienes —la interrumpió la señora de las telas, tendiéndole una bolsa de papel.

Agata pagó, le dio las gracias y prometió que volvería pronto.

Se metieron de nuevo en la plaza.

—¿Nos paramos un momento en el frutero? —dijo Anna, señalando una tienda en el lado opuesto, con un cartel que decía FRUTA Y VERDURA—. Tengo que comprar un manojo de albahaca. Mañana quiero hacer pesto.

En cuanto les echó el ojo, un hombre un poco demacrado que llevaba una boina las recibió en el umbral con una sonrisa alegre.

—¿Qué les pongo? —preguntó, a continuación, al tiempo que se descubría la cabeza.

—Albahaca, por favor —contestó Anna—. Mire que tenga las hojas enteras, como la de la semana pasada.

—Michele, danos el manojo más fresco que tengas —añadió Agata.

—Por supuesto —dijo él. Seguidamente se volvió hacia el interior de la tienda y gritó en dialecto—: ¡Giacomino! ¡Coge albahaca para la forastera!

Anna levantó una ceja, sorprendida y ligeramente molesta. ¿De modo que así era como la llamaban en el pueblo? ¿«La forastera»?

Al cabo de unos instantes, un niño que tendría la misma edad que Lorenza, con la cara cubierta de pecas, apareció con un manojo de albahaca en las manos.

—Dáselo a la señora —le ordenó Michele, indicando a Anna.

—Tenga —dijo el niño, tendiéndole el manojo.

Una vez que hubieron salido de la tienda, Agata le preguntó si le apetecía tomar una limonada en el bar antes de regresar a casa.

—Así estamos un rato juntas, y nos refrescamos —explicó, dándose aire con la mano.

Atravesaron la pequeña multitud, compuesta por mujeres que caminaban cargando pesados capazos con el botín del mercado y otras que habían dejado las bolsas en el suelo y se entretenían charlando, y entraron en el bar Castello apartando los hilos de cuerda de la cortina. El hombre que estaba detrás de la barra, un tipo gordo, con bigote negro y espeso y tez cetrina, estaba secando un vaso con el borde del delantal blanco. Las paredes estaban revestidas de madera hasta la mitad y, en la parte superior, se exhibían algunas fotografías del pueblo, un póster de Fernet Branca y el listado de precios escrito a mano. Las mesas estaban cubiertas por gruesos manteles rojos y las sillas eran de madera y paja. En una de ellas había un ejemplar arrugado de *La Gazzetta del Mezzogiorno*.

—Nando, dos limonadas, por favor —pidió Agata.

—Solo una —la corrigió rápidamente Anna—. Yo tomaré un café con *grappa*.

Agata se volvió, desconcertada.

—¿*Grappa*?

—Sí, *grappa* —contestó Anna—. En el bar, siempre me lo tomo así.

Nando le guiñó un ojo y dijo con voz atronadora:

—¡Yo también!

Al día siguiente, Anna preparó todos los ingredientes en unos cuencos de cerámica y los dispuso encima de la mesa de la cocina: albahaca, piñones, sal gorda, ajo, queso de oveja, parmesano. Solo faltaba el aceite de oliva, pero Antonio había prometido llevárselo durante la mañana. Se ató el delantal a la espalda y bajó el mortero de la repisa.

—¿Se puede? —Era la voz de Antonio procedente de la puerta de entrada.

—¡Pasa, pasa! —gritó Anna.

—Tía, tía —chilló Lorenza, corriendo a su encuentro.

Anna se iluminó con una sonrisa, se agachó y abrió los brazos.

—Ven aquí a abrazarme, granuja.

—¡Buenos días! —Antonio entró con una sonrisa tímida, quitándose la gorra—. ¿Carlo no está?

—Ha llevado a Roberto a misa —contestó ella, levantando una ceja.

Antonio esbozó una sonrisa.

—Aquí está el aceite. Esta vez hay dos litros —dijo.

Y dejó encima de la mesa una pequeña garrafa con el logo de la fábrica de aceite Greco: una aceitera de hojalata de la que sobresalía una gota de aceite que tomaba la forma de una hoja de olivo.

—Papá, ¿nos quedamos a ver cómo hace el pesto la tía? ¡Por favor!

—Si la tía quiere... —contestó él, buscando la respuesta en los ojos de Anna.

—Claro que quiero —dijo ella, revolviéndole el pelo a la niña, que enseguida apartó la silla y se sentó derecha sobre las rodillas.

Antonio se acomodó en la silla de paja de la esquina, junto a la alacena. Allí nunca se sentaba nadie: la usaban para dejar la ropa que había que planchar.

—¡Pues manos a la obra! —exclamó Anna. Cogió las hojas de albahaca y las puso dentro de un paño de cocina—. Nunca hay que sumergir las hojas en agua, recuérdalo —le explicó a Lorenza—. Las debes lavar así, presionándolas delicadamente con un paño húmedo. Porque, si no, corres el riesgo de romperlas y, en cambio, ¿ves?, deben quedar así, intactas. —Puso las hojas limpias a un lado y empezó a llenar el mortero con los dientes de ajo y los granitos de sal gruesa—. Mi madre siempre decía que hace falta una pizca, pero solo una pizca de sal. No más, siempre me lo recordaba.

Y empezó a moler, dibujando círculos en el interior del mortero.

Antonio, con la mejilla fresca del afeitado pegada a la palma de la mano, la observaba en silencio: las manos de Anna, tan lisas y cuidadas, se movían ligeras y seguras; eran las manos sabias de alguien que había practicado el rito del pesto desde pequeña. Nunca la había visto de tan buen humor desde que había llegado. Pensó que debería hacer pesto todos los santos días si conseguía hacerla sonreír de ese modo.

—Debes esperar a que el ajo coja esta consistencia, ¿ves? Como una crema —estaba diciendo Anna. La niña se inclinó hacia delante—. Cuando está en este punto, puedes añadir la albahaca —continuó, cogiendo el manojo de hojas—. Y otra pizca de sal.

—¿Puedo ponerla yo? —pidió Lorenza.

—Sí, pero muy poca, como te he mostrado antes.

Lorenza acercó los dedos al cuenco de la sal y cogió los granitos entre el índice y el pulgar.

—Muy bien, así. —Le sonrió Anna—. Ahora viene la parte más divertida. —Y de nuevo empezó a majar la mezcla con vigor, hasta que las hojas se convirtieron en una papilla—. Ahora los piñones, el queso de oveja y el parmesano. Pero en pequeñas dosis, poquito a poco. —Fue vaciando los cuencos de uno en uno en el mortero—. Te duelen los brazos, ya lo creo. ¡Mira qué músculos me han salido de tanto hacer pesto!

Lorenza se rio, volvió la cabeza hacia atrás y miró a su padre, que le sonrió guiñándole un ojo.

—¡Y ya está! —exclamó Anna, satisfecha.

La niña se acercó y miró el pesto con los ojos maravillados, como si acabara de presenciar un truco de magia, y pensó que se moría de ganas de explicarlo a sus compañeras de colegio. Desde que había llegado «la tía de lejos» —así la llamaba— cada día contaba a sus amigas las aventuras, verdaderas o inventadas, de una heroína que solo ella se enorgullecía de conocer: una vez, la tía había visto montañas tan altas que tocaban el cielo; otra, había bailado con el rey en persona, y otra más había tocado un árbol enfermo y lo había sanado.

—Falta el aceite y habremos terminado —dijo Anna—. ¿Quieres ponérselo tú, *ma petite*?

—Pequeña mía —susurró Antonio.

—¿Qué has dicho? —preguntó Anna.

Él se sonrojó.

—*Ma petite*... Significa «pequeña mía», ¿verdad?

Anna lo miró levantando una ceja.

—¿Te has puesto a estudiar francés?

Antonio bajó los ojos.

—Un poco.

—¿Y eso? ¿He hecho que te entren ganas? —Sonrió.

Él se encogió de hombros.

—Quiero entender las cosas que no sé, eso es todo...

«Quiero entenderte a ti», le habría gustado añadir.

Anna no podía saber que cada noche, cuando Agata y Lorenza se metían en la cama y la casa se sumergía en el silencio, Antonio se encerraba con llave en su despacho y sacaba del cajón la gramática francesa que había cogido en la biblioteca. Se quedaba leyendo y subrayando hasta tarde: solo lo dejaba cuando se le cerraban los ojos de sueño.

Carlo estaba sentado en una de las mesas de fuera del bar Castello, con Roberto sobre sus rodillas y el puro en la mano, tomando el pésimo vino tinto de la casa. Pero qué agradable estar allí observando el ir y venir del domingo por la mañana: los que salían de la iglesia, los que se paraban en la panadería a comprar una bandeja de pastelitos, los que alargaban una moneda al chico de los periódicos y se alejaban con *La Gazzetta del Mezzogiorno* doblada debajo del brazo.

Carlo levantaba su sombrero de fieltro y saludaba a cualquiera que pasara con una sonrisa: conocía a todo el mundo y todo el mundo parecía conocerlo, como si no se hubiese movido de esa mesa en los últimos diez años.

—Hola, forastero. —Oyó a su espalda.

Esa voz. Carmela. Esperaba volver a verla, antes o después. De hecho, era extraño que hasta ese momento todavía no se hubiesen cruzado. Tras su llegada había estado muy ocupado; deshacer las maletas, reabrir la casa, firmar un montón de papeles en el notario, inspeccionar las tierras que había recibido en herencia..., pero el pueblo apenas tenía seis mil habitantes y era fácil estar al corriente de quién seguía allí y quién no.

Carlo apartó la silla que había junto a la suya y, esbozando una sonrisa, le hizo un gesto para que se sentara.

—Decían que habías vuelto. Antes te he visto en la iglesia —dijo ella, quedándose de pie y bajando hasta el cuello la mantilla negra que le cubría el pelo.

Carmela se había hecho mujer. Cuando floreció, en el verano de sus dieciséis años, se había organizado una especie de competición entre los chicos para ver quién era el primero en tocarle los pechos. Empezaron a cortejarla en masa, como un ejército en un asedio: le ofrecían el brazo, se daban codazos para poder sentarse a su lado en misa, alguno le compraba un pastelito relleno de mermelada, otro la acompañaba a pie hasta casa. Carlo la conocía desde que eran niños, habían crecido en la misma calle, a pocos metros el uno del otro. La había visto llorar y gritar cuando su madre le pegaba, pelarse las rodillas cuando jugaban a perseguirse, secarse los mocos con el dorso de la mano. Por eso aquel año, cuando volvió de los campamentos de verano en Santa Maria di Leuca y la encontró sorprendentemente crecida, segura de sí misma, hermosa hasta dejar sin aliento, se sintió intimidado y, con una pizca de fastidio, de repente dejó de dirigirle la palabra. Se limitó a mirarla de lejos, a estudiarla como si fuera una criatura nueva e incomprensible. Hacía lo posible por cruzarse con su mirada para, a continuación, apartarla enseguida. Al final, a fuerza de ignorarla, la conquistó. Durante dos años le acarició los pechos y le dio besos furtivos y apasionados, hasta el día que tuvo que partir: lo enviaban a trabajar de contable a Alessandria, en Piamonte. Pero iba a volver pronto y se casaría con ella. Eso fue lo que dijo.

—Él debe de ser Roberto.

—¡Sí! —exclamó Carlo, y le dio un beso en la frente a su hijo.

—Qué ojazos...

—Los ha sacado de su madre, afortunadamente.

Carmela dirigió la mirada a la plaza que iba vaciándose poco a poco. Mario, el limpiabotas, un mocetón unicejo de facciones angulosas y con el pelo peinado hacia un lado, estaba sentado con los brazos cruzados en el banco que había entre la palmera y la fuente de la columna y la estaba mirando. Ella lo saludó con un gesto de la barbilla; luego, bajó los ojos y se volvió a poner la mantilla en la cabeza. Tenía las manos tan bonitas y elegantes como antes, pensó Carlo, observando los dedos largos y las uñas pintadas de rojo.

—¿Y tú? ¿Tienes hijos? —le preguntó después.

Carmela titubeó.

—Sí —contestó—. Uno. Se llama Daniele. Cumplirá diez años en diciembre.

—De todos modos, te veo bien, sabes —murmuró Carlo—. Eres aún más guapa que antes.

Ella le clavó los ojos, oscuros y cortantes.

—No lo bastante para hacerte volver.

Él tomó un sorbo de vino y no pudo retener una mueca: madre mía, qué agrio era, como mucho serviría para aliñar la ensalada.

—Lo sabes, te escribí —dijo a continuación, dejando el vaso encima de la mesa.

—Sí, sí, lo sé —contestó ella, agitando la mano como si espantara un insecto.

—Pero veo que otro te puso la alianza en el dedo.

Carmela se tocó el anillo.

—Bueno, si tenía que esperarte a ti, me habría muerto solterona.

—Nunca te hubieras muerto solterona. Tú no.

—¿Y qué hay de tu mujer? Apenas se la ve por ahí. ¿Qué pasa? ¿El pueblo no es de su agrado?

—Qué va. Dadle tiempo, se está ambientando. No ha sido fácil para ella, ¿sabes? Claudia, el traslado... Ya verás como poco a poco...

—Sí, me llegó la noticia de la niña. Qué desgracia.

—Sí —dijo él, apretando los labios. Y bebió otro sorbo—. Jesús, qué asco de vino —soltó.

A Carmela le dio por reír.

—No como el vino que hacía mi padre. Ese sí que te gustaba.

—¡El vino de don Ciccio! Cómo iba a olvidarlo. ¿Todavía lo hace?

—Ya no. Es demasiado cansado. Se hizo daño en la espalda.

—Qué pena. Habría tomado un vaso con mucho gusto.

—Todavía conservo alguna botella en casa. —Lanzó un vistazo al reloj del ayuntamiento y a Mario, que no dejaba de mirarla—. Tengo que irme —dijo al fin.

—Tal vez uno de estos días vaya a hacerte una visita —exclamó Carlo—. Por el vino, quiero decir —añadió, cohibido.

Carmela forzó una sonrisa y se despidió. Se alejó dándole la espalda, segura de que él la estaba mirando.

Lorenza abrió la puerta de casa de par en par y entró chillando:

—¡Mamá, mira, la tía y yo hemos hecho pesto! —Y corrió a la cocina para mostrarle el frasco de cristal que llevaba en las manos.

—Ya he hecho la comida —la cortó Agata bruscamente.

La sonrisa de la carita de Lorenza se apagó de golpe. Antonio se acercó a ella, exhaló un largo suspiro e intentó consolarla.

—Lo guardaremos para mañana —dijo, acariciándole la cabeza.

—A mí no me gusta esa cosa. No es típico de aquí —refunfuñó Agata sin dejar de trastear con las cacerolas.

Antonio ya sabía que el pesto se acabaría estropeando e iría a parar a la basura. Anna había insistido mucho en que se lo comieran el mismo día.

—Ven, Lorenza, ayúdame a poner la mesa —dijo entonces con dulzura, cogiéndole el tarro de las manos y dejándolo sobre la mesa.

—Eso, muy bien, id para allá —comentó Agata, secándose las manos en el delantal.

—¡Estamos aquí!

Carlo apareció en la cocina con Roberto que, de camino a casa, se le había quedado dormido en el hombro.

—¿Los efectos de la misa? —dijo Anna, irónica, cogiéndolo de sus brazos con delicadeza.

Carlo se echó a reír y trató de abrazarla por detrás para robarle un beso.

Anna, divertida, le pidió que parara para no despertar al bebé. Pero después de haberlo acostado en la cuna fue ella quien se aferró a Carlo en un beso largo, de esos que solo ella había sabido darle en toda su vida.

Ese domingo, las *trofie* al pesto, humeantes y ya puestas en la mesa en una fuente, se las iban a comer pasadas.

El día de Ferragosto hizo muchísimo calor desde primera hora de la mañana. Anna se despertó sudada y se subió hasta la frente el antifaz de seda negra que le cubría los ojos. El sitio de Carlo en la cama ya estaba vacío; un instante después lo oyó canturrear al otro lado de la puerta cerrada del baño, como hacía siempre cuando se afeitaba. Se levantó, se sentó un momento en el tocador, cogió el cepillo de la repisa de mármol y se lo pasó por el cabello mirándose fijamente en el gran espejo ovalado de caoba. Acarició la mejilla de su hijo, que dormía plácidamente en la cuna, y bajó a la cocina. Calentó la leche en un pequeño cazo, pero no demasiado, solo un minuto; le gustaba templada. La vertió en la taza y salió a tomársela al jardín, en el banco bajo la sombra del manzano. Se levantó la falda de algodón blanco, recogió las piernas rosadas y delgadas y luego apartó a un lado su largo cabello suelto. Sosteniendo la taza entre las manos, dio un primer pequeño sorbo. ¿Dónde estaban el año pasado el día de Ferragosto? Roberto tenía apenas unos meses y Carlo la había llevado de excursión, solos los tres, por las cercanías de Pigna. Habían almorzado sentados en una manta, en la frescura del sotobosque que tanto amaba, donde solo se oía el canto de los grillos y el gorjeo de los pájaros. Luego, de una bolsa de papel, Carlo había sacado una *pisciadela,* su *focaccia* favorita, y se la habían repartido entre los dos.

Anna se pasó una mano por detrás del cuello húmedo. «Increíble —se dijo—. Sigo sudando a pesar de estar a la sombra...». Se recostó en el respaldo del banco con un suspiro y tomó otro sorbo de leche. Hacía unos cuantos días que Agata no se dejaba ver, pensó. No era que le disgustara, por favor: por una parte, era un alivio que su cuñada hubiera soltado un poco la presa. Pero desaparecer del todo así, de la noche a la mañana... ¿Se habría ofendido con su respuesta? Aunque no le parecía haber sido descortés. Hacía aproximadamente una semana Agata se había presentado a la hora del almuerzo y le había traído una tortilla de huevos, migas de pan y hierbabuena. «Agata, te lo agradezco de verdad. Eres muy amable. Pero, verás, quiero cocinar yo para mi familia», le había dicho. ¿Qué había de malo? ¡Ni que la hubiera ofendido!

—¡Buenos días, amor mío! ¿Estás lista para ir a la playa? —Carlo la distrajo llegando al jardín y desprendiendo el aroma de su loción de afeitar mentolada. Se agachó para darle un beso y le acarició el pelo.

—¿A la playa? Pero si ni siquiera tengo traje de baño —protestó Anna.

—¡No importa! Improvisaremos. Tampoco vamos a quedarnos aquí muriéndonos de calor —respondió él, alegre.

—Perdona, ¿y cómo vamos a ir?

—Con el autobús de línea. Sale exactamente dentro de cincuenta minutos —le explicó—. Antonio, Agata y Lorenza nos esperan en la plaza —añadió.

—Ya lo tienes todo organizado... ¿Y por qué yo no sabía nada de esto? —dijo Anna, tensa.

—¡Porque quería darte una sorpresa! Ya lo verás, nos lo pasaremos bien. Acaba de desayunar tranquila, yo me ocupo de Roberto.

El autobús salió de la Piazza Castello con media hora de retraso: muchas personas se agolparon en la puerta, forcejeando para subir. De modo que, después de muchas protestas e improperios de quienes se habían quedado en tierra, el conductor prometió volver inmediatamente para un segundo viaje.

—Tenéis una limonada para cada uno pagada en el bar —anunció Carlo al grupo que tendría que esperar—. Así os refrescáis mientras esperáis.

Y subió al autobús saludando con exclamaciones de entusiasmo. «¿Has oído? Ese señor de allí nos invita a limonada», dijo una mujer joven al niñito que sostenía en brazos y que lloriqueaba por el calor.

—¿Se la has pagado a todos? No lo he entendido... —preguntó Anna.

—Exactamente —contestó Carlo, tomando asiento a su lado. Desde la ventanilla, agitó la mano hacia el niño y le sonrió.

Ella lo miró perpleja.

—Pero ¿por qué?

—¿Cómo que por qué? Es un gesto de amabilidad. Tienen que esperar bajo el sol, pobrecillos.

—Sí, pero ¿a ti qué te importa? Quiero decir: ¿no se la podían comprar ellos mismos?

Carlo se encogió de hombros.

—Aquí lo hacemos así. Siempre lo hemos hecho así.

—Puede ser. A mí me parece un modo tonto de tirar el dinero.

—No te preocupes por el dinero, cariño —la tranquilizó él, rozándole la rodilla—. Ahora no nos falta.

—No es una buena razón para malgastarlo —replicó ella.

—Tía, quiero sentarme a tu lado —se interpuso Lorenza, saliendo de los asientos de atrás.

Carlo le acarició la mejilla.

—Está bien —dijo, levantándose—. Pero solo por esta vez, ¿eh?

Y, guiñándole un ojo, ocupó el lugar de Lorenza al lado de Agata, que se daba aire con un abanico negro de tul de seda. En la otra fila, Antonio estaba absorto en la lectura, codo con codo con un chico que tenía la nariz aplastada contra la ventanilla.

La playa más cercana al pueblo, San Foca, se encontraba a unos pocos kilómetros de distancia. Había tanta gente y tanto ruido que Anna sintió el impulso de subirse al autobús para regresar a la tranquila calma de su jardín de granados.

—Coge tú al niño, por favor —le dijo a Carlo, pasándole a Roberto.

—¿Estás bien, cariño? —se preocupó él.

Anna no respondió. Se puso el sombrero de paja que se había traído, le apretó la mano a Lorenza y se adentró con ella en la arena caliente en busca de un lugar libre. Entre personas tendidas tomando el sol, niños con cubos y palas construyendo castillos y adultos jugando a lanzarse una pelotita con *tamburelli*, unas panderetas de madera y piel, parecía una tarea imposible. Finalmente, sin embargo, encontraron un pedacito de playa: Carlo y Antonio se sentaron espalda contra espalda; Anna y Agata se colocaron juntas, con las piernas extendidas hacia los lados y los dos niños en medio.

Anna se sentía prisionera del sofocante calor, del constante balanceo de la multitud y también del incesante vocerío en dialecto, un lenguaje que aún le parecía completamente incomprensible, con todas esas úes finales y las zetas que aparecían en los lugares más inesperados. Pero nadie en el grupo que la rodeaba parecía prestar atención a esas cosas. Todos, excepto ella, se mostraban felices de estar allí.

De repente, Carlo se puso de pie y se quitó el pantalón y la camisa, dejando al descubierto un bañador de rayas blancas y azules con la pernera a mitad del muslo.

—Yo me voy a bañar —anunció—. ¿Quién viene?

—Yo. No puedo más, tengo que refrescarme o me achicharraré —se quejó Agata sin dejar de abanicarse—. Lorenza, vamos, tienes que mojarte la cabeza o te pondrás mala —añadió, levantándose. A continuación, le quitó la camiseta a su hija, que se quedó con un traje de baño amarillo con pantaloncillos.

—Tía Anna, tú también —le suplicó Lorenza.

Anna le hizo una caricia y dijo que, por el momento, prefería quedarse allí.

—Antonio, ¿tú vienes? —preguntó Carlo.

—Termino el capítulo —respondió él, señalando la página del libro.

Carlo se inclinó para besar fugazmente en la frente a Anna y luego a Roberto.

—Hasta luego —dijo—. No te quemes.

Y, con una sonrisa, le arregló el sombrero de paja que llevaba inclinado hacia un lado.

Anna lo observó mientras se dirigía hacia la orilla, bromeando con Agata y Lorenza que caminaban a su lado. Cuando los vio sumergir los pies en el agua levantó la vista y la dirigió hacia Antonio, quien seguía leyendo absorto, como si no existiera nada más.

Y tal vez él se sintió observado, porque levantó los ojos del libro y la miró.

—¿De qué habla? —le preguntó Anna a bocajarro.

Antonio puso una expresión confusa.

—¿Quién?

—El libro que estás leyendo —dijo ella con expresión divertida.

—¡Ah, el libro! —exclamó él, sonrojándose—. Bueno —continuó, dejando el pulgar dentro del libro a modo de marcapáginas—, trata de un hombre que cae en el pecado de la pereza y prefiere refugiarse en el subsuelo a pesar de que envidia a todos aquellos que son capaces de actuar. De hecho, se titula *Memorias del subsuelo.*

—Y es de Dostoievski, sí, lo sé. Pero nunca he leído nada de él.

—¿Qué te gusta leer?

Anna se recostó y se apoyó en los codos.

—Jane Austen, las hermanas Brontë...

—Te gustan las mujeres, en resumen.

—No solo eso. He leído todo de Flaubert, Tolstói... Aunque, perdona, ¿por qué lo dices así?

—¿Cómo así?

—Con esa actitud condescendiente. Como si las novelas escritas por mujeres fueran novelas inferiores.

—No, no, me has entendido mal. No quería menospreciarlas, créeme. He leído *Orgullo y prejuicio*, por ejemplo.

—¿Y te gustó?

Antonio se encogió de hombros.

—Prefiero a otros escritores, eso es todo.

En ese momento, un niño con un carrito pasó junto a ellos gritando: «¡Compre almendras crudas!». Anna hizo una mueca.

—Pero ¿por qué gritáis tanto?

—¿Quiénes gritan?

—Vosotros, los del sur.

Él curvó los labios en una amarga sonrisa.

—Bueno, no todos. —Y la miró directamente a los ojos.

—Sí, tú no. Lo sé. Y tampoco Carlo —dijo suavemente Anna.

—Sabes, he subrayado un pasaje que me ha hecho pensar en ti.

—¿En mí? ¿Y eso por qué?

—¿Quieres que te lo lea?

—Claro que sí.

Antonio hojeó el libro hasta encontrar la página que buscaba.

—Aquí está. —Y comenzó a leer con voz tranquila—: «Me atormentaba en ese entonces otra circunstancia, el hecho de que nadie se parecía a mí y yo no me parecía a nadie. Yo estoy solo, y ellos son todos». —Seguidamente cerró el libro y miró fijamente a Anna.

—¿Así es como me ves? —preguntó ella, con el ceño fruncido. ¿Tú te sientes así?

Anna no tuvo tiempo de responder. En ese instante, Lorenza se lanzó hacia ellos completamente empapada y gritó:

—¡Tía, papá, venid! ¡El agua está buenísima!

3

Octubre-noviembre de 1934

Fumando un puro, Carlo atravesó el pueblo por estrechos y silenciosos callejones impregnados del olor al sofrito de tomate que alguien estaba cocinando al otro lado de las ventanas abiertas, hasta que llegó a la puerta del taller de costura y llamó, tarareando una melodía.

Carmela le abrió. Llevaba un vestido de flores y un metro de costurera colgado como si fuera un collar.

—¿Tú? —le preguntó, sorprendida.

—¿Todavía tienes esa botella de vino de tu padre? —preguntó él con una sonrisa.

—¿Y ahora te acuerdas? —respondió ella con una mueca—. Pasa —dijo luego con un suspiro.

Carlo obedeció y ella cerró la puerta. El taller de costura se encontraba allí mismo, en una habitación ordenada y pulcra, donde cada cosa estaba en su lugar: la máquina de coser, la mesa de trabajo de madera, un maniquí desnudo en una esquina, un estante con rollos de tela apilados, una torre de revistas y varios utensilios del oficio organizados en muchas cajas según su tipología. En la pared que estaba frente a la mesa había una mesita de cristal, recién abrillantada, con un jarrón de flores encima y dos sillones de terciopelo rojo al lado.

—Vamos, siéntate —dijo Carmela, señalando un sillón—. Voy

a buscar el vino. Espera aquí. —Y abrió la puerta que separaba el taller de costura del piso.

Regresó con la botella en una mano y una copa de cristal en la otra. Luego sirvió el vino y se lo ofreció.

Carlo tomó un sorbo y, con los ojos cerrados, chasqueó los labios.

—Esto sí que es un placer para el paladar. —A continuación, dejó la copa en la mesita—. ¿Cómo estás? —le preguntó.

Carmela se encogió de hombros.

—Como me ves. Siempre trabajando —replicó, cruzando los brazos.

—¿Y tu marido? Me lo encontré, ¿sabes? Solo cruzamos un par de palabras en el bar de Nando. Me pareció un buen hombre.

—Lo es —dijo Carmela.

Carlo volvió a coger la copa y bebió de nuevo.

—Quizá es un poco «viejo» para ti, ¿no? ¿Cuántos años tiene? ¿Cincuenta?

—Casi. Pero ¿qué estás insinuando? —se molestó ella.

—Nada, nada —dijo Carlo, alzando la mano—. En realidad, no solo he venido por el vino. Es que tengo que hablar con don Ciccio.

—¿Con papá? ¿Y por qué?

—Ya lo sabes, ¿verdad? Lo de la tierra que me dejó el tío Luigi.

—Por supuesto que lo sé. Todo el mundo lo sabe. ¿Y bien?

—Tendré que hacer algo con ella... Estaba pensando en producir vino yo también, y tu padre podría darme algunos consejos.

Ella frunció el ceño.

—Le tendrás que preguntar a él. ¿Qué tengo yo que ver?

Carlo miró su copa y removió el vino.

—Antes de hablar con él, quería saber por ti si todavía está molesto. Casi ni me saluda cuando me ve por ahí... Tal vez me equivoco, ¿eh?

Carmela lo miró con dureza.

—Te fuiste hace muchos años. Nuestra vida siguió adelante y no gira en torno a ti.

En ese momento llamaron a la puerta y Carmela fue a abrir. Apareció una anciana con los ojos hundidos y un lunar prominente en la barbilla que llevaba cuatro chaquetas de hombre dobladas en el brazo.

—Ah, doña Marta... Pase, pase. —Carmela le hizo señas.

Carlo dejó la copa en la mesa y se levantó.

—Buenos días, doña Marta. ¿Cómo está?

—Bueno, no me quejo, gracias a Dios —respondió la mujer—. ¿Y usted? Vi a su esposa con el pequeñín. Una chica muy guapa...

Carlo sonrió y luego le lanzó una mirada incómoda a Carmela.

—Carlo ha venido porque quiere que le confeccione un traje, pero estaba a punto de irse —se apresuró a decir ella.

—Sí, en efecto —asintió él—. Bueno, entonces volveré cuando esté listo —dijo Carlo.

Carmela lo acompañó hasta la puerta.

—Adiós, doña Marta —saludó Carlo—. Adiós, Carmela —agregó luego, mirándola a los ojos.

—Saludos a la familia —le dijo ella antes de cerrar la puerta.

Carlo se puso en camino cruzando por un callejón empedrado que, después de algo más de un kilómetro, lo llevaría directamente a la casa de don Ciccio. Pasó junto a un muro de toba tras el cual se vislumbraban las copas de los robles y atravesó una puerta en forma de arco que daba a una explanada, con un pozo de piedra en el centro, rodeada de pequeñas viviendas con la fachada un poco desgastada. Carlo llamó a una puerta de doble hoja de color verde y esperó, balanceándose adelante y atrás sobre los talones. Cuando le abrió, don Ciccio se quedó un instante asombrado y le clavó sus ojos oscuros como el betún, idénticos a los de Carmela. Había ganado peso en esos años, a juzgar por el vientre flácido que asomaba de su camisa. Sin embargo, seguía teniendo los mismos brazos fuertes y musculosos que Carlo recordaba. La nariz, ligeramente achatada, estaba ahora salpicada de pequeñas manchas marrones y su pelo, tiempo atrás espeso y ondulado, ahora se veía corto y ralo en las sienes.

—Buenos días, don Ciccio —dijo Carlo alegremente.

—Buenos días —murmuró don Ciccio con expresión seria—. ¿Qué pasa? —Estaba claro que quería ir al grano.

Carlo se frotó la nuca, incómodo.

—Me preguntaba si podría intercambiar unas palabras con usted.

Don Ciccio abrió la puerta de par en par y con un gesto seco lo invitó a entrar. A continuación, avanzó por el oscuro pasillo, dándole la espalda.

—¿Cómo está su esposa? —preguntó Carlo.

—Se lo puedes preguntar directamente a ella —respondió don Ciccio.

Entró por la primera puerta a la izquierda y se adentró en la cocina, apenas iluminada por la luz de la ventana. Se percibía un fuerte olor a ajo y grelos que, de hecho, estaban salteándose en una sartén. En un gancho de la pared colgaban dos grandes racimos de tomates. Gina, su esposa, estaba sentada junto a la chimenea apagada haciendo punto. Sobre la repisa que tenía justo encima de la cabeza había un marco con una foto de Benito Mussolini retratado con uniforme y casco.

—Mira quién ha venido —dijo don Ciccio a su esposa en un tono que a Carlo le pareció ligeramente sarcástico.

Gina abrió mucho los ojos, se levantó y dejó caer las agujas sobre la silla.

—Carlo, cuánto tiempo... —dijo con voz suave.

—Qué alegría volver a verla, doña Gina. Espero que esté bien —la saludó Carlo, tomándole ambas manos.

—Como Dios quiere —respondió la mujer.

No había perdido su dulce sonrisa, pensó él observando los hoyuelos que se le formaban a los lados de la boca. Y todavía llevaba el pelo recogido en un moño, como siempre, aunque ahora se veía completamente blanco. Aun así, la piel de su rostro seguía firme y tersa. «Carmela la ha heredado de ella», pensó Carlo.

Don Ciccio apartó una silla y se sentó, luego le hizo una señal a Carlo para que hiciera lo mismo.

—Prepara un café para nuestro invitado —ordenó a su esposa.

Carlo entrelazó los dedos sobre la mesa, luego los metió en el bolsillo de su chaqueta y sacó otro puro.

—¿Le molesta si fumo, don Ciccio?

El otro negó con la cabeza, así que Carlo encendió el cigarro, liberando una nube de humo. Un olor especiado llenó la habitación, mezclándose con el aroma de los grelos.

En el silencio que siguió, Gina llevó el café en las tazas del servicio fino, sobre una bandeja de plata, y luego volvió a sentarse y continuó tejiendo. Solo después de beber el último sorbo, don Ciccio repitió:

—¿Qué pasa?

Carlo se aclaró la garganta.

—Bueno, como sabe, mi tío Luigi me dejó en herencia diez hectáreas, las que compró antes de enfermar. Él no tuvo tiempo de hacer nada con ellas... Así que he decidido cultivarlas y querría plantar un viñedo.

Don Ciccio colocó la taza en la bandeja y le echó una mirada a su esposa, que levantó la vista para encontrarse con la suya. A continuación, fijó la mirada en Carlo y frunció el ceño.

—¿Por eso vienes a verme?

—¿Quién mejor que usted podría aconsejarme, con la experiencia que tiene? Nunca he bebido un vino tan bueno como el suyo, ni siquiera cuando estaba en el norte. Le pido que me enseñe todo lo que sabe, don Ciccio. Como a un hijo.

Don Ciccio lo miró durante un rato, luego se levantó lentamente y tomó su pipa del estante de encima de la chimenea, junto a la foto de Mussolini. Encendió una cerilla, calentó el tabaco en la cazoleta y, finalmente, dio la primera calada.

—Como a un hijo dices, ¿eh? —repitió, exhalando el humo.

Gina levantó de nuevo la cabeza y lo observó por un momento con sus pequeños ojos azules.

—No, yo no te enseñaré como a un «hijo mío» —continuó don Ciccio—. Sino como al hijo de Pantaleo, que en paz descanse. Hubo un tiempo en que podías haber llegado a ser como un hijo para mí, pero ese tiempo ya no existe.

—Si le ofendí, pido disculpas —murmuró Carlo.

Gina agachó la cabeza y siguió tejiendo más rápido.

Don Ciccio rodeó la mesa y luego volvió a sentarse.

—Te haré este favor, por supuesto —dijo, extendiendo los brazos—. Pero ten en cuenta que solo lo hago por la amistad que me unía a tu padre.

Carlo, muy contento, se levantó y le estrechó la mano.

—Le estoy muy agradecido, no sabe cuánto —exclamó.

Después de acompañarlo a la puerta, don Ciccio regresó a la cocina con pasos lentos y volvió a sentarse. Gina continuó trabajando con las agujas, pero tenía el rostro contraído.

—No hacía falta sacar el servicio fino —le reprochó él—. Solo falta que a ese le pongamos la alfombra roja.

—Estoy pensando en cultivar las tierras del tío —dijo esa noche Carlo a toda la familia, reunida para cenar en casa de Antonio y Agata—. En realidad, llevo pensando en ello desde hace tiempo.

—¿Y me lo dices así? —exclamó Anna.

Carlo rozó la mano de su esposa y con una sonrisa dijo:

—Quería estar seguro antes de hablarte de ello.

Ella bajó la mirada y continuó comiendo el pastel de carne.

—¿Y qué quieres plantar? —intervino Antonio, sorprendido.

—Vides. Sueño con tener mi propia marca de vino, como hiciste tú con el aceite. Quiero venderlo en toda Italia y exportarlo al extranjero, pero con mi nombre —declaró, golpeándose el pecho con la mano—. Aquí hacen el vino y lo envían al norte para mezclarlo. Así ha sido siempre. Pero podríamos venderlo ya embotellado, porque no tiene nada que envidiar a los vinos vénetos o piamonteses. Y lo sé bien, los he bebido. De hecho, el nuestro es incluso mejor. Aquí nadie se ha atrevido. Pero ha llegado la hora de pensar a lo grande.

Antonio reflexionó por un momento y luego sonrió.

—Sí, me parece una excelente idea, Carletto.

—¡Bravo, haces bien! —comentó Agata con la boca llena.

—Te veo muy decidido —intervino Anna, alzando una ceja.

—Lo estoy —respondió Carlo—. ¿Os lo imagináis? «Bodega Greco» —exclamó, moviendo la mano en el aire—. Suena bien, ¿no?

—Pero ¿tú qué sabes sobre cultivar viñedos? —preguntó Anna.

—Pediré ayuda —le respondió. Luego se dirigió a su hermano—. Ya se la he pedido a don Ciccio.

—Ah, ¿sí? —exclamó Agata, sorprendida.

—¿Quién es don Ciccio? —preguntó Anna.

—Uno que sabe de vinos —la cortó Carlo.

Y se metió un bocado de pastel en la boca.

—Me tienes aquí para todo lo que necesites —dijo Antonio.

—Lo sé. Gracias, hermano mayor —respondió Carlo, guiñándole un ojo.

—Yo también estoy aquí —dijo Anna después de unos segundos—. No sé nada sobre viñedos, pero tú tampoco. Supongo que aprenderemos juntos.

Se hizo un silencio. Carlo se tragó el bocado y se aclaró la garganta.

—Tranquila, mi amor. No hace falta.

—Casi parece que estés rechazando mi ayuda —replicó Anna.

Antonio y Agata se miraron por un instante.

—No, no es eso —dijo rápidamente Carlo—. Es que no quiero que hagas algo solo por hacerlo. Tal vez el próximo año puedas volver a enseñar. Habrá alguien que se jubile, ¿no? O incluso en algún pueblo cercano... Siempre dices que extrañas mucho la escuela.

—Echo de menos trabajar, que es diferente —respondió ella, molesta—. Y, en cualquier caso, no. En este momento no hay ningún puesto disponible aquí. Ya lo sabes.

Carlo suspiró, dejó el tenedor y cogió una de las manos de Anna entre las suyas.

—Debes tomarte tiempo para descubrir qué otra cosa te gustaría hacer. Algo que vaya contigo, que te apasione. No hay prisa —dijo, y le besó el dorso de la mano.

Antonio abrió la boca como si quisiera decir algo, pero volvió a cerrarla de inmediato.

El Fiat 508 Balilla, con su carrocería lamida por el sol y los interiores de un tejido aterciopelado, corría a ochenta kilómetros por hora por el camino de tierra que iba desde Lizzanello hasta el Grande Leccio, a las puertas del pueblo vecino, Pisignano. Carlo, con el pie en el acelerador y un cigarro apagado entre los dedos, silbaba una melodía que improvisaba en el momento.

En el asiento de al lado, Antonio estaba temblando de miedo.

—Reduce la velocidad —seguía diciendo, agarrando con ambas manos la manija interior de la puerta.

Pero Carlo no le hacía caso: había deseado un automóvil durante tanto tiempo que la mañana del 29 de noviembre, el día de su trigésimo primer cumpleaños, saltó de la cama con el único pensamiento de ir a recoger su Fiat 508. Había querido hacerse un regalo importante, ahora que podía gastar sin preocupaciones: había sacado diez mil ochocientas liras de su libreta de ahorros y, sin pensarlo dos veces, había comprado el coche de sus sueños, ese del que todos hablaban y que llevaba meses anunciándose en los periódicos. «Se acabó ir a pie», decía la publicidad. Optó por el modelo berlina, el de cuatro plazas y dos puertas. El color, verde, lo eligió porque lo vinculaba a Anna, a sus ojos y a su albahaca, aunque ella aún no sospechaba nada de lo que sin duda definiría como *un coup de folie*.

Carlo comenzó a cambiar de marcha cuando divisó, después de la curva, más allá del muro de piedra seca, la majestuosa y envolvente copa del Grande Leccio, la encina más antigua y robusta de la zona. Cuando eran pequeños, su padre los llevaba allí todos los domingos por la mañana. Se sentaban los tres en el suelo y se apoyaban en el gran tronco del árbol. Pantaleo sacaba de su bolsillo dos naranjas o dos melocotones, según la temporada, y les daba una pieza de cada para el desayuno. Mientras los niños mordisqueaban las frutas que les humedecían los labios y los dedos, él comenzaba a contar alguna de sus historias: la leyenda de la encina era su favorita, y se la había repetido a sus hijos en innumerables ocasiones.

Carlo y Antonio bajaron del coche y, como cuando eran niños, se sentaron en la tierra suave y apoyaron la espalda contra el árbol. Carlo alzó la vista y se quedó en silencio mientras daba largas bocanadas a su puro. El humo, exhalado hacia el cielo, parecía quedar atrapado entre las densas hojas, como si lo estuvieran succionando.

—¿Recuerdas la historia de la encina? —le preguntó a su hermano.

—Claro que la recuerdo —respondió Antonio. Y al instante comenzó a contarla, imitando la voz grave de su padre y escogiendo las mismas palabras que él solía usar—: «Durante mucho tiempo, la encina fue considerada un árbol ominoso porque fue el único en todo el Reino que ofreció su madera para construir la cruz en la que murió Jesús».

Carlo rio.

—Oh, lo haces igual que él.

Antonio sonrió y continuó, gesticulando:

—«No fue perdonado hasta muchos siglos después por san Francisco, quien dijo que no, que la encina no era en absoluto una traidora como todos creían, sino que había sido el único árbol en comprender que debía sacrificarse por la redención, al igual que Jesús estaba a punto de hacer».

Carlo sacudió la cabeza, divertido, y recitó el final de la historia al unísono con su hermano:

—«Desde entonces, se convirtió en un árbol tan sagrado que

varias ciudades italianas comenzaron a disputarse el nombre. Lecce, la antigua Lupiae, salió victoriosa, y por eso el escudo de la ciudad representa una loba bajo una encina».

Rieron a carcajadas, sorprendidos de recordar perfectamente cada palabra.

A continuación, Carlo cerró los ojos y dio otra calada a su cigarro. Solo los abrió cuando sintió algo frente al rostro: una naranja oscilaba en el aire, con el tallo entre el pulgar y el índice de Antonio.

—Puede que no sea tan buena como las de papá..., pero feliz cumpleaños, Carletto.

Una sonrisa le iluminó la cara a Carlo, como si acabara de recibir el regalo más preciado del mundo.

Cuando Pantaleo no estaba ocupado en la secretaría del ayuntamiento, cultivaba el pequeño pedazo de tierra que quedaba en la parte trasera de la casa. Allí plantó naranjos, limoneros, melocotoneros, granados, albaricoqueros, higueras y almendros; era un huerto tan exuberante y colorido que se contaba entre los más admirados del pueblo. Carlo y Antonio se divertían como locos corriendo entre los árboles, jugando a perseguirse: cuando uno trepaba por las ramas, el otro servía de escalera desde abajo. Para Pantaleo era una alegría verlos, tanto a los árboles como a sus hijos; se podía decir que los quería a ambos de la misma manera. Al fin y al cabo, todo el amor que le llenaba el cuerpo y el espíritu por Ada, la mujer que había tomado por esposa y madre de sus hijos, estalló cuando ella lo abandonó. No, no se había ido de verdad: su cuerpo seguía estando allí, tumbada en la cama por la noche y acurrucada en un sillón durante el día. Algo en su cabeza se había apagado para siempre después del nacimiento de Carlo: fue un parto difícil, el pequeño simplemente se negaba a ponerse en posición, por lo que la exprimieron, empujaron, cortaron y cosieron. Una tortura. Ese día, junto con el niño, le arrancaron del cuerpo también la sonrisa. Una sonrisa que nunca regresó.

En la estación en que la tramontana soplaba desde el norte,

Antonio la arropaba con las mantas, le calentaba el manguito junto al fuego y, cuando estaba bien caliente, le envolvía con cuidado las manos entumecidas con él. Carlo se quedaba observando desde detrás del dintel de la puerta las atenciones cariñosas de su hermano, sintiéndose a la vez aliviado y envidioso por lo que él mismo no era capaz de hacer: nunca podría aceptar ver a su madre rendida y vacía. No podía evitar estar resentido con ella, habría deseado sacudirla con fuerza y arrancarla de esa maldita butaca. Quemar todas las butacas de la casa. Nunca la perdonó, ni siquiera cuando ella decidió abandonarse de una vez por todas, cuando la fatiga de vivir se volvió insoportable. La había ido aplastando un día tras otro hasta convertirla en un envoltorio deformado, con el pelo blanco encrespado y los tobillos hinchados marcados por venas tortuosas como hilos de lana enredada.

Su padre fue quien llenó el desamor de su madre, por supuesto, pero más que nadie, Antonio. Fue él quien lo protegió, lo mimó y lo abrazó cada día de su vida, a pesar de tener apenas cuatro años más que él. Era solo un niño, un hombrecito con ojos tiernos que, cuando lloraba, lo hacía en silencio por la noche, con la cabeza escondida bajo la almohada; Carlo lo escuchaba de todos modos, pero nunca se lo reveló.

Peló la naranja y arrojó la cáscara al suelo frente a él. Dividió la fruta en dos y le ofreció la mitad a Antonio.

Carlo mordió un gajo y al cabo de un instante comenzó a reír a carcajadas con la boca llena.

—¿Qué pasa? —preguntó Antonio.

—¿Te das cuenta? El hijo de un abstemio haciendo vino —respondió Carlo.

Antonio esbozó una sonrisa.

—Bueno, tal vez lo hagas precisamente por eso.

—¿Para vengarme de todas las veces que papá me prohibía beber? —bromeó Carlo.

—No, solo para demostrarle que se equivocaba.

—Entonces haré el mejor vino del mundo —dijo Carlo, poniéndose de pie—. Un vino que incluso él habría bebido. —Extendió una mano hacia Antonio y lo ayudó a levantarse—. ¿Quieres intentar conducir tú a la vuelta? —preguntó mientras se dirigía hacia el coche.

—No, no, por favor —exclamó Antonio, levantando una mano—. No es para mí.

Aunque un poco a regañadientes, Anna se puso a hacer un postre para el cumpleaños de Carlo. La última tarta que había horneado, su adorado *castagnaccio*, siguiendo la receta de su abuela, se remontaba al día en que su Claudia había cumplido tres meses.

Fue Lorenza quien le arrancó la promesa, emocionada por la idea de celebrar el aniversario de su tío todos juntos por primera vez. Insistió tanto que Anna finalmente accedió. En esto, pensó, era idéntica a Agata: las dos te machacaban hasta que lograban que dijeras que sí.

De modo que consiguió, no sin esfuerzo, un kilo de harina de castañas, pasas y piñones. Aquella mañana, tan pronto como Carlo se levantó de la cama —a saber dónde diantre iba con tanta prisa, sin esperarla siquiera para tomar un café—, despejó la mesa de la cocina, se puso el delantal, se recogió el pelo con un pañuelo de seda y se remangó las mangas del vestido negro.

Estaba amasando cuando oyó un claxon que sonaba insistentemente. Aunque tenía las manos llenas de una masa pegajosa, fue a la puerta y la abrió de par en par, exclamando:

—¿Quién hace tanto ruido?

Carlo estaba apoyado en el coche, con los brazos cruzados y una expresión radiante.

Anna rodeó el automóvil, observándolo en silencio.

—Bueno, sí. Me gusta el color —comentó finalmente—. Ni siquiera quiero saber cuánto te ha costado. —Pero luego sonrió.

Antonio, que se había quedado sentado en el coche, vio que Anna tenía harina en la barbilla y en el labio inferior, y sintió el impulso de cogerle el rostro entre las manos y limpiarlo con pequeños besos húmedos. Y la escena que se estaba desarrollando en su mente de pronto se volvió real cuando Carlo acercó el rostro al de Anna y le lamió la harina de los labios con besos cortos y lentos.

—Estoy deseando probar la tarta... —le susurró al oído.

—Me voy —los interrumpió Antonio, saliendo del coche de golpe.

—Espera, te acompaño —dijo Carlo, un poco sorprendido.

—No, hombre, si está aquí mismo —respondió Antonio—. Hasta esta noche —los saludó, y se alejó casi corriendo.

Hacía diez años que Carlo no celebraba un cumpleaños en su pueblo, por lo que esa noche había decidido hacer las cosas a lo grande. Había invitado a muchas de las personas con las que se había encontrado los días anteriores: viejos amigos, conocidos y hasta algunos desconocidos. Había pedido quince litros de vino tinto a la bodega del pueblo y había encargado un refrigerio en la *trattoria.* «Prepara lo que quieras —le dijo al cocinero—. Solo asegúrate de que sea abundante».

Los primeros en llegar fueron Antonio y Agata, que para la ocasión lucía un traje chaqueta color vino con botones dorados. Se había recogido la melena pelirroja en un pequeño moño y el lápiz de labios a juego resaltaba cada pliegue de sus labios. Los lóbulos de las orejas parecían haberse alargado, tal vez debido a los pesados pendientes de oro que lucía con orgullo. Lorenza se adelantó a sus padres y se arrojó a los brazos de Anna, que también vestía de negro esa noche.

—¿Y a mí no me abrazas? Que el homenajeado aquí soy yo, ¿eh? —dijo Carlo, haciéndole cosquillas en los costados a su sobrina.

Riendo, Lorenza se soltó y, tras ponerse de puntillas, le dio un suave beso en la mejilla a su tío, que olía a menta.

Algo más tarde, Anna vio a todo el pueblo invadir su casa de golpe. Era como un encuentro que se trata de posponer de todas las formas posibles, pero que al final se vuelve inevitable: docenas de personas en un flujo ininterrumpido de besos, abrazos, apretones de mano y palmadas en la espalda. Los hombres se quitaban el sombrero y le besaban la mano, las mujeres le rozaban la mejilla con besos formales. Para escapar de ese contacto, se dirigió al gramófono y puso un disco que le gustaba mucho: *Parlami d'amore Mariù*. Estuvo un momento así, inmóvil, dando la espalda a la sala y a la multitud ruidosa. Lo cierto era que no estaba acostumbrada a todas esas muestras de entusiasmo, pero era el día de Carlo y no podía arruinárselo poniendo mala cara. Suspiró, se armó de valor y se volvió de nuevo hacia la multitud.

La mesa de olivo del centro de la sala rebosaba de comida y jarras de vino, y Agata, con la ayuda de Lorenza, iba y venía de la cocina asegurándose de que no faltara de nada. «Sírvanse», decía Carlo a cualquiera que llegara, señalando la mesa, con un cigarro en la boca y una copa en la mano.

Anna lo observó durante unos momentos: no era inusual que su Carlo estuviera efervescente como una botella recién descorchada, y era algo que siempre le había gustado de él desde que se conocieron. En los días en que la cortejaba, ella no podía pasear por las empinadas callejuelas de Pigna sin que Carlo se le apareciera de repente en cada esquina, como un ilusionista. «Señorita, ¿acaso me está siguiendo? Está siendo un poco insistente, ¿sabe?», bromeaba, cuando resultaba evidente que era él quien la estaba siguiendo a ella. Anna sacudía la cabeza, divertida, y seguía adelante, sabiendo que en la próxima esquina él aparecería de nuevo. Se había enamorado de su alegría, de su espontaneidad, de la ligereza con que Carlo afrontaba la vida, ella que había crecido en una familia austera, rodeada de personas cautas y racionales, que conocían perfectamente las reglas del *bon ton*, pero que no sabían decir: «Te quiero». Y, de hecho, sus padres habían muerto sin decírselo nunca...

Mientras la canción terminaba, Anna se acercó a la mesa, se sirvió una bebida y luego se dirigió al jardín en busca de un poco de paz. Se sentó en su banco, suspiró y, en silencio, inhaló con los ojos cerrados el aroma de la albahaca.

Antonio fue el único que se dio cuenta de que se había alejado. Se disculpó rápidamente con el hombre con el que estaba charlando, el padre de una compañera de clase de Lorenza, y se dirigió hacia Anna.

—¿Cómo estás? —le preguntó, aproximándose desde atrás.

Anna se dio la vuelta de golpe y él se le acercó lentamente, pero se quedó de pie con las manos en los bolsillos del pantalón.

Ella se encogió de hombros.

—Como un pez fuera del agua. Así me siento.

Antonio puso una mano en el banco y apretó el respaldo.

—Antes sabía perfectamente quién era —continuó ella—. Tenía mi trabajo, mis alumnos, mis lugares. Mi vida, en resumen... Ahora, en cambio... Ni siquiera entiendo lo que dice la gente.

—No necesariamente es malo. —Antonio sonrió—. Las personas dicen tantas tonterías...

Anna esbozó una sonrisa.

—Pero me apena que te sientas así... —agregó él.

Permanecieron callados durante unos segundos, luego fue Anna quien rompió el silencio.

—No tengo nada nuevo para leer —dijo.

—Bueno, eso se puede solucionar fácilmente. La biblioteca municipal está bastante surtida. Si quieres, puedo acompañarte —se ofreció Antonio.

—Sí, me encantaría —respondió Anna. Luego se levantó y se fijó en que Antonio llevaba el cuello de la camisa medio levantado; como si fuera el gesto más natural del mundo, extendió las manos y se lo arregló—. Ahora está bien —comentó, satisfecha—. Vamos, volvamos adentro.

Antonio se sintió turbado y balbuceó un «gracias». Los dedos delgados de Anna le habían rozado la piel del cuello y le habían provocado un temblor repentino y una especie de inquietud que le comprimía las entrañas.

Evitó la mirada de Anna el resto de la noche y se mantuvo apartado incluso cuando, entre aplausos y brindis de felicitación, Carlo cortó el *castagnaccio* y luego lo paladeó con gusto. Mientras su hermano rodeaba la cintura de Anna con un brazo y la besaba para agradecerle el pastel, Antonio se escabulló silenciosamente al jardín, se sentó en el banco y levantó la mirada hacia las estrellas.

La fiesta concluyó en plena madrugada, tan tarde que, en un momento dado, Lorenza se durmió en un sofá y a nadie le pareció necesario despertarla. De modo que Antonio y Agata se dirigieron a casa solos, él en silencio y ella, con el lápiz de labios medio borrado, maldiciendo el hecho de que le había tocado hacer idas y venidas desde la cocina mientras Anna se dedicaba a divertirse.

—Enseguida voy —dijo Antonio una vez que entraron en casa.

En la semioscuridad de la sala de estar, quitó el tapón de corcho de una botella de *grappa* de cuello largo, se acercó el gollete a los labios y bebió grandes sorbos hasta que el ardor del alcohol le llenó el pecho y lo hizo toser. Volvió a guardar la botella y subió al piso de arriba. Abrió la puerta de la habitación principal con cuidado, se desvistió y dejó la ropa en el suelo antes de meterse desnudo en la cama, donde Agata ya estaba durmiendo, acostada de lado. Antonio le bajó las bragas.

—¿Qué estás haciendo? —rezongó ella, despertándose.

—Date la vuelta —le ordenó él, y ella obedeció sin decir una palabra. La poseyó con los ojos cerrados, sin mirarla ni una vez y tapándole la boca con la mano.

4

Enero-febrero de 1935

Agata hizo el gran anuncio en la cena de Nochebuena. Cuando todos estuvieron sentados alrededor de la mesa, a punto de alzar las copas en el primer brindis, dijo que Dios le había regalado de nuevo la mayor alegría: estaba embarazada.

Por la expresión atónita de Antonio, que se puso rígido de repente, quedó claro para todos que también era una revelación para él.

—Pero ¿estás segura? —logró preguntar con un hilo de voz.

—El médico dice que sí —respondió ella, con los ojos húmedos.

Carlo rodeó la mesa y se acercó a felicitarla.

—Estoy realmente feliz por vosotros —le dijo, y luego le dio un beso en la mejilla.

Anna se inclinó hacia delante y extendió la mano desde el otro lado de la mesa.

—Qué buena noticia —dijo. Y Agata le estrechó la mano.

—¿Has entendido lo que ha dicho mamá? —Agata se dirigió a su hija, que la miraba un poco desconcertada—. Vas a tener un hermanito —le explicó, tocándose el vientre.

Lorenza abrió mucho los ojos y corrió a abrazarla: le dijo cuánto se alegraba, incluso más, lo felicísima que estaba; luego clavó los ojos en su padre, que todavía no se había movido ni un centímetro, como si el hechizo de una bruja lo hubiera convertido en una estatua.

El recuerdo, de repente muy vívido, del primer embarazo de Agata era lo que había paralizado a Antonio. Esos nueve meses eternos y asfixiantes, con Agata constantemente llorando, con miedo a todo, ya fuera quedarse en casa sola o salir a comprar si no había alguien dispuesto a acompañarla. Las noches habían sido un infierno porque a Agata siempre le costaba conciliar el sueño, y los días, una lamentación continua debido a la falta de descanso. Además, Antonio debía tener cuidado con sus palabras porque bastaba poco para que ella perdiera los nervios. ¿Cómo podía pensar en revivir esa locura desde el principio, especialmente ahora que Agata ya no era tan joven? Había sido difícil nueve años atrás, no quería ni imaginar cómo sería ahora que su esposa tenía treinta y cinco años.

—¿Y tú, Antonio? —preguntó Agata con voz insegura—. Pareces un fantasma —agregó, al tiempo que miraba avergonzada a sus cuñados.

Anna y Carlo intercambiaron una mirada.

—Papá, ¿no estás contento? Di algo —lo apremió Lorenza con una mirada preocupada.

—Sí —balbuceó Antonio—. Sí, claro que estoy contento.

—Está tan feliz que se ha quedado pasmado —intentó bromear Carlo.

Agata se tranquilizó de golpe.

—¿De verdad? —le preguntó, suavizando la mirada.

Finalmente, Antonio se levantó, se acercó a Agata, se acurrucó junto a ella y le dio un pequeño beso en el vientre blando. Nadie pareció notar que en sus gestos había algo mecánico, como si estuviera interpretando un papel.

Ella le acarició el cabello.

—Espero que esta vez sea un niño —dijo.

Anna levantó una ceja, pero se quedó en silencio.

Agata perdió el bebé al llegar al tercer mes, a finales de enero. Cuando Antonio la encontró doblada en la escalera, con el camisón empapado de sangre, entendió que el vientre de su esposa estaba vacío de nuevo. Y en lo más profundo de su corazón, suspiró aliviado.

Cuando regresaron del hospital, Agata se metió en la cama, sosteniendo el rosario de plata entre las manos, y no se levantó durante tres semanas. De vez en cuando murmuraba una oración, pero sabía que esa había sido su última oportunidad de ser madre. Y no lograba resignarse.

Lorenza volvía de la escuela, cruzaba las habitaciones oscuras y silenciosas, entraba en el dormitorio y se acostaba a su lado mientras Agata mantenía el rostro apagado vuelto hacia el otro lado. Cuando Antonio regresaba de la fábrica de aceite, a la hora de comer y luego para la cena, se asomaba a la puerta y le preguntaba si necesitaba algo. Agata negaba con la cabeza y se cubría completamente con la manta. Entonces, él se limitaba a dejar algo de comida y una jarra de agua en la mesita de noche, pero su esposa apenas tocaba nada.

—Tía Anna, encárgate tú. Por favor —le suplicó Lorenza.

Una tarde, la niña había recorrido sola los pocos metros que separaban las dos casas y había llamado a la puerta de sus tíos. Anna la había levantado, se la había sentado en las rodillas y la había abrazado durante mucho rato, prometiéndole que la ayudaría. Ya había ido a visitar a Agata unas cuantas veces, pero ella simplemente la ignoraba. Luego había dejado de ir, porque ver a su cuñada en ese estado le recordaba cómo se había sentido ella misma después de la muerte de Claudia: sumida en el dolor, indiferente al mundo. La entendía, pero verla así le hacía daño.

A la mañana siguiente, temprano, Anna golpeó la aldaba de la puerta de la casa de Agata y Antonio. Llevaba a Roberto en brazos y en la mano libre sostenía un ejemplar de *Cumbres borrascosas.*

En pijama y con el pelo revuelto, Antonio le abrió la puerta.

—¿Cómo está? —preguntó Anna.

Él encogió los hombros y frunció el ceño.

—Entiendo —dijo ella, tajante—. Ve al trabajo. Yo me quedaré aquí.

Subió la escalera y abrió la puerta del dormitorio con delicadeza, iluminándola apenas. Luego puso el libro en la cómoda y, todavía con Roberto en brazos, descorrió las pesadas cortinas de las ventanas.

Agata abrió los ojos y un instante después los volvió a cerrar, molesta por la luz del sol.

Anna acomodó a Roberto en la butaca; a continuación, cogió el libro y arrastró una silla junto a la cama.

—Ya sé que estás despierta —dijo.

La otra no respondió.

Entonces, Anna colocó el libro en su regazo, lo abrió por la primera página y comenzó a leer en voz alta:

—«He vuelto hace unos instantes de visitar a mi casero y ya se me figura que ese solitario vecino va a inquietarme por más de una causa. En este bello país, que ningún misántropo hubiese podido encontrar más agradable en toda Inglaterra...».

Continuó leyendo sin parar hasta la hora del almuerzo, luego cerró el libro.

—¿Se ha terminado? —preguntó Agata con voz débil, abriendo al fin los ojos.

Anna le sonrió.

—Por hoy, sí. Continuaremos mañana.

Regresó al día siguiente y luego todos los días durante las dos semanas siguientes.

Preparaba la comida para Lorenza y para ella y la alimentaba con paciencia; tomaba puñados de crema Nivea de un tarro de metal azul y se la aplicaba en la piel seca de las manos, insistiendo en las cutículas de las uñas. Un par de veces, incluso la obligó a ponerse de pie, porque tenía que lavarle el pelo.

—Luego vuelves a la cama —la tranquilizaba.

Cuando Agata se quedaba dormida, Anna dejaba el libro en la mesita de noche y, con cuidado de no hacer ruido, salía de la habitación y cerraba la puerta suavemente. Estiraba la espalda y bajaba al piso de abajo para hacerse un café. Lo saboreaba sin prisas, recorriendo la casa. Trataba de imaginar a Carlo de niño, adormecido en el sofá verde, jugando en la alfombra o corriendo alegremente de la cocina a la sala. «Debió de ser un verdadero bicho», pensaba, divertida. Miraba el sillón junto a la ventana, en el que Antonio solía sentarse y en el que, en otro tiempo, vivía la madre. Carlo casi nunca hablaba de ella: cada vez que Anna intentaba sacar el tema, él murmuraba unas pocas palabras y luego cambiaba de conversación. Solo sabía que había sido una figura ausente, pero que al mismo tiempo era un estorbo, y que cuando murió, Carlo no sufrió demasiado. O al menos eso era lo que él decía. Seguidamente, Anna continuaba hasta la puerta cerrada del estudio de Antonio y ahí se detenía siempre. La curiosidad por entrar era intensa, pero se contenía. «Mi madre habría dicho: "Sería una verdadera falta de educación entrar sin permiso"», pensaba. Sin embargo, una mañana encontró la puerta abierta, quizá por un descuido de Antonio, y entró muy despacio, mirando a su alrededor: una pared estaba completamente ocupada por una estantería de madera atestada de libros. «¿Es posible que Antonio los haya leído todos?», se preguntó un tanto incrédula. En el lado opuesto, había un sofá de terciopelo azul y una mesa baja de vidrio, con un vaso y una botella de agua encima; en el centro de la habitación se encontraba el elegante escritorio de caoba y una silla con un cojín rojo.

Anna se sentó en el borde de la silla y, casi con temor, comenzó a acariciar los objetos que había sobre el escritorio: una pluma estilográfica chapada en oro y una novela que nunca había oído nombrar: *Padres e hijos*, de Iván Serguéievich Turguéniev, leyó en la portada. «Otro ruso», pensó con ternura. Al lado había un cuaderno abierto con notas y apuntes escritos con una caligrafía cuidada y elegante.

Se inclinó para leer las frases que Antonio había transcrito, probablemente de esa novela: «El nihilista no se doblega ante la autoridad de nadie y no acepta ningún principio, aunque se trate de un principio al que todos obedezcan». Y, un poco más abajo: «Ambos callaban, pero precisamente en su silencio, en la forma en que estaban sentados juntos, se advertía una cómplice confianza». Luego extendió la mano y se acercó a los ojos una foto en blanco y negro en un marco de plata: Carlo y Antonio cuando eran niños, vestidos como dos pequeños caballeros. Curvó los labios en una sonrisa y se llevó la mano al corazón: en la foto, Antonio estaba serio y compuesto, mientras que Carlo, a su lado, hacía una mueca traviesa al fotógrafo. «Siguen siendo los mismos de entonces», pensó después, con una sonrisa.

Una mañana, mientras Anna continuaba leyendo en voz alta *Cumbres borrascosas*, Agata la interrumpió.

—¿Qué le pasó a Claudia? —preguntó.

A Anna se le hizo un nudo en la garganta. Levantó los ojos de la página y miró fijamente a su cuñada durante un momento. A continuación, cerró el libro.

—Se fue mientras dormía —respondió con voz monótona—. Fue una muerte inexplicable, eso dijo el médico.

Agata se incorporó y se quedó sentada con las manos entrelazadas.

—Hasta la noche anterior estaba bien… —continuó Anna—. Le había dado su baño, habíamos jugado con burbujas de jabón. Le canté una nana y se durmió feliz en su cuna, con su mantita de lana rosa. A la mañana siguiente ya no estaba. —Y miró hacia arriba para contener las lágrimas.

No mencionó cuánto tiempo se estuvo sintiendo culpable, convencida de que su negligencia había causado la muerte de Claudia. Había repasado cada momento de la noche anterior, y la realidad y las suposiciones se habían mezclado, formando una especie de niebla impenetrable. ¿Había sido el baño? ¿El agua estaba demasiado caliente o demasiado fría? Pero no, estaba segura de haber comprobado antes la temperatura con el codo; ¿quizá Claudia no había eructado después de la última toma? Le parecía que sí lo había hecho. ¿O tal vez se había golpeado la cabeza en algún lugar y ella no se había dado cuenta? Pero ese día no había llorado ni se había quejado...

—Pobre criatura —comentó Agata, poniendo una mano sobre la de Anna—. Ahora tú y yo estamos unidas por el mismo dolor.

Anna abrió la boca para hablar, pero luego no dijo nada.

A principios de enero, llegaron los cuarenta mil esquejes de vid que Carlo había encargado: treinta y cinco mil cepas de la variedad *niuru maru* y cinco mil de malvasía negra de la zona de Brindisi. La estructura de hileras y postes ya estaba lista, instalada de acuerdo con las indicaciones de don Ciccio. Cuando Carlo lo había llevado a ver los terrenos por primera vez, al día siguiente de su visita, don Ciccio se había apoyado las manos en las caderas y había echado un vistazo alrededor, extendiendo la mirada hasta el horizonte. A continuación, había comenzado a explicar que, en primer lugar, se debía planificar un sistema que, si se hacía correctamente, podría soportar hasta cuatro mil cepas por hectárea. La distancia entre las hileras debería ser al menos de dos metros y medio, tres como máximo, había especificado, mostrándosela con tres largos pasos. Pero cuando había visto que Carlo, como un estudiante diligente, estaba anotando todo lo que decía en un cuaderno con tapa negra, don Ciccio se había echado a reír.

—Pero ¿qué estás escribiendo? Yo te enviaré a trabajadores experimentados que ya saben lo que deben hacer —le había dicho.

Así fue como Carlo contrató a unos veinte campesinos, la mayoría de los cuales ya habían prestado servicio a don Ciccio con anterioridad. Se notaba que estaban acostumbrados a trabajar duro: en dos meses, trazaron las hileras, prepararon los postes de madera y ataron los hilos. Mientras tanto, Carlo había encargado un letrero que decía FINCA GRECO a un «pintor de distintivos» que tenía un pequeño taller en el corazón de Lecce. El texto estaba escrito en cursiva en una elegante caligrafía blanca sobre un panel de madera de olivo. Cuando se lo mostró orgulloso a don Ciccio, este frunció el ceño.

—Eso no son más que adornos —comentó.

Carlo en ese momento se sintió decepcionado, pero no le respondió.

Después de la entrega de los manojos de sarmientos, transportados en amplios carros, por fin llegó el momento de plantar. Don Ciccio había sido claro: el mejor momento para enterrar los esquejes era entre el otoño y finales del invierno, en el período de reposo vegetativo. Durante esos días, se presentaba en el viñedo cada mañana para supervisar el progreso del trabajo. Era la fase más delicada. Caminaba entre las hileras con las manos detrás de la espalda y la mirada atenta, y ocasionalmente se detenía para reprender a alguien.

—No, este agujero no está bien. Debe tener al menos medio metro de ancho.

—Ya tiene medio metro —le respondían.

—Medidlo. A simple vista diría que ni siquiera llega a treinta y cinco centímetros.

Y cada vez, los campesinos tenían que darle la razón.

Carlo estaba pegado a su lado todo el tiempo, tratando de aprender todo lo posible, pero ya no llevaba el cuaderno consigo.

Y ahora que todos los esquejes estaban plantados, don Ciccio miraba el viñedo con satisfacción.

—Si todo va como debe, verás las primeras uvas en dos años. Como máximo, tres —dijo.

—¿Cómo que tres años? —se sorprendió Carlo—. ¿Tanto tiempo? Pensé que podríamos hacer la primera cosecha el año que viene.

El otro estalló en risas.

—Sí..., el año que viene. Estás listo —exclamó, agitando una mano—. Debes tener paciencia. Los esquejes deben seguir su propio ciclo para convertirse en la vid que imaginas. Siempre lo has querido todo de inmediato, tú...

Carlo le lanzó una mirada molesta, pero tuvo que tragarse su disgusto: necesitaba a don Ciccio y, por el momento, tenía que morderse la lengua, aunque su actitud realmente ya empezaba a cansarle.

—Ahora debes dejarlas crecer libremente, sin interferencias —continuó don Ciccio—. Ya hablaremos de la primera poda el próximo invierno. Mientras tanto, ocúpate de construir la bodega.

Carmela se despertó a causa del frío. Se acurrucó de costado y se sopló las manos para calentarlas. A su lado, Nicola dormía profundamente; podía adivinarse por su pesada y ronca respiración. Alargó la mano hacia la mesita de noche y giró hacia ella el pequeño reloj de sobremesa: eran las siete y el despertador no sonaría hasta las ocho. Decidió levantarse, segura de que no podría volver a conciliar el sueño. Ya que estaba despierta, pensó, podía adelantar algo de trabajo. No faltaban abrigos que remendar o ajustar porque pasaban de padres a hijos, pantalones de franela que necesitaban un nuevo dobladillo, vestidos y trajes de lana a medida que coser, edredones que había que zurcir. En las últimas semanas había estado trabajando sin descanso.

Esa mañana, además, también tenía que entregar personalmente la ropa a la señora Tamburini, un engorro que le llevaría más de una hora entre la ida, las pruebas y el regreso. Pero la señora Tamburini era su clienta más adinerada y no había podido decirle que no cuando le pidió que le llevara la ropa a casa: prefería probársela en su habitación caldeada por la chimenea en lugar de entre las húmedas paredes del taller de costura, había dicho.

Así que, después de lavarse, vestirse y rociarse detrás de las orejas con el perfume de jazmín que ella misma elaboraba, dejando macerar los pétalos en una solución de alcohol y agua purificada, fue a despertar a su hijo Daniele con un beso en la frente y le recomendó que no se volviera a dormir o llegaría tarde a la escuela.

Nicola abrió la puerta del dormitorio y se unió a su esposa en la sala de estar. Llevaba un pijama de lana peinada azul y los botones de la chaqueta apenas contenían su prominente barriga. Carmela pensó que, si engordaba aún más, tendría que coserle un nuevo pijama. Después de todo, Nicola tenía veinte años más que ella, cumpliría cincuenta al cabo de seis meses, y la diferencia de edad era evidente. Las entradas del pelo eran cada vez más visibles; cuando se había casado con él, casi once años atrás, todavía tenía pelo. O al menos eso creía recordar.

—¿Ya te vas? —le preguntó él.

Carmela se puso el abrigo y apartó los mechones de pelo atrapados en el cuello. Le dolía la cabeza por la falta de sueño y, si se los sujetaba hacia atrás con horquillas, solo empeoraría el tormento, así que decidió dejarlos sueltos.

—Voy a llevarle la ropa a la señora Tamburini —respondió, apresurada—. Ve a ver si Daniele ha vuelto a dormirse, como siempre —le dijo un momento antes de salir.

Con cinco perchas colgadas del dedo, en cada una de las cuales llevaba un traje de mujer hecho a medida y envuelto en papel de seda, Carmela caminó con paso decidido.

Los Tamburini vivían en una villa a las afueras del centro y, para llegar allí, tuvo que pasar por la Via Paladini, la misma calle donde ella había vivido de niña. Justo enfrente de la que ahora era la casa de Antonio. Así que Carmela se vio obligada a pasar frente a la casa de Carlo y Anna antes de girar a la derecha. Aflojó el paso. El Fiat 508 estaba estacionado frente a la puerta y las ventanas todavía estaban cerradas, con las cortinas blancas corridas. Se detuvo por un momento y levantó la mirada hacia donde estaba la ventana del dormitorio. Recordaba perfectamente la casa, como si hubiera estado allí el día anterior. Cuando eran niños, ella, Carlo y Antonio iban cada tarde a merendar. El tío Luigi los recibía con una mesa llena de exquisiteces que le hacía preparar a la criada: pasteles de membrillo, galletas de almendra, pan fresco y mermeladas de naranja y mandarina. Mientras ellos disfrutaban de esas delicias, él se sentaba con su bastón entre las manos, y los contemplaba, satisfecho.

Carmela siempre había creído que algún día ella y Carlo se instalarían en esa casa. Y que viviría como una señora, en lugar de desgastarse los ojos con la aguja y el hilo.

Se imaginó, al otro lado de la ventana del primer piso, a Carlo y Anna aún durmiendo, abrazados. Si no fuera por esa mujer, pensó, ahora ella estaría allí, acostada junto a Carlo. Y en la habitación del final del pasillo, la que de vez en cuando Carlo y Antonio ocupaban cuando eran niños, estaría durmiendo Daniele. Podrían haber sido una familia, sí. Si esa tal Anna no se hubiera entrometido...

Todavía le quemaba el recuerdo de esa maldita carta. Carlo había necesitado tres densas páginas para confesarle que había conocido a otra chica —se llamaba Anna— y que su corazón ahora le pertenecía. Fue algo repentino, como si un rayo lo hubiera golpeado, así se lo escribió. Le rogó que no lo esperara más, porque no sería justo. Si había algo de lo que Carmela no carecía era de orgullo, por lo que la carta de Carlo, a la que ella nunca respondió, terminó ardiendo en la chimenea. Y no solo porque no debía caer en manos de nadie, sino sobre todo porque preferiría morir antes que ser vista como la abandonada. Y, además, estaba embarazada. La única vez que estuvo con Carlo había sido dos meses antes de la carta, cuando vino para ser testigo en la boda de Antonio. Fue un error. Pero ¿qué sabía ella entonces sobre la verdadera naturaleza de los hombres? Estaba convencida de que Carlo volvería y la llevaría al altar: se lo había prometido, mirándola a los ojos, justo antes de subir al autobús que volvía a llevárselo lejos.

Mientras miraba arder la carta, con lágrimas de rabia y sal, Carmela juró que Carlo nunca se enteraría, jamás. Él no se merecía ese hijo. Don Ciccio se ocupó del «asunto», como lo llamaron sus padres, organizando rápidamente la boda con Nicola Carlà, uno de los muchos pretendientes que habían pedido la mano de su hija. Don Ciccio eligió a Nicola porque era lo suficientemente mayor y parecía el más tonto de todos, alguien a quien se podía engañar impunemente sin que se diera cuenta. Carmela tuvo que aceptar ese matrimonio reparador sin decir una palabra.

—Así debe ser, si no quieres arruinarte la vida —la había amenazado don Ciccio.

Y cuando una lágrima le había brotado de los ojos al pensar en casarse con un hombre mucho mayor, Gina se le había acercado y la había tranquilizado poniéndole una mano en el hombro.

—Da lo mismo, hija mía —le había dicho—. Al final, todos los hombres son iguales.

De repente, la cortina de la ventana del dormitorio se abrió y Carmela vio el perfil de Carlo al otro lado del cristal. Entonces, abrió los ojos de par en par y se alejó rápidamente, con los tacones resonando en el empedrado.

5

Abril-mayo de 1935

El bibliotecario era un hombre amable, de cabello escaso y mirada dulce. Anna le dio las gracias y se dirigió hacia la salida abrazando con fuerza los voluminosos libros de *Los miserables,* de Victor Hugo, y *Almas muertas,* de Nikolái Gógol. El primero lo había elegido ella misma, aunque era una verdadera lástima que no estuviera disponible en francés, pensó con un suspiro. El segundo había sido claramente una recomendación de Antonio.

—Es una novela cruel y divertida al mismo tiempo. Me encantaría saber qué opinas —le había dicho.

Él y su pasión por los escritores rusos... En una ocasión, Anna incluso le preguntó por qué le gustaban tanto. Antonio respondió que, en su opinión, eran los mejores no solo para contar las miserias humanas, sino también para compadecerlas.

—Te hacen sentir que no estás fuera de lugar, sino que solo eres humano —había añadido.

Mientras Anna se dirigía a casa, saboreando las horas que pasaría leyendo en el banco de su *jardin secret,* especialmente ahora que de nuevo los días se habían vuelto cálidos y perfumados, se vio atraída por el bullicio que provenía de una pequeña multitud que se había congregado frente al bar Castello.

Se situó detrás de un joven alto y robusto que agitaba en el aire las manos manchadas de negro y preguntó:

—¿Qué ocurre?

El joven se giró bruscamente y la miró con los ojos muy abiertos y el ceño fruncido. Era Mario, el limpiabotas. O, mejor dicho, Mario el Chismoso, como todos lo llamaban.

—Ferruccio ha muerto —respondió.

—¿Qué Ferruccio? —preguntó Anna.

—¿Cómo que qué Ferruccio? El cartero —se asombró él.

—Un mal en los bronquios se lo ha llevado —puntualizó otro.

Ferruccio... Sí, ahora se acordaba. Lo había visto por ahí algunas veces, caminando con su uniforme y su valija. Anna se encogió de hombros y, sin saludar, se apartó y continuó su camino.

No volvió a pensar en Ferruccio hasta dos días después. Con un poco de esfuerzo, había convencido a Agata, que se sentía algo mejor, para que la acompañara a hacer la compra; acababan de salir de la tienda de frutas cuando Anna se fijó en un anuncio pegado en el tablón de madera al lado de la gran palmera de la Piazza Castello. Decía OFERTA DE TRABAJO en letras mayúsculas en el centro de la hoja blanca.

—Espera un momento —dijo Anna. Y se acercó al tablón.

Un poco a regañadientes, Agata la siguió un instante después y comenzó a leer en voz alta.

DEBIDO A LA PREMATURA Y DOLOROSA DESAPARICIÓN
DE NUESTRO QUERIDO VECINO
FERRUCCIO PISANELLO, LAS OFICINAS POSTALES REQUIEREN
LA CONTRATACIÓN DE UN NUEVO CARTERO.
PARA MÁS INFORMACIÓN, PRESENTARSE EN LA OFICINA DE
CORREOS.
20 DE ABRIL DE 1935

—Ya están buscando un nuevo cartero —comentó Anna.

Su cuñada asintió distraídamente.

—Sí. Pero ahora vamos —dijo, tirándole del brazo—, todavía tenemos que pasar por el lechero.

La temporada invernal no había sido tan lluviosa como Carlo había esperado, por lo que tuvo que llamar periódicamente a jornaleros para regar los sarmientos de vid. Sin embargo, en primavera, cuando las plantitas comenzaron a llenarse de brotes verdes, su alegría fue casi incontenible.

—Han cogido —sentenció don Ciccio, mirando a su alrededor con las manos en las caderas, como de costumbre—. Has tenido suerte.

—He seguido todos sus consejos —respondió Carlo.

—Entonces, has sido muy bueno. —Se rio don Ciccio—. Y ahora recuerda lo que te dije: en el primer año, es mejor evitar la poda. —Aunque, claro, algunos cogían las tijeras de podar cuando la planta iba creciendo, le explicó, pero él no estaba de acuerdo con ese método. Era mejor no estar demasiado encima de las nuevas cepas—. Ahora llévame a casa, estoy cansado y me duele la espalda —dijo de repente, y se dirigió hacia el automóvil.

De modo que volvieron a subirse al Fiat 508 y recorrieron en silencio el camino de regreso a casa de don Ciccio.

—Espere, lo ayudaré a bajar —dijo Carlo después de detenerse en la explanada junto al pozo de piedra.

Mientras don Ciccio se apeaba del automóvil, apoyándose en el brazo de Carlo, Carmela salió por la puerta de la casa de sus padres. Como siempre, se veía elegante y arreglada, con el cabello recogido en un moño del que se escapaba un mechón, que le caía suavemente sobre la mejilla, y las uñas pintadas de rojo.

—Hola —lo saludó ella.

Carlo le devolvió el saludo con una sonrisa y acompañó a don Ciccio hasta la entrada.

Carmela besó la mejilla de su padre y luego le recomendó que se tumbara un poco, que ya se había fatigado demasiado por ese día.

—Lo siento, se ha cansado por culpa mía —comentó Carlo cuando se quedaron solos.

Carmela le dirigió una mirada de reproche fingido.

—¿Cómo estás? —le preguntó.

—Mucho trabajo. Es temporada de bodas.

—Pues espero que tu esposo no se sienta descuidado.

—¿Y por qué debería? Es dinero extra para la familia.

—¿Y tu hijo? ¿Cómo está? Lo he visto por ahí con su padre. Es igualito a ti de niña, ¿sabes?

Carmela bajó la mirada y se mordió el labio.

—Sí —murmuró—. Pues él también está bien —respondió, colocándose el mechón rebelde detrás de la oreja.

En el silencio que siguió, Carlo se sorprendió mirando hechizado ese mechón. Sí, el tiempo no había erosionado la belleza de Carmela, al contrario. El hecho de que ahora fuera consciente del efecto que causaba en los hombres la hacía aún más fascinante.

Volvió a la realidad, se aclaró la garganta y luego se alisó la chaqueta.

—Será mejor que me vaya —dijo, y regresó al automóvil.

Imperturbable, Carmela lo observó tomar asiento, arrancar el motor y alejarse rápidamente. «Como si estuviera tratando de escapar de una tormenta inminente», pensó. Y no pudo evitar sonreír.

Anna regresó a casa con dos bolsas de rafia rebosantes de alimentos. Siempre le pasaba lo mismo cuando iba de compras con Agata; con tanto «prueba esto...» o «prueba aquello...», terminaba comprando mucho más de lo que necesitaba. Con un suspiro, dejó las bolsas encima de la mesa de la cocina y abrió la puerta de su *jardin secret*: avanzó hasta el banco y se sentó por un momento, justo para recuperar el aliento. Los primeros y tímidos brotes de las ramas de los granados estaban a punto de abrirse: pronto el jardín estaría nuevamente lleno de colores, como la primera vez que lo vio.

—¡Mamá ha vuelto! —exclamó Carlo, que se reunió con ella

en ese momento. Le puso a Roberto en los brazos, después se inclinó y la besó en los labios—. Tengo que ir a la bodega... Todavía están excavando los depósitos y son un poco lentos, a decir verdad. No me esperes para almorzar... Come si tienes hambre.

Una vez sola, Anna apretó a Roberto contra su pecho y soltó otro suspiro. Desde que Carlo se había embarcado en el proyecto de la viña lo veía poco y casi siempre de pasada. Y la bodega había empeorado las cosas, no solo porque el edificio que habían comprado por unas pocas monedas requería un inmenso trabajo de reconstrucción, sino porque había quedado excluida también de esa parte. No la había visitado ni siquiera una vez.

—Cuando esté terminada, te llevaré —le decía Carlo.

A menudo se encontraba almorzando sin él y pasaba horas en soledad, horas que le parecían infinitas. Sí, Roberto la tenía ocupada y los libros le hacían compañía, pero no era suficiente. Nunca había sido suficiente. Le molestaba y también le daba un poco de rabia el hecho de que Carlo no quisiera hacerla partícipe de ninguna manera, como si guardara celosamente todo el proyecto. Y es que, cuando se había casado con ella, Carlo ya sabía que ella no estaba destinada a ser solo esposa y madre. Necesitaba trabajar, sentir que era algo más. Habría sido suficiente para ella echar una mano mientras esperaba que apareciera una oportunidad, tal vez conseguir un trabajo como maestra en algún lugar. Y, sin embargo, le parecía que Carlo estaba haciendo como si nada.

Le dio un besito a su hijo en la mejilla y se levantó del banco. Colocó a Roberto en el cochecito y luego echó un vistazo a las bolsas de encima de la mesa, aún sin ordenar. Se dijo a sí misma que ya lo haría más tarde. Ahora tenía que ocuparse de sí misma. Empujó el cochecito y salió de casa.

Caminó hasta la plaza, donde se encontraba la oficina de correos, a pocos pasos del bar Castello. Se detuvo frente a la puerta, que estaba abierta a medias; en la hoja cerrada había un letrero con el horario de apertura:

DE 8 A 14 HORAS
DE 15 A 19 HORAS

Anna entró empujando el cochecito y dijo:

—Buenos días.

La oficina parecía reducirse a una sola habitación; había una mesa en el centro, dos escritorios —uno de ellos con una máquina de escribir—, algunas cajoneras, una gran pizarra, un archivador, un armario y, al fondo, una puerta cerrada.

—Buenos días —la saludó el hombre sentado en uno de los escritorios, un tipo robusto de piel morena, con rasgos marcados y barba espesa—. Dígame.

—He leído el anuncio en el tablón —respondió Anna—. Están buscando un cartero ¿verdad?

—Sí, señora. ¿Le interesa para su esposo?

Anna arqueó una ceja.

—No, en realidad me interesa a mí.

El hombre le lanzó una mirada divertida.

—¿Qué tengo que hacer para participar en la selección? —siguió diciendo Anna, muy tranquila.

El hombre soltó una risita socarrona.

—¿Le parece divertido? —dijo ella, sombría.

—Bastante —respondió el hombre, y se puso de pie. Abrió un cajón y sacó una hoja; seguidamente, se acercó a ella para entregársela—. Aquí está la lista de lo que se necesita —continuó en tono de broma—. Es un concurso de méritos. ¿Sabe lo que significa?

Ella lo fulminó con la mirada y agarró el papel.

—Por supuesto que lo sé.

El hombre hizo una mueca y regresó a su asiento detrás del escritorio.

Anna revisó rápidamente la lista de documentos que debía presentar: partida de nacimiento, certificado de antecedentes penales, certificado de buena conducta, certificado de estudios...

—Buenos días. —La voz de un hombre que apareció por la puerta del fondo la sacó de su lectura—. ¿Necesita ayuda? —le preguntó con una sonrisa afable.

Era joven, sobre la treintena, con el pelo rizado, los ojos del color del mar cristalino y un rostro bonachón y rollizo.

—Ya he terminado, gracias —respondió ella.

—La señora quiere participar en el concurso para cartero —intervino el hombre de detrás del escritorio, sin ocultar su sarcasmo.

—Ah, bien —comentó el hombre de rostro amable, un poco sorprendido—. Soy el director de la oficina, me llamo Tommaso De Santis —agregó, a continuación, mientras le tendía una mano.

Ella se la estrechó.

—Anna Allavena.

—¿Carmine ya se lo ha explicado todo? —le preguntó.

—Me ha dado esto —respondió Anna, señalando el papel que sostenía en las manos.

Tommaso asintió.

—Exactamente. Cuando tenga todos los documentos listos, vuelva aquí. —Le sonrió—. Tiene tiempo hasta el 14 de mayo para presentar la solicitud.

—Gracias —dijo Anna. Pero no se movió. Miró de nuevo la lista de documentos, luego levantó la vista hacia el director y dijo—: ¿Puede proporcionarme papel y bolígrafo, por favor? Al parecer tengo que enviar varias solicitudes. Es mejor que lo haga enseguida, tienen que llegar desde Pigna, en Liguria, ¿sabe? —Y le lanzó una mirada desafiante a Carmine.

—Sí. Papel y bolígrafo. Por supuesto... —balbuceó Tommaso, sorprendido, y fue a buscar ambas cosas a su escritorio.

Luego se las entregó a Anna y, finalmente, ella también sonrió.

Cuando Anna abrió los ojos no recordó de inmediato que ese día era 13 de mayo. Solo lo recordó más tarde, después de dar agua a las plantas de albahaca y mientras se bebía la leche tibia sentada en el banco de su *jardin secret*. Y ese pensamiento solo le causó malestar. Nunca le había gustado el día de su cumpleaños, y mucho menos celebrarlo. Siempre había sido así, desde que era niña. Sus padres organizaban una pequeña fiesta con los abuelos, los tíos y las primas, pero ella se escondía en el armario de cerezo de su habitación todo el tiempo y no salía hasta que los invitados se habían ido, volviendo loca a su madre cada vez.

Carlo, aún en pijama y sosteniendo a Roberto en brazos, entró en el jardín canturreando:

—«Cumpleaños feliz...» —Anna se volvió y les sonrió a ambos. Entonces Carlo le rozó los labios con un beso y le acarició el pelo—. Feliz cumpleaños, mi amor —susurró en su oído.

—Los «granos» —dijo el niño, señalando los árboles en flor.

—Se dice «granados» —lo corrigió ella.

Era el primer cumpleaños de Anna en el sur y Carlo quería que fuera especial. Sabía que a Anna realmente no le importaba, pero él estaba decidido a hacer que se sintiera bien teniendo a la familia a su lado en esa ocasión. Debía ser una sorpresa, les había pedido a todos. Especialmente a Lorenza.

—Te confío una tarea muy importante —le dijo unos días antes—. Debes mantener a tu tía ocupada por la tarde. Id a dar un largo paseo para que nosotros tengamos tiempo de decorar el jardín.

Agata se encargaría de cocinar su incomparable pastel de carne acompañado de patatas.

Así que Anna dedicó la tarde a pasear por el campo con Lorenza, quien la obligó a detenerse en cada campillo a recoger margaritas. Cuando regresó con su sobrina, que sostenía un gran ramo de flores, encontró a Carlo, Antonio y Agata de pie frente a una mesa preparada con un centro de rosas rojas, los cubiertos de plata, las copas de cristal y las velas encendidas. Lorenza abrió los ojos de par en par, dejó caer el ramo al suelo y aplaudió.

—¡Qué bien lo habéis hecho! —exclamó.

—Eres un bicho, ¿tú lo sabías? —le preguntó Anna.

«Debería haberlo imaginado», pensó, tratando de sonreír. Después de todo, se había casado con un hombre al que le encantaban las fiestas más que cualquier otra cosa. A pesar de su resistencia, Carlo siempre lograba sorprenderla. El primer año la llevó a ver las estrellas a la playa de Bordighera, con dos copas y una botella de vino espumoso. Y, desde entonces, en cada cumpleaños la sorprendía con algo nuevo. Una vez incluso la llevó a bailar charlestón.

Carlo descorchó una botella de vino y llenó las copas.

—Por Anna —dijo, alzando la suya.

—¡Por Anna! —exclamaron Antonio y Agata al unísono.

Se sentaron a la mesa. Agata cortó el pastel en triángulos y los repartió entre todos, luego hizo la señal de la cruz, entrelazó las manos y murmuró rápidamente una breve oración de agradecimiento.

Como siempre, entre bocado y bocado, Antonio y Carlo comenzaron a hablar sobre aceite y vino, mientras Agata se enfrascaba en uno de sus monólogos, salpicado de chismes de todo tipo. Anna la escuchaba y asentía, a pesar de que a menudo ni siquiera sabía de quién estaba hablando.

Más tarde, aprovechando un momento de silencio y sin dirigirse a nadie en particular, Anna preguntó de repente:

—¿Conocíais a Ferruccio, el cartero?

—Claro que sí, desde que éramos niños —respondió Carlo.

—Que en paz descanse. No era tan viejo, de hecho —murmuró Agata.

—Hacía tiempo que estaba enfermo —aclaró Antonio.

—Sí, pobre Ferruccio —agregó Carlo.

—Están buscando un sustituto, la selección se termina pasado mañana —continuó Anna.

—Humm, humm —masculló Carlo con la boca llena.

Antonio comenzó a mirarla, intrigado por el cariz que estaba tomando la conversación.

Y, de hecho, después de una breve pausa, Anna anunció:

—Voy a presentar una solicitud. Mañana. —Y tomó un sorbo de vino.

Carlo y Agata la miraron, atónitos. Antonio, en cambio, esbozó una sonrisa.

—Amor mío, pero ¿qué estás diciendo? ¿Estás bromeando? —dijo Carlo, entre divertido y preocupado.

—En absoluto —se mantuvo firme ella.

—Pero eres una mujer —estalló Agata.

—¿Y qué tiene eso que ver? —preguntó Anna, molesta.

—Vamos, Anna —intervino Carlo, riendo socarronamente—. Ser cartero no es un trabajo de mujeres.

—¿Y quién lo dice? —rebatió ella.

—Venga, Anna. Tal vez el año que viene vuelvas a enseñar. Podría quedar algún puesto libre. Si de verdad quieres mantenerte ocupada, siempre podrías echarme una mano en la bodega...

—Ah —saltó Anna—. «Ahora» quieres mi ayuda. «Ahora».

Carlo se la quedó mirando, un poco desconcertado por esa acusación.

—Ser cartero no es un trabajo adecuado para ti —protestó a continuación, aunque suavemente.

—No es adecuado para ninguna mujer, si es por eso —precisó Agata con decisión.

—¿Qué no sería adecuado? —preguntó Anna, picada.

—En primer lugar, es un trabajo agotador —respondió Carlo, dejando el tenedor—. Tienes que caminar todo el día, tanto si llueve como si hace sol. Mira lo que le pasó a Ferruccio..., perdió la salud. Seamos serios. Los carteros siempre son hombres.

—Hasta ahora —dijo Anna.

Hubo un silencio. Carlo, con el rostro crispado, volvió a llenar su copa. Agata, con la mirada baja, siguió con el dedo las puntas bordadas del mantel. A Lorenza le hubiera gustado decir que le parecía una idea «bonitísima», pero se dio cuenta de que no era el momento adecuado.

—Bueno, ya hablaremos de esto más tarde —dijo Carlo con expresión sombría—. Cambiemos de tema.

—¿Y tú? —preguntó Anna a Antonio—. ¿No dices nada?

Antonio se aclaró la garganta. Miró a Agata y luego a Carlo.

—Bueno —respondió encogiéndose de hombros—. Si quieres intentarlo..., ¿por qué no?

—¡Pero tú también! —estalló Carlo—. No la alientes.

—No necesito que nadie me aliente —lo interrumpió Anna—. Ya lo he decidido. Ya tengo todos los documentos preparados.

—¿Y cuándo lo has hecho? —se sorprendió Carlo.

—Mientras no estabas —respondió sarcásticamente.

—Nunca te cogerán —dijo Carlo.

Anna lo fulminó con la mirada. Golpeó la mesa con la servilleta, se levantó y se fue.

—¡Tía! —intentó detenerla Lorenza, pero fue en vano.

Esa noche, Agata le montó un escándalo a Antonio por haberse puesto del lado de Anna y defender una idea tan estúpida, por no decir completamente disparatada. ¿Cómo se le había ocurrido contradecir a Carlo? ¿No lo había oído? ¡Él no quería que su esposa hiciera ese trabajo! ¡Era su marido! ¿Por qué se había metido en medio? ¿Cómo era posible que siempre siempre siempre estuviera de parte de Anna? Lorenza se tapó los oídos y corrió a su habitación. Sin decir una palabra, Antonio se metió en su estudio y cerró la puerta con llave, con lo que Agata se quedó gritando sola al otro lado de la pared.

En casa de Carlo y Anna, en cambio, volaron dos platos y un vaso. Anna lo acusó de comportarse como un marido controlador. ¡Eso era *inacceptable*! Ella no se había casado con un hombre tan mezquino. ¡Volver al sur lo había convertido en un *imbécile* irreconocible! La reacción de Carlo no se hizo esperar: ¿qué pretendía demostrar al querer hacer un trabajo de hombres?, le gritó. ¿No se daba cuenta de que todo el pueblo se reiría de ella? ¿Era eso lo que quería para su hijo?

Anna agarró un plato aún pringado de aceite y lo lanzó contra un árbol.

—¡No metas a Roberto en esto!

—¿Quieres jugar a los platos voladores? ¡Pues juguemos! —gritó Carlo.

Agarró otro y lo arrojó contra la pared del jardín.

—*Je te déteste !* —estalló ella, agitando los puños—. *Et je hais de tout mon être ce village et ses habitants !*

—¡Habla en italiano! ¡Estamos en Italia!

Tras lo cual, Anna agarró un vaso de cristal y lo arrojó directamente hacia Carlo, rozándole la cara. Él se tocó la mejilla y la miró, incrédulo.

A altas horas de la noche, Antonio dormía boca arriba en el sofá de su estudio con un libro abierto en el pecho mientras Agata daba vueltas en la cama con los ojos abiertos. Lorenza, en la habitación de al lado, dormía abrazada a su muñeca de trapo.

Anna y Carlo, en cambio, hicieron el amor furiosamente hasta el amanecer.

A la mañana siguiente, Anna revolvió su armario por completo. ¿Dónde diablos había ido a parar su vestido amarillo, el que tenía las mangas abullonadas? Estaba segura de haberlo traído consigo... Buscó frenéticamente y al final lo encontró arrugado en el fondo de un cajón. Satisfecha, lo cogió y se lo puso delante, sobre la bata de seda azul. Luego se miró al espejo. Sabía que dejaría de ir de luto tarde o temprano. Nunca había querido que Roberto, a medida que creciera, conservara de ella un recuerdo sombrío, oscuro, de una madre lúgubre y triste. En su interior estaba convencida de que sabría reconocer al instante ese momento, el momento en que el mundo volvería a llenarse de colores y ella se desharía de todos sus vestidos negros. Sería como un *coup de foudre*. Y ahora ese momento por fin había llegado.

Bajó la escalera con el cabello recogido en un moño bajo y un sombrerito abombado del mismo color que el vestido. Estaba hermosa como una actriz. Carlo, que caminaba nerviosamente de arriba abajo por el salón con las manos en los bolsillos de los pantalones, se paró de repente y la miró sin aliento.

—¿Qué tal estoy? —preguntó ella, girando sobre sí misma.

Carlo suspiró.

—El vestido amarillo... —se sorprendió—. Estás preciosa, lo sabes.

—Es lo que quería escuchar.

—Eso no significa que esté de acuerdo con lo que estás haciendo.

—Lo sé. Pero es tu problema —respondió ella, sacando una carpeta con los documentos y la solicitud cumplimentada de un cajón del aparador.

—Pensaba que solo existían problemas «nuestros». ¿Me equivocaba?

—Eso parece...

—Anna... —murmuró él, tomándole la mano—. ¿De verdad quieres hacer esto?

Ella se zafó de Carlo, descolgó el bolso del perchero y abrió la puerta de la casa.

—Es inútil esperar un «buena suerte» de tu parte, ¿verdad?

Carlo no respondió.

—Muy bien —dijo Anna.

Se colocó la carpeta bajo el brazo y cerró la puerta a su espalda.

Caminó por la calle que conducía a la plaza y llegó frente a la oficina de correos. Sin embargo, justo antes de entrar, oyó a alguien llamándola. Se volvió. Era Antonio, que se acercaba a ella a paso ligero con un ejemplar del *Corriere della Sera* en una mano.

—¿Y tú qué haces aquí? —preguntó Anna.

—Estaba en el bar y te he visto —respondió él con la respiración algo entrecortada—. Te queda... te queda bien ese vestido... —continuó diciendo, sorprendido.

—Gracias —sonrió Anna—. Estaba a punto de entrar —agregó, señalando la oficina.

—Por supuesto, por supuesto —murmuró él—. Ve, ve. —Y mientras ella se alejaba, añadió—: ¡Buena suerte!

Anna se volvió por un momento y le sonrió, luego cruzó el umbral de la oficina de correos. Recordó las palabras de Carlo: «Nunca te cogerán». Le demostraría que estaba equivocado. Y de manera contundente.

En ese preciso momento, Carlo estaba golpeando la puerta del taller de costura con impaciencia.

Carmela le abrió la puerta y lo miró sorprendida.

—¿Molesto? —preguntó él.

—Tú nunca molestas —respondió ella.

Y lo hizo entrar.

6

Noviembre de 1935

Anna salió de su casa de buena mañana. Llevaba el uniforme azul con cuello rojo, que le llegaba hasta los tobillos, la gorra adornada con el escudo de las Regie Poste y en los pies unos zapatos de salón negros sin tacón. Se colgó la valija de cuero al hombro y se puso en marcha.

—¡Buenos días, señora cartera! —la saludó la vecina de al lado, que estaba barriendo enérgicamente su parte de la acera, seis baldosas más o menos, ataviada con una bata y una chaqueta de lana echada sobre los hombros.

Anna respondió levantando ligeramente la gorra.

—Buenos días tenga usted también.

Llegó a la plaza: Michele estaba descargando cajas llenas de naranjas en la acera; Mario, sentado en un taburete en la esquina de la calle, lustraba los zapatos de un hombre bien vestido y con sombrero; el barbero, con su delantal blanco, fumaba un cigarrillo en la puerta, esperando a su primer cliente del día. Anna se dirigió al bar Castello y entró.

—¿Lo de siempre? —preguntó Nando con una sonrisa.

Anna asintió mientras observaba a dos ancianos sentados a una mesa. Estaban jugando a la brisca, pero se detuvieron y la miraron, susurrando y dándose codazos.

—Aquí tienes tu café con *grappa* —dijo Nando.

Anna tomó la taza y se la bebió de un trago, con los ojos puestos en esos dos hombres que no habían apartado la mirada de ella, aunque ahora ya no estaban hablando, sino que se habían quedado con la boca abierta. Chasqueó los labios y saboreó el regusto alcohólico que le había quedado en la lengua.

—Gracias, Nando —dijo, y dejó las monedas en la barra.

Cómo se divertía sabiendo que, en cuanto se marchara, seguirían los comentarios habituales. Podía imaginar lo que estarían diciendo esos dos, criticando a una mujer que se tomaba un trago a esa hora de la mañana. «Adónde iremos a parar», habían comentado una vez.

Anna entró en la oficina de correos y saludó primero a Tommaso, que le devolvió el saludo con una sonrisa, y luego a Carmine, que, acariciándose la barba, le lanzó la mirada desconfiada de siempre.

A continuación, abrió la puerta de la pequeña habitación de la parte trasera y dio los buenos días a las telegrafistas, Elena y Chiara. Las llamaban «las señoritas», ya que ninguna de las dos estaba casada. La primera era una mujerona simpática y de rostro ancho, con facilidad de palabra, que vivía con su hermana mayor, que tampoco estaba casada. Chiara, la más joven de las dos, era como un pajarillo con gafas gruesas y una sonrisa dulce, y cuidaba a su anciana madre. «Me toca a mí, a la hija», decía, insinuando que los dos hermanos varones ya tenían esposas e hijos de los que ocuparse.

—Eh, he traído pastel —dijo Elena—. Ven aquí y tómate un pedazo con nosotras. Es de almendras.

Anna le preguntó si podía envolverle un pedazo para llevárselo en la valija, pues le encantaría comérselo más tarde.

Seguidamente se dirigió a la gran mesa del centro de la oficina y, como hacía todos los días, comenzó a clasificar la correspondencia según las zonas del pueblo.

Entre las cartas, paquetes y telegramas, había un sobre blanco. La dirección decía: «Giovanna Calogiuri, Contrada La Pietra, Lizzanello (Lecce)». No había ninguna referencia al remitente, solo el lugar y la fecha de envío impresos junto al sello con la efigie del rey Víctor Manuel III. Se había franqueado en Casalecchio di Reno, en la provincia de Bolonia.

—¿Dónde está Contrada La Pietra? —preguntó Anna mientras daba vueltas al sobre entre las manos.

—¿Quién envía correo a Contrada La Pietra? —se sorprendió Carmine.

—No lo sé, no lleva remite.

Tommaso se acercó y leyó:

—Giovanna Calogiuri...

—¿Qué? ¿Giovanna la Loca? —lo interrumpió Elena, asomándose por la puerta.

—¿Quién es Giovanna la Loca? —preguntó Anna.

—Una que no está bien de la cabeza —respondió Carmine.

—No, solo es un poco rara. La veo de vez en cuando haciendo la compra en el pueblo —intervino Tommaso.

—Pero qué va a ser rara, está completamente loca —dijo Elena—. En la escuela, era la única que después de tres años aún no sabía leer. El maestro la ponía detrás de la pizarra, de rodillas sobre garbanzos. Y venga a darle en las manos con la regla.

—Luego, en un momento dado, se volvió loca —continuó Carmine—. Tenía ataques como una poseída y lo tiraba todo por los aires: libros, cuadernos, sillas... La tuvieron que expulsar de la escuela. E hicieron bien.

—Bueno, pobre, y después de la historia con ese que se hizo sacerdote... —murmuró Tommaso.

—Ah, sí, eso le dio el golpe de gracia. Y nada, ahora se ha enterrado allí, en Contrada La Pietra, ella y su perro. La madre, una santa mujer, que en paz descanse, apuesto a que murió de pena por todos los disgustos que le dio su hija. Pero a La Loca le fue bien: era hija única y se quedó con todo el dinero, porque doña Rosalina tenía algo guardado. Cocinaba para los Tamburini. A mí me parece que ni siquiera se lava. Cuando viene al pueblo, se percibe el hedor desde lejos... —dijo Elena, arrugando la nariz.

Anna levantó una ceja y, un poco abrumada por todos esos comentarios, pidió por favor si podían explicarle la ruta para llegar a Contrada, ya que llevaba retraso. Así descubrió que la casa de Giovanna estaba en las afueras del pueblo, donde se extendían los olivares. Iba a ser un esfuerzo para sus pobres pies, ya lo sabía. Esa noche tendría que sumergirlos en la palangana con agua caliente más tiempo de lo habitual: no sabía decir cuántos kilómetros había caminado en esos primeros seis meses; las plantas de los pies se le habían llenado de callos que le dolían constantemente.

Colocó la carta detrás de las demás; sería la última parada de la mañana. Luego se colgó la valija en bandolera y salió de la oficina. Fuera, en la puerta del bar Castello, estaba Carlo de pie, concentrado en la lectura del periódico con un cigarro en la boca. Todavía no se habían visto esa mañana: cuando ella había salido de casa, lo había oído entrar en el baño y cerrar la puerta con llave.

Anna echó un vistazo al reloj que llevaba en la muñeca izquierda. Antonio se lo había regalado cuando la habían contratado, en mayo. Le encantaba ese reloj: tenía la esfera rectangular, con números arábigos, y la correa era de cuero negro. Era inusual, pero sencillo, justo como a ella le gustaba.

«No tengo tiempo de pararme a saludar a Carlo», pensó. Y, para ser sincera, no tenía ningunas ganas de hacerlo. De todos modos, lo vería en casa más tarde. ¿Qué diferencia había? Desde su cumpleaños, habían estado peleando por cualquier tontería. «Nunca te cogerán». Las palabras de Carlo seguían martilleándole la cabeza, a pesar de que ella lo había desmentido rotundamente. Su educación era lo que había marcado la diferencia: los otros dos candidatos solo tenían estudios primarios. Debería de haberse sentido orgulloso de ella: lo había logrado, maldita sea. Sin embargo, parecía que a Carlo no le importaba: no le había hecho caso, había actuado por su cuenta, y aún no la perdonaba por eso. Incluso él había acabado poniéndose del lado de aquellos que la señalaban con el dedo. Le parecía que lo único que esperaban todos ellos —el coro de los «No lo lograrás», «Pero si eres una mujer», «Este no es un trabajo para mujeres»— era verla fracasar. Para restaurar el orden de las cosas.

Anna sintió un repentino agotamiento y, sin dudarlo, siguió por el camino contrario al del bar.

Carlo levantó la vista del periódico para encender el cigarro y la vio pasar. No estaba tan lejos; habría sido suficiente con llamarla para hacer que se volviera. Pero no lo hizo: Carmela lo estaba esperando y ya llegaba tarde. Así que dejó el periódico en una de las mesas exteriores y se dirigió al coche.

Condujo hasta la esquina de la calle donde se hallaba la casa de Carmela y se detuvo por un momento: cuando se aseguró de que el automóvil de Nicola no estaba allí, embocó la calle. Carmela le había asegurado que su esposo salía muy temprano para llevar al niño a la escuela y luego ir al trabajo, pero Carlo siempre lo comprobaba. Estacionó en un callejón lateral, un callejón sin salida por donde no pasaba un alma y que solo albergaba una colonia de gatos callejeros. Bajó del coche y continuó a pie. Encontró la puerta entreabierta, como cada mañana. La empujó, entró y, a continuación, cerró suavemente detrás de él.

—Soy yo —dijo.

Carmela fue a su encuentro por el largo pasillo, con la bata de seda blanca que solía usar para dormir, y se lanzó a besarlo.

—Llegas tarde —lo reprendió.

—Lo siento. Roberto se ha hecho un poco el remolón esta mañana: me ha llevado un rato lavarlo y vestirlo. Lo he dejado con Agata en cuanto he podido y he venido derecho aquí. Contigo —mintió Carlo, abrazándole las caderas.

Anna comenzó su recorrido matutino con Giuseppina, una mujer de cabello blanco recogido en una coleta baja y una voz chirriante. Una vez al mes recibía noticias de su hijo Mauro, que se había ido a Alemania en busca de fortuna. Y parecía que realmente la había encontrado, a juzgar por el dinero que puntualmente le enviaba. Giuseppina era viuda y no sabía leer ni escribir, por lo que Anna tenía que entrar en su casa y sentarse a tomar un café requemado que habría preferido evitar. Luego leía la carta pronunciando claramente cada palabra y volvía a empezar desde el principio incluso dos o tres veces. Giuseppina se lo agradecía sinceramente.

—Es realmente una buena persona, señora Anna. No sé por qué hablan tan mal de usted... —le decía siempre, sacudiendo la cabeza.

Seguidamente fue el turno de Angela, una chica de diecinueve años, delgada y con una mirada sincera, a quien su pretendiente le enviaba un regalo todas las semanas. Daba palmadas, contenta como una niña, y abría el paquete de inmediato mientras Anna todavía estaba de pie en la puerta. Siempre eran pequeñas y encantadoras creaciones de madera: un vagón de tren, un joyero, un colgante en forma de corazón, una llave.

—Es carpintero, sabe. Tiene un taller en Lecce —explicaba Angela, llena de orgullo.

La siguiente parada sería en casa del señor Lorenzo, un hombre tosco, con ojos tristes y barba entrecana y tupida. Tan pronto como veía llegar a Anna, la recibía con el saludo fascista, al cual ella se negaba sistemáticamente a corresponder. En cada ocasión, Lorenzo devolvía la correspondencia al remitente, un hombre que llevaba su mismo apellido: Colaci. La escena se repetía siempre de la misma manera: Lorenzo cogía la postal con ambas manos —una vista diferente de Roma cada mes—, la miraba de reojo con una sonrisa sardónica y luego decía:

—No la quiero, llévesela.

Mientras Anna se alejaba de la casa del señor Lorenzo, Carlo yacía en la cama matrimonial de Carmela fumando con caladas lentas y medidas. Ella, aún desnuda, se levantó y fue a abrir la ventana para ventilar la habitación: el olor especiado del puro habría desaparecido por completo antes de que Nicola regresara. Seguidamente volvió a la cama y se acurrucó junto a Carlo, de costado, con la cabeza apoyada en la mano.

—Eres guapo —dijo.

Carlo exhaló el humo por un lado de la boca y le acarició el brazo con un gesto despreocupado.

—Tú también.

Carmela deslizó la mano maliciosamente bajo las sábanas.

—Tengo que irme... —dijo él sin demasiada convicción—. ¿No tienes que trabajar?

Ella retiró la mano, resentida.

—Por supuesto que tengo que trabajar. Yo siempre trabajo. —Se sentó en la cama, cogió la falda de la mesilla de noche y se la puso dándole la espalda.

—¿Dónde han ido a parar mis pantalones? —preguntó él.

—Y yo qué sé. Mira debajo de la cama.

Carlo se agachó para comprobarlo. Los pantalones estaban ahí, del revés. Las tarjetas de visita que llevaba en el bolsillo se habían desparramado por el suelo. Se levantó de la cama y comenzó a recogerlas una por una.

—¿Qué es esto? —preguntó ella curiosa.

—Nada —respondió él.

—¿Cómo que nada? Enséñamelo —dijo, al tiempo que le arrancaba una de las manos—. «Anna Allavena. Cartera postal» —recitó—. ¿Ahora incluso se hace tarjetas de visita? Todos sabemos quién es, ¿tiene miedo de que lo olvidemos? —dijo, tratando de ser irónica, pero la voz quebrada la traicionó.

—Dámela —dijo Carlo, poniéndose rígido, y se la guardó nuevamente en el bolsillo junto con las demás—. No es asunto tuyo —agregó con seriedad.

—Faltaría más... Cada uno que aguante su cruz —respondió ella, agitando una mano, y luego se puso los zapatos.

—Pero ¿de qué cruz hablas? Solo son tarjetas de visita, no hay nada de malo en ello.

—Sí, claro. Qué tiene de malo tener por mujer a una que hace lo que le da la gana y se comporta como un hombre...

—Anna no se comporta como un hombre, ¿qué estás diciendo?

—Ah, ¿no? Pues me parece que los pantalones en casa los lleva ella, no tú. Todo el mundo lo piensa, ¿sabes? Incluso tiene el hábito de beber, me han dicho. Pregúntale a Nando por la *grappa* que se toma todas las mañanas. No puedes controlarla, eso es lo que dice la gente.

Carlo no respondió. Se vistió rápidamente, se ajustó el sombrero a la cabeza y salió de la habitación sin despedirse.

Abrió la puerta y echó un vistazo primero a la derecha y después a la izquierda. Tras asegurarse de que la calle estaba despejada, salió y aceleró el paso hacia el automóvil. Lleno de rabia, lo puso en marcha y, en lugar de dirigirse al viñedo, tomó el camino hacia la fábrica de aceite.

Aparcó el automóvil frente a la entrada, justo debajo del letrero de latón azul turquesa con la inscripción FÁBRICA DE ACEITE GRECO en letras mayúsculas. Entró y, quitándose el sombrero con galantería, saludó a Agnese, la secretaria. Trabajaba con Antonio desde hacía al menos seis años y siempre estaba encorvada sobre un montón de papeles, con un bolígrafo entre los dedos y las gafas en la punta de la nariz sujetas por una cadenita de oro.

—¿Está ocupado mi hermano? ¿Puedo entrar? —preguntó Carlo sin esperar respuesta, y abrió la puerta de la oficina de Antonio—. Buenos días, hermanito —lo saludó, con el cigarro apretado entre los dientes.

Antonio levantó la cabeza del libro de cuentas y una sonrisa le iluminó el rostro. Se levantó.

—Ven, ven —le respondió con un gesto.

Carlo se acercó a él y lo abrazó, luego le tomó el rostro entre las manos y le dio un beso en la frente.

—¡Mira qué guapo estás! —Se rio.

Esa mañana, su hermano parecía especialmente relajado. Quizá era por el rostro recién afeitado o por el cabello reluciente de brillantina y peinado hacia atrás con mucho esmero.

—¿Has ido a ver a Fernando?

—Sí, esta mañana temprano. Pero me parece que esta vez me ha puesto demasiada brillantina —dijo mientras se tocaba el cabello un poco endurecido.

Carlo apartó la silla frente a la de Antonio y se sentó. En el escritorio, el *Corriere della Sera* estaba abierto por una página que mostraba la foto de una lápida. La inscripción decía: «18 de noviembre de 1935 - XIV. En recuerdo del asedio para que quede documentada por los siglos la gran injusticia cometida contra Italia, a la que tanto debe la civilización de todos los continentes». Carlo hizo una mueca de disgusto.

—Qué payaso —comentó, señalando el periódico con un gesto.

—Pero un payaso peligroso —añadió Antonio—. Seguro que va a llegar hasta el final en Etiopía, especialmente después de la «gran injusticia» de las sanciones. Ya se verá —añadió, sentándose de nuevo—. ¿Y qué te trae por aquí?

Carlo se encogió de hombros y dio una calada al puro.

—¿Sabes lo que dicen en el pueblo? ¿Has oído los rumores?

Antonio apoyó la espalda en su silla y suspiró.

—No. ¿Qué dicen?

—Que me he convertido en el hazmerreír de todos.

—¡Pero qué estás diciendo! —Se rio Antonio.

—Así es. Dicen que en casa es Anna quien lleva los pantalones, no yo.

—Ah, ¿sí? ¿Y quién lo dice?

Carlo se quedó pensativo.

—Carmela.

—Ah, bueno, si lo dice Carmela... Una fuente más que fiable —se mofó Antonio.

—Yo sé que es cierto. Siento las miradas sobre mí, ¿sabes?

—Que no, pero si nadie te mira, venga ya.

—Te digo que sí. Sé lo que la gente piensa de mí. Y de ella.

Antonio se puso serio.

—¿Qué deberían pensar? ¿Que ella se gana el pan honestamente? Un crimen imperdonable, debo admitir —ironizó.

Carlo negó con la cabeza.

—Te parece fácil, hermano.

—Porque lo es, Carletto.

—Claro, es fácil ser progresista con las esposas de los demás. Me gustaría verte en mi lugar.

Antonio cruzó las manos sobre el escritorio. Si hubiera podido, le habría respondido que estaba dispuesto a renunciar a todo lo que tenía con tal de estar en su lugar, aunque fuera por un día. Cuántas veces había imaginado quedarse en silencio en la cama mirándola dormir, acariciándole el cabello suelto en la almohada, recorriendo con un dedo el perfil de su rostro mientras le decía: «Antonio cuidará de ti».

—Me está haciendo parecer ridículo, esa es la verdad —explotó Carlo—. ¿Sabes que cada mañana se toma un café con *grappa* en el bar? —siguió diciendo, inclinándose hacia delante—. Es normal que luego la gente hable.

—Tú deja que hablen, ¿qué más te da?

—No, Antonio. Esta es mi gente, este es mi hogar. Tengo un negocio aquí. Me importa mucho.

Antonio se levantó de la silla, metió las manos en los bolsillos de los pantalones y se acercó a la ventana.

—¿Y ella? ¿Te importa ella?

—¡Por supuesto que me importa! —contestó Carlo, crispado—. No estaría hablando de ello si no fuera así. ¿Qué preguntas haces? Es mi esposa.

Antonio lo miró de nuevo, esta vez con un velo de tristeza en los ojos.

—Pues, si te importa, deja de alimentar los chismes tú en primer lugar.

Carlo apartó la mirada.

—No estás haciendo lo único que deberías hacer —dijo Antonio, mirando de nuevo más allá de la ventana.

—A ver, ¿y qué debería hacer? —preguntó Carlo, cruzando los brazos.

—Protegerla —respondió Antonio con un hilo de voz.

Anna tomó el camino hacia Contrada La Pietra pasado el mediodía. La casa de techo rojo estaba rodeada de campos y tenía las persianas bajadas, como si nadie viviera allí desde hacía tiempo. Cuando abrió la puerta de madera, un pastor alemán corrió a su encuentro ladrando, pero Anna se agachó y extendió la mano con la palma hacia arriba; el perro se detuvo y comenzó a olfatearla, luego bajó las orejas y se sentó frente a ella.

—¡*Cesare*! ¡Vuelve a casa! —gritó una mujer, asomándose a la puerta. Entonces vio a Anna—. ¿Quién es usted?

—Correo para Giovanna Calogiuri —respondió Anna, acercándose.

—Soy yo.

«No parece para nada una loca», pensó Anna cuando estuvo frente a ella. Tenía el cabello despeinado y probablemente llevaba puesto ese feo vestido de lana marrón desde hacía quién sabe cuántos días, pero había algo delicado en su rostro: grandes ojos de color avellana, largas pestañas, labios turgentes y pálidos, pómulos altos... Y no era cierto que oliese mal, en absoluto.

—Esto es para usted —dijo, entregándole el sobre.

Giovanna permaneció inmóvil.

—La carta, es suya —insistió Anna.

—Debe de haberse confundido.

—Pero me ha dicho que es Giovanna Calogiuri, ¿verdad?

—Sí.

—Entonces no hay ningún error. Tenga...

—¿Para qué la querría? No sé leer.

—Bueno —dijo Anna después de unos segundos—. Si quiere, puedo leérsela yo. No sería la primera vez que lo hago.

Giovanna se mordió los labios, indecisa. Finalmente dijo:

—Entre...

La casa era digna, se veía ordenada y olía a naftalina. Tenía pocos muebles y sin duda estaba un poco deteriorada: algunas baldosas de la cocina estaban desportilladas, las cortinas de algodón rosa estaban deshilachadas en el borde inferior y en una pared había una grieta que iba desde el techo hasta el zócalo. Aun así, a Anna le pareció de inmediato que era acogedora, un lugar donde sentirse segura.

—Le preparo un café —dijo Giovanna.

—Me encantaría, gracias.

Anna se sentó, puso la valija sobre la mesa de la cocina y sacó el trozo de pastel que Elena le había envuelto en una servilleta de tela.

—Así que tú eres la forastera —dijo Giovanna.

Había pasado al tú tal vez sin darse ni cuenta. Giró la cabeza hacia Anna y, mientras apretaba la cafetera, le sonrió.

—En persona —respondió Anna.

—Perdona. —Giovanna se sonrojó.

—No, no, no es necesario. Ya sé que me llaman así.

La mujer hizo una mueca, avergonzada.

—Te sienta bien el uniforme —dijo, y encendió el hornillo.

—Oh, gracias —respondió Anna, encantada—. A mí también me lo parece, ¿sabes?

Se tomaron el café en silencio y compartieron el pedazo de pastel de almendras mientras *Cesare* roncaba a sus pies.

Anna miró su reloj.

—¿Ya puedo abrirla?

Giovanna asintió. Se mordió los labios nuevamente.

El sobre contenía una hoja doblada por la mitad, con garabatos celestes en las esquinas. Sosteniendo la carta con ambas manos, Anna comenzó a leer:

Querida Giovanna:

Espero que esta carta te encuentre bien. En primer lugar, quiero pedirte disculpas por no haberte escrito antes, pero no ha sido fácil aquí. No creas que no he pensado en ti. Sin embargo, como sabes y ya hemos hablado, era necesario que pasara un tiempo y que hubiera la distancia adecuada entre nosotros. No puedo quitarme de la mente la última imagen que tengo de ti, tus lágrimas, tu desesperación... No sabes cuánto me duele cada vez que lo recuerdo. Espero que hayas encontrado paz en tu corazón.

Quiero que sepas que te quiero y siempre te querré.

Te deseo mucha serenidad. Rezaré para que así sea.

Don Giulio

Anna levantó la vista y se dio cuenta de que Giovanna tenía el rostro surcado de lágrimas.

—¿Estás bien? —le preguntó entonces, al tiempo que le apoyaba una mano en el brazo.

Giovanna se puso de pie, agarró un trapo de cocina manchado de salsa de tomate y se secó la cara.

—Pero... —titubeó Anna—. ¿Por qué te envía una carta? ¿No sabe que no puedes leerla?

La otra se sonó la nariz.

—No. Me daba vergüenza decírselo.

—Oh. Pero no hay nada de que avergonzarse. Siempre se está a tiempo de aprender a leer.

—No es para mí.

—Es válido para todo el mundo, confía en mí.

—No es para mí —repitió Giovanna—. Yo no veo las palabras...

Anna hizo una mueca perpleja.

—Puedo ayudarte. A verlas, quiero decir. Fui maestra en una escuela primaria, ¿sabes?

—No —exclamó Giovanna con determinación, retorciéndose las manos.

—Bueno, en cualquier caso, si quieres responderle, puedes dictarme la carta.

Giovanna se mordió los labios y miró en otra dirección.

—Si cambias de opinión, sabes dónde encontrarme —le dijo Anna con una sonrisa. Se levantó, se colgó la valija en bandolera, acarició a *Cesare* y abrió la puerta.

En ese momento no podía saber que recorrería ese camino tantas veces que desgastaría más de un par de zapatos.

7

Febrero-marzo de 1936

A última hora de la mañana de un día de febrero con un cielo gris y denso, Giovanna se presentó en la oficina de correos. Se asomó tímidamente a la entrada y se quedó paralizada, retorciéndose las manos.

Tommaso y Carmine intercambiaron una mirada. Anna estaba sentada a la mesa vaciando la valija de correo pendiente de ese día, entre el que había otra postal más para el señor Lorenzo, esta vez con la imagen de la Fontana di Trevi. En algún momento le preguntaría el motivo por el que se empeñaba en devolver todas las postales de quien, había descubierto, era su hermano.

—Buenos días, señora —dijo Tommaso, acercándose a Giovanna—. ¿Necesita algo?

Anna alzó la mirada.

—¿Giovanna? —exclamó sorprendida.

Elena asomó la cabeza rápidamente desde el fondo de la oficina y se puso a escuchar a través de la puerta entreabierta.

—Estoy lista —anunció Giovanna, pasándose una mano por el pelo que se había recogido de cualquier manera.

—¿Para qué? —preguntó Anna.

Habían transcurrido casi tres meses desde su encuentro en Contrada y, a decir verdad, no había vuelto a pensar en ello.

Giovanna bajó la cabeza, claramente desilusionada.

—Para responder —murmuró con un susurro.

Ella, en cambio, sí parecía haber estado dándole vueltas al tema día y noche durante semanas, antes de tomar una decisión.

—Pues claro —dijo Anna, moviendo una silla—. Perdona. Ahora lo recuerdo, por supuesto que lo recuerdo.

—¿Qué pasa? —preguntó Tommaso.

—Oh, nada. Giovanna quiere dictarme una carta, ¿verdad? —respondió, posando los ojos en ella.

Giovanna asintió y se mordió los labios.

—Quiere dictar una carta —le susurró Elena a su colega, que estaba escribiendo sin mirar—. ¿Lo has entendido?

—Sí, lo he entendido —bufó Chiara sin levantar la vista, y se ajustó las gafas que se le estaban resbalando por la nariz.

—¿A quién le escribirá? Ah, pues después la cartera me lo tendrá que contar todo, faltaría más —exclamó Elena, todavía en voz baja.

—Ven, nos sentaremos en el bar —dijo Anna—. Cogeré papel y bolígrafo. —Abrió el cajón de uno de los muebles de madera y sacó una hoja de papel marrón—. Tommaso... No te importa si me ausento durante media hora, ¿verdad?

El director le indicó que no se preocupara, que se fuera sin problema.

Así que cruzaron la calle hasta el bar Castello y Anna señaló una de las mesas de fuera. Giovanna se sentó mirando a su alrededor con expresión asustada.

—¿Va todo bien? —le preguntó Anna.

—Sí, sí —balbuceó.

Anna colocó el papel en la mesa, cogió el bolígrafo y le dijo que estaba lista, cuando quisiera...

Giovanna vaciló un momento.

—Pero antes prométeme que no se lo dirás a nadie.

Anna le puso una mano en el brazo.

—Te lo prometo, quedará entre tú y yo.

Giovanna asintió y finalmente se le dibujó una sonrisa en el rostro. Los grandes ojos color avellana se le iluminaron. Sí, era realmente hermosa, pensó Anna.

Giovanna comenzó a dictar con voz temblorosa y las mejillas se le encendieron cuando llegó a la parte de la carta en la que le decía a su Giulio cuánto extrañaba sus besos y esas «caricias especiales» bajo las sábanas que la hacían sentirse sin peso y con niebla delante de los ojos.

Anna escribía sin pestañear, seria y concentrada.

—¿Piensas mal de mí? —preguntó Giovanna, interrumpiéndose de golpe.

Anna levantó la mirada del papel.

—¿Por qué tendría que pensar mal de ti?

—Por las cosas que digo... —Y se mordió los labios.

—Oh, mira —suspiró Anna—. Si fuera un hombre quien las dijera, ¿estaríamos aquí planteándonos el problema?

Agata caminaba junto a su vecina por el lado opuesto de la plaza, cargada con una bolsa de tela llena de harina.

—Pero ¿esa no es tu cuñada? —preguntó la vecina, señalándola con un gesto de la cabeza.

Agata se volvió y las vio, a Anna y a Giovanna, riéndose a carcajadas, unidas y alegres. Sintió de inmediato un pellizco de celos: Anna nunca se había reído con ella en todo ese tiempo. Además, desde que se había hecho cartera, se creía alguien importante. Y nunca tenía tiempo para ella, ni siquiera para ir de compras juntas. Ni una sola vez.

—La loca y la forastera. Bonita pareja —añadió la vecina.

Agata se vio embargada por el resentimiento y recordó unos días antes cuando, durante el rosario del sábado por la tarde, le había tocado tomar partido por su cuñada para defender el honor de la familia. Por otra parte, las «visitas» matutinas de Carlo a casa de Carmela parecían ser el secreto peor guardado. «Es que cuando alguien se pone demasiado arrogante, a veces se lo merece», habían dicho las mujeres reunidas en círculo, entre un padrenuestro y un avemaría. Agata replicó que era mejor que cada una mirara dentro de su propia casa en vez de en la de los demás, y puso fin a la discusión.

La mirada se le fue endureciendo.

—A cada olla, su cobertera —le respondió a la vecina, cogiéndola del brazo.

Anna dobló el papel por la mitad y le prometió a Giovanna que enviaría la carta al día siguiente. Don Giulio no había dejado ninguna dirección, pero ella sabía dónde enviarla, dijo. ¿Cuántas parroquias podría haber en Casalecchio di Reno?

Tan pronto como Anna regresó a la oficina de correos la asediaron a preguntas.

—¿Y bien? —la presionó Elena, siguiéndola.

—Y bien, ¿qué?

—Cuéntanos, ¿a quién le escribe La Loca?

—Por lo pronto, ¿podrías no llamarla «La Loca»? Que tiene apellido, ¿eh?

Elena la observó desconcertada.

—Pero siempre la hemos llamado así...

Y se volvió para mirar a Carmine en busca de apoyo.

—Para nosotros es y seguirá siendo La Loca —dijo él, lacónico, acariciándose la larga barba.

Anna sacudió la cabeza y comenzó a recoger sus cosas.

—Vamos, cuéntanos algo, quedará entre compañeros —insistió Elena.

—No os diré absolutamente nada.

—¿Qué pasa, no confías en nosotros? —se irritó Elena, frunciendo el ceño.

Anna levantó los ojos al cielo y agarró la bolsa.

—Venga, ya basta —intervino Tommaso desde su escritorio—. Ella tiene razón; son asuntos privados.

—Gracias, Tommaso —dijo Anna. Y salió de la oficina saludando con la mano.

—Pero mira esta —se quejó Elena.

—Ya te lo había dicho yo —le hizo eco Carmine, encogiéndose de hombros.

Elena siguió mirando la puerta con una expresión resentida.

—Y yo que incluso le regalo pasteles... —murmuró finalmente, volviendo a su puesto.

La respuesta de don Giulio llegó al cabo de tres semanas. Anna se precipitó a casa de Giovanna a pesar de que la valija estaba atestada de correo, lo que significaba que esa parada le costaría al menos una hora de trabajo adicional. Pero no le importaba: la espera de la mujer se había convertido en la suya propia y no podía aguantar más.

Giovanna abrió la puerta, adormilada y envuelta en un chal de lana. *Cesare* se acercó moviendo la cola.

—¿Estabas durmiendo? —le preguntó Anna al cruzar la puerta. Luego saludó al perro con una caricia en la cabeza.

—Sí, pero no te preocupes —le respondió—. Ven, prepararé café.

—Ha llegado —exclamó Anna, agitando el sobre ante sus ojos.

Giovanna se puso pálida y cogió el frasco de café de la repisa.

—¿Por qué pones esa cara? ¿No estás contenta?

—Depende de lo que haya escrito.

—¡Pero si aún no lo sabemos! Oh, mira, yo la abro.

Giovanna dejó estar el café y volvió a colocar el frasco en su lugar. Se sentó y comenzó a mordisquearse la uña del pulgar. *Cesare* se acurrucó a sus pies.

Anna rasgó el sobre por un lado y sacó la carta. La desdobló, se aclaró la garganta y comenzó a leer.

Querida Giovanna:

Me sorprendió recibir tu carta, ya que, deliberadamente, no dejé ninguna dirección... De todos modos, la leí con atención, más de una vez. Y quiero decirte que yo tampoco he olvidado. ¿Cómo podría hacerlo? Son recuerdos muy preciosos que llevo conmigo todos los días y que me calientan el corazón.

Don Giulio

P. D.: Sería apropiado que no me enviaras más cartas así, cómo decirlo, apasionadas. Los ojos indiscretos siempre son demasiados.

—No sé si he entendido bien lo que dice —comentó Giovanna, visiblemente confusa. Y, con los dientes, se arrancó la piel suelta de la uña.

Anna se puso pensativa y comenzó a tamborilear con los dedos en la mesa.

—Ya sé cómo lo vamos a hacer —exclamó a continuación, radiante.

—¿De qué estás hablando?

—Se me ha ocurrido una idea. Pero será mañana. Ahora no tengo tiempo —dijo con una sonrisa antes de irse.

Así que volvió al día siguiente por la tarde, con una postal en blanco y negro que mostraba la Piazza Castello y un montón de sellos de diez céntimos.

Las palabras de amor, las «apasionadas», iban a ser tan pequeñas que estarían ocultas bajo los sellos. Solo tendría que humedecerlos para retirarlos con cuidado y hacer que reaparecieran.

—Pero ¿cómo va a entenderlo? Que tiene que levantar los sellos, quiero decir —preguntó Giovanna perpleja.

Anna había pensado en todo.

—Le enviarás una carta aparte, con las instrucciones, unos días antes de la postal. Solo escribiremos esto: «Los sellos ocultan más palabras de las que uno piensa, si se sabe cómo encontrarlas». Si no es completamente tonto, entenderá lo que debe hacer cuando reciba la postal. Y, si tengo razón, como creo, te responderá utilizando el mismo método. ¿Qué te juegas?

La primavera había llegado. Carlo lo percibió al oler el aire en ese soleado y despejado domingo de Pascua. Esa mañana iba a llevar a Roberto a misa; hacía bastante que no pasaban tiempo a solas padre e hijo. En las últimas semanas lo había visto muy poco, ya que la primera poda de la viña, un año después de su plantación, había requerido toda su atención, y la Finca Greco se había llenado de nuevo de jornaleros que, desde el amanecer, trabajaban inclinados sobre las cepas con sus tijeras de podar. Don Ciccio solo había aparecido una vez, el primer día de la poda, y no había estado más de una hora. Se limitó a explicarle a Carlo cómo debía llevarse a cabo esa fase tan delicada que determinaría la cantidad y la calidad de la futura cosecha.

—Ahora ya te apañarás —añadió, huraño como de costumbre.

De modo que Carlo aprendió que todo dependía del número de yemas que decidieran podar: cuantas más dejaran en la parte superior de la planta, más abundante sería la producción, sí, pero tendría un menor grado de azúcar y una concentración reducida de compuestos aromáticos. Por lo tanto, lo mejor era mantener no más de dos yemas por planta, las más vigorosas, las que darían lugar al tronco. Cuando, supervisando el trabajo, se dio cuenta de que algunos jornaleros, generalmente los más jóvenes e inexpertos, cortaban las yemas buenas, aquellas en las que era evidente que fluía más savia, y dejaban las más débiles, Carlo los regañó de inmediato.

—Lo siento, señor Greco. —Fue la respuesta que recibió.

Vistió a Roberto con su traje de los domingos, una chaqueta azul a juego con los pantalones, una camisa blanca y un corbatín plateado.

—Qué guapo te ve papá —le dijo, cogiéndole los mofletes con los dedos. Roberto le devolvió una risa alegre y Carlo se puso un dedo en los labios—. Mamá está durmiendo —susurró.

Se asomó a la puerta del dormitorio y la abrió suavemente: Anna estaba tumbada sobre el costado derecho, con el pelo esparcido sobre la almohada y un antifaz de seda negra en los ojos. Se quedó allí durante unos segundos mirándola, conteniendo la respiración. Era tan maravillosamente hermosa, pensó. Y, de repente, sintió todo el cansancio del mundo, el peso de la distancia que se había creado entre ellos durante todos esos meses, la altura del muro que habían construido discusión tras discusión. La última había sido precisamente la noche anterior, y la cena había terminado mal para ambos. Fue él quien la provocó, solo por el placer de hacerle perder los nervios. Sabía lo importante que era para Anna que en casa solo se hablara italiano; había prohibido de manera categórica el uso del dialecto y si, de vez en cuando, a Carlo se le escapaba alguna palabra, ella lo reprendía de inmediato.

—Por favor, no delante del niño —decía.

Sin embargo, durante toda la cena, él se empeñó en enseñarle a su hijo, sentado en su silla alta de madera, cómo se decía esto o aquello en el dialecto pullés, animándolo a repetir cada palabra. Anna le ordenó que dejara de hacerlo y él insistió aún más, aplaudiendo cada vez que Roberto pronunciaba correctamente una palabra.

Ahora, al recordarlo, se avergonzaba profundamente: se sentía estúpido e infantil. Quizá ella tenía razón cuando decía que su regreso al sur lo había vuelto *imbécile* y *réactionnaire*... Por primera vez, mientras se quedaba allí apoyado en el marco de la puerta observándola dormir, temió haber perdido su estima. Una posibilidad que, solo de imaginársela, se le hacía insoportable.

Entornó la puerta y regresó a la habitación de su hijo. Lo cogió en brazos y bajó las escaleras muy lentamente.

Llegó a la iglesia de San Lorenzo temprano, para la misa de las diez y media. Entró, mojó el dedo en el agua bendita y se santiguó. Al fondo, a un lado del altar mayor ricamente decorado en estilo barroco, el organista estaba tomando asiento. Carlo recorrió el pavimento de mayólica de la nave central, flanqueada por dos naves laterales que albergaban los altares más pequeños, y eligió uno de los bancos en el medio de la fila de la izquierda, reservada a los hombres, frente al monumento sepulcral de Giorgio Antonio Paladini, el antiguo señor de Lizzanello. En cuestión de minutos, la iglesia se llenó. Carlo observó a la familia de don Ciccio avanzando hacia los bancos de la primera fila: Gina se aferraba al brazo de su esposo, mientras Carmela y Nicola caminaban uno al lado del otro. Daniele, su hijo, los seguía manteniéndose un paso atrás. Se detuvieron y tomaron asiento: don Ciccio, Nicola y Daniele a la izquierda, Carmela y su madre en la fila de la derecha.

Cuando llegó el momento de comulgar y el órgano comenzó a tocar, Carlo se levantó y, sosteniendo a Roberto en brazos, se dirigió hacia el altar y se puso en la fila. Así fue como se encontró junto a Daniele, quien en ese momento estaba saliendo del banco, seguido por su padre y don Ciccio.

—Buenos días, don Ciccio —murmuró Carlo, sonriendo.

El otro le devolvió el saludo, levantando la barbilla.

—¿Terminaste la poda? —le preguntó luego, aún en voz baja.

—Sí, sí, ya ha terminado —respondió Carlo—. Esperemos que todo vaya bien.

—Hola, Carlo. —Nicola le estrechó la mano—. Daniele, saluda al señor Carlo —ordenó luego a su hijo.

El chico se giró y se quitó la gorra.

—Buenos días —dijo con desgana.

Con una expresión divertida, Carlo le puso una mano en el hombro.

—¿Cómo va, jovencito? —Y sonrió.

Don Ciccio, de repente, pareció inquietarse y apartó la mirada.

—¿Avanzan? —los interrumpió la voz ronca de un hombre que estaba en la cola detrás de ellos.

Y de ese modo, Carlo, Roberto y Daniele delante y los otros dos detrás avanzaron hacia el sacerdote a pequeños pasos.

Carmela se quedó sentada junto a su madre, esperando a que terminara el turno de los hombres y comenzara el de las mujeres.

Durante todo el tiempo, observó a Carlo y a Daniele caminando juntos mientras el corazón le latía tan fuerte que le martilleaba el pecho. Si el órgano hubiera dejado de tocar de repente, todos en la iglesia lo habrían oído.

El último lunes de marzo, en la oficina de correos se respiraba un ambiente festivo. Después de más de ocho años de noviazgo, Tommaso se casaría con su Giulia, una chica delgada y muy tímida, de buena familia, hija única de un *patrunu.* El director trajo una bandeja de pastas de almendra y descorchó una botella de vino espumoso; aunque eran solo las ocho de la mañana, se bebieron gustosamente una copa. Cuando Anna entró, todos estaban de pie alrededor de la mesa con las copas en la mano, frente a la bandeja de pasteles que ya casi se había vaciado. Ese día Lorenza la acompañaba con su uniforme escolar, una falda negra y una camisa blanca con cuello oscuro: hacía meses que insistía en ver dónde trabajaba su tía, así que Anna finalmente había decidido llevarla consigo. A condición, sin embargo, de que la acompañaría a la escuela inmediatamente después sin montar ningún numerito.

—Pero qué niña tan guapa —la saludó Tommaso—. ¿Cuántos años tienes?

—¡Once! —exclamó Lorenza.

—Pero si es la hija de Antonio, ¿no la has reconocido? —dijo Elena—. Aunque es clavada a su madre. —Luego se volvió hacia Lorenza—. Deberías haberla visto cuando tenía tu edad: sois como dos gotas de agua.

—¿Conoces a mi mamá?

—Por supuesto que la conozco. Íbamos a la misma clase, desde que éramos pequeñas.

—Pero ¿dónde ves el parecido con Agata, aparte del cabello? —se ofendió Anna—. ¿No ves que tiene los mismos ojos que Antonio? ¿La misma sonrisa?

Elena escrutó a la niña con los brazos cruzados.

—Bueno, tal vez. A mí me parece que es igual que Agata. ¿Tú qué dices, Carmine?

—No lo sé. No puedo recordar los ojos de Antonio con todo lo que tengo que hacer.

—Oh, viejo gruñón —suspiró Elena, liquidándolo con un gesto de la mano—. No sé cómo te soporta tu esposa.

—Tendrías que ver cuánto la soporto yo —bromeó Carmine.

—Once años... —repitió Tommaso—. ¿Ya has decidido qué harás después de la escuela primaria?

—¡Por supuesto que lo ha decidido! —respondió Anna—. Se está preparando para el examen de admisión a secundaria. Irá al instituto a hacer el bachillerato de letras y luego a la universidad —añadió con orgullo.

Se había creado un buen debate en la familia. Agata habría preferido la escuela de formación profesional de tres años para su hija. «Al menos allí te enseñan un oficio», fue su comentario; pero para Antonio estaba fuera de toda duda que Lorenza debía ir a la universidad. Sería la primera Greco en tener una licenciatura; lo había soñado para ella desde el día de su nacimiento y nadie en el mundo lo impediría. A partir de ese momento, Agata, que rara vez veía tanta determinación en su esposo, acabó dando su consentimiento, pero no sin refunfuñar un poco. Por otro lado, a ella la habían educado a base de pan y sentido práctico: ¿para qué servía estudiar durante tantos años si de todos modos el objetivo era trabajar? Y luego, en realidad, lo que realmente deseaba para Lorenza era un buen matrimonio. Eso sí que te daba seguridad, respeto y pan que llevar a la boca.

—Bachillerato de letras. ¡Qué bien! —se congratuló Tommaso, acariciándole la mejilla.

Ante el contacto inesperado, la niña inmediatamente se sonrojó y bajó la cabeza.

Anna la tomó de la mano y la llevó a dar una vuelta por la oficina, explicándole rápidamente quién hacía qué. Lorenza, como de costumbre, comenzó a bombardearla con preguntas: «¿Y para qué sirve esta balanza?», «¿Y en este cajón qué hay?», «¿Quién se sienta en este escritorio?», «¿Por qué tenéis una caja fuerte?».

Anna respondió a todas sus preguntas y, a continuación, le dijo:

—Ahora quédate aquí tranquila, que tu tía tiene que llenar la valija.

—Ven con nosotros —la invitó Chiara, extendiendo la mano.

Lorenza se la cogió y la siguió junto a Elena a la oficina de telégrafos, mientras Tommaso se sentaba en su escritorio y Carmine entreabría de la puerta, indicando que a partir de ese momento la oficina de correos estaba abierta.

Una vez que la valija estuvo llena, Anna cerró la hebilla, se la colgó en bandolera y se asomó a la habitación de la parte de atrás.

—Bien, estoy lista —dijo—. Vamos.

Lorenza estaba sentada encima del escritorio con las piernas colgando mientras Chiara le explicaba el funcionamiento del telégrafo. Le estaba diciendo que con cada impulso eléctrico se creaba una secuencia de líneas y puntos. Morse, se llamaba el alfabeto. Y su trabajo era codificarlo y traducirlo en un mensaje.

—¡Como magia! —exclamó Lorenza, abriendo mucho los ojos.

—Sí, una especie de magia. —Chiara le sonrió dulcemente.

Desde el puesto de al lado, Elena suspiró y murmuró que a su trabajo no le veía nada de mágico, en absoluto.

—Vamos, *ma petite* —dijo Anna, ayudando a su sobrina a bajar del escritorio—. Si no, llegarás tarde tú y llegaré tarde yo. Hoy incluso llevo correo para tu papá.

Antes de ir a la fábrica de aceite, que sería la última parada de ese día, Anna llamó a la puerta de Angela: tenía una cajita para entregarle. La sacó de la valija y la sopesó, notando que era extremadamente ligera. Luego intentó agitarla con suavidad para adivinar el contenido: a saber qué se había inventado esta vez su tenaz pretendiente. Angela la recibió con la misma expresión radiante de siempre, cogió la cajita de las manos de Anna y, como siempre, la abrió allí mismo. A continuación, abrió mucho los ojos y sacó lentamente un anillo de madera taraceada que se colocó de inmediato en el dedo.

—Es de mi medida —dijo con una sonrisa, mostrándole la mano a Anna.

—Es muy bonito —comentó ella, observando el anillo. A continuación, levantó los ojos hacia Angela—. Creo que pronto te dará el verdadero.

La joven se encogió de hombros con una sonrisa coqueta.

—Mi madre también lo dice.

Anna llegó a la fábrica de aceite cerca de la hora del almuerzo. Agnese la recibió con una sonrisa.

—Puede dármelo a mí —dijo, extendiendo la mano.

Pero Anna respondió que prefería entregarlo personalmente. Así que golpeó la puerta de la oficina de Antonio y esperó a que él dijera «¡Adelante!» para entrar.

—¡Correo! —lo saludó entonces con una sonrisa, agitando el sobre.

Antonio se levantó de un salto y dejó caer la carpeta que tenía abierta sobre el escritorio. Anna no pudo evitar reír.

—¡Qué bonita sorpresa! —le dijo luego, yendo hacia ella.

—Para ti —respondió Anna, entregándole el sobre.

Antonio lo cogió y, sin siquiera echarle un vistazo, lo dejó en el escritorio detrás de él. Seguidamente invitó a Anna a sentarse.

—¿Cómo estás? —le preguntó, volviendo a tomar asiento en su silla.

Le echó un vistazo a la muñeca para comprobar si seguía llevando el reloj que él le había regalado. Y cuando confirmó que así era, se sintió confortado.

Anna se encogió de hombros.

—Estoy bien, a pesar de que tu hermano no me está haciendo la vida fácil. Se ha convertido en una confrontación constante, como si tuviera que hacérmelo pagar todos los días —suspiró.

Antonio bajó la mirada.

—No entiendo qué le ha pasado —siguió diciendo Anna, con la cara tensa—. No parece mi Carlo... Está tan obsesionado con lo que piensa la gente..., pero ¿por qué?

—Se le pasará —replicó Antonio—. Carlo es así. Cuando se le mete algo en la cabeza..., no ve nada más. Para él se convierte en una especie de desafío y puede llevar mucho tiempo antes de que se rinda.

Ella asintió.

—Sí, lo sé muy bien... —dijo. Y luego hizo una pausa—. Me di cuenta de inmediato de que tu hermano era testarudo. Se empecinó en cortejarme durante más de un año. Al principio ni siquiera le prestaba atención. Me gustaba otro...

—Ah, ¿sí? —se sorprendió Antonio, sintiendo una punzada de celos.

—Sí. Se llamaba Amedeo. Quería ser pintor. Era un chico guapo...

—¿Y luego?

Anna suspiró.

—Y luego llegó tu hermano y se empeñó en... apartarlo. A él y a todos los otros pretendientes.

—¿Por qué, tenías muchos pretendientes? —sonrió Antonio.

Ella se encogió de hombros.

—Algunos, sí. —Cambió de posición en la silla—. Ah, pero lo hice esperar mucho antes de darle un beso —dijo, enorgulleciéndose—. Mis primas no dejaban de decirme: «No tires demasiado de la cuerda», «No dejes escapar a alguien como Carlo». ¿Y sabes qué les respondía?

Antonio negó con la cabeza.

—¡Que era él quien no debía dejarme escapar a mí!

—Tienes toda la razón... —comentó Antonio con la voz entrecortada.

—Me gustaría que entendiera cuánto significa para mí este trabajo —añadió Anna, volviendo a ponerse seria—. Tú lo entendiste de inmediato..., ¿por qué él no puede hacerlo?

Antonio se levantó y se metió las manos en los bolsillos.

—¿Te gustaría ver mi lugar favorito? —le preguntó de repente.

Ella lo miró, intrigada.

—¿Qué lugar?

—No está lejos. Está justo encima de nuestras cabezas —respondió él, señalando el techo.

Salieron por la puerta trasera y aparecieron en un patio rodeado de altos muros desconchados.

—¿Dónde estamos? —preguntó Anna, mirando a su alrededor.

—Ven, por aquí —dijo Antonio, abriéndole paso.

Recorrieron un callejón que bordeaba uno de los muros, tan estrecho que tenían que pasar uno después del otro. Desde allí subieron una larga escalera de piedra que llevaba a la azotea de la fábrica.

—Mira —exclamó Antonio cuando estuvieron arriba.

Anna dio unos pasos hacia delante. Desde allí le parecía que podía tener todo el pueblo en las palmas de las manos: reconoció la iglesia, la plaza, el castillo, los habitantes que se movían, diminutos como hormigas.

—¡También se ve la oficina de correos! —dijo, señalándola.

Antonio se acercó a ella.

—Y detrás de nosotros está el mar.

Puso las manos en los brazos de Anna y la hizo girar lentamente.

Anna aguzó la vista y vio en la distancia una franja de agua que dividía el horizonte.

—Qué bonito —dijo—. Se respira mucha paz...

—Sí, y por eso vengo aquí todos los días —respondió él.

Anna le sonrió y luego volvió a mirar al mar. En ese momento, una ráfaga de viento le alborotó el pelo que llevaba recogido en una trenza y le hizo caer un mechón hacia un lado. Cerró los ojos y dejó que la brisa le acariciara el rostro.

Antonio la miraba con la cabeza ligeramente ladeada, imaginando que pasaba un dedo por el perfil de aquel rostro que se recortaba contra el cielo. Escuchó el silencio de ese lugar expuesto pero íntimo y se dio cuenta de que nunca habían estado tan solos, aislados de todo. Entonces se le acercó, le cogió el rostro entre las manos y, con delicadeza, posó sus labios en los de ella en un beso largo y dulce.

Cuando abrió de nuevo los ojos, Anna se apartó de él de golpe y se llevó una mano a la boca.

Antonio retrocedió, aturdido, hasta que tocó la barandilla con una mano y se apoyó en ella.

—Perdóname, Anna —le dijo con la voz entrecortada.

Ella le dirigió una mirada aterrorizada. Sin decir una palabra, se dirigió rápidamente hacia la escalera y desapareció de su vista.

8

Mayo-junio de 1936

Desde esa mañana en la azotea, Antonio no pudo volver a dormir en paz. Se revolvía en la cama, sudando y sintiendo una falta de aire que no podía explicar. Tenía la sensación de que el aliento se le quedaba atrapado en el pecho y no podía salir. La primera vez, pensó que estaba a punto de morir: se sentó y, con miedo en los ojos, despertó a Agata, sacudiéndola con la mano. Su esposa lo hizo acostarse boca arriba y, como si supiera exactamente qué hacer, le apretó la mano y le ordenó que expulsara el aire de la boca, contando hasta diez.

—Imagina que la respiración debe atravesar el techo de lado a lado —le dijo.

Y así, con espiraciones largas que se volvieron cada vez más profundas, Antonio finalmente se calmó.

Las últimas semanas habían sido las peores de su vida. Con una punzada de pena, había tratado de evitar la presencia de Carlo, pero cada vez que lo miraba a los ojos se veía obligado a disimular su malestar con una sonrisa forzada, lo cual hacía que se sintiera como un gusano, un traidor, el hombre más vil del mundo. Por las mañanas, dejó de tomar café en el bar Castello para no correr el riesgo de encontrarse con Anna a la hora en que ella iba a la oficina de correos. Inventó compromisos laborales inexistentes para llegar tarde a las comidas de los domingos con la familia al completo y pasar el menor tiempo posible allí. Sin embargo, nada de eso había dado resultado. Se sentía como un animal enjaulado, acosado y obligado a dar vueltas sin parar. Las pocas veces que había cruzado la mirada con Anna, no había captado chispa alguna, ningún estremecimiento, como si nada hubiera sucedido. Le parecía que ella se había impuesto una disciplina estricta, casi militar, para borrar cada instante de esa maldita mañana. De tal manera que había llegado a preguntarse si no lo había soñado, si ese beso solo existía en su cabeza. Todos los días repasaba mentalmente los acontecimientos, cada palabra dicha, cada mirada, cada gesto, tratando de darles sentido, pero los fragmentos seguían allí, frente a sus ojos, y no había forma de recomponerlos. Tenía ganas de escapar, de recobrar el aliento lejos de todos para no verse obligado, en todo momento, a enfrentarse a su culpa.

La idea se la dio un conocido suyo, Enrico, a quien se encontró por casualidad en Lecce, en la Cámara de Comercio. Era el 10 de mayo de 1936, el día después de que Mussolini proclamara el imperio del África Oriental Italiana: después de Eritrea y Somalia, Etiopía también había caído bajo los golpes de los fascistas.

Enrico tenía una empresa de construcción y estaba emocionado porque le contó que acababa de obtener un salvoconducto colonial de la jefatura de policía: se embarcaría en Brindisi a principios de junio en un barco de vapor rumbo a Asmara, la capital de Eritrea. Al igual que él, otros empresarios locales habían decidido ampliar sus negocios en las colonias italianas y se estaban mudando allí.

A Antonio, de repente, le pareció la solución a todo.

La idea de irse a África, el lugar más lejano que podía imaginar, caló en él y se fue abriendo camino hasta convertirse en una decisión, la única que le proporcionaría un poco de alivio. Decidió que exportaría su aceite a las colonias italianas, pondría en marcha la comercialización allí, se dijo. Estaría fuera por un tiempo, lo suficiente para volver a respirar con normalidad. Así que, sin decir nada a nadie, presentó una solicitud de emigración en la delegación del Gobierno y se sometió al proceso burocrático necesario para obtener la autorización para partir. Una vez comprobadas su profesionalidad y su integridad moral, sus antecedentes penales y políticos, y su estado de buena salud, entre otras cosas, le otorgaron el salvoconducto colonial y el permiso para llevar a cabo su actividad comercial en el África italiana. Partiría con un pequeño cargamento de aceite y, si el comercio con Asmara iba en la dirección correcta, como esperaba, se haría enviar más bidones. Agnese fue la única a la que le habló del viaje: de hecho, le correspondía a ella preparar la mercancía para enviarla, pero también ocuparse de la fábrica de aceite durante su ausencia. Antonio no tenía la menor duda sobre la discreción y lealtad de Agnese.

Decidió que solo informaría a la familia unos días antes de partir, cuando ya nadie pudiera detenerlo.

—La bodega está terminada. ¿Vienes a verla?

Carlo se lo preguntó de repente una mañana de domingo, mientras Anna se bebía su leche templada sentada en el banco del jardín, con la mirada fija en las ramas florecientes de los granados. Lo conocía demasiado bien como para no comprender que esa inesperada petición significaba una sola cosa: Carlo finalmente había depuesto las armas. Nunca se le había dado bien pronunciar la palabra «perdona»; cuando estaba arrepentido siempre decía que prefería demostrarlo con hechos.

—Sí —respondió Anna sin apartar la mirada de los granados—. Voy contigo.

Carlo le sonrió y, por primera vez en meses, le acarició la mejilla con el dorso de la mano.

—Arréglate con calma, yo iré a vestir a Roberto —dijo.

—¿Te saltas la misa hoy? —preguntó.

—Pues sí. Nadie se molestará, creo —respondió él.

A decir verdad, no tenía ganas de encontrarse con Carmela y enfrentarse a sus miradas acusadoras, que eran la muda demanda de una explicación. Los últimos tiempos había espaciado sus «visitas» matinales y, desde hacía más de una semana, las había abandonado por completo. En realidad, se sentía aliviado: Carmela había comenzado a ir con exigencias y a fruncir el ceño cuando no obtenía las respuestas que esperaba, o si mencionaba a Anna más de la cuenta o si huía de su cama apresuradamente, lo que estaba ocurriendo cada vez con más frecuencia. La verdad era que ya no podía soportar esa vida; al principio pensó que le estaba dando a Anna un merecido castigo —si bien ella estaba completamente a oscuras respecto a su traición—, pero ahora se sentía culpable. Se avergonzaba de haberla entregado a las bocas hambrientas del pueblo, de haber permitido que hablaran mal de ella, de haber degradado a los ojos de los demás el amor que los unía.

Así que subieron al Fiat 508 y, antes de tomar el camino a la bodega, Carlo le preguntó si tenía ganas de compartir un café con *grappa* en el bar Castello.

Anna lo miró con desagrado.

—¿Es otra provocación más? —preguntó.

Él detuvo el automóvil y se volvió hacia ella.

—No, en serio —la tranquilizó, tomando una de sus manos entre las suyas—. Me gustaría que se convirtiera en «nuestro» ritual de ahora en adelante.

Ella lo miró por un momento y luego se rindió con una sonrisa.

—¿Has oído eso, Roberto? —dijo, inclinando la cabeza para mirar al niño, que estaba sentado en sus rodillas—. Papá quiere tomar un trago.

Carlo estacionó el automóvil en la plaza, que ya estaba llena de gente, y mientras él y Anna se apeaban, le pareció notar miradas, codazos y murmullos. Caminaron hacia el bar, cada uno sosteniendo una mano del niño que correteaba en medio de los dos.

Con su delantal blanco que le tiraba en la barriga, Nando los saludó, amable como siempre.

—¿Qué os pongo? —preguntó con una sonrisa.

—Lo de siempre —respondió Anna, apoyando el brazo en el

mostrador—. Pero para dos —agregó, volviendo la mirada hacia Carlo.

Los dos viejecitos de siempre estaban allí, sentados en la misma mesa, como si fueran figuras de cartón que Nando guardara en el trastero al final del día y sacara todas las mañanas antes de abrir.

Anna hizo tintinear su taza contra la de Carlo.

—*Santé* —dijo. Y bebieron de un trago.

Los dos ancianos echaron una mirada rápida y luego volvieron a sus cartas de la brisca, inclinando la cabeza.

Carlo advirtió su presencia cuando, tras volver al coche, se disponía a abrir la portezuela. Carmela estaba allí, en la escalinata de la iglesia, toda compuesta, con un velo negro en la cabeza. Iba del brazo de su esposo, que estaba absorto en una conversación con un grupo de hombres.

Lo estaba mirando con fuego en los ojos.

Carlo apartó la mirada y entró en el automóvil.

Una vez fuera del pueblo, en la carretera que conducía a la bodega, Anna bajó la ventanilla y dejó que el viento le acariciara la cara. De repente, se sintió reconfortada, como si se hubiera salvado de un peligro. Cada pieza «debía» volver a su lugar, pensó, mirando los campos de olivos que parecían pasarse el testigo. «No había sucedido nada irreparable», se repetía. Lo ocurrido con Antonio había sido un momento de locura y debilidad; lo más razonable era minimizarlo, reducirlo a confeti para soplarlo y hacerlo desaparecer. Estaba segura de que él también se sentía de la misma manera, y que no había necesidad de mencionarlo: ambos seguirían adelante y pronto lo olvidarían. No había alternativa.

—Ya hemos llegado —exclamó Carlo, girando a la derecha. Estacionó el automóvil en la explanada que estaba frente a la bodega y tiró del freno de mano—. Ven a ver el reino de papá —añadió la mar de alegre mientras ayudaba a Roberto a salir del coche.

Luego extendió la mano hacia Anna, ella se la estrechó y juntos, con Roberto en medio, comenzaron a caminar mientras el sol de final de la mañana calentaba el aire.

Carlo abrió la puerta de madera y entraron. A Anna le gustaron de inmediato los techos abovedados, pero sobre todo le gustó el olor a piedra caliza que impregnaba la estancia.

—Aquí es donde embotellaremos —le explicó, dibujando círculos con los brazos—. Aquí irá la máquina encorchadora —continuó, señalando otro punto de la sala—. Y luego, aquí... —siguió, arrastrándola a la sala de al lado— pegaremos las etiquetas. —Abrió una puerta—. Y esta es mi oficina. —Era una pieza pequeña con un escritorio, una silla y una estantería vacía—. Todavía faltan algunas cosas —agregó.

Anna seguía mirando a su alrededor con una expresión sorprendida.

—Ven, vamos abajo —le dijo él. Bajaron a donde estaban las cubas de cemento—. El vino fermentará aquí dentro —le explicó, agachándose cerca de una de las cubas.

—¿Qué puedo decir, Carlo? Este lugar es... tuyo. Has hecho un buen trabajo —murmuró ella, dejando vagar la mirada a su alrededor.

—¿Te gusta de verdad? —Estaba exultante.

—Sí, de verdad.

—Y todavía hay algo que no te he contado —continuó él—. Nadie lo sabe... Y quería darte una sorpresa una vez que estuviera embotellado. Pero en realidad no hay motivo para esperar.

—¿De qué estás hablando? —preguntó Anna, intrigada.

—Del Donna Anna. Así se llamará la primera etiqueta. El primer vino de la Bodega Greco.

A Anna se le humedecieron los ojos.

—¿Estás hablando en serio? —le preguntó con una sonrisa.

—Muy en serio —declaró Carlo, cautivado por la felicidad de su esposa.

Anna le puso una mano en la mejilla. Luego le dio un beso.

—¡Donna Anna! —repitió Roberto con su vocecita.

La respuesta de don Giulio llegó junto con la floración de las rosas.

Tan pronto como Giovanna vio la postal, que mostraba la Piazza Maggiore de Bolonia, estalló en una carcajada de alegría y sus grandes ojos de color avellana se llenaron de luz. *Cesare*, contagiado por esa felicidad, saltó sobre ella, meneando la cola.

Bajo su mirada impaciente, Anna tomó una esponja húmeda, bien escurrida, y la fue pasando por encima de los sellos; luego, ayudándose de la punta de un cuchillo, los levantó uno a uno por las esquinas. Y, como esperaba, aparecieron algunas palabras.

—¿Y bien? —la apremió Giovanna—. ¿Qué pone?

Anna vaciló.

—Te lo leo, pero con una condición —dijo—. Que me dejes enseñarte a leer y a escribir.

A Giovanna se le ensombreció el rostro.

—Sabes que no puedo —respondió, inquieta.

—Eso no es cierto. Permíteme intentarlo, al menos.

—Te lo he dicho, no puedo ver las palabras. Todo se vuelve tan confuso... como una única mancha negra...

—Yo sé cómo hacerlo —la interrumpió Anna—. Solo tienes que confiar en mí.

Giovanna se mordió los labios y le lanzó una mirada resignada.

—Oh, muy bien —exclamó Anna, animada—. Empezaremos mañana —agregó con contundencia.

—¿Y ahora vas a leer? —preguntó Giovanna.

—Ahora sí —respondió, y le guiñó un ojo.

Las palabras ocultas de don Giulio descubrieron a un hombre apasionado, aquel del cual Giovanna se había enamorado y que ahora por fin volvía a reconocer. Y cuántos pensamientos «inapropiados» compartía, a salvo de las miradas ajenas. Incluso hacían ruborizar a Anna, que nunca había mostrado ningún pudor. «Me siento partido en dos —escribió—. Mis pensamientos son pecaminosos y devoran mis noches como una bestia indomable. Me dejo arrastrar durante la noche y, cada vez que despierto, le pido perdón a Dios. Sigue escribiéndome, cuéntame tus pensamientos pecaminosos».

Ese día Anna se fue de Contrada cuando el sol comenzaba a ponerse y en todo el camino de regreso reflexionó sobre lo absurda que era la cuestión de la castidad. En su mundo ideal, los sacerdotes podrían casarse y formar una familia, o enamorarse como cualquier otra persona. Después de todo, ¿no era un trabajo como cualquier otro?

Había estado pensando mucho en cómo ayudar a Giovanna. No tenía idea de por qué no podía «ver las palabras», como ella decía. Durante sus años como maestra, nunca le había pasado nada similar, así que se empeñó en buscar la respuesta en los libros de medicina disponibles en la biblioteca municipal. Sin embargo, no encontró nada: el problema de Giovanna parecía ser una patología sin nombre, un trastorno al que nadie había prestado atención. De modo que solo le quedó confiar en su instinto. Pensó que, si en la cabeza de su amiga las palabras se apiñaban en la página como una bandada de pájaros, entonces únicamente tenía que mantenerlas quietas. Así que se procuró un cartoncito blanco rectangular y con unas tijeras recortó una pequeña ventanita de dos centímetros de largo y el ancho de la línea de un libro. Al día siguiente llamó a la puerta de su amiga con dos ejemplares de *Orgullo y prejuicio*: uno era suyo, desgastado por todas las relecturas; el otro lo había tomado prestado.

Se sentó frente a ella y le explicó cómo se desarrollarían esas clases que, a partir de esa tarde, insistió en que se convirtieran en diarias.

—Yo leeré en voz alta, lentamente, y tú seguirás en tu ejemplar, aislando cada palabra con esta tarjeta. ¿Ves esta pequeña ventana? La he hecho a propósito.

—Pero... ¿lo leeremos todo? —preguntó Giovanna, desalentada, dando vueltas a la novela entre las manos.

Cesare acercó el hocico y comenzó a olisquear el libro, intrigado.

—¡Claro que sí! —respondió Anna.

Carmela se miró por última vez en el espejo. Llevaba puesto un vestido que había confeccionado especialmente para la ocasión, copiado de un modelo que recortó de *L'Eco del Cinema*. Era un vestido azul ultramar con flores celestes, la falda plisada hasta la rodilla, mangas tres cuartos y un cinturón blanco que le ceñía la cintura. Se colocó en la cabeza un sombrerito *cloche* de lana cocida del mismo azul, se pintó los labios y se empolvó un poco el rostro. Al final, metió un sobre amarillo en el bolso y salió de casa con la determinación de quien está a punto de dar un golpe crucial.

Caminó rápidamente hasta la casa de Carlo pasando por las callejuelas laterales para evitar cruzar la plaza. Avanzó por el patio y, una vez frente a la puerta, llamó.

Él abrió, todavía en pijama. En cuanto vio a Carmela, palideció.

—¿Qué has venido a hacer aquí? —preguntó.

—Si Mahoma no va a la montaña... Quédate tranquilo, ya sabía que ella no estaría aquí a esta hora. ¿Puedo entrar?

—Por supuesto que no, ¿has perdido el juicio? —respondió Carlo, lanzando una mirada tras ella. Endureció el rostro y se le formaron en la frente arrugas que ella nunca había notado antes.

Carmela miró al otro lado de la puerta y vio a Roberto sentado en una alfombra, jugando con un caballito de madera.

—¿Qué quieres? —insistió Carlo.

Ella lo miró con una expresión burlona.

—Eres el mejor de todos desapareciendo. Desapareciste hace doce años y ahora también desapareces. ¿Qué te crees, que la gente siempre debe conformarse y quedarse calladita? Pues esta vez voy a hablar.

Carlo apoyó una mano en el marco de la puerta.

—Carmela, tenía que terminar en algún momento —murmuró, mirando de nuevo a la calle.

—Y lo has decidido tú solito. De hoy para mañana. Como siempre.

—No había nada que discutir. ¿De qué habría servido?

—Pues claro. Llegas, tomas lo que quieres y luego si te he visto no me acuerdo. Has hecho lo mismo con mi padre; le pediste ayuda y después ni siquiera has tenido un detalle con él, por las molestias.

—Deja a don Ciccio en paz. Sabré cómo recompensarlo, no te preocupes por eso.

En ese momento se oyó ruido de cascos que golpeaban el adoquinado: un carrito tirado por una mula con un hombre encima pasaba por la calle perpendicular.

—No puedes quedarte aquí, Carmela.

—Me voy, me voy —explotó ella con un gesto de impaciencia—. Pero antes tengo que darte esto —dijo, sacando el sobre amarillo del bolso.

—¿Qué es?

—Ábrelo. —Y se lo entregó.

Carlo cogió el sobre, levantó el borde y sacó una hoja color sepia doblada por la mitad. Era una partida de nacimiento. Leyó: «Daniele Carlà». Y debajo, la fecha de nacimiento: «16 de diciembre de 1924».

—¿Qué significa esto? ¿Por qué me has traído la partida de nacimiento de tu hijo?

—Para ser un hombre de negocios, no sabes hacer cuentas. —Y comenzó a contar, abriendo los dedos—: Abril, mayo, junio, julio, agosto... ¿Puedes continuar tú hasta diciembre?

—No entiendo —balbuceó él.

—No es difícil, Carlo. Puedes deducirlo tú mismo.

—Carmela, ¿qué estás haciendo? —preguntó él, alzando la voz.

Roberto dejó de jugar y levantó la vista hacia su padre.

Papá, tengo sed. —Lloriqueó.

Carlo se volvió para mirarlo, aturdido.

—Ve a darle de beber a tu hijo, venga —dijo Carmela con una mueca.

Le quitó la partida de las manos, se dio la vuelta y se marchó. Lo importante, reflexionó, no era lo enojado que estuviera Carlo o cuánto tiempo lo estuviera. Lo único importante era la certeza de que, desde ese día y todos los días venideros, cada vez que Carlo la mirara, aunque fuera de lejos, vería a la madre de su hijo. De su primer hijo varón. Ya no podría ignorarla. Y eso era suficiente.

Al menos por el momento.

Carlo pasó los días siguientes preso de una insólita debilidad de cuerpo y de espíritu.

Se esforzó por recordar las pocas ocasiones en las que se había cruzado con Daniele: la primera vez que lo había visto por el pueblo con Nicola; la mañana en que había pasado por la casa de don Ciccio y lo había encontrado allí, con sus abuelos, haciendo los deberes; cuando lo había visto encender un cigarrillo a escondidas detrás del bar Castello con un amigo; el domingo de Pascua en la iglesia, cuando habían caminado juntos hacia el altar. Todas las veces lo había mirado distraído, como se mira a un figurante.

Ahora podía explicarse algunas miradas de don Ciccio, sus comentarios hostiles, las frases que Carmela dejaba en suspenso, como si se tragase el resto a la fuerza. Sintió una repentina oleada de rabia que le atravesaba el pecho: don Ciccio, Gina, Carmela... lo habían orquestado todo, habían movido los hilos durante todos esos años, y él no había sido más que una marioneta. ¿Cómo habían podido mantenerlo en la ignorancia? ¿Y Nicola? ¿Estaba él también de acuerdo con esa farsa? ¿Quién más lo sabía en el pueblo?

Una mañana, exasperado, viró repentinamente hacia la fábrica de aceite antes de ir al viñedo y, una vez frente a la puerta, hizo sonar el claxon repetidamente.

Antonio abrió la puerta.

—Tienes una forma discreta de anunciarte —bromeó.

Pero al ver la expresión sombría de su hermano, se puso serio de inmediato.

—Sube, tenemos que ir a un sitio —dijo Carlo, expeditivo.

—¿Adónde?

—Luego te lo explico.

—Pero... —balbuceó Antonio—. ¿Ha pasado algo? ¿Debería preocuparme?

—No. Pero vamos.

—Déjame avisar a Agnese...

Antonio volvió a entrar y salió unos instantes después, esta vez con la chaqueta doblada en el brazo.

Tan pronto como su hermano subió al coche, Carlo pisó el acelerador y arrancó bruscamente.

—¿Tenemos prisa? —preguntó Antonio, agarrado a la manija de la puerta.

—No —respondió Carlo, manteniendo las manos firmes en el volante y la mirada fija en la carretera.

—Pues ve más despacio. Al menos llegaremos vivos.

Carlo condujo hasta la escuela, luego acercó el automóvil a la acera y apagó el motor.

—¿Y ahora qué hacemos? —preguntó Antonio.

Carlo abrió la guantera y sacó un cigarro. Se lo llevó a la boca y lo encendió.

—Ahora esperamos —dijo.

Al cabo de unos minutos, Daniele llegó y se unió a un grupo de amigos frente a la puerta de la escuela.

—Ahí está —exclamó Carlo.

—Pero ¿quién? —preguntó Antonio.

—Daniele. Allí —respondió Carlo, señalándolo.

—¿El hijo de Carmela? —preguntó Antonio, vacilante.

Carlo expulsó el humo.

—Sí. El hijo de Carmela.

—Carlo, no te sigo... ¿Me explicas por qué estamos aquí?

—¿Tú crees que se parece a mí?

Antonio se lo quedó mirando, sorprendido.

—¿A ti? ¿Por qué debería parecerse a ti...?

—Míralo bien —lo interrumpió bruscamente—. ¿Ves algo mío en él? ¿Algo de los Greco?

Antonio se inclinó un poco hacia delante y, a través del parabrisas, observó al joven.

—No, Carlo —dijo finalmente—. Nada de nada...

—Sí —murmuró Carlo con los ojos fijos en Daniele, que, con las manos en los bolsillos de los pantalones, se reía con otro niño—. Entiendo por qué fue tan fácil ocultarlo a todos a plena vista. Es idéntico a Carmela, por suerte para él.

Antonio se volvió hacia él, asombrado.

—¿Lo he entendido bien? —preguntó.

Carlo golpeó el cigarro con el dedo y un cilindro de ceniza cayó al suelo. Luego arrancó el Fiat 508 y giró a la derecha.

—Quiere hacérmelo pagar, la cabrona —murmuró.

—Pero ¿estás seguro de que es cierto?

—Sí. Las fechas coinciden. Sucedió cuando vine aquí para tu boda. Y Daniele nació en diciembre.

—¿Quién lo sabe? —preguntó Antonio.

El otro se encogió de hombros.

—Por lo que sé, los padres de Carmela lo saben con seguridad. Nicola, no lo sé...

—¿Y se lo dirás a Anna?

—Pero ¿tú estás loco? No.

Antonio titubeó.

—¿Y qué harás entonces?

—Nada —soltó Carlo—. ¿Qué debería hacer?

—¿No tienes miedo de que se lo diga a Anna?

Carlo dio una calada al cigarro.

—No lo hará. Ella ha construido su vida sobre una mentira gigantesca para salvar su honor y el de su familia, y no puede destruirlo todo ahora. No es tan tonta. Además, don Ciccio nunca se lo permitiría.

—Entonces, perdona, ¿por qué te lo ha dicho? Espera algo de ti, ¿no?

—No. Solo quería atormentarme. La conozco. Pero conmigo no funciona. Los hijos son de quien los cría. En lo que a mí respecta, ese chico es hijo de Nicola.

Antonio se limitó a asentir con la cabeza y bajó la mirada. Sabía perfectamente lo que le estaba sucediendo a Carlo: estaba distanciándose, construyendo un muro de aparente indiferencia. Desde siempre, era la única forma que conocía de protegerse, de no dejarse abrumar por los golpes de la vida. Lo había hecho también con su madre, alargando desmesuradamente el hilo que lo unía a ella, hasta que ya no pudo verla más.

Cuando estuvieron de nuevo en la fábrica de aceite, Antonio soltó un profundo suspiro y, con una expresión tensa, le dijo que él también tenía algo que contarle.

—He decidido marcharme, Carletto. Me voy a Asmara con otros empresarios. Intentaré arrancar el negocio del aceite con las colonias y para hacerlo tengo que estar allí una temporada... Eres el primero en saberlo. Embarco dentro de diez días —habló de un tirón, sin mirarlo a los ojos y devorando las palabras.

Carlo se quedó desconcertado.

—Pero ¿así, de repente?

—No, no, ya hace tiempo que lo estoy pensando.

—¿Y por qué no me habías dicho nada?

—Era solo una idea...

—Pues menos mal que solo era una idea. Si ya lo tienes todo organizado... ¿Y cuánto tiempo estarás fuera?

Antonio se encogió de hombros.

—No lo sé... El tiempo que tarde en dar a conocer mi aceite allí. Quizá vaya mal y vuelva pronto, quién sabe.

—Tengo la sensación de que te daba miedo decírmelo —dijo Carlo, frunciendo el ceño—. Por eso estabas tan extraño últimamente.

A Antonio le empezó a latir más rápido el corazón.

—No..., es que... no sabía cómo te lo tomarías.

—Bueno, estoy sorprendido, no te lo niego. Pero ¿qué puedo

decir? Si quieres hacerlo y estás contento con ello, hermanito, entonces yo también estoy contento.

La cara de Antonio se tranquilizó de repente.

—¿De verdad?

—Pues claro. Además, haces bien en querer expandirte.

—Sí —dijo Antonio, con una sonrisa forzada—. Quizá temo más la reacción de Agata y Lorenza... No creo que se lo tomen bien... Y, además, no sé, me duele dejarte solo justo en este momento, con toda esta historia...

Carlo le puso una mano en el hombro y se lo apretó.

—No te preocupes por mí. Estoy bien, de verdad. Y en cuanto a Agata y Lorenza, bueno..., lo entenderán —lo tranquilizó—. Y si no lo entienden, te ayudaré a convencerlas. Es solo un viaje de trabajo. No estarás fuera para siempre, ¿verdad?

A Antonio le dio un vuelco el corazón. Nunca, antes de ese momento, había habido secretos entre ellos.

«Si no fuera porque te quiero tanto —pensó—. Si no fuera...».

Esa noche, cuando Antonio regresó a casa, la mesa ya estaba puesta. Agata estaba en la cocina con un delantal blanco que le ceñía las generosas caderas, revolviendo una olla de cobre con una cuchara de madera. Se acercó y la saludó poniéndole una mano en la espalda. Su esposa le dio un beso rápido y húmedo en la mejilla y le dijo que avisara a Lorenza, que la sopa estaba casi lista.

De modo que Antonio subió la escalera y abrió con cuidado la puerta del cuarto de su hija. La niña estaba sentada en el escritorio dibujando en un cuaderno con un lápiz bien afilado.

—*Ma petite* —la saludó.

Lorenza rio.

—Me has llamado como la tía... —Luego se levantó de la silla con un pequeño salto, corrió hacia él y lo abrazó.

—¿Tienes hambre? —le preguntó él, acariciándole el cabello.

La niña levantó la cabeza y asintió.

—Pues vamos. La cena está lista. No hagamos esperar a mamá.

Regresaron abajo justo cuando Agata estaba llevando la sopa a la mesa. Se sentaron; Agata hizo la señal de la cruz y, con las manos juntas, recitó una breve oración de agradecimiento al Señor, devota pero rápida: sería un verdadero pecado dejar que la sopa se enfriara.

Antonio miró primero a su esposa y luego a su hija: ambas irradiaban alegría esa noche. Agata se levantó para servir la sopa en el plato de Lorenza y sonrió. «Parece tan diferente cuando sonríe», pensó Antonio. Y, mientras la observaba, sintió con absoluta claridad que Agata era una parte de él, de su historia. Sin duda la quería mucho: era la madre de su hija. Sin embargo, había un «pero». Había estado allí desde el principio. Un «pero» molesto que ambos, a partir de cierto punto, habían fingido no ver. Agata fue la primera mujer en decirle: «Te quiero». Fue ella quien lo quiso y luchó por él con determinación. Antonio, por su parte, se limitó a dejarse elegir: su hermano se había ido hacía poco y se sentía terriblemente solo. Agata le pareció una alternativa a la soledad.

«El amor se aprende —le había dicho ella—. Y aprenderás. Hasta entonces, el mío será suficiente».

Pero no había sido suficiente, y él nunca había aprendido a amarla. Existía una especie de pacto tácito entre ellos que, si se rompía, destruiría sus vidas y enterraría lo bueno que, a pesar de todo, habían logrado construir juntos.

Antonio era consciente de que las palabras que estaba a punto de pronunciar romperían un cuadro que en ese preciso momento le parecía lleno de armonía. Como las bucólicas pinturas de su madre que colgaban en todas las paredes de la casa. Solo faltaban unos segundos para que la sonrisa en los rostros de su esposa y de su hija se apagara, haría que endurecieran los rasgos y tensaran los músculos. Sin embargo, no acababa de sentirse verdaderamente culpable. Al menos, no tanto como pensaba.

De modo que soltó las palabras en la mesa de un tirón.

Agata se quedó de piedra, puso la cuchara encima de la servilleta junto a su plato y escondió las manos bajo la mesa.

—¿Y cuánto tiempo estarás fuera? —preguntó después de un largo silencio, con la voz quebrada.

—El tiempo que sea necesario...

—Papá, pero África está muy muy lejos.

—Es como otro mundo —susurró Agata.

—¿No nos puedes llevar contigo a mamá y a mí?

Antonio le cogió la mano y, adoptando las palabras de Carlo, trató de tranquilizarla; después de todo, solo era un viaje de trabajo, no estaría fuera para siempre.

—Pero ya tienes un trabajo aquí —protestó Lorenza—. ¿Por qué necesitas otro?

—¿Qué haremos aquí sin ti? ¿Qué hago si le pasa algo a la niña? —se lamentó Agata.

—¿Por qué debería pasarle algo?

—Y además así, de repente... Te vas dentro de diez días y yo no sabía nada. —Luego añadió—: ¿Carlo y Anna lo saben?

—Se lo he dicho a Carlo. Supongo que Anna ahora también lo sabe —respondió Antonio.

—Papá, no te vayas. —Lorenza se movía inquieta en su silla.

—Escucha lo que tu hija te está pidiendo... —murmuró Agata—. Al menos, a ella, ¿puedes escucharla?

—Volveré pronto —exclamó él, tratando de tranquilizarlas. Luego acarició a Lorenza—. Y prometo escribirte todas las semanas.

—¿Lo juras? —preguntó ella con una mirada muy triste.

—Te lo juro —respondió Antonio.

—No jures —dijo Agata, fríamente.

Luego se levantó y llevó su plato aún humeante a la cocina.

La mañana del 22 de junio, Antonio cogió su maleta de cuero marrón y la colocó junto a la puerta de entrada. Se asomó a la cocina:

Agata, con los ojos hinchados de llorar, estaba filtrando la ceniza del caldero de agua en el que había hervido la colada; la estaba recogiendo en un cuenco y la usaría más tarde para lavarse el pelo y lavárselo también a Lorenza. Antonio sintió una vaga sensación de nostalgia y ternura, pero aun así no pudo decir nada. Regresó a la sala de estar, levantó la maleta y cerró la puerta tras de sí.

Caminó hasta la casa de Carlo: sería él quien lo llevaría al puerto de Brindisi en su Fiat 508.

Anna le abrió la puerta. Miró primero a Antonio y luego observó la maleta.

—Carlo está casi listo —dijo.

—No hay prisa, soy yo quien llega temprano —respondió Antonio.

Anna cruzó los brazos y suspiró.

—¿Nos veremos pronto? —preguntó luego.

Antonio levantó la mirada y la miró intensamente, en silencio. Anna se ruborizó y apartó la mirada.

En ese momento, Carlo, que parecía agitado, se reunió con ellos. Como siempre, olía a loción de afeitar de menta.

—Ya estoy aquí, hermanito —exclamó con una sonrisa.

Luego se dirigió al automóvil y Antonio colocó la maleta en el maletero, mientras Anna, parada en la puerta, los observaba a ambos con una mirada indescifrable.

Finalmente, solo dijo:

—Buen viaje.

Y volvió a entrar en la casa, sin darle tiempo a Antonio para responderle.

9

Julio-octubre de 1936

La boda de Tommaso se celebró un domingo de julio en la iglesia de San Lorenzo. La ceremonia fue sencilla e íntima. Lo prefería así, había especificado el director. Debían ser cuidadosos y no cansar aún más el frágil corazón de su dulce Giulia. Pero la curiosidad por ver el vestido de la novia era irresistible, por lo que a la salida de la iglesia había un grupo de comadres que esperaban a los recién casados en medio de una gran expectación. Anna reconoció a Giuseppina que, tan pronto como la vio, la saludó agitando la mano y con una gran sonrisa. «Siempre parece tan feliz de verme», pensó Anna con ternura. Un segundo después se fijó en dos miembros de las brigadas fascistas que estaban felicitando a los suegros de Tommaso, con quienes parecían tener bastante familiaridad. Anna endureció la expresión y los observó, molesta: ¿incluso en una boda tenían que llevar esas malditas camisas negras?

El vestido de Giulia, diseñado y confeccionado por Carmela, era romántico y suave, con mangas largas y un escote drapeado adornado con pequeñas perlas, las mismas que lucía en el bonete que llevaba sobre el largo cabello rubio. Sostenía un ramo de lirios entre las manos. Los murmullos se extendieron por toda la plaza: «¡Qué elegancia, parece una princesa!», «Esa chica siempre ha tenido gracia...», «Lástima por su salud, pobre criatura...».

A Tommaso le brillaban los ojos, claros como el agua de la orilla una mañana de verano, y los rizos endurecidos por una cantidad excesiva de brillantina formaban una especie de corona. Nadie se atrevió a insinuar que los recién casados no estuvieran realmente felices y enamorados, aunque al final de la plaza ya había quienes apostaban sobre cuánto duraría esa felicidad.

Tommaso y Giulia partieron al día siguiente en su luna de miel por la costa amalfitana. Solo estarían una semana. Carmine fue el encargado de ocupar el puesto del director, no solo por su antigüedad en el servicio, sino también porque era el único hombre de la oficina.

Con el calor del verano, Anna dejó de usar el uniforme de invierno y optó por uno ligero de algodón azul, de manga corta; además, con gran alivio, ya no se ponía las gruesas medias negras, algo que Carmine no dejó de señalar de inmediato.

—Representas a las Regie Poste, no puedes andar por ahí con las piernas al aire, como tu madre te trajo al mundo —le reprochó.

—De acuerdo —respondió Anna mientras introducía la correspondencia en la valija—. Prometo volver a ponérmelas a condición de que a partir de mañana tú también las lleves.

A Chiara se le escapó la risa y se cubrió la boca con la mano. Elena, en cambio, se puso las manos en las caderas y frunció el ceño, imaginando que ese simple gesto serviría como advertencia. Pero Anna ni siquiera la miró.

Esa mañana descubrió que pronto habría otra boda que celebrar: la de Angela y su devoto carpintero. Cuando llamó a la puerta de la chica para entregarle no el paquete habitual, sino un sobre blanco sin remitente, Anna no pudo evitar fijarse en el anillo de oro con un pequeño diamante que llevaba en el dedo.

—Usted ha formado parte de esta historia, ya lo sabe —le dijo Angela inesperadamente, con los ojos brillantes—. Cuando se la cuente a mis hijos, no podré evitar hablar de la hermosa cartera que cada martes me traía los regalos de su papá. —Luego añadió que, al día siguiente de la ceremonia, se mudaría a Lecce, a la casa que su futuro esposo había comprado especialmente para ellos, a dos pasos del taller, y que lamentaba de todo corazón la idea de no volver a verla.

Anna simplemente le sonrió, un poco turbada. Luego sacó las tarjetas de visita con su nombre del bolsillo de la chaqueta y le dio una a la chica.

—Así podrás mostrársela a tus hijos —dijo.

Las lecciones de Giovanna iban prosiguiendo: excepto los domingos, Anna se dirigía a Contrada casi todos los días de cuatro a seis de la tarde. Como Anna había esperado, la naturaleza romántica de Giovanna se reflejó de inmediato en la novela, y se estremecía cada vez que Elizabeth y el fascinante señor Darcy aparecían juntos en la página. La curiosidad por saber si se casarían o no la espoleaba: en los últimos tiempos, cada vez era más común que, una vez terminada la clase, Giovanna continuara leyendo por su cuenta. Al principio avanzaba unas pocas líneas y, al cabo de dos meses, ya era capaz de leer una página entera ella sola. La escritura, en cambio, le resultaba mucho más difícil. Anna comenzó a pedirle que escribiera las postales para don Giulio, sentándose a su lado y deletreando cada palabra. Si el mensaje era particularmente largo, podían pasar días.

En la última postal, don Giulio le comunicaba que, en la segunda quincena de agosto, bajaría a visitar a sus parientes y que le encantaría volver a verla. Siempre que ella también lo deseara, había especificado.

La primera carta de Antonio, en cambio, llegó cerca de la noche de San Lorenzo, junto con las estrellas fugaces. Esa mañana, tan pronto como Anna leyó el destinatario y la dirección, «Lorenza Greco, Via Paladini 43, Lizzanello (LE), Italia», sintió que la respiración se le cortaba por un instante. Giró el sobre y vio el remitente. Sí, Antonio por fin había escrito, después de semanas de silencio.

Anna pensó en abrir el sobre y leer la carta antes que nadie: sabía cómo levantar la solapa y luego cerrarla de nuevo para que pareciera intacta. Vaciló por un momento frente a la gran mesa de la oficina de correos, mirando el sobre y la caligrafía de Antonio, tan precisa y elegante.

Las campanadas del reloj del ayuntamiento al dar las nueve fueron suficientes para hacerla desistir de su propósito. Como si hubiera recibido una bofetada, sacudió la cabeza y pensó: «¿Cómo he podido siquiera imaginarlo?». Luego, rápidamente, volvió a poner el sobre en la valija.

Agata lo abrió, rasgando un lado y sacando dos cartas del interior: una corta para ella y otra mucho más larga para Lorenza. Pasó rápidamente por las palabras de su esposo, con ojos ávidos, y luego se derrumbó en la silla como si la lectura la hubiera agotado.

—Al menos todavía está vivo, este desgraciado —comentó.

La falta de noticias por parte de Antonio había tensado los nervios de Agata hasta el punto máximo. Si, cuando salía, decía a todos que, en su opinión, estaba muerto o se había ahogado en el mar Rojo, y entonces adoptaba la actitud abatida de una viuda reciente, en casa estallaba por cualquier tontería y su objetivo favorito era inevitablemente Lorenza. Cualquier cosa que hiciera o dejara de hacer su hija —la cama deshecha, un retraso de pocos minutos o la taza de leche olvidada en la mesa después del desayuno— desencadenaba en ella una furia ciega, era como una mecha que la hacía explotar. A Lorenza se le humedecían los ojos cada vez; con la cabeza baja, apretaba los labios con fuerza para contener las lágrimas.

—¿Qué pone? ¿Está bien? —preguntó Anna, esforzándose por usar un tono calmado.

Agata dobló ambas cartas y se las metió en el bolsillo del vestido.

—«Él» está bien —respondió, resentida—. Somos nosotras aquí, «su hija y yo» —subrayó—, quienes estamos sufriendo las penas del infierno por su culpa. Pero, de todos modos —concluyó, levantándose de la silla con un suspiro—, no le importamos a nadie.

Anna hizo una mueca de disgusto.

—Bueno —trató de replicar—, nos tenéis a nosotros. No estáis solas.

—Vaya consuelo —dijo Agata, dándole la espalda.

Anna sacudió la cabeza y se dirigió hacia la puerta.

—Ah —añadió Agata, sin volverse—. Os manda saludos. A ti y a Carlo.

Ese día, justo después del almuerzo, Lorenza llegó jadeando a la casa de sus tíos, sosteniendo la carta en la mano.

—¡Ha llegado, tía! —exclamó, corriendo hacia ella y despertando con un sobresalto a Roberto, que estaba durmiendo en el sofá.

—Lo sé. —Anna le sonrió—. He sido yo quien se la ha entregado a tu madre.

—Lee, venga —la invitó Carlo, acomodándose en el sofá junto a su hijo que, tras volverse hacia el otro lado, se quedó dormido al instante.

Lorenza tomó asiento junto a su tío mientras Anna permanecía de pie, cruzando los brazos sobre el pecho. Seguidamente abrió la carta con la punta de los dedos, como si fuera de papel de cristal, y comenzó a leerla con su voz aguda.

Mi dulce y querida Lorenza:

Aquí me tienes, por fin. Sé que llevo un retraso imperdonable, pero te aseguro que hay razones más que válidas por las que no he escrito antes. Lamento si has pensado que no me apetecía escribirte, y me entristece pensar que puedas haberte sentido olvidada. Sin embargo, más que cualquier otra cosa, me avergüenzo de no haber cumplido mi promesa de escribirte cada semana. Lo prometí a la ligera, lo reconozco, sin tener la más mínima idea de lo que encontraría aquí a mi llegada. Por eso me disculpo desde lo más profundo de mi corazón, mi querida hija. ¿Me perdonas?

Tu papá está bien. Me he establecido en una pequeña y acogedora pensión llamada Casa degli Italiani, y desde la ventana de mi habitación se ve el Teatro de la Ópera, ¡una maravilla arquitectónica! Te encantaría, ¿sabes? En la entrada hay una fuente con forma de concha, rodeada por dos majestuosas escalinatas que conducen a los soportales de la entrada. Justo la semana pasada vi una obra de Pirandello, *No se sabe cómo.* Me gustó muchísimo, y seguí pensando en ella durante días... Cuando regrese, te llevaré al teatro: ya eres lo suficientemente mayor.

Asmara es una ciudad en constante evolución y expansión, y ya he establecido varios contactos con dueños de restaurantes y pensiones locales, a los que visito a diario para ofrecerles mi aceite y hacérselo degustar. Dos restaurantes del Corso Italia, la calle principal de la ciudad, ya me han hecho pedidos para los próximos meses. ¿No es una buena noticia? Espero que te alegre tanto como a mí.

No sé cuándo volveré; todavía hay mucho trabajo por hacer aquí.

Intentaré escribirte más a menudo, pero mientras tanto, cuéntame cómo va tu verano. ¿Has ido a la playa? ¿Qué libros estás leyendo?

Trata de ser obediente y no hagas enfadar a mamá.

Te quiero mucho.

Tu papá

—Bueno, parece que está bien —comentó Carlo, extendiendo los brazos y poniéndose de pie.

Lorenza permaneció sentada, con la cabeza agachada sobre la carta que aún sostenía entre las manos.

—¿Algo no va bien, *ma petite*? —preguntó Anna, acercándose.

—¿Qué significa que no sabe cuándo regresará? —preguntó en un susurro.

—Significa que los negocios están yendo por el camino correcto —la consoló Carlo—. No te preocupes, regresará cuando empiece la escuela. ¡Y te traerá un bonito regalo, ya verás!

Anna se sentó a su lado y la abrazó.

—Va todo bien —susurró—. Mira, ¿sabes qué? Te quedas a cenar con nosotros esta noche y preparamos el pesto juntas. Necesito a mi ayudante número uno —concluyó con una sonrisa.

La niña alzó los ojos de repente y la miró feliz. Pero luego se entristeció.

—Invitaremos también a mamá, ¿verdad? —preguntó casi con temor.

—Por supuesto —intervino Carlo—. Esta noche celebraremos todos juntos la primera venta de tu papá —añadió alegremente.

A la mañana siguiente, Anna salió de casa antes de lo habitual —a esa hora, ni siquiera la vecina estaba barriendo la acera—, y se dirigió rápidamente a la biblioteca municipal. Pasó por la plaza aún vacía, excepto por Michele, que estaba descargando unas sandías enormes de un carrito. Anna aceleró el paso y se coló por la puerta abierta de la biblioteca. Le preguntó al amable hombre de detrás del mostrador si por casualidad tenían un ejemplar de *No se sabe cómo*. El hombre mostró una expresión dubitativa y le preguntó quién era el autor.

—Luigi Pirandello —respondió ella.

Entonces, el hombre se levantó de su silla y se dirigió a la sección dedicada al teatro. Anna esperó más de diez minutos antes de que el bibliotecario regresara con el volumen en las manos. Durante toda la mañana, mientras iba de casa en casa vaciando su valija de correspondencia, no pudo pensar en otra cosa que en el libro y en la razón por la cual Antonio había escrito que le había gustado tanto esa obra de teatro, hasta el punto de no poder dejar de pensar en ella. Estaba ansiosa por sentarse a leerla en el banco de su *jardin secret*.

Y, esa tarde, Anna leyó ininterrumpidamente y con avidez hasta la hora de la cena, cuando el jardín se tiñó de los colores del crepúsculo: la obra de Pirandello contaba la historia de un hombre que, dominado por una pasión incontrolable, tenía relaciones con la esposa de su mejor amigo, cosa que después le provocaba una terrible crisis de conciencia. El remordimiento por ese acto vil, realizado siguiendo un impulso, se volvía tan abrumador que el hombre deseaba ser castigado a toda costa.

Hasta que llegó a la última página y cerró el libro, Anna no comprendió cuál era la verdadera y profunda razón por la que Antonio se había ido. Como el protagonista de la historia, también él había buscado un castigo para sí mismo y lo había encontrado huyendo al lugar más alejado posible de ella y de Carlo.

La escuela comenzó a finales de septiembre y, a pesar de las optimistas previsiones de Carlo, Antonio aún no había regresado. Envió unas pocas líneas a Lorenza deseándole un buen inicio de curso y alentándola a estudiar duro para convertirse en la mejor. Pero sobre su regreso, ni tan solo una vaga promesa. Lorenza estaba a punto de empezar la primera etapa de secundaria, la que le permitiría asistir a los tres años del bachillerato de letras y luego a la universidad, el sueño que Antonio tenía para ella desde que era niña. Mientras Carlo la llevaba a Lecce en el 508 para su primer día de clase, Lorenza miraba por la ventanilla con tristeza, pensando que si su papá no había vuelto para una ocasión tan importante, entonces eso quería decir que ese sueño ya no significaba nada para él.

Empezó a pasar todas las tardes en casa de sus tíos. Era como si el aire que rodeaba a Agata estuviera envenenado y lo respirara a pleno pulmón solo para arrojárselo encima a Lorenza. Incluso llegó a molestarle la forma en que su hija masticaba durante la comida o la cena.

—¿Puedes dejar de hacer tanto ruido de una vez? ¡Come como una señorita, no como un animal! —le repetía con un gesto de exasperación.

Entonces, con el corazón en un puño, Lorenza se esforzaba en masticar lentamente y con la boca cerrada.

Luego estaba el tema de las tareas escolares, ya que las de bachillerato resultaron ser muy exigentes. Agata no solo no sabía cómo ayudarla, sino que ni siquiera tenía el más mínimo interés en intentarlo.

—Si fuera por mí, te habría enviado a trabajar —resoplaba—. La idea del instituto fue de tu padre. Y ahora tu padre no está y quién sabe cuándo volverá. ¡Arréglatelas!

Por supuesto, le tocó a Anna ayudar a la niña, y afortunadamente ella tenía la mayoría de las tardes libres, ya que Giovanna ya podía leer sola. Cómo se emocionó cuando Elizabeth finalmente aceptó la propuesta de matrimonio de Darcy.

Esas tardes que pasaban juntas las llenaban de alegría a ambas: Anna ayudaba a Lorenza con sus deberes y luego los corregía, le preparaba la merienda con pan, mermelada y jugo de granada, y algunas noches le daba un baño con pétalos de jabón de Marsella y le cepillaba el cabello durante mucho rato.

Había una sola cosa que ponía a Anna de mal humor y hacía que se enojara sobremanera: la exaltación del fascismo que, sobre todo en las tareas de italiano, siempre salía a relucir.

—¡Es inaceptable! —explotó una tarde, mientras revisaba los temas entre los que Lorenza debía escoger para escribir una redacción. Luego, en tono cantarín, leyó—: «Por qué soy una Pequeña Italiana, ¿Qué obras del fascismo admiras más?, Desde Vittorio Veneto hasta la Marcha sobre Roma, Un mártir y héroe de la reciente guerra ítalo-etíope». Tú sabes que el fascismo no está bien, ¿verdad? —le dijo luego.

Lorenza bajó la cabeza.

—Pues... —musitó, un poco dubitativa.

—Tu padre también te lo diría si estuviera aquí.

—Pero a mi maestra le gusta el Duce... —intentó rebatir Lorenza.

—Tu maestra es una completa idiota —dijo Anna de inmediato.

La niña la miró con una expresión confusa.

—Pero a todos en la escuela les gusta el Duce...

—Si algo les gusta a todos, no significa que sea correcto. —Luego suspiró y trató de ser razonable—. Por supuesto, no debes decirle estas cosas a la maestra. Ni a la maestra ni a nadie, ¿entendido?

—Escucha, tía... —murmuró la niña—. ¿Papá no regresa porque ya no quiere estar con mamá?

Anna tragó saliva y dudó mucho antes de responder.

—Pero... ¡qué cosas se te ocurren! —exclamó, a continuación, acariciándole la mejilla—. Tu papá está allí para trabajar, ya lo sabes. También lo hace por ti. De hecho, sobre todo por ti.

—Pero yo no se lo pedí.

—Regresará pronto, no te preocupes, *ma petite.*

—¿Y tú cómo lo sabes?

—Conozco a tu padre.

Y, mientras lo decía, Anna se preguntó si eso era realmente cierto.

Una mañana de finales de octubre, Giovanna salió por la puerta de madera de la biblioteca municipal con un ejemplar de *La educación sentimental* de Flaubert bajo el brazo. Pensó en todas las historias que se había perdido durante todos esos años, convencida de que no era capaz de leer. Sin embargo, la insistencia de Anna había demostrado que estaba equivocada. Ahora quería recuperar el tiempo perdido y devorar historias hasta empacharse. Claro, todavía cometía muchos errores, especialmente cuando tenía que escribir, pero la pequeña ventana ya era solo un recuerdo.

Pasó frente al chico que vendía periódicos y su mirada se posó en un titular de *La Gazzetta del Mezzogiorno.* «Ciano y Von Ribbentrop firmaron ayer la alianza entre Italia y Alemania», leyó. No entendía mucho de política; siempre la había encontrado aburrida. Sin embargo, le pareció que ese anuncio no auguraba nada bueno.

—¡Hola, amiga! —Anna apareció a sus espaldas, impecable con su uniforme azul de invierno—. ¿Qué has escogido? Déjame ver.

Giovanna se mordió los labios y le tendió el libro.

—¡Ah, me has hecho caso! Es una obra maestra, ya verás —casi gritó Anna—. Nadie ha sabido contar mejor las expectativas del amor y cómo se ven aplastadas. —Luego miró a Giovanna con un rastro de pesar en los ojos.

La otra bajó la mirada y recuperó el libro.

—Vendrá el próximo verano, esta vez lo presiento —murmuró—. Sé que no te lo crees, pero ya verás como viene.

Anna asintió, incómoda.

—Me voy. ¿Te veo después? ¿Traerás granadas para hacer zumo?

—Por supuesto —respondió Anna.

Y, mientras su amiga se alejaba, Anna no pudo evitar oír las dos voces femeninas que murmuraban desde el banco que tenía detrás:

—Pero ¿esa no era tonta? ¿Cómo es que ahora ha empezado a leer?

—Imagínate. Está fingiendo. Cuando alguien es torpe, no lo puede remediar.

Anna respiró profundamente, se dio la vuelta y se fue disparada hacia ellas.

—Oh, buenos días, señora cartera —la saludó una de las dos.

—Aquí las únicas tontas que veo son ustedes —dijo Anna. Luego, indiferente a sus expresiones incrédulas, se dio media vuelta y se marchó.

—Qué mal genio tiene esta forastera —comentó la segunda mujer, sacudiendo la cabeza.

Los meses habían ido transcurriendo y con toda probabilidad habrían pasado más si Agata no hubiera enviado ese telegrama a su esposo el último día de octubre.

LORENZA ESTÁ ENFERMA. DEBES REGRESAR A CASA URGENTEMENTE.

Fue así como Antonio hizo la maleta a toda prisa, anunció su regreso con un telegrama de respuesta y partió de un día para otro. Cuando el barco zarpó del puerto de Asmara, él se quedó en la cubierta mirando la ciudad que se hacía más pequeña a medida que se alejaba. Tuvo la sensación de que todas las cosas que le habían sucedido en esos meses pertenecían a otra persona, a un hombre que había vivido, y mentido, allí en su lugar. Luego, mientras el barco cruzaba el mar Rojo, comprendió que nunca volvería a pisar África. Y que su pena no se había atenuado en absoluto lo había entendido desde hacía mucho tiempo. La encontraría intacta y despiadada a su regreso.

La enfermedad de Lorenza había sido solo una fiebre común y ella se había recuperado mucho antes de que Antonio tocara tierra.

«He mentido, ¿y qué? —se decía Agata—. Lo he hecho por el bien de todos. Al menos ha servido para traerlo de vuelta a casa».

10

Verano de 1937

Ese año parecía que las jóvenes que aún estaban solteras se habían puesto de acuerdo para casarse todas a la vez: desde principios de la primavera hasta finales del verano, el atrio de la iglesia de San Lorenzo se convirtió en una alfombra de granos de arroz, ya que nadie se preocupaba de limpiar entre una boda y otra.

El trabajo para Carmela se triplicó. El vestido que había confeccionado el año anterior para Giulia fue tan admirado que los encargos se dispararon: el taller de costura se convirtió en un ir y venir de futuras novias que anhelaban un vestido de ensueño «como el de la hija *dellu patrunu*». Fueron semanas frenéticas: Carmela se despertaba a las cuatro de la mañana, preparaba la cafetera más grande, la de seis tazas, y se bebía el café poco a poco para que durara hasta la hora del almuerzo. Mientras tanto, al otro lado de la puerta que separaba la casa del taller de costura, Nicola y Daniele dormían como troncos. Ella, en camisón, dibujaba bocetos incesantemente hasta la hora de abrir. Siempre tenía sobre la mesa un ejemplar abierto de *Moda Illustrata,* la revista en la que se inspiraba para crear sus propios modelos.

Algunas veces, al rayar el alba, escuchaba los pasos de su hijo subiendo la escalera, cruzando la cocina y deteniéndose frente a la puerta del taller de costura. Daniele asomaba la cabeza con el pelo revuelto, vestido tan solo con los calzoncillos y una camiseta blanca. Luego se sentaba muy quieto junto a su madre, con la cabeza apoyada en los brazos cruzados sobre la mesa, y se quedaba allí observándola, atento y curioso, mientras el lápiz de Carmela danzaba sobre el papel trazando corpiños bordados, suaves colas y mangas veladas.

—Mamá, no quiero volver a la escuela —dijo Daniele una mañana, de buenas a primeras—. Quiero hacer lo que haces tú.

Carmela se detuvo con el lápiz en el aire y, a continuación, lo colocó muy despacio encima de la mesa.

—¿Qué significa que no quieres volver a la escuela?

Daniele agachó la cabeza.

—Prefiero trabajar contigo —respondió con un hilo de voz.

—Pero eso no se puede hacer.

El niño titubeó un momento.

—¿Y por qué no?

—¿De verdad me estás preguntando eso? Eres un hombre y, si realmente quieres dejar la escuela y ponerte a trabajar, por mí está bien, pero debes encontrar un trabajo duro como el que hacen los hombres.

Daniele la miró, desilusionado.

—Pero déjame intentarlo al menos. También dibujo vestidos en mi cuaderno. ¿Quieres verlos?

—No —exclamó ella, arisca —. No quiero ver nada. El taller de costura no es para hombres. Ya te encontraré yo un trabajo, y no quiero oír ni una palabra más de esta tontería nunca más. Y ahora vete, que estoy ocupada.

Esa inesperada petición la turbó y la dejó preocupada durante el resto del día. ¿Qué se le había metido en la cabeza, Dios mío? ¿Un hombre detrás de la máquina de coser? ¡Y, además, estaba dibujando vestidos! Ese hijo suyo se había vuelto demasiado delicado. No pertenecía a Nicola y, sin embargo, se había criado heredando el mismo carácter blando de los Carlà. Tenía que hacer algo de inmediato para que abandonara esas extravagantes ideas.

Fue a hablar con su padre y le pidió que encontrara rápidamente un trabajo para su nieto.

—Un trabajo de esfuerzo físico, eso es lo que necesita. Si no, terminará poniéndose falda —declaró con tono dramático.

—Pídele a su padre que lo ponga a trabajar —replicó inocentemente don Ciccio.

Carmela esbozó una sonrisa sarcástica.

—A Nicola ya le cuesta ocuparse de sí mismo.

—Yo me refería a su padre de verdad.

Ella lo miró, estupefacta.

—Con todo respeto, padre mío, pero ¿has perdido la cabeza tú también?

Don Ciccio encogió los hombros.

—¿Por qué no? ¿Sabes cuánta gente quiere trabajar para la Finca Greco?

—¿Y qué debería hacer? A ver, cuéntame. ¿Trabajar como un esclavo para ellos? —dijo, completamente indignada—. Ni muerta lo enviaría a ensuciarse las manos de tierra para los Greco.

—Las manos se ensucian y luego se lavan —replicó don Ciccio—. Allí se moverá dinero, y no poco. «Él» sí está haciendo las cosas a lo grande —dijo con énfasis abriendo los brazos—. ¿No quieres que tu hijo se quede al menos una parte?

—¿Y cómo te crees que puede quedarse una parte? —preguntó Carmela, de repente interesada—. «Él» no nos debe nada.

Don Ciccio se levantó de la silla y cogió la pipa de la repisa de la chimenea. Con calma, la encendió y dio una primera y meditada calada. Permaneció en silencio durante un puñado de segundos y, a continuación, impertérrito, dijo:

—Tú, hija mía, estás subestimando el poder de los lazos de sangre...

—¡Qué dices de lazos de sangre! —lo interrumpió ella, colérica—. A ese, Daniele no le importa nada. Hace como si no fuera con él. Desaparece y olvida. Es el estilo de Carlo Greco, ¿acaso no lo conocemos ya?

—Hiciste mal en decírselo. Fuiste impulsiva y necia, como todas las mujeres —le reprochó don Ciccio—. Pero ya que se lo has dicho, aprovéchate. Pónselo en las narices, tiene que ver a su hijo todos los días, no como ahora que apenas sabe qué cara tiene. Puede empezar como un simple jornalero; por otra parte, todavía es *nu piccinnu,* ni siquiera tiene un pelo en la barba. Y ya verás..., tiempo al tiempo.

Carmela se lo quedó mirando dubitativa.

—¿Qué veré? ¿Crees que le dejará la Finca? —Y dejó escapar una amarga carcajada.

—No —respondió don Ciccio serio, exhalando una nube de humo—. No se la puede dejar, ya lo sabemos. Pero al final le dará algo a él también. Y no será una pequeña porción. Confía en lo que te digo, sé cómo funcionan las cosas. La sangre siempre gana.

Ella lo miró con dureza.

—Pero pídeselo tú, que trabaje para él —dijo, decidida—. Yo no iré a mendigarle favores.

Con el puro entre los dientes, Carlo estaba agachado en el viñedo supervisando a los trabajadores ocupados en la «poda verde», la que se realizaba en verano. En septiembre por fin llegaría el momento de la vendimia y Carlo no cabía en sí después de tres años de espera. Ya había hecho diseñar la etiqueta del Donna Anna y, entre las diversas propuestas que el pintor le había presentado, había elegido la que tenía la imagen de una rosa roja brillante que se abría.

Se levantó desperezándose y en ese momento vio llegar a don Ciccio. Un poco sorprendido, lo saludó agitando la mano.

—¡Don Ciccio, qué sorpresa! ¿Ha tenido valor de venir a pie bajo este sol? No tenía que haberse fatigado. —El tono era afable, pero al mismo tiempo mostraba cierta perplejidad.

Don Ciccio le respondió que aún no era un anciano decrépito y lo invitó a dar un paseo entre las vides. Sentía curiosidad por echar un vistazo al trabajo, dijo.

De modo que se adentraron en el viñedo. Don Ciccio miraba a su alrededor con ojos atentos, deteniéndose de vez en cuando para dar consejos a algún bracero: «No cortes demasiado cerca de la yema de la corona, deja al menos un par de centímetros...», «Estas hojas quítalas, hacen sombra a los racimos».

Solo cuando estuvieron lo suficientemente alejados, entre las plantas de la parte final que aún no habían sido trabajadas, se decidió a hablar.

Carlo se encendió el cigarro y lo escuchó con una mezcla de aprensión y resentimiento, desplazando el peso de su cuerpo de una pierna a otra alternativamente.

—El chico solo necesita curtirse y aprender lo que es el trabajo duro —puntualizó don Ciccio—. Para forjarse temperamento y carácter, y hacerse un hombre. Su padre, Nicola —subrayó—, no puede enseñarle eso tan bien..., ¿sabes?

De repente, Carlo sintió que las piernas le temblaban.

—¿Pero por qué precisamente aquí..., con todos los viñedos que hay? —trató de argumentar.

Don Ciccio avanzó unos pasos, metió las manos en los bolsillos del pantalón y luego giró sobre sí mismo, dándole la espalda.

—Mi padre, que en paz descanse, siempre decía que no hay nada peor en el mundo que la ingratitud —declaró.

—Pero estoy agradecido por la ayuda que me ha brindado, don Ciccio. Ya lo sabe —se apresuró a aclarar Carlo.

Don Ciccio se volvió y lo miró fijamente.

—Esto es lo que pido por el servicio que te he prestado —dijo, extendiendo los brazos para señalar el viñedo—. ¿Me lo vas a negar?

Carlo se pasó una mano por el cabello empapado de sudor. Luego se puso las manos en las caderas y, con el rostro tenso, miró hacia el horizonte.

—Si eso es lo que pide... —murmuró, derrotado.

—Bien —dijo don Ciccio con una sonrisa socarrona—. Te lo mandaré mañana por la mañana.

Ya estaba a punto de retroceder cuando Carlo, con un pequeño movimiento, se le paró enfrente.

—Permítame una última palabra —dijo, esta vez con tono firme—. Espero que no me subestime hasta el punto de considerarme un estúpido. A mis ojos, su nieto será un bracero como todos los demás. Lleva el apellido Carlà.

Don Ciccio lo miró, sarcástico.

—Lleva el apellido de su padre. ¿De quién más, si no?

Aquel fue el verano en que Lorenza dejó de ser una niña. Tan pronto como vio el rastro de sangre deslizarse por sus piernas, comenzó a gritar, aterrorizada.

—¿Por qué gritas? Es la regla. Ya eres una mujer, me alegro por ti —dijo Agata después de entrar en el baño. Le entregó un montón de paños de algodón hechos de una vieja sábana blanca y le mostró cómo debía usarlos en su ropa interior, recomendándole cambiarlos al menos cada dos horas—. Si no, olerás mal y la gente querrá alejarse de ti —explicó.

Seguidamente, comenzó a enumerar todos los comportamientos que debía evitar como la peste durante «los días del sangrado»: no tocar las plantas y las flores para que no se marchitaran, mantenerse alejada de la masa del pan para que la levadura hiciera efecto, y también del vino, porque se convertía en vinagre.

Cuando Lorenza le contó a su tía todas estas cosas, Anna estalló en una risa que hizo que se le saltaran las lágrimas.

—¿Por qué te burlas de mí? —se entristeció Lorenza.

—¡Pero si no me burlo de ti en absoluto! ¿Estás segura de que tu madre de verdad ha dicho estas sandeces?

—Estoy segura —respondió Lorenza, bajando la mirada.

—Son tonterías, no les prestes atención.

—Entonces, ¿por qué me las ha dicho?

—Son creencias tan antiguas como el mundo, sin ningún fundamento. Ven, te lo demostraré. —La cogió de la mano y la llevó al jardín—. Toca mi albahaca —le ordenó.

Lorenza, instintivamente, dio un paso hacia atrás.

—Tía, no querría...

—Déjate de historias y tócala. Ven, acércate.

Con paso vacilante Lorenza se aproximó a una mata.

—Vamos, tócala —insistió Anna—. Para que veas por ti misma que no se marchita en absoluto. De hecho —añadió con una sonrisa divertida—, cuando terminemos aquí, iremos abajo, al trastero. Sabes cuál, ¿verdad? El que tu tío usa para guardar las botellas de vino. Y las tocaremos todas.

También eran los días del sangrado cuando, al final del primer año de instituto, Lorenza descubrió que había suspendido latín y griego y que tendría que esperar hasta septiembre para recuperar las materias.

—¿Ves? —comentó Agata, agitando el boletín bajo la nariz de Antonio—. Apenas ha aprobado las otras materias. Te lo dije, habría sido mejor enviarla a una escuela de oficios. Pero ¿quién me escucha a mí alguna vez?

La niña, sentada en el sofá verde con las manos entrelazadas, agachó la cabeza, abatida.

—Encontraré un profesor que le dé clases particulares —dijo Antonio con calma—. Lo conseguirá —añadió, sonriendo a su hija. Pero la sonrisa cayó en el vacío.

Desde el primer día de su regreso de África, Antonio tenía la sensación de ser un huésped no deseado en su propia casa. No encontró brazos abiertos que le dieran la bienvenida, excepto los de Carlo, el único que parecía haberse alegrado de verlo. Agata, por su parte, lo había confinado de inmediato a dormir en el sofá de su estudio.

—Me dejaste sola en la cama durante meses y ahora quiero seguir estando sola —le había dicho, sin mirarlo a la cara siquiera.

Él no dijo ni una palabra, se limitó a sacar sábanas limpias del arcón y una almohada deforme en la que aún dormía. No hubo un solo día en que su esposa no le dirigiera comentarios envenenados. «Tendrás que conformarte con la comida que hacemos aquí», le decía mientras ponía los platos en la mesa; si Antonio se retrasaba en la fábrica de aceite y llegaba tarde a cenar, ella lo recibía con un sarcástico: «Este todavía se piensa que está en un hotel». Cuando anunció que llevaría a Lorenza a ver una obra al Teatro Politeama de Lecce, Agata comentó con enojo: «¿Cómo es que te ha dado la ventolera del teatro justo allí?». Cada vez que hablaba de África, siempre decía «allí» y hacía una mueca.

Antonio intentaba responderle con calma y amabilidad todas las veces, pero esa actitud, en lugar de calmar a Agata, la enojaba aún más.

Sin embargo, lo que más lo hería era el profundo cambio en Lorenza. Si cruzaba la mirada con la de su padre, ella bajaba la suya de inmediato. Ya no corría a su encuentro cuando volvía del trabajo. Parecía medir cada palabra, como si viviera con el temor constante de cometer un error y, sobre todo, y esto fue lo que más lo entristeció, ya no exclamaba «bonitísimo». Es más, ya no se entusiasmaba por nada.

Con un gran pesar, Antonio se dio cuenta de cómo su ausencia había afectado las vidas de su hija y de su esposa. Se había abierto un abismo entre ellos y sus intentos por colmarlo no servían de nada.

El comercio de aceite con Asmara duró solo unos pocos meses, hasta el día en que, a finales del invierno, los envíos de aceite le fueron devueltos, seguidos de una larga carta que Anna le entregó en su oficina.

Ella se quedó de pie con una mirada interrogativa, esperando a que abriera el sobre. Antonio pensó que era la primera vez que estaban solos de nuevo. En otras ocasiones, siempre había alguien de la familia presente y, aparte de algunas bromas cordiales, nunca habían vuelto a hablar de verdad. Sin embargo, le bastó mirar de nuevo a los verdes ojos de Anna para comprender que no había ningún lugar lo suficientemente lejano al que pudiera escapar.

—Obviamente, he leído el nombre del remitente. ¿Quién es Lidia? —preguntó Anna, yendo directa al grano.

Antonio apartó la mirada y masculló que era la dueña de uno de los restaurantes con los que había hecho negocios.

—¡Mentiroso!

—Pero ¿por qué ese tono tan desagradable? —preguntó él, desconcertado.

—¿Es esta mujer la razón por la que no volvías, por la que abandonaste a tu hija? —lo hostigó ella—. ¿Tienes idea de cuánto ha sufrido Lorenza?

—¡Yo no he abandonado a nadie! —exclamó él, resentido.

—Sé sincero, Antonio.

Él suspiró, se sentó en el sillón al lado de la ventana y miró afuera, entornando los párpados.

Anna se sentó en el sillón de enfrente y cruzó los brazos.

—Te escucho —dijo.

—Fue... nada —respondió Antonio en voz baja.

Había habido una mujer, admitió, y era Lidia, sí. La conoció el mismo día en que desembarcó en Asmara. Hambriento como estaba, se metió en el primer restaurante que encontró en el Corso Italia y allí la vio por primera vez. Era la joven hija de dos colonos vénetos que se habían trasladado a la capital de Eritrea en 1930 y habían abierto un restaurante-teatro llamado La Piccola Venezia, frecuentado principalmente por emigrantes italianos. Lidia era camarera: acababa de cumplir veintidós años y tenía una belleza rara, largos cabellos rubios rizados, un rostro salpicado de pecas y una sonrisa amplia y sincera.

—¿Te enamoraste de ella? —lo interrumpió Anna, un poco inquieta.

Antonio la miró, perplejo.

—¿Enamorado? ¿Qué estás diciendo...? Yo de ella no, al menos

—respondió mientras se levantaba del sillón—. Ya te lo he dicho. No fue «nada».

Evidentemente, no le había contado el resto, y nunca se lo contaría a nadie, ni siquiera a su hermano. Antonio se comportó muy mal con esa chica y ahora sentía vergüenza de sí mismo. Y se avergonzaba de lo ocurrido. Noche tras noche, la había seducido recitando poemas de autores que ella nunca había oído nombrar. La había hecho enamorarse a base de versos y, como un animal hambriento, al final había arrasado con todo lo que Lidia le había dado espontáneamente: su cuerpo infantil, la piel suave que nunca había conocido las manos de un hombre y el amor incondicional que había seguido. La adoración de esa chica, la cual solo inspiraba a Antonio un vago sentimiento de ternura, acabó siendo un bálsamo para la profunda herida que le había causado aquel único beso con Anna. Allí, a miles de kilómetros de casa, Antonio se dio cuenta de que podía ser quien quisiera, sin sufrimiento ni dolor. Por eso no le llevó mucho tiempo asumir otra identidad y convertirse, a los ojos de todos, en el novio oficial de Lidia: en esa dimensión, no estaba casado, no tenía una hija, no amaba apasionadamente a la esposa de su hermano... Era, simplemente, un hombre sin familia que había llegado a Asmara en busca de fortuna. Y nadie podría desmentirlo. Hizo promesas a Lidia que nunca podría cumplir y asumió compromisos con sus padres que ya sabía que no respetaría. Todo un castillo de mentiras con tal de mantener esa sensación de alivio que percibía, esa pausa en el dolor que lo consumía. Sabía que le había roto el corazón cuando se marchó de repente.

—Espero que al menos haya valido la pena —comentó Anna, molesta.

—Aunque así fuera, ¿a ti qué te importa?

Anna no respondió.

—¿Por qué has dejado de llevar la trenza? —le preguntó él después de un momento de silencio, desconcertándola.

El pelo, largo y negro, le caía suave y suelto sobre los hombros. Al principio le dirigió una mirada extraña, pero luego le respondió:

—Me gusta más así.

—A mí también. —Sonrió Antonio—. No te lo recojas más.

«Buenos días, señor Carlo». «Hasta luego, señor Carlo». Así era como Daniele se dirigía a él cada vez que lo veía llegar al viñedo y luego irse. Carlo respondía levantando la barbilla con una ligera incomodidad y de inmediato le daba la espalda para entablar conversación con otra persona. En los primeros días, para ser sinceros, Carlo había esperado que el chico le diera una razón, cualquier motivo, para echarlo; ni siquiera don Ciccio hubiera puesto objeciones si su nieto no servía para nada, y él por fin se habría quitado ese peso de encima. Verlo todos los santos días, con esa cara amable y limpia y esos ojos de pestañas largas que irradiaban ternura, hacía que le resultara extremadamente difícil seguir haciendo caso a sus propias reticencias.

Daniele, por su parte, demostró ser un trabajador incansable, muy apreciado por todos: siempre había alguien que gritaba «¡Ven aquí, muchacho!» en el descanso de media mañana y le ofrecía la mitad de su bocadillo. Aprendió rápidamente y realizaba sus tareas con una diligencia inusual para un chico de su edad. Ya sabía cómo desenvolverse en el mundo como un hombre, independientemente de lo que dijera don Ciccio, reflexionó Carlo, sintiéndose al mismo tiempo vagamente orgulloso.

El 9 de agosto llegó a la oficina de correos el reemplazo de verano que ocuparía el puesto de Anna durante dos semanas.

—¿Has oído, Carmine? Nuestra cartera se va a Gallipoli. Ah, bienaventurados aquellos que pueden permitírselo —la saludó Elena, forzando una sonrisa en su rostro enrojecido.

Antes de regresar a casa, Anna hizo una parada en la biblioteca para elegir la novela que se llevaría de vacaciones. Después de recorrer los estantes durante un buen rato, ojeando brevemente las solapas de los libros, se sintió intrigada por *Las afinidades electivas* de Goethe y por la pregunta crucial que planteaba: ¿qué le sucede a una pareja de elementos cuando entra en juego un tercero?

Al día siguiente toda la familia Greco partió con destino a la playa tras cargar sus pertenencias en el techo del 508. Carlo había alquilado una acogedora casita a pocos pasos del mar, con un elegante porche y tres habitaciones: una para él y Anna, otra para Antonio y Agata, y la última para los dos niños. Se necesitaron carros y carretas para convencer a Agata; no quería que Lorenza pensara que esas vacaciones eran un premio. Había suspendido dos asignaturas y debía quedarse castigada durante todo el verano, según ella. Como de costumbre, Antonio trató pacientemente de mediar hasta pocas horas antes de la partida. Finalmente, logró obtener el consentimiento de su esposa, con la condición de que Lorenza llevara sus libros y que su presencia en la playa con los demás se limitara a dos horas por la mañana y dos por la tarde; el resto del tiempo lo pasaría encerrada en casa, estudiando latín y griego.

—Te lo advierto, Antonio: si Lorenza vuelve a suspender en septiembre —dijo Agata, decidida a tener la última palabra—, la sacaré de la escuela.

Con Giovanna, en cambio, no hubo manera. Anna intentó convencerla persistentemente, describiéndole los baños al atardecer, cuando el sol se sumergía en el Jónico, los paseos por la arena fresca a primera hora de la mañana, las conversaciones en el porche hasta altas horas de la noche. Pero fue en vano. Giovanna opuso un amable pero firme rechazo: estaba convencida de que don Giulio iría a visitarla ese verano.

Esos días en Gallipoli transcurrieron tranquilos y sin preocupaciones, llenos de baños largos, siestas en la arena calentada por el sol, almuerzos en la playa con melocotones y melón, paseos al caer la tarde por las estrechas callejuelas del centro y noches íntimas en el porche, acariciadas por la suave brisa y la vista de los barcos que regresaban al puerto a la luz de la luna.

Los nervios de Agata parecieron relajarse gradualmente: volvió a dirigirse a su esposo sin hostilidad y, sobre todo, dejó de evocar ese «allí» que tanto la había obsesionado durante los meses anteriores. Su actitud hacia Lorenza también se suavizó.

—Has estudiado lo suficiente por hoy. Ahora ve a refrescarte, anda —le decía, asomándose a la habitación donde Lorenza estaba sentada en la cama con un libro abierto frente a ella.

La mayoría de las veces se ofrecía a preparar la cena para todos.

—Vosotros id para allá, que ya me encargo yo —decía, y los alejaba con un gesto decidido.

A Anna le encantaba despertarse antes que nadie, cuando el cielo apenas comenzaba a aclararse y la casa aún estaba vacía de voces y risas. Calentaba la leche durante menos de un minuto y luego se llevaba la taza al porche; allí se acomodaba en una tumbona y se sumergía en la lectura de *Las afinidades electivas*. Cada mañana, Antonio se reunía con ella con su libro en la mano —ese verano estaba leyendo los cuentos de Chéjov— como si estuviera escuchando y, al oírla moverse, decidiera seguirla. En silencio, se acomodaba en la tumbona de enfrente, le sonreía y luego abría el libro en la página en la que estaba el marcador. De modo que se quedaba leyendo junto a ella, compartiendo el silencio y la paz de las primeras horas del día.

La casa no comenzaba a cobrar vida hasta una hora después, cuando desde el interior resonaba la risa jovial de Carlo en la cocina y el sonido de las tazas que Agata bajaba del estante.

—¡Buenos días! —Carlo aparecía en el porche sonriente, se inclinaba para rozar los labios de Anna con un beso y luego se daba la vuelta para hacerle cosquillas en los costados a su hermano.

—¡Buenos días, Carletto! —lo saludaba Antonio, riendo. Un momento después, cerraba el libro y entraba en la casa—. Voy a ver si el café está listo —decía, dejando su tumbona libre para Carlo.

Dos días antes de Ferragosto, Giovanna oyó un golpe en la puerta. *Cesare* comenzó a ladrar y paró de inmediato cuando ella abrió.

Don Giulio, vestido con la sotana negra y el alzacuello blanco, esbozó una sonrisa. Tenía la cara afeitada, un poco marcada y hundida en las mejillas, pero era tan guapo como Giovanna lo recordaba: rasgos delicados y finos, ojos grandes y oscuros, y una nariz ligeramente respingona.

Ella se llevó las manos al rostro y empezó a saltar de alegría.

—¡Hola, Giovanna!

Le rodeó el cuello con los brazos y lo estrechó con fuerza.

—Sabía que vendrías —dijo con voz temblorosa.

Luego lo miró y se dispuso a besarlo, pero él la detuvo, poniéndole una mano sobre la boca.

—Antes déjame quitarme la sotana —dijo con cara seria.

Ella lo miró durante un momento con expresión aturdida y luego balbuceó:

—Claro, claro. Entra.

Durante el resto de la tarde se entregaron al amor mientras la sotana negra y el cuello blanco de don Giulio descansaban cuidadosamente en la silla.

Tumbado en una esquina del dormitorio, *Cesare* los observó todo el tiempo con una mirada triste.

11

Diciembre de 1938

Carlo compró un abeto de dos metros de altura. La mañana del 8 de diciembre se levantó temprano y, cantando alegremente *Tu scendi dalle stelle*, fue a despertar a Roberto. Pero como era un día festivo, el niño, subiéndose la manta hasta los ojos, gruñó pidiendo que lo dejara dormir un poco más.

—Solo diez minutos, ni uno más —bromeó Carlo mientras le revolvía el cabello.

Luego bajó y se asomó para encender el fuego en la chimenea.

Roberto se reunió con su padre al cabo de más de media hora. Carlo estaba sentado junto al gran abeto y sacaba los adornos navideños de las cajas: figuras de cartón para el pesebre, guirnaldas, bolas de colores, adornos de madera en forma de copos de nieve, una estrella del color del oro.

—Por fin, aquí estás. —Le sonrió Carlo—. Te estaba esperando para empezar.

De este modo padre e hijo comenzaron a decorar el árbol mientras el fuego crepitaba en la chimenea. Roberto le pasaba los ornamentos a su padre y este, subido en una pequeña escalera de madera, los colocaba con sumo cuidado. De vez en cuando bajaba, daba unos pasos y comentaba:

—No, esa bola roja tiene que ir más arriba... y tenemos que bajar algunos copos de nieve. ¿Ves que están todos arriba y abajo nada?

Cuando Anna regresó a casa, a la hora del almuerzo, los encontró todavía atareados decorando el árbol.

—Papá, basta, ya está bien así —se quejó Roberto—. Es la quinta vez que cambias de lugar esa cosa.

Anna sonrió.

Carlo sostenía la figurita de un ángel de madera; era el último adorno y simplemente no acababa de decidir dónde colocarlo.

—Dámelo a mí —dijo Anna, divertida. Cogió el angelito y lo colocó justo en el centro del árbol, entre una bola blanca y una roja—. Aquí queda perfecto —sentenció.

Carlo lo observó y luego asintió, aunque no muy convencido.

Roberto se dejó caer en el sofá.

—Por fin terminamos —dijo—. Estoy cansadísimo.

—Qué lástima que estés cansado —dijo Anna con una sonrisita—. Quería llevarte a ti y a Lorenza al cine a ver una película de dibujos animados... Bueno, supongo que iremos las dos solas y tú te quedarás aquí a descansar.

Roberto levantó la cabeza de inmediato.

—Está bien, solo estoy «un poco» cansado —exclamó.

Anna y Carlo se miraron y sonrieron.

Cuando llegaron al cine Olimpia, Anna se detuvo frente al cartel y, señalando con el dedo, le preguntó a su hijo:

—¿Qué pone aquí?

Roberto se acercó y leyó con facilidad:

—«Blancanieves».

—¡Muy bien! —se enorgulleció ella.

Roberto había comenzado la escuela primaria en septiembre, aunque Anna le había enseñado el alfabeto mucho antes. «A como Anna, B como Bari, C como Carlo...», le repetía cada vez que tenía la oportunidad.

—Deja que aprenda junto a los demás niños cuando llegue el momento —la interrumpía Carlo, contrariado.

—¿Por qué, si puede comenzar con ventaja? —respondía ella, y continuaba—: D como Domingo, E como Estrella, G como Greco...

Así que, cuando comenzó la escuela, Roberto ya sabía escribir su nombre en letras de imprenta, y sin salirse nunca de las líneas.

A los tres les gustó mucho *Blancanieves*. Roberto salió de la sala entusiasmado, tarareando «¡Hi-Ho!» e imitando la marcha de los siete enanitos, y siguió haciéndolo durante todo el camino de regreso a casa, mientras Lorenza se reía a carcajadas y Anna sacudía la cabeza, divertida.

—Deberías trabajar en el teatro de variedades —bromeó.

—Yo también quiero un príncipe que viene a despertarme... —suspiró Lorenza.

—Que «venga» a despertarme —la corrigió Anna. Y después de unos pasos, agregó—: ¿Por qué? ¿También estás dormida como Blancanieves?

—No —murmuró Lorenza, avergonzada—. Quería decir que..., bueno, en resumen, que también sueño con un príncipe que... —titubeó— venga a salvarme.

Anna se detuvo. Frunciendo el ceño, cogió a su sobrina del brazo y la hizo volverse con delicadeza hacia ella. Roberto notó que se habían quedado atrás y se detuvo.

—Solo hay una persona que puede salvarte —le dijo a Lorenza con severidad—. ¿Y sabes quién es?

La sobrina la miró, casi asustada, y luego negó con la cabeza.

—Eres tú —continuó Anna, apuntándola con el dedo—. Solo tú puedes salvarte a ti misma. No hay príncipe que valga, créeme.

Lorenza se quedó sorprendida y, a continuación, siguió caminando con la cabeza gacha. Esas palabras la habían perturbado. Desde siempre, su madre no hacía más que repetirle que una mujer solo está completa cuando encuentra un esposo y se establece, que es el hombre quien salva y protege, y que si naces mujer, no llegarás a ningún lado sola. Y sus compañeras de escuela pensaban de la misma manera: si estudiaban, era solo para encontrar al mejor partido posible, afirmaban, coquetas. Para todas ellas, el «después», lo que «querían ser de mayores», era tener una bonita casa que mantener ordenada y limpia, un buen esposo que las cuidara e hijos sanos a los que atender. Nunca las había oído mencionar nada más cuando hablaban sobre su futuro. En cuanto a ella, siempre se había sentido un paso por detrás de las demás chicas: por segundo año consecutivo, la habían pasado de curso con objeciones, tenía griego y latín pendientes, y ese verano encima le había tocado estudiar en lugar de disfrutar de los largos días soleados, de los juegos y la despreocupación. Siempre sentía la mirada decepcionada de su padre sobre ella, aunque él tratara de ocultarlo y, de hecho, insistiera en pagar generosamente al profesor Gaetani, que ya estaba jubilado, para que le metiera en la cabeza esas lenguas antiguas que para ella eran inútiles y a menudo incomprensibles. Además, se sentía fea a diferencia de sus compañeras: cada vez que el espejo le devolvía la imagen de su rostro cubierto de granos, le daban ganas de romperlo. Lo evitaba todo lo posible y aceleraba el paso si tenía que pasar frente a él. Ya nadie le decía que era guapísima, ni siquiera su tía Anna.

Como todos los años, las semanas previas a la Navidad, la oficina de correos se vistió de fiesta. Las tarjetas de felicitación, las cartas, los regalos empaquetados y las cestas de golosinas caseras que se enviaban a los seres queridos que vivían lejos eran innumerables. Anna sabía que, durante todo el mes, la gran mesa del centro se desbordaría con bandejas de *mustazzoli*, de figuras de peces de mazapán y de esos extraños dulces navideños con forma de pequeñas bolas cubiertas de miel y almendras tostadas cuyo nombre todavía le costaba pronunciar —¿*purcidduzzi* o *purceddruzzi*?—, además de tazas de café y botellas del *limoncello* que preparaba Elena con sus propias manos. Y era ella quien actuaba como anfitriona, ofreciendo algo a cualquiera que entrara.

—¡Pase, tome un dulce! —decía, señalando la mesa.

Desde hacía algún tiempo, Carmine había engordado, pero se levantaba una y otra vez para servirse un chorrito de *limoncello* y coger un dulce. Cada vez que volvía al otro lado de la ventanilla con la boca llena, Tommaso le lanzaba miradas de reproche. Por su parte, lo único que Chiara había aumentado era el grosor de las lentes. Ella nunca se dejaba tentar ni siquiera por un trocito de mazapán y se quedaba en la sala de telégrafos trabajando con la cabeza gacha.

—Pero déjalo y ven con nosotros —la invitaba Elena—. Yo a esta chica es que no la entiendo. Siempre está tan triste —comentaba, desconsolada.

—No estoy triste en absoluto —respondía Chiara desde la habitación de atrás.

Eran días intensos y agotadores, durante los cuales Anna giraba por el pueblo como una peonza, siempre corriendo para recoger y entregar el correo a tiempo. No era inusual que le tocara trabajar incluso por la tarde.

Ese año, Giuseppina recibió el mejor regalo que podría desear: su hijo Mauro había dejado Alemania, donde «el aire se había vuelto venenoso, con el Hitler ese», y había regresado a Italia con la cartera lo suficientemente llena como para renovar la casa.

—Venga, señora cartera, le presento a mi hijo —dijo Giuseppina. Se había quedado esperándola en la puerta y, tan pronto como la vio pasar, la llamó a voz en grito—. Anna ha sido tan amable —le dijo a su hijo—. Ha dado voz a tus palabras durante todo este tiempo, como antes lo hacía Ferruccio.

Mauro extendió la mano para estrechar la de Anna y le dio las gracias de corazón, agregando que, para cualquier cosa que necesitara, podía llamar a su puerta.

Anna sonrió, avergonzada, y dijo que no había necesidad de darle las gracias, que solo había hecho su trabajo. Aun así, Mauro insistió en regalarle un paquete de *Lebkuchen*, las galletas típicas de Núremberg.

—¡Verá qué deliciosas! —le dijo.

Por su parte, el señor Lorenzo seguía saludando a Anna con el brazo levantado, aunque ella se empeñaba en no devolverle el saludo. Pero ese año, después de coger la enésima postal que ella le había entregado, no se la devolvió. Su hermano le había escrito que no quería oír más excusas, que ya era hora de que volvieran a celebrar la Navidad juntos, como una familia, quisiera él o no. Él y Renata llegarían justo a tiempo para la cena de Nochebuena.

El hombre estaba tan conmovido que leyó el mensaje en voz alta.

—¿Renata es su sobrina? —preguntó Anna, con la secreta esperanza de resolver finalmente el misterio de las postales rechazadas.

—No —estalló él.

—Oh, discúlpeme. Creía que...

—Renata era mi prometida —dijo el señor Lorenzo, áspero—. Se fugaron juntos una noche, como ladrones, hace años.

Anna se quedó de piedra.

—Lo siento —balbuceó, apenada.

A continuación, lo saludó deseándole una feliz Navidad, aunque dudaba que lo fuera a ser. Y mientras volvía a ponerse en camino, la invadió una extraña sensación, algo indefinido que oscilaba entre el alivio y la culpa.

A Daniele le habían empezado a salir los primeros y escasos pelos en el bigote. Los jornaleros más viejos del viñedo se burlaban cariñosamente de él. «Ahora ya no eres un niño, finalmente te has vuelto un hombre», se reían, dándole un golpecito en la mejilla o una palmada en la espalda.

Él sonreía, pero odiaba esos pelitos sobre los labios desde lo más profundo de su corazón: no solo eran horribles de ver, sino que también le picaban constantemente.

Cuando regresaba a casa desde el viñedo, con el salario en el bolsillo de los pantalones, se apresuraba a ir a su habitación y metía la mitad en una caja de metal que guardaba al fondo del armario. En un año y medio de trabajo había logrado ahorrar una buena suma, aunque todavía no era suficiente: quería comprar una máquina de coser Singer, igual a la que su madre usaba en su taller de costura. En la caja de metal, además del dinero, también escondía su cuaderno de patrones. Todas las noches, después de cenar, se retiraba rápidamente tras dar las buenas noches y luego se pasaba horas dibujando elegantes vestidos de mujer. Cuando estaba seguro de que su madre había salido por algún encargo, se colaba en el taller de costura y hojeaba el último número de *Moda Illustrata*, o recuperaba de la papelera los retales de tela que ella había tirado.

De vez en cuando, por la noche, Carmela abría la puerta del taller, se apoyaba en el marco de la puerta con los brazos cruzados y le preguntaba:

—¿Cómo te ha ido hoy?

—Bien —respondía él apresuradamente, con un pie ya en el escalón que llevaba a las habitaciones.

—¿Estaba el señor Carlo hoy?

—Sí, claro. Siempre está.

—¿Sigue tratándote bien?

Daniele asentía con la cabeza y Carmela se contentaba con esa respuesta muda. Nunca le contaba que el señor Carlo se mostraba particularmente amable y generoso con él: a veces le daba unas cuantas liras extra aparte del salario diario y, mientras le entregaba el dinero, le guiñaba un ojo, como diciendo que se lo guardara para él. Durante las dos vendimias que habían hecho, además, le había confiado una de las tareas más importantes: debía asegurarse, antes de que los racimos se vertieran en las tinas para el pisado, de que todos los granos estuvieran enteros y sanos y, en caso contrario, deshacerse de los dañados.

Cuando finalmente el Donna Anna estuvo embotellado, el señor Carlo le regaló una botella.

—Haz que don Ciccio lo pruebe —le encomendó.

Daniele nunca había visto un vino de ese color: era de un rosa transparente, fino y elegante.

—Es bueno —sentenció su abuelo después de probarlo.

Luego lo olió durante un buen rato y percibió el aroma afrutado de las cerezas y las fresas silvestres.

Para la cena de Nochebuena, la familia Greco se reunió en casa de Anna y Carlo. Y esta vez, Giovanna finalmente aceptó unirse a ellos.

—No es una opción que pases la Navidad sola este año —le dijo Anna—. Estarás con nosotros, y no quiero oír excusas. Trae a *Cesare,* si quieres.

Por la tarde, Anna y Carlo estuvieron cocinando: él preparó el caldo, mientras que ella se dedicó a amasar y rellenar los *tortellini.* De segundo plato comerían el famoso pastel de carne de Agata, que ella había insistido en preparar. Poco antes de la llegada de los invitados, Carlo puso en el gramófono el disco de *Un'ora sola ti vorrei,* cantado por Nuccia Natali, rodeó con un brazo la cintura de Anna, radiante con un vestido largo de satén azul, y comenzaron a bailar lentamente mientras él sostenía un puro encendido en la otra mano.

Cuando todos estuvieron presentes, Carlo abrió una botella de Donna Anna y llenó las copas. Unos sentados en el sofá, otros junto a la chimenea y alguno de pie, alzaron las copas para brindar por la Navidad de 1938.

Lorenza había llevado consigo *Canción de Navidad,* de Charles Dickens; se acurrucó en el sofá y comenzó a leer en voz alta, mientras Roberto la escuchaba con la cabeza apoyada en su hombro. *Cesare,* emocionado por estar con tanta gente, movía la cola constantemente y deambulaba por la casa, deteniéndose de vez en cuando para olfatear a unos y a otros en busca de caricias.

Anna le cogió la mano a Giovanna, la llevó rápidamente arriba y le ordenó que se sentara en su tocador.

—Esta noche necesitas lápiz de labios y un toque de perfume. Es una fiesta —exclamó.

Le aplicó un pintalabios color cereza en los labios y, presionando la bomba del atomizador, le roció perfume detrás de las orejas y en las muñecas. Carlo se lo había regalado por su cumpleaños. Se lo había encargado especialmente a un perfumista de Lecce y, entre todos los aromas que el hombre le hizo oler, Carlo eligió uno con un toque de almizcle y madera de sándalo.

—*Voilà !* ¡Mírate, estás preciosa! —dijo Anna.

Giovanna se inclinó hacia delante y miró su imagen en el espejo: tuvo la sensación de que los ojos le brillaban, realzados por el rojo de los labios y el broche de plata que llevaba en el pecho. Si Giulio pudiera verla en ese momento... Pocos días antes de Nochebuena, él le había enviado una postal con el dibujo de una niña en la ventana mirando maravillada los copos de nieve, junto con un paquete que contenía un broche con una flor de plata. Iba acompañado de una notita que decía: «Póntelo y piensa en mí».

Cuando Anna y Giovanna regresaron abajo, los demás ya estaban sentados alrededor de la mesa ovalada del salón: Carlo en la cabecera, a su izquierda Antonio y Agata, y Lorenza y Roberto frente a ellos. Anna se sentó a la derecha de Carlo y alentó a Giovanna a ocupar la silla que estaba junto a la suya.

Agata juntó las manos y comenzó a recitar el padrenuestro con los ojos cerrados. Todos la imitaron, excepto Anna, que permaneció quieta, masajeándose distraídamente la nuca con una mano. Después del «amén» y la señal de la cruz, Carlo se levantó y sirvió los platos: dos generosos cucharones de *tortellini* con caldo para cada uno.

—Giovanna, ese lápiz de labios te queda bien —dijo Antonio.

Ella se ruborizó y se mordió los labios.

—Gracias —respondió con voz ronca.

Qué alegría estar allí con ellos, pensó, con una familia de verdad, con el árbol de Navidad decorado, la chimenea encendida, los regalos por abrir, las risas y todas esas delicias para comer. Se volvió hacia Anna y la miró con los ojos empañados.

—¿Qué pasa? —le preguntó Anna con una expresión divertida.

Como respuesta, Giovanna se lanzó a abrazarla.

Agata levantó los ojos al cielo, pero nadie lo notó.

Al filo de la medianoche, todos se reunieron alrededor del árbol para las felicitaciones y hacer el intercambio de regalos. Carlo abrió otra botella de Donna Anna. Y mientras estaban atareados desenvolviendo paquetes en un ambiente caótico y alegre, Antonio aprovechó para inclinarse debajo del árbol y coger un paquete rectangular envuelto en papel dorado.

—*Pour toi* —dijo, y se lo entregó a Anna.

Ella le sonrió sinceramente.

—*Merci* —respondió, y lo desenvolvió.

Sentada sobre la alfombra, mirando el cepillo con mango de plata que había recibido de sus tíos, Lorenza observaba la escena de reojo.

—*Lo que el viento se llevó* —leyó Anna en la portada del libro.

—Ya lo he leído, y me ha gustado mucho —aclaró Antonio.

—¿Qué es lo que te ha gustado?

Él reflexionó por un momento.

—Scarlett, la protagonista, tiene algo que me recuerda a ti —respondió finalmente.

Anna bajó la cabeza hacia el libro, curvando los labios en una sonrisa.

—Y también —continuó Antonio— me gustó el hecho de que siempre encuentra la fuerza para seguir adelante, incluso después de una guerra.

No podía saber que esa frase era dramáticamente premonitoria.

Esa Navidad de 1938 sería, durante mucho tiempo, la última Navidad de paz.

Para la familia Greco y para el mundo entero.

SEGUNDA PARTE

ABRIL DE 1945 – JUNIO DE 1949

12

Abril de 1945

—«Interrumpimos la retransmisión para comunicarles una noticia extraordinaria...».

Anna soltó la bayeta sobre la mesa de la cocina, entre los restos de la cena, y se dirigió rápidamente hacia la sala. Luego se agachó frente a la radio, que estaba en el mueble de la esquina, y subió el volumen.

—«Las fuerzas armadas alemanas se han rendido a los angloamericanos» —estaba diciendo el locutor, con la voz entrecortada por la alegría—. «La guerra ha terminado. Repito: ¡la guerra ha terminado!».

—¡Carlo! —gritó Anna hacia las escaleras.

Su esposo asomó la cabeza desde la planta superior, con el cepillo de dientes en la mano y un rastro de dentífrico a un lado de la boca. Todavía le resultaba extraño verlo sin bigote: se lo había afeitado de un día para otro. «Ya no lo quiero, me hace pensar en Hitler», había dicho.

—¿Qué pasa? —preguntó él con preocupación.

Anna se levantó y le sonrió.

—Los alemanes se han rendido —dijo, señalando la radio.

Carlo dejó caer el cepillo al suelo, bajó las escaleras rápidamente, tras precipitarse hacia Anna, la abrazó por la cintura y la levantó en el aire.

—¡Bájame! —protestó ella, riendo.

Pero él siguió sosteniéndola y, con la cabeza echada hacia atrás, exclamó:

—¿Sabes que desde aquí eres aún más hermosa?

—Tú no, con pasta de dientes en la cara. —Se rio ella—. Vamos, deja que te limpie. —La bajó y Anna, con la punta del pulgar, comenzó a frotar la pasta de dientes—. Bueno, ahora estás bien. —Y le hizo una caricia.

—¡Vamos a decírselo a Roberto!

—Mañana. Ahora debe de estar ya durmiendo...

—Tal vez todavía esté leyendo.

Le cogió la mano a Anna y fueron arriba. Abrió con cuidado la puerta de la habitación, iluminada por la lámpara de la mesita de noche que Roberto quería que se quedara encendida toda la noche. Su hijo estaba durmiendo boca arriba, con la cabeza inclinada hacia un lado y un ejemplar de *Topolino* abierto en el pecho. Ya tenía doce años, pero su rostro todavía era rosado y sin vello facial, como el de un niño. A medida que crecía, había terminado siendo una copia en miniatura de Anna: el mismo cabello negro y frondoso, los mismos ojos verdes, el mismo perfil recto. Pero la sonrisa y la mirada astuta las había heredado claramente de su padre.

—Dejémoslo, está durmiendo tan tranquilo... —susurró Anna.

—Como quieras... —respondió Carlo con una pizca de decepción. Y entornó la puerta de nuevo.

Mientras volvían abajo, oyeron un bullicio confuso procedente del exterior. Aceleraron el paso y se asomaron a la ventana de la sala: la gente estaba saliendo a la calle para celebrarlo. Algunos gritaban: «¡Se acabó! ¡Se acabó!», otros reían, otros lloraban, otros se abrazaban y otros golpeaban las puertas de las casas dormidas.

—¡Salid! —gritaban.

Anna y Carlo se miraron. Él agarró su abrigo del perchero, se lo puso sobre el pijama, le cogió la mano de Anna y luego salieron.

Fueron directamente a casa de Antonio y Agata.

Carlo golpeó la puerta con insistencia y, en el estudio del piso de abajo, se encendió una luz. Al cabo de unos instantes, Antonio, soñoliento y en pijama, abrió la puerta, mirando con asombro a su hermano y a su cuñada que, cogidos de la mano, le sonreían. Luego echó un vistazo a su alrededor, a la alegre confusión que reinaba en la calle y al final preguntó:

—Pero ¿qué demonios está sucediendo?

—Mientras tú dormías, bendito, los alemanes han izado la bandera blanca —respondió Carlo, sonriendo aún más.

—Pero... ¿cómo?

—A mí tampoco me parece real —intervino Anna.

—¿Quién es a estas horas? —los alcanzó la voz alarmada de Agata.

La mujer bajó las escaleras y se unió a su esposo en la puerta. Llevaba una bata rosa y una cofia del mismo color, de la que se escapaban algunos mechones blancos desordenados. Desde hacía un tiempo, el cabello castaño se le había vuelto canoso y, en los lados de la boca, le habían surgido dos arrugas profundas que llegaban a la barbilla, dándole una expresión constantemente abatida.

—¿Qué pasa? ¿Todo el mundo se ha vuelto loco? —añadió, dándose cuenta del revuelo de la calle.

—La guerra ha terminado, Agata —murmuró Antonio con los ojos húmedos.

Con una mano, Agata estrechó el brazo de su esposo y, con la otra, se hizo la señal de la cruz.

—Gracias a Dios —murmuró.

—¡Eh, vamos, vamos a despertar a Nando, que abra el bar! ¡Tenemos que brindar! —gritó alegremente un hombre.

Y, de inmediato, una pequeña multitud lo siguió.

Como si en ese momento Agata hubiera recordado que estaba en camisón frente a toda esa gente, dio un paso atrás instintivamente y regresó a casa.

Anna no pensó en ello hasta que ella y Carlo regresaban a casa: recordó la luz encendida en el estudio y a Antonio que inmediatamente después abrió la puerta en pijama, con la mirada de alguien a quien acaban de arrancar del sueño.

—¿Ya no duermen juntos? —le preguntó Anna de repente a Carlo.

—¿Quiénes, cariño? —dijo él, ajustándose el abrigo.

—Tu hermano y Agata...

Carlo se encogió de hombros.

—No es asunto nuestro —respondió.

—Claro que no. Solo era curiosidad —dijo ella, fingiendo que no le importaba mucho.

Anna salió de su casa e inspiró a pleno pulmón. El aire ya olía a primavera y glicinias, especialmente a esa hora de la mañana. Cerró la puerta, agarró el manillar de su bicicleta, que estaba apoyada en la pared del patio, y la sacó afuera.

—¡Buenos días, señora cartera! —saludó puntualmente la vecina que, como todas las mañanas, se obstinaba en barrer su pequeña porción de acera.

Anna le devolvió el saludo, levantando ligeramente el sombrero. A continuación, se montó en su bicicleta Bianchi Suprema, el modelo para damas que había comprado por novecientas liras en 1940, el mismo año en que Fausto Coppi había ganado su primer Giro de Italia. Desde entonces, y con un gran alivio para sus pobres pies endurecidos tras tantos años de ir y venir por el empedrado, la había usado todos los días. Para trabajar, sobre todo. Fue en bicicleta como entregó todos esos telegramas del Ministerio de Guerra en que llamaban a los jóvenes a filas. A cuántos había visto hacer el petate y partir, mientras los familiares se desesperaban. Algunos nunca volvieron, pero no de todos se sabía dónde y cómo habían muerto; otros llevaban encima, en el cuerpo y en el alma, las marcas de la guerra y nunca podrían borrarlas. A

Anna le habían contado que algunos, cuando volvían de permiso, se arrojaban encima una olla de agua hirviendo para causarse quemaduras graves y no tener que regresar al frente. Cada vez que llegaban los telegramas de reclutamiento, Anna los revisaba rápidamente, con el corazón en un puño, y solo cuando se aseguraba de que ni el nombre de Carlo ni el de Antonio estaban allí, se llevaba la mano al pecho y suspiraba aliviada. «Todavía no han llamado a nadie de la quinta de Carlo —pensaba, sintiéndose reconfortada—. Y no se les ocurrirá llamar a Antonio, con cuarenta y un años», se decía de inmediato, sintiendo el corazón más ligero.

Y luego, cuántas cartas provenientes del frente había tenido que leer a padres, hermanas, esposas o novias, con los ojos cansados y una expresión desolada. A muchos de esos jóvenes ni siquiera los conocía... Sí, tal vez había cruzado la mirada con alguno en el pueblo, pero no estaba segura. Sin embargo, sus palabras, sus cartas, todavía las recordaba perfectamente. Estaba Giuseppe, un jornalero de la Finca Greco al que enviaron a luchar a Rusia, que no le escribía sobre la guerra a su esposa Donata, sino solo sobre sus sueños: cuando la noche caía en el refugio frío y maloliente en el que le tocaba dormir, soñaba que estaba en casa con ella, de nuevo en su vida hecha de esas pequeñas rutinas que, solo entonces, se daba cuenta de que le faltaban como el aire. Francesco, el hijo menor de la pareja que regentaba la tienda de tabaco donde Carlo compraba sus puros, siempre les daba las gracias a sus padres por los cigarrillos que le enviaban y les pedía que le enviaran más y más: era la única forma de conseguir un poco más de comida, explicaba, ya que los cambiaba por pan a sus compañeros de armas. «Mamá, siempre tengo hambre, siempre», era la conclusión que nunca faltaba en sus cartas. Pietro, quien de civil era albañil, escribía desde Ucrania a su hermana Maria y le hablaba de cuando él y sus compañeros habían bordeado el río Donets durante doscientos kilómetros y sobre los prisioneros que había visto en un valle ocupado por los alemanes. Hombres apilados que los apuntaban con sus ametralladoras, soldados famélicos y agotados, que se hacían sus necesidades encima y olían como animales. «Si eso me sucede a mí, prefiero morir de inmediato», había escrito. Y Andrea, que ayudaba a su padre en el puesto de quesos en el mercado de los sábados, siempre rogaba a su Annunziata que no se dejara llevar por la melancolía, que la guerra terminaría en algún momento, y le prometía que una vez que regresara lo celebrarían todos los días...

Anna pedaleó hasta la plaza, que en esas primeras horas de la mañana todavía estaba agradablemente vacía y tranquila, y se dirigió al bar Castello. Bajó de la bicicleta y miró la hora en el reloj rectangular que Antonio le había regalado en mayo de 1935 y que desde entonces nunca se había quitado; por una vez, llegó temprano y pudo permitirse el lujo de tomar un café sentada. Apoyó la Bianchi en la pared y se acomodó en una de las mesas de fuera. Fernando estaba fumando su cigarrillo matutino apoyado en la puerta de la barbería; la esposa de Michele, una mujer delgada, pero de brazos fuertes, estaba descargando en la acera una caja de naranjas que parecía bastante pesada; el rincón donde antes se ponía Mario el limpiabotas, con sus manos siempre pringosas, estaba vacío y lo seguiría estando para siempre. «Cuidado con ocupar mi lugar, porque voy a volver», les había advertido a todos antes de partir como soldado.

Con una sonrisa, Nando le llevó el café y Anna inspiró con deleite el olor penetrante de la *grappa*. Él le puso una mano en el hombro con un gesto paternal y regresó al interior; había adelgazado mucho en esos años y el viejo delantal blanco ahora necesitaba una doble vuelta a la cintura.

Anna estaba saboreando el último sorbo cuando vio a Elena, con su figura voluminosa, aparecer por uno de los callejones que desembocaban en la plaza, el mismo donde cada sábado la señora de las telas ponía su puesto. Elena avanzaba lentamente con una expresión tensa en el rostro en dirección a la oficina de correos, que todavía estaba cerrada. Desde hacía un tiempo, no hacía más que quejarse de sus tobillos; decía que se habían vuelto tan grandes como melones y hacían que cada paso le resultara una agonía. Con un suspiro, la mujer sacó la llave del bolso y abrió la puerta.

Arrastrando la bicicleta, Anna la alcanzó.

—¿Te han echado de la cama esta mañana? —exclamó Elena, sorprendida.

—No he podido dormir mucho, a saber por qué —respondió Anna, y puso la valija sobre la mesa.

—Ah, ¿a mí me lo dices? —comentó Elena, quitándose el abrigo de paño—. Hace tiempo que duermo mal. A veces todavía tengo esas sirenas en los oídos.

Pocos minutos después, Chiara se les unió. Se había quedado como un pajarillo con gafas de cristales gruesos, pero ahora sonreía mucho más. Se rumoreaba que había conquistado el corazón del «nuevo» médico que había llegado al pueblo durante la guerra y que había cuidado a la madre de Chiara hasta el final. Elena le lanzaba insinuaciones maliciosas constantemente, tratando de averiguar algo más, pero era una pérdida de tiempo: a Chiara no se le podía sacar ni una sola palabra.

Carmine entró cojeando, con la cabeza gacha. Había tenido que afeitarse la barba cuando lo habían llamado para ir a la guerra, pero ahora le había vuelto a crecer, áspera y llena de hebras blancas. Nunca había querido hablar de sus pocos días en el frente: en el pueblo solo se sabía que había partido junto al limpiabotas y que, el 30 de agosto de 1942, Carmine se había salvado y Mario no. Ambos estaban en el petrolero Sant'Andrea, que acababa de zarpar del puerto de Taranto con destino a Grecia, cuando veinte aviones ingleses bombardearon el barco, que se incendió y finalmente se hundió. Carmine regresó a casa con una quemadura en el pie y con su mal carácter completamente inalterado. De hecho, murmuró un «Hola» y fue directamente a su sitio. Cuando Elena le preguntó cómo estaba, él se tocó la barba y respondió:

—Normal, ¿cómo debería de estar?

Lo que significaba que aún no se había tomado su segundo café del día.

Tommaso llegó el último. Deseó los buenos días con su sonrisa amable y, con el maletín de cuero pegado al pecho, se dirigió a su escritorio. Como ya venía siendo habitual, Anna pensó que el director parecía tener los ojos un poco más encogidos cada día. Ciertamente, su mirada cristalina y entusiasta había desaparecido ya hacía mucho tiempo, desde la noche en que la guerra le había arrebatado lo que más amaba en el mundo: a su Giulia. El corazón de la frágil joven, a quien él había amado tanto, no aguantó la enésima sirena de alarma que la arrancó del sueño. Murió en el camino de su casa a la almazara de Antonio, que de día era el lugar al que dirigirse con la tarjeta de racionamiento para procurarse una porción de aceite y de noche se convertía en el refugio antiaéreo más seguro del pueblo. Cuando comenzaba ese terrible aullido de quince segundos, seguido de otros quince de silencio, muchos iban corriendo allí, agitados, arrebujados en abrigos que apenas ocultaban los pijamas de los hombres y las combinaciones de las mujeres. Cuántas noches habían pasado pegados los unos a los otros, bajo pesadas mantas de lana. Solo los niños lograban volver a dormirse, acurrucados en los brazos de sus madres, mientras los adultos se miraban con los ojos aterrados y los oídos aguzados, esperando lo peor.

Y ahora lo peor había pasado.

Anna terminó de llenar la valija, salió y, tras subirse a la bicicleta, se puso en marcha. Pero apenas había recorrido unos metros cuando un claxon sonó detrás de ella.

Entonces apoyó un pie en el suelo y se volvió: Antonio se le acercó y bajó la ventanilla.

—¿Necesitas que te lleve? —bromeó él.

—No, gracias, no me fío de cómo conduces —respondió Anna con una sonrisa.

Antonio se echó a reír.

—¡Y haces bien!

Había tenido que sacarse el permiso de conducir el año anterior, cuando Carlo le regaló su 508. Él ya no lo necesitaba porque había comprado un flamante Fiat 1100 de color negro brillante.

—Es mejor que lo vendas, no me lo des, ¿qué voy a hacer con él? ¿Te parece que ahora, a mis cuarenta y cinco años, voy a aprender a conducir? —había dicho Antonio en un intento de rechazarlo, pero Carlo no había dado su brazo a torcer.

—Por favor, no puedo soportar verte caminando por ahí todo el tiempo —había insistido Carlo.

—Pero a mí me gusta caminar, de verdad —había respondido Antonio. Sin embargo, al final había cedido—. Solo lo usaré si es necesario —había declarado.

Y así fue: el Fiat 508 pasaba la mayor parte del tiempo estacionado frente a su casa y Antonio solo lo ponía en marcha si tenía que salir del pueblo.

—¿Adónde vas? —le preguntó Anna.

—Voy a ir un momento a la Bodega.

—Ya me dirás si llegas vivo —bromeó ella.

A continuación, lo saludó con la mano y continuó pedaleando.

Antonio rio y giró a la derecha. Estaba a mitad de camino, en medio de una carretera rural, cuando el automóvil empezó a ronronear y luego se paró de repente. Perplejo, Antonio miró hacia abajo y se dio cuenta de que, desde que se había detenido para hablar con Anna, había estado conduciendo todo el camino en primera; ni siquiera había pensado en cambiar a segunda marcha. Después de varios intentos, logró volver a arrancar el automóvil y, cuando llegó a la Bodega, lo estacionó en el amplio espacio donde descansaban los carros que se utilizaban para transportar las uvas desde el viñedo.

Empujó la hoja entreabierta del gran portón de madera y echó un vistazo alrededor.

—¿Carlo? —llamó.

—¡Estoy abajo!

Antonio bajó las escaleras que conducían al sótano, donde estaba la bodega con las cubas de cemento. Siempre hacía mucho frío allí abajo, pensó, temblando.

Carlo estaba hablando con un hombre mayor, más bajo que

él, con las mejillas hundidas y arrugadas, que llevaba tirantes y una gorra.

—Ven, ven, Antonio —lo instó Carlo, agitando la mano—. Este es Franco. Te he hablado de él, ¿verdad?

—Sí, claro —respondió Antonio, y le estrechó la mano.

—Finalmente hemos llegado a un acuerdo —explicó Carlo, satisfecho, y le puso una mano en el hombro a Franco.

—Eso parece —respondió el hombre.

El acuerdo se refería a la venta de un terreno de unas dos hectáreas, no muy lejos de la Finca Greco, al que Carlo ya le tenía echado el ojo desde hacía un tiempo; quería expandir su viñedo..., mejor dicho, «debía» producir más vino, ya que finalmente los negocios iban por buen camino. No había sido nada fácil continuar produciendo vino durante la guerra: la mayoría de los jornaleros habían sido llamados a filas y, a pesar de que en algunos casos sus esposas los habían reemplazado en los campos, la mano de obra seguía siendo insuficiente. Por otro lado, la dificultad para encontrar botellas de vidrio había obligado a Carlo a ralentizar la producción.

Hasta que llegaron los americanos. El 11 de septiembre de 1943, mientras el norte aún estaba en manos de los alemanes, el rey huía hacia Brindisi y el país entero iba a la deriva, los americanos desembarcaban en Taranto y Brindisi. Carlo intuyó de inmediato que ese podía ser el momento adecuado, la oportunidad que había estado esperando para dar «el salto», como él lo llamaba. Pensó que alguien tenía que aprovechar la oportunidad de suministrar alcohol a los soldados americanos. ¿Y por qué no precisamente él? Estaba dispuesto a apostar cualquier cosa a que esos extranjeros nunca habían probado un vino tan bueno como el suyo. Así que ordenó preparar una caja de botellas de Donna Anna y cargarla en el Fiat 508.

—¿Y estas adónde van? —le había preguntado Daniele, a quien Carlo había nombrado jefe de bodega después de que el anterior fuera llamado a luchar en el norte.

—A Brindisi, chico —le había respondido Carlo, sentado en su escritorio, mientras redactaba una nota de acompañamiento—. ¡Se las llevamos al rey en persona! —agregó, riendo y girando el dedo en el aire—. Es solo una muestra. Si tengo razón, tendremos que enviar muchas cajas.

Daniele lo miró con una expresión confusa, pero no hizo más preguntas.

Algún tiempo después, un *jeep* con tres militares a bordo se presentó en la finca. Uno de los oficiales le estrechó la mano y se presentó como el comisionado de suministros del ejército americano. En un italiano vacilante, le agradeció el amable obsequio que habían recibido y bebido con enorme placer, y le comunicó que se había desplazado hasta allí para conocer al hombre que producía ese vino extraordinario, rosado y brillante, con aroma a *cherry* y *blueberry*. Carlo correspondió a sus palabras con una sonrisa y acompañó a los tres soldados a visitar la Bodega, mientras Daniele, a su lado, intervenía ocasionalmente, sobre todo con gestos, para explicar algunas fases de la elaboración del vino. Al final del recorrido, el oficial asintió satisfecho y antes de irse encargó un gran suministro de Donna Anna para las tropas estadounidenses.

—¡Lo sabía! —había exclamado Carlo tan pronto como el *jeep* se alejó.

En un arrebato de entusiasmo, le cogió la cabeza a Daniele con ambas manos y le plantó un beso en el pelo. Al principio, el chico se sonrojó, pero luego se dejó llevar por la euforia y también rio.

Franco se despidió levantando la gorra y se dispuso a marcharse.

—Te haré saber cuándo puede recibirnos el notario —le dijo Carlo antes de que Franco subiera la escalera—. Y bien, hermanito —agregó luego, rodeándole el cuello con un brazo—. ¿Qué te trae por aquí? ¿Cuántas veces se te ha calado el coche por el camino?

—Solo una.

—¡Oh, estamos haciendo progresos!

—Hace tres días que no te dejas ver, te echaba de menos —dijo Antonio.

—Ay, qué tierno te pones —se burló Carlo, y le apretó las mejillas entre los dedos.

En ese momento, Daniele se asomó a la bodega y preguntó:

—¿Señor Carlo?

—Dime, muchacho —respondió él.

—Me voy al viñedo. La encorchadora ya está arreglada.

—Muy bien... Sí, por supuesto, ve.

Pero Daniele dudaba.

—Señor Antonio —comenzó a decir, claramente incómodo—, ¿puedo preguntarle cómo está Lorenza? No la he visto en el pueblo últimamente.

—Con altibajos —respondió Antonio, metiendo las manos en los bolsillos de los pantalones.

—Lo imagino —dijo Daniele con tristeza—. Tal vez uno de estos días podría llevarla al cine, con sus amigas. Para que se distraiga un poco... Por supuesto, con su permiso —añadió, bajando la mirada.

—Eres muy amable al preocuparte —murmuró Antonio, dejando que la solicitud quedara sin respuesta.

—No te preocupes, se recuperará —intervino Carlo—. Sois jóvenes, todo se pasa, a vuestra edad.

Daniele asintió con poca convicción, se despidió de ambos y se dirigió hacia la escalera.

—Saluda a tu abuelo de mi parte, no te olvides —le gritó Carlo mientras se iba—. Y dile que, en cuanto pueda, iré a visitarlo.

Daniele y Lorenza se hicieron amigos en marzo de 1943, cuando el mejor amigo de Daniele, Giacomo, el hijo del frutero Michele, se enamoró de ella.

—Mira lo guapa que se ha vuelto la hija de Antonio Greco —solía decir Giacomo, dándole un codazo a Daniele cuando Lorenza pasaba frente a la tienda. A veces, la llamaba con un silbido y luego le hacía señas para que se acercara.

—Eh, pero ¿cómo llamas a las chicas así? —lo reprendía Daniele, bajándole el brazo con expresión divertida.

Entonces Giacomo cogía una fruta de la primera caja que tenía a mano y se la ofrecía a Lorenza, sosteniéndola en la palma.

—Solo la mejor fruta del pueblo para la chica más guapa —decía.

Ella sonreía, avergonzada, tomaba la fruta entre las manos, a veces una jugosa naranja, otras una mandarina, o incluso una pera, y le daba las gracias. Cuando se iba, Giacomo se quedaba mirándola, absorto. Parecía que, además de sus ojos, todas las pecas que cubrían su rostro también sonreían.

Que Lorenza, la sobrina del señor Carlo, se había «vuelto guapa», Daniele lo notó claramente. Se acordaba de ella, de cuando era niña. Por supuesto, se cruzaban con frecuencia, pero a pesar de tener casi la misma edad, nunca habían tenido la oportunidad de hablar de verdad. Había crecido en estatura y las caderas se le habían redondeado; el cabello cobrizo y brillante le había crecido hasta la espalda y las espinillas que solía tener en la cara habían desaparecido, dejando algunas pequeñas marcas que solo se veían de cerca. Y sus ojos, pensaba Daniele, eran idénticos a los del señor Carlo cuando sonreía: irradiaban el mismo brillo, como si se iluminaran desde dentro.

Giacomo comenzó a cortejarla descaradamente. Los domingos por la mañana, en la plaza, se apostaba en un banco y esperaba a que ella pasara: si no estaba en compañía de su madre o de su tía, aprovechaba para aparecer tras ella.

—Buenos días a la más hermosa —le decía, quitándose la gorra—. ¿Podemos acompañarte a casa, mi amigo y yo? —añadía, señalando a Daniele.

—Pero si está a dos pasos —respondía Lorenza, divertida.

—¿Y qué? Dos pasos hoy, dos pasos mañana... —decía Giacomo con una sonrisa.

Así que se ponían en camino los tres, y Daniele siempre se quedaba unos pasos atrás. Sin embargo, aun así, escuchaba la voz de Lorenza mientras hablaba de su día, de sus compañeras de clase, de cuándo terminaría la guerra y, sobre todo, de lo que aprendía en el instituto: la historia de amor de Paris y Helena, la rivalidad entre Aquiles y Héctor, el largo viaje de Ulises para regresar a casa... Giacomo caminaba a su lado y la observaba admirado sin decir una palabra.

—Nunca me canso de escucharla. ¿Significa que estoy enamorado? —le decía después a Daniele, tan pronto como Lorenza entraba en su casa.

Una tarde de mayo de 1943, ella los invitó al cine junto con dos amigas de clase, de aspecto respetable, que —según dijo Lorenza— ese día habían venido desde Lecce para hacer juntas los deberes. Sin embargo, Daniele se dio cuenta de inmediato, por las miradas sugerentes que se lanzaban las tres amigas, de que era solo una excusa y que la salida había sido planeada hasta el más mínimo detalle. Fueron a ver *Un piloto regresa*, de Roberto Rossellini, a la sesión de las cuatro. Lorenza eligió la última fila, se sentó y, con una mirada, dejó que Giacomo se sentara a su lado. Daniele se encontró sentado entre las otras dos chicas, cuyos nombres no recordaba. Más tarde se dio cuenta de que tampoco recordaba apenas nada de la película. Estuvo distraído todo el tiempo tratando de saber lo que sucedía a una butaca de distancia. Escuchaba a Giacomo y Lorenza riendo y susurrando en voz baja, mientras las dos amigas se buscaban con la mirada y se guiñaban un ojo, como diciendo: «¿Has visto eso?». Y en el momento en que en la gran pantalla Massimo Girotti le decía a Michela Belmonte: «Tú lo eres todo para mí» y luego se oía el estruendo del bombardeo nocturno, Daniele se dio cuenta de que su amigo había tomado el rostro de Lorenza entre las manos y había posado sus labios en los de ella.

Su historia siguió adelante con besos robados en los callejones mientras Daniele hacía guardia para asegurarse de que no pasara nadie, miradas cómplices en la plaza o en la tienda, y encuentros propiciados por subterfugios y mentiras, como aquella vez en que Lorenza les dijo a sus padres que iba a estudiar con sus amigas y subió al coche de línea que iba a Lecce, en el que, sin embargo, también viajaba Giacomo, aunque a una distancia prudencial. Al día siguiente, Giacomo le confesó a Daniele que, esa tarde, él y Lorenza habían hecho el amor en un pajar, en un campo a las afueras de Lecce. Fue la primera vez para ella, y lloró, pero de felicidad. Y Giacomo, mientras la abrazaba, desnuda y temblorosa, pensó: «Me casaré con ella». Y al segundo le anunció seriamente:

—El domingo iré a hablar con tu padre.

Lorenza se aferró a él y le respondió:

—No deseo nada más.

La última vez que Daniele y Lorenza vieron a Giacomo fue la mañana del 2 de julio de ese mismo año. Era un viernes y, dos días después, Giacomo tenía previsto ir a casa de Lorenza para pedir su mano.

—¿Alguna vez habéis estado en la fiesta de la Madonna della Visitazione de Salice Salentino? —les preguntó Giacomo a los dos mientras guardaba las cajas de fruta dentro de la tienda. Daniele estaba sentado en la acera y Lorenza estaba de pie, sosteniendo en las manos una bolsa de cerezas que acababa de comprar, la segunda en dos días—. Voy desde que era pequeño —explicó Giacomo—. Es donde nació mi madre, y mis abuelos todavía viven allí. Hay una gran feria, donde se encuentra de todo... El próximo año nos organizamos y venís también vosotros dos.

Ese día, justo cuando la fiesta estaba en pleno apogeo, un bombardero estadounidense B-24 soltó una bomba a pocos pasos de la casa de los abuelos de Giacomo, una finca en medio del campo donde toda la familia estaba almorzando.

La única que sobrevivió fue la madre de Giacomo, la esposa de Michele el frutero, quien de esa mañana solo contó que el estruendo había sido devastador y que los animales de la feria, presas del pánico, huían pisoteando y derribando cosas y personas a su paso.

Todo el pueblo asistió al funeral. En la iglesia abarrotada, Daniele tuvo dificultades para contener los sollozos; Carmela, a su lado, le susurraba irritada que debía controlarse, que un hombre llorando en público no era algo que se pudiera ver.

Cuando sacaron los féretros de Giacomo y Michele de la iglesia y la procesión se puso lentamente en marcha hacia el cementerio, Lorenza retiró su brazo del de su madre, se adelantó para acercarse a Daniele y de repente lo abrazó. Mientras Carmela los miraba, indecisa sobre cómo interpretar ese gesto, él le puso una mano en la espalda y el suave aroma a ropa recién lavada de su cabello le inundó las fosas nasales.

Abrazada a él, Lorenza comenzó a sollozar y luego, inesperadamente, lanzó un grito tan desgarrador que Daniele tuvo la sensación de verlo expandirse cada vez más hasta llenar las calles y plazas de todo el pueblo.

Esa noche, después del funeral, Daniele regresó a la pequeña casa a la que se había mudado hacía algún tiempo. Allí había vivido su abuela paterna, una mujer tímida y dulce que se había ido a principios del verano de 1940 y que, él estaba convencido, se dejó morir precisamente porque no quería ver otra guerra. La casa era realmente pequeña, con solo dos habitaciones. Las paredes siempre se llenaban de moho y en invierno parecía imposible calentarla, pero Daniele no la habría cambiado por ninguna otra. Era su primer hogar real, el lugar donde, después de terminar su trabajo en la Bodega, podía diseñar ropa y coser en paz, lejos de la mirada de su madre. Con los ahorros que había logrado acumular, se había comprado una máquina de coser Singer que ocupaba el centro de la habitación que servía como comedor y cocina. En una esquina, había pilas de rollos de tela de varios colores y estampados. Cuando, por tercera vez, se detuvo en el puesto de telas del mercado del sábado para tocar los tejidos, con los ojos brillantes, pero sin comprar nada, la mujer del moño en el pelo se inclinó ligeramente hacia delante y, con la sonrisa cómplice de alguien que ha entendido la situación, le susurró:

—Ven a visitarme a casa, joven. Así podrás elegir con calma.

En el armario, situado en la habitación contigua, donde también estaba la cama, había tres vestidos elegantes que ninguna mujer se había puesto todavía.

Se sentó en la mesa y abrió el cuaderno de patrones en una página en blanco. No podía quitarse de la mente el funeral y la sensación de Lorenza abrazada a él, desesperada e inconsolable. Entonces tomó un lápiz y comenzó a dibujar el boceto de un vestido. Para ella.

13

Junio de 1946

La noche antes del 2 de junio de 1946, Anna decidió cortarse el pelo. Moviéndose con cuidado para no despertar a Carlo, se sentó en el tocador y, a la tenue luz de la lámpara, se miró al espejo.

Acarició sus largos cabellos negros salpicados de hebras plateadas, dividió la melena por la mitad haciendo que los dos mechones le cayeran sobre el pecho, tomó las tijeras del estante de mármol y, sin dejar de mirarse, dio un corte limpio, primero a la izquierda y luego a la derecha, a la altura de la base del cuello. Se humedeció las manos en un tazón de agua, se las pasó por el pelo y, finalmente, sacó los rulos de un cajón y comenzó a enrollar cada mechón. Luego se fue a dormir.

Colgada en una percha de la puerta del armario estaba la ropa que había elegido. Iba a votar por primera vez en su vida con un traje verde albahaca: la chaqueta era ceñida en la cintura y la falda, a la altura de la rodilla, se abullonaba en el dobladillo. Una vaporosa blusa de rayón rosa completaba el conjunto.

También ella había contribuido para que ese día finalmente llegara. En octubre de 1944, había leído en el periódico la llamada de la Unione Donne Italiane, que en Roma había fundado el comité a favor del voto de las mujeres de cara a las elecciones municipales de 1946. Y se sintió de inmediato eufórica, con ganas de hacer algo. De modo que cogió un montón de hojas en blanco y, en una de ellas, copió, con su caligrafía redondeada y elegante, el texto de la petición que la UDI invitaba a hacer firmar a todas las mujeres en cada municipio de Italia.

> Nosotras, las mujeres de Lizzanello, solicitamos al Gobierno de Liberación Nacional el derecho al voto y a la elegibilidad en las próximas elecciones municipales. Creemos que la exclusión de este derecho dejaría a la mujer en la posición de injusta inferioridad en la que el fascismo quiso mantenerla, no solo dentro del Estado, sino también en comparación con las mujeres de todos los países civilizados. El fascismo, con su insensata política de guerra, ha destruido nuestros hogares, ha dispersado a nuestras familias, nos ha enfrentado a mayores responsabilidades en el trabajo, en la educación de los hijos y en la lucha diaria por la supervivencia. Hemos luchado contra el fascismo y el opresor alemán junto a nuestros hombres, con tenacidad y valentía en los duros meses de ocupación. Sentimos que nos hemos ganado el derecho de participar plenamente en la reconstrucción de nuestro país.
>
> Por lo tanto, solicitamos que los hombres del Gobierno examinen nuestra legítima aspiración y que finalmente se conceda a las mujeres de Italia la justicia y la igualdad de derechos que son la base de cualquier sistema verdaderamente democrático.

A la mañana siguiente, que era domingo, mientras Carlo y Roberto seguían durmiendo, ella bajó al salón, cogió la mesita de madera que había junto a la entrada y salió.

—¿Necesita ayuda, señora cartera? —le preguntó el sobrino de la vecina, un chico muy flaco, en cuanto la vio caminar con los papeles bajo un brazo y la mesita en la mano.

—No, gracias, puedo apañármelas sola —le respondió ella con una sonrisa.

Llegó a la Piazza Castello, colocó la mesita junto al banco y puso los papeles encima: en un lado, el que contenía el texto de la petición, y, en el otro, los papeles en blanco para recoger las firmas.

Aunque aún era temprano, naturalmente atrajo las miradas curiosas de aquellos que merodeaban frente al bar, de los que estaban a punto de entrar en la iglesia y de todos los transeúntes.

—Pero ¿qué hace la forastera?

La pregunta se propagó de boca en boca. El primero en acercarse a mirar fue un anciano con un bastón. Llevaba camisa y pantalón blancos y despedía un ligero olor a lana húmeda.

—¿Qué es esto? —preguntó con voz ronca, señalando la mesa con su bastón.

—Una petición de firmas —respondió Anna con una sonrisa—. Para solicitar al Gobierno que permita votar a las mujeres. Es una iniciativa nacional, ¿sabe?

El hombre frunció el ceño.

—¿Se la puedo leer? —continuó ella, cogiendo el papel con las manos—. Por favor, tome asiento aquí. —Y le indicó el banco donde el hombre, con cierta renuencia, se sentó, con ambas manos en el pomo del bastón.

En ese momento, también se acercó Nando, y algunos clientes del bar lo siguieron, y después llegaron dos mujeres con pañuelos negros en la cabeza, que caminaban del brazo hacia la iglesia de San Lorenzo.

—Oh, queréis el mundo al revés —protestó el anciano una vez que Anna terminó de leer. Apoyándose en el bastón se levantó del banco.

—¿Por qué, acaso cree que hasta ahora ha estado del derecho? —respondió ella, molesta.

Pero él no le respondió. Le dio la espalda y se dirigió al bar, seguido por un par de hombres que sacudían la cabeza.

—No le hagas caso —intervino Nando con una mueca de contrariedad—. Ese ni siquiera le permite a su esposa salir de casa sin su permiso.

—Me gustaría firmar —dijo tímidamente una de las dos mujeres.

Radiante, Anna le entregó una pluma.

—Por supuesto, aquí —dijo, señalando la hoja en blanco.

Cada tarde después del trabajo, durante varias semanas, Anna se instaló en la plaza con su mesa. Paraba a las mujeres o esperaba a que se acercaran, intrigadas. Les leía la petición y a menudo les explicaba el significado con palabras más simples. A continuación, con una sonrisa, les ofrecía la pluma para que firmaran. Le hacían las preguntas más extrañas: «¿Pero esto es legal? ¿No vendrá la policía a buscarme a casa después?», «¿Y este voto cuenta igual que el de los hombres?», «Bueno, no me lo creo, pero lo voy a hacer de todos modos, ¿de acuerdo?» o «Voy a firmar, pero no se lo diré a mi esposo. Y tú tampoco se lo dirás, ¿verdad, cartera?».

Carlo le brindó su apoyo «incondicional» de inmediato, aunque se mantuvo alejado del puesto.

—Estamos a punto de embotellar. No puedo ausentarme de la Bodega... —decía.

Antonio, en cambio, se presentó en la plaza unos días más tarde con un cartel de cartón que decía en letras mayúsculas: FIRMA AQUÍ PARA EL VOTO DE LAS MUJERES.

—He pensado que podría serte útil —le dijo—. Es un poco rudimentario, ya lo sé —agregó, bajando la mirada hacia el cartón.

—Es perfecto —lo interrumpió Anna con una gran sonrisa—. Colócalo aquí delante.

Antonio lo puso en el suelo, apoyado en la pata de la mesa.

—¿Por qué no te quedas a echarme una mano?

—Si te parece bien, será un placer —respondió él.

—Sí, me parece bien.

Y, desde esa tarde, siempre que podía, Antonio estuvo a su lado en el puesto, imitando todo lo que hacía Anna. De vez en cuando, ella se detenía y lo miraba intensamente.

—¿Qué pasa? —le preguntaba él, sintiendo sus ojos encima de él.

—Nada —respondía ella, sonrojándose.

En unas pocas semanas habían recogido cientos de firmas, incluyendo las de todas las mujeres que Anna conocía personalmente: Giovanna, Agata y sus amigas del rosario, Lorenza, Elena, Chiara, las vecinas, la secretaria de Antonio. Incluso Carmela se acercó al puesto, con un vestido ajustado y los labios pintados a juego con las uñas, y preguntó:

—¿Dónde tengo que firmar?

A principios de enero de 1945, Anna metió las hojas con las firmas en un sobre amarillo y, muy satisfecha, escribió la dirección en él: Comité de Iniciativa de la Unión de Mujeres Italianas, Via 4 Novembre, 144, Roma.

El 2 de junio Anna se levantó al amanecer, se sentó de nuevo en su tocador y comenzó a quitarse los rulos uno a uno. El pelo le cayó a ambos lados del rostro en ondas suaves y, mientras se las peinaba con algunas pasadas de cepillo, Carlo se despertó.

A la tenue luz que se filtraba por las cortinas, observó a su esposa, se restregó los ojos y se incorporó, apoyando el peso en un codo.

—¡Anna! —gritó luego en dirección a la puerta—. ¡Hay una mujer que no conozco en el dormitorio con malas, muy malas intenciones!

Ella se volvió, riendo.

—Mira que eres tonto.

—Estás guapísima, ¿sabes? —le dijo Carlo, que no podía apartar los ojos de ella.

—*Merci !* —le respondió ella mientras seguía peinándose.

—Ven aquí —le dijo, a continuación, dando un golpecito en la cama—. Los votos pueden esperar un poco más. Yo no.

Habían decidido que irían a votar todas juntas. De modo que Anna salió, se dirigió a casa de Agata y llamó a la puerta.

Agata abrió jadeando y con las mejillas sonrojadas.

—¿Estás bien? —preguntó Anna al entrar.

Agata cerró la puerta.

—Nada de eso. Estoy en pleno sofoco —respondió, abanicándose con la mano—. Cuánta razón tenía mi madre —dijo mientras se dirigía a la cocina, seguida por Anna—. La regla es un castigo cuando está y cuando ya no está.

—¿Todavía no te has vestido? —exclamó Anna tan pronto como vio a Lorenza en camisón, sentada a la mesa de la cocina mojando galletas en la leche.

—Me he pasado una hora tratando de sacar a esta holgazana de la cama. Yo estoy lista desde hace rato —se quejó Agata—. Pero ¿qué te has hecho en el pelo?

—Me lo he cortado. ¿Te gusta? —dijo Anna, deslizando un rizo entre sus dedos.

—No sé. Estás rara —respondió Agata, frunciendo el ceño—. Tengo que acostumbrarme.

—¿Antonio ya se ha ido?

—Hace diez minutos.

Anna asintió con la cabeza. Luego se volvió de nuevo hacia su sobrina.

—Lorenza, vamos, date prisa. Giovanna nos estará esperando.

—Yo no voy —respondió Lorenza con tono desganado.

—¿Qué quieres decir con eso?

—Eso de votar no me importa nada.

—Ya no quiere estudiar, no quiere votar, no quiere trabajar... —suspiró Agata.

—Lorenza, no digas tonterías. Este es un día importante para ti también —la reprendió Anna.

—Para vosotras, tal vez. Pero no para mí.

—No te permito que digas algo así —exclamó Anna—. Si no vienes, en primer lugar, te insultas a ti misma. Ve a vestirte —le ordenó, extendiendo el brazo.

Lorenza se levantó de la mesa resoplando.

—Te he dejado la ropa de los domingos encima de la cama —gritó Agata a su espalda.

Desde la muerte de Giacomo, Lorenza se había sumido en una especie de letargo que parecía interminable. Ya no quería volver a la universidad.

—Ya soy mayor de edad y decido por mí misma —insistía.

Antonio había intentado hacerla cambiar de idea, pero no servía de nada hablarle, alentarla y mostrarle el futuro que se perdería si dejaba de estudiar.

—¿Y tus sueños? ¿Qué pasa con ellos? —la instaba Antonio.

—No era mi sueño, era el tuyo —le respondía ella con dureza—. Si hay algo que he aprendido, es que la felicidad no se encuentra en los libros.

—Te equivocas —respondía Antonio.

—Ah, ¿sí? Pues entonces dime, tú que lees mucho: ¿eres feliz? A mí no me parece que lo seas.

—Estás enfadada y estás sufriendo. Lo entiendo, de verdad —decía Antonio con dulzura—. Pero, por favor, piénsalo un poco más. Me entristece mucho verte renunciar a tu... a «nuestro» sueño.

—Tal vez estabas demasiado ocupado para darte cuenta —continuaba Lorenza de manera hostil—. Yo había encontrado un sueño propio. Con Giacomo. Pero esta maldita guerra me lo arrebató.

Lorenza miró la ropa de la cama, una falda negra plisada y una blusa de seda de un amarillo pálido con un pequeño lazo en el escote. Exhaló un suspiro y se sentó en el borde de la cama. Era uno de los conjuntos de los días de fiesta, el mismo que se habría puesto aquel domingo, cuando podría haberse convertido en la prometida de Giacomo y su vida feliz habría comenzado. ¿Y ahora? ¿Quién o qué era ella sin un hombre que la amara? Se levantó de un salto, abrió el armario y sacó el primer vestido que encontró: cualquiera valía, uno de diario ya estaba bien.

Giovanna esperaba frente a la verja de la escuela primaria, donde se habían instalado las mesas electorales. Miraba a su alrededor con aspecto nervioso, apretando su bolso negro.

La guerra, paradójicamente, le había dado la única cosa que siempre había deseado: en 1943, don Giulio escapó de Emilia y se refugió en el sur, aunque ya no quedaba nadie de su familia de origen. El ambiente en su región se había vuelto irrespirable: los partisanos habían comenzado a tomar como objetivo a los sacerdotes, especialmente en la zona entre Bolonia, Módena y Reggio Emilia, y muchos habían sido asesinados. Se presentó en la puerta de Giovanna vestido con ropa de seglar, un petate raído colgado al hombro, el rostro demacrado, la mirada aterrada y la barba crecida.

—Ayúdame —le suplicó—. Deja que me quede contigo.

Ella le abrió la puerta de su casa de par en par y, durante unas semanas, Giulio se escondió allí. Permaneció con Giovanna hasta que encontró un puesto vacante como vicepárroco en Vernole, el pueblo de origen de sus padres, a unos quince kilómetros de Lizzanello. Se instaló en una pequeña casa que le asignaron junto a la iglesia. Sin embargo, todas las tardes, después de la última misa, montaba en su bicicleta y recorría discretos caminos rurales durante kilómetros para llegar a Contrada La Pietra. Algunas noches se montaba otra vez en la bici y volvía a Vernole; otras, cuando se sentía demasiado cansado, se quedaba a dormir en casa de Giovanna y se iba antes del amanecer. Aunque nunca nadie los había visto juntos, los rumores se propagaron por el pueblo igualmente. Giovanna se dio cuenta de ello por ciertas miradas que le lanzaban cuando iba a ver a Anna o a hacer la compra. «No tiene vergüenza», oyó murmurar a la gente. Pero a ella no le importaba en absoluto.

Anna corrió hacia su amiga mientras que Agata se detuvo un poco más atrás, llevando a Lorenza cogida del brazo.

—Es que yo no te entiendo en absoluto, hija mía. Te había preparado ese conjunto tan elegante... ¿Qué pensará la gente? ¿Que no tenemos ropa bonita? —le recriminaba Agata, una vez más desde que habían salido.

—¿Estás contenta? —preguntó Anna, arrojándose a los brazos de Giovanna—. Hoy es un día especial.

—Si tú estás contenta, yo también lo estoy —le respondió ella, tan gentil como siempre.

—Vamos, entremos —exclamó Anna con un amplio gesto del brazo.

Dentro de la cabina de votación, con el corazón en la boca, Anna tocó la papeleta con la punta de los dedos y luego, lentamente, para alargar ese momento tanto como fuera posible, marcó una cruz en el símbolo de la república: una cabeza de mujer con una corona ornamentada con hojas de laurel y roble.

Luego, una vez fuera, miró al cielo, extendió los labios en una sonrisa y tomó aliento. Ese fue un día memorable que recordaría siempre.

—Ahora todas al bar, yo invito —dijo, contenta.

Giovanna aceptó la invitación con entusiasmo y la agarró del brazo.

—Quiero un licor dulce de almendras —exclamó.

Y de este modo se pusieron en camino, seguidas por Agata y Lorenza.

En la explanada frente al bar Castello había varios grupos: algunos se metían con quienes querían votar a favor de la monarquía, otros reían, fumaban o brindaban con una copa de vino. Alrededor de ellos, los niños jugaban persiguiendo un balón y alborotando. Un poco más allá, cerca del banco, había algunos chicos, incluyendo a Roberto, con el pelo peinado hacia atrás y el chaleco abotonado sobre una camisa blanca. Junto a él, una joven menuda con rasgos delicados lo miraba con adoración. De vez en cuando, Roberto le devolvía la mirada y le sonreía, turbado.

—¿Quién es esa? —preguntó Anna.

—¿Quién? —preguntó Agata como respuesta.

—La chica que está junto a Roberto.

—Es la hija de Fernando —respondió Lorenza—. La menor de las tres.

—¿Y qué quiere de mi hijo?

—Déjalo en paz —exclamó Agata—. A los trece años también empieza a tener sus picazones. Es normal.

—¿Pero qué picazones? —protestó Anna—. Todavía es un niño. Lo único en lo que debe pensar es en estudiar.

«Después, en casa, le daré un buen sermón, faltaría más», pensó, volviendo a caminar.

De repente, a sus espaldas, oyeron gritar: «¡Lorenza!». Todas se dieron la vuelta al mismo tiempo y vieron a Daniele corriendo hacia ellas, agitando una mano.

Lorenza se desprendió del brazo de su madre y fue hacia él.

—Qué alegría verte. ¿Cómo estás? —preguntó él con el aliento entrecortado.

Lorenza se encogió de hombros.

—Así así. Con unos días buenos y otros no tanto.

—Siempre pregunto por ti...

—Lo sé. Mi tío Carlo me lo dice. Gracias...

—Pareces más delgada desde la última vez que te vi.

Lorenza bajó la mirada.

—¿En serio? A mí no me lo parece.

—Así a ojo, creo que me he equivocado con las medidas... —murmuró Daniele entre dientes.

—¿Medidas? ¿De qué medidas hablas? —preguntó Lorenza, perpleja.

Daniele se sonrojó.

—De tu vestido.

—¿De qué vestido?

—Es... un regalo.

—¿Para mí? ¿Me has comprado un vestido? —preguntó Lorenza, sorprendida.

—No exactamente... Lo he hecho yo mismo. Aunque todavía soy bastante lento y el tiempo escasea.

—Espera, espera. ¿Desde cuándo coses? —preguntó Lorenza, cruzando los brazos sobre el pecho.

—Bueno, en realidad me gusta más diseñar la ropa que coserla. He montado un pequeño taller en casa, pero no lo sabe nadie —dijo él. llevándose un dedo a los labios, como para decirle que guardara el secreto.

—Vale..., aunque ahora siento curiosidad por verlo —dijo Lorenza.

—¡Lorenza, vamos! —la llamó Agata—. Te estamos esperando.

—¡Voy! —respondió ella, volviéndose hacia su madre.

—Oye, pues... Si te invito de nuevo al cine, ¿esta vez dirás que sí? —siguió diciendo Daniele.

Lorenza sonrió.

—Te diré que sí... Siempre y cuando luego me muestres tu pequeño taller de costura. ¡Y mi vestido, por supuesto!

—¡Lorenza! —insistió Agata.

—Tengo que irme —dijo ella, visiblemente molesta.

—¿El próximo domingo? —le preguntó él con una mirada esperanzada.

—Está bien. El próximo domingo —respondió Lorenza—. Nos vemos frente al Olimpia.

Acto seguido, apresuró el paso y se unió al grupo.

—¡Mirad, ahí están papá y el tío Carlo! —exclamó Lorenza, señalándolos.

Después de su encuentro con Daniele, su estado de ánimo había cambiado por completo.

Carlo y Antonio estaban sentados en una mesa en el exterior del bar Castello con otros dos hombres, bien vestidos y de apariencia distinguida.

—¡Oh, aquí están nuestras espléndidas señoras! —las recibió Carlo, dando una calada a su cigarro.

Antonio se levantó de inmediato y trajo más sillas.

—Sentaos —dijo, acomodándolas alrededor de la mesa. Cuando le ofreció una silla a Anna, le preguntó en voz baja—: ¿Y el pelo?

—¿Por qué? ¿No te gusta? —preguntó ella, un poco resentida.

—No he dicho eso...

—¡Bien! —exclamó uno de los dos hombres, poniéndose de pie. El otro lo imitó—. Les dejaremos en familia. Continuaremos la conversación mañana.

—Por supuesto —dijo Carlo, estrechándoles la mano a ambos.

Antonio, en cambio, los saludó con un pequeño gesto de la barbilla.

—¿Qué conversación? —preguntó Anna.

Carlo y Antonio se miraron.

—¿Se lo decimos? —murmuró Carlo con un brillo en los ojos.

—De todos modos, lo sabrán tarde o temprano... —respondió Antonio.

—¿Qué nos tenéis que decir? —intervino Agata.

Carlo apretó el puro entre los dientes y luego extendió los brazos.

—Miradme —exclamó.

—¿Nos estás diciendo que eres guapo? Eso ya lo sabemos —replicó Anna en tono de broma.

Giovanna rio suavemente y se cubrió la boca con una mano.

—Gracias, amor mío —dijo Carlo, acariciándole el rostro a Anna—. No, miradme mejor. Tenéis delante al futuro candidato a alcalde de Lizzanello.

—¿En serio? —Anna estaba asombrada.

—En serio.

—¿Y cómo se te ha ocurrido esta idea?

—Me lo han propuesto —respondió él, inclinando la cabeza hacia los dos hombres que acababan de irse . Dicen que puedo lograrlo. Mañana me llevarán a conocer al secretario provincial y hablaremos en detalle de todo.

—Pues vaya, desde que haces negocios con los estadounidenses te has vuelto una persona importante, alguien que aporta votos —bromeó Agata.

—Perdona, ¿el secretario provincial de qué partido? —indagó Anna.

—De la Democracia Cristiana.

A Anna se le ensombreció el rostro de inmediato. Lorenza no pudo evitar seguir la mirada de su padre, que se había puesto a observar a su tía con una expresión que tácitamente preguntaba: «¿Por qué estás triste? ¿Estás bien?».

—Es realmente una gran noticia —comentó Agata, echando una mirada a su cuñada.

—¡Lo es, sin duda! —exclamó Carlo—. Ahora iré a buscar vino para todas estas hermosas damas —gritó, haciendo girar el dedo.

—Voy contigo —se ofreció Antonio, arrastrando la silla—. Te ayudaré a traer las copas.

—Y traed también unos dulces de almendras —pidió Giovanna.

Carlo apartó la cortina de cuerda y, en el mostrador, vio a Carmela acompañada de su esposo. Su alegría se desvaneció de inmediato.

—¡Nando! Una botella de Donna Anna y seis copas, por favor —intervino Antonio.

—¿Estáis celebrando algo? —preguntó Carmela, mirando fijamente a Carlo a los ojos.

—Hoy brindamos por nuestras mujeres —respondió Antonio para sacar a su hermano del apuro.

Nicola masculló que era lo apropiado, que ese día era una fiesta para todas ellas y que sin duda había que celebrarlo.

—¿Cómo está don Ciccio? —preguntó Carlo a continuación.

Carmela se encogió de hombros.

—Sigue igual. Ya no se mueve de la cama. Dice que nota cuchillos en la espalda.

—Lo siento... Dale saludos de mi parte, por favor.

—Tus saludos siempre le alegran —dijo ella.

Carlo asintió y comenzó a tamborilear con los dedos sobre el mostrador.

Nicola miró el reloj y dijo que él y su señora debían irse.

—Les deseo un buen día —añadió, y, levantándose el sombrero, se dirigió hacia la salida.

Carmela lo siguió con parsimonia. Pero, al pasar junto a Carlo, le rozó un brazo con el hombro.

El domingo siguiente, Lorenza llegó tarde al Olimpia y vio que Daniele la estaba esperando. Apoyado en la pared, la luz del sol le iluminaba la mitad del rostro. Llevaba la boina inclinada hacia un lado, una camisa de cuadros y pantalones oscuros sujetos con unos tirantes. Por un momento, Lorenza se quedó sin aliento: Giacomo también solía llevar boina y tirantes. Y tenía la misma camisa de cuadros...

Echó un vistazo al cartel de la película que estaba programada, *El limpiabotas*, de Vittorio De Sica, y seguidamente se acercó a Daniele.

—Perdona. ¿Hace mucho que esperas? —preguntó, esbozando una sonrisa.

Él se apartó inmediatamente de la pared.

—No, qué va, no te preocupes —respondió.

Entraron y se colocaron en la cola de la taquilla.

—¿De qué va? La película, quiero decir —preguntó Lorenza.

—No lo sé muy bien. Leí algo por encima en el periódico: trata sobre dos niños que lustran zapatos en Roma.

Lorenza arrugó la nariz pensando que hubiera preferido una hermosa historia de amor.

—Sabes, estoy un poco emocionado por la idea de que más tarde veas el vestido —dijo Daniele de repente.

—Todavía me parece extraño todo eso —respondió ella.

—¿Todo eso? —preguntó él, sacando la billetera.

—El hecho de que diseñes vestidos... Giacomo no me lo había dicho...

—Porque él tampoco lo sabía —explicó Daniele con una sonrisa vaga—. Siempre ha sido cosa mía. Si mi madre se enterara... —agregó con una mueca. A continuación, se dirigió al taquillero—. Dos, por favor.

—¿Por qué? —preguntó Lorenza.

Él se encogió de hombros y tomó las entradas.

—Según ella, no es cosa de hombres —respondió, y se dirigió hacia la sala.

—Pues qué tontería —se indignó ella—. ¿Y por eso tampoco se lo dijiste a Giacomo?

—No lo sé. Tal vez... —respondió Daniele.

Luego apartó la cortina roja y dejó que Lorenza entrara.

Un par de horas más tarde Lorenza estaba sentada en el pequeño sofá de la casa de Daniele y observaba a su alrededor.

—Pues es acogedor... —dijo, mirando a la habitación de al lado, donde Daniele había ido a por el vestido en el armario.

—A mí también me lo parece —le respondió Daniele.

Y, un momento después, volvió a la cocina sosteniendo una percha de la que colgaba un vestido azul con detalles amarillos, con la falda amplia, sin mangas y las costuras todavía visibles.

—Faltan las mangas, y tengo que acortar un poco la falda, que debe llegar a la rodilla... Y, además, quiero poner unos botones forrados aquí en el corpiño y un cinturón en el talle —se apresuró a explicar.

Lorenza le devolvió una sonrisa tierna.

—Pero para terminarlo necesito tener las medidas exactas... —agregó él.

—Pues me lo probaré enseguida —dijo Lorenza, al tiempo que se ponía de pie y le quitaba la percha de las manos.

—Puedes ir a la habitación —dijo Daniele, señalándola con un gesto de la cabeza.

Lorenza cruzó la puerta y la entornó, pero no la cerró del todo.

Daniele apartó una silla de la mesa y se sentó a esperar, con los codos en las rodillas y golpeteando el suelo con un pie.

—¿Va todo bien? —le preguntó al cabo de apenas un minuto.

—Sí, sí —respondió ella—. Me estoy quitando la ropa.

Daniele asintió. Luego se inclinó hacia atrás en su silla hasta que pudo vislumbrar a Lorenza por la rendija: entrevió la sinuosa línea de las caderas y la redondez de los senos, sobre los cuales se posaban los largos cabellos castaños y lisos.

Sintió una agitación repentina en el vientre y un instintivo deseo de poseerla. Se levantó de la silla de golpe y se sirvió un vaso de agua. Se lo bebió de un trago y luego se sirvió otro que ingirió rápidamente, como si estuviera buscando una forma de enfriarse.

—Tal vez me va un poco grande, tenías razón —dijo Lorenza al volver a abrir la puerta con el vestido puesto.

Daniele tragó saliva y, con las mejillas sonrojadas, admitió que sí, era al menos una talla más grande.

—Pero lo ajustaré de inmediato —concluyó.

14

Noviembre de 1946

«En las elecciones municipales, ¡vota por Carlo Greco! ¡Elige Democracia Cristiana!», resonaba la voz desde el altavoz montado en el Fiat Topolino que recorría incansablemente el pueblo. Montada en su bicicleta Bianchi, con la valija del correo en bandolera, Anna se encontraba con ese vehículo en cada esquina, como si los dos hombres que iban a bordo la estuvieran siguiendo. No podía escapar de esa cantinela, ni siquiera cuando se metía por las calles laterales; al contrario, le parecía que allí la voz, al rebotar contra las paredes de las casas, era aún más atronadora y obsesiva.

En esas paredes, además, eran incontables los carteles electorales en los que el nombre de su esposo destacaba sobre el emblema de la cruz de la Democracia Cristiana. CON ESTE VOTO ASEGURAS TU BIENESTAR, decían. O bien: PARA LA ADMINISTRACIÓN DEL MUNICIPIO, VOTA A PERSONAS HONESTAS Y COMPETENTES. VOTA A LA DEMOCRACIA CRISTIANA. Y, como si eso no fuera suficiente, cuando se detenía a entregar el correo, siempre había alguien que le decía: «Felicidades por su esposo, señora cartera», «Dígale a Carlo que lo votaré, por favor», «Ganará, lo presiento». Y así sucesivamente. Anna se esforzaba en sonreír y dar las gracias, aunque deseaba con todas sus fuerzas destrozar el altavoz y arrancar los carteles uno por uno. «Precisamente tenía que presentarse como candidato con la Democracia Cristiana, maldita sea», pensaba cada vez más irritada.

—No voy a poner la cruz sobre la cruz —fue su reacción cuando Carlo, emocionado como un niño, trajo a casa un montón de octavillas electorales recién impresas.

—Pero ¿qué estás diciendo? —respondió él con un tono que sugería que se esperaba una broma.

—Mira que hablo en serio.

—¿No vas a votar por tu esposo por una estúpida cuestión de principios?

—No es solo una «cuestión de principios» —estalló ella—. No votaría por los católicos ni muerta.

—¡Es a mí a quien tienes que votar, no a los católicos!

—Si quieres mi voto, entonces cambia de partido.

—¿Tú te das cuenta de lo que estás diciendo? ¿Y a quién votarías, cuéntame?

—¡Al Partido Comunista! ¿Sabes cuántas mujeres de la Unión de Mujeres Italianas son comunistas? ¡Y yo también lo soy!

—¿Y cuándo te has convertido, que no me he enterado? ¿Por la noche, mientras dormías? —preguntó Carlo.

—¡A los comunistas les importan los derechos de las mujeres!

—¿Crees que a mí no me importan vuestros derechos? ¿Lo dices en serio?

—Ya que dices «vuestros» con ese tono...

—Perdón si no soy una mujer. Siento haber dicho «vuestros» —rebatió él sarcásticamente, levantando las manos.

—Yo también lo siento, Carlo. Pero no cambiaré de opinión. Nunca.

—Así que no me respaldarás, ya lo has decidido.

—No haré nada para perjudicarte, pero olvídate de mi voto.

—Y tú olvídate de qué es dormir con un marido —replicó él, enojado, mientras salía de la habitación.

Y, a partir de esa noche, comenzó a dormir en el sofá de la sala de estar.

Incluso Roberto, que siempre se había mantenido a distancia de sus trifulcas, defendió a su padre en esa ocasión.

—¿Pero te parece normal no votar por papá?

—«Normal...». Cómo os gusta usar esa palabra.

—Pues a ti, *maman*, ¿qué mal te ha hecho la normalidad?

—A ver, dime, ¿decides tú lo que es normal? —lo acorraló Anna, con los brazos en jarra.

—Podría hacerte la misma pregunta —respondió Roberto, poniéndose las manos en las caderas para imitarla.

Por otro lado, Antonio y Agata se esforzaron mucho para apoyar la campaña electoral de Carlo, especialmente las últimas semanas antes de las votaciones: él acompañaba a su hermano de casa en casa, asistía a las reuniones del partido y repartía panfletos. Ella visitaba a las amigas del rosario y a las vecinas para asegurarse de que votaran «de la manera correcta».

En la oficina de correos tampoco se hablaba de otra cosa. Según sus predicciones, Carlo ganaría con facilidad.

—¡Desgraciadamente! —comentaba Carmine—. ¡Que sepas que yo daré mi voto a los socialistas, no a tu marido! —agregaba, señalando con el dedo a Anna, quien tenía que morderse la lengua, aunque ardía en deseos de darle la razón.

Elena, por su parte, se declaró desde el principio una entusiasta partidaria de Carlo. Le contaba a Anna que el nuevo párroco, don Luciano, antes de cada *Ite missa est*, recordaba a los fieles que solo aquellos que eran demócratas y cristianos podían defender la libertad y el futuro de sus hijos. E inevitablemente concluía:

—Te convertirás en la esposa del alcalde, ¿te lo imaginas?

Solo el gran anuncio de Chiara logró desviar la atención sobre el tema por un tiempo. Una mañana llegó con una bandeja de pastelitos que parecía más grande que ella y, con cierta timidez, anunció que se había prometido con su médico y que la boda se iba a celebrar la primavera siguiente. Por este motivo, agregó, se quedaría con ellos durante unas semanas más, hasta Navidad, y luego presentaría su renuncia.

Elena, Carmine y Tommaso fueron a felicitarla de inmediato, mientras que Anna le lanzó una mirada escéptica y no se movió.

—¿Por qué casarte debería impedirte seguir trabajando? —le preguntó luego sin rodeos, provocando un incómodo silencio en la oficina.

Tímida como siempre, Chiara bajó la mirada. Pero, a continuación, se ajustó las gafas en la nariz y respondió con voz amable pero firme.

—Sabes, para mí no es ningún sacrificio dejar de trabajar. Quiero ser una buena esposa y es algo exigente, que requiere mucho tiempo... Estoy feliz así, no te preocupes por mí —concluyó con una sonrisa.

—Mira, yo en su lugar también haría lo mismo —intervino Elena, mordiendo un pastelito—. ¿Qué te crees? Si tuviera a un hombre que cuidara de mí, ¿sabes cuánto tiempo tardaría en irme de aquí?

Anna miró a las dos mujeres y estaba a punto de responder cuando un pensamiento le cruzó la mente: si Chiara se iba, necesitarían a una nueva telegrafista. Y... ¿quién mejor que Lorenza? Podía ser una forma de darle un empujón, de sacarla del letargo en el que había caído. Sí, le haría la propuesta ese mismo día. Y seguramente Antonio estaría agradecido, pensó, contenta de haber tenido esa idea.

—¿Puedes hablar con ella, por favor? ¿Puedes hacerla entrar en razón? —dijo Carlo, caminando nerviosamente de un lado para otro en el despacho de Antonio.

—Ya sabes cómo es Anna... No escucha a nadie —replicó su hermano, sentado en su sillón.

—A ti sí. A ti siempre te escucha. Te juro que esta vez no se lo dejaré pasar.

—Pero cuanto más te empeñes, peor será. Parece que no la conozcas.

—¿Tú lo aceptarías? —le preguntó Carlo, exasperado. Aunque se respondió a sí mismo un instante después—: ¡No, no lo aceptarías!

—No lo sé, Carletto —suspiró Antonio—. Al fin y al cabo, ¿qué cambia? Tienes los votos de todo el pueblo. El voto de Anna no cambiará nada.

—Esa no es la cuestión —estalló el otro, poniendo ambas manos sobre el escritorio—. Es mi esposa. Su voto cuenta más que todos los demás.

—Pero, si no quiere votar por la Democracia Cristiana, tampoco puedes obligarla.

—Antonio, ¿tú estás de mi lado o del suyo? —dijo Carlo, contrariado.

—No estoy del lado de nadie.

—Pues vaya, pensaba que mi hermano estaría de mi lado.

—Que sí, Carletto, por supuesto que sí.

—Entonces, habla con ella. Me ayudarás, ¿verdad?

—Está bien, está bien. Lo intentaré —se rindió Antonio, levantando las manos, pero pensando: «¿Por qué nunca digo: "Eh, no, esta vez dejadme en paz, resolvedlo entre los dos"? ¿Por qué?».

Así que, al día siguiente, Antonio se apostó fuera de la oficina de correos a la hora en que Anna terminaba su turno.

—Antonio, ¿qué haces aquí? —se sorprendió ella al verlo.

—Estaba cerca, solo quería saludarte.

—Bueno, has hecho bien —dijo Anna, agarrando el manillar de su Bianchi apoyada en la pared.

—¿Vamos juntos a casa?

—¿Es que ha pasado algo? —dijo con recelo.

—No, ¿qué tiene que pasar? Ya te lo he dicho, estaba por aquí y te he esperado.

Anna lo miró con atención. Seguidamente comenzó a caminar deslizando la bicicleta a su lado.

Él apresuró el paso para seguirla y atravesaron la plaza casi desierta, ya que era la hora del almuerzo y la gente había vuelto a casa para comer. Continuó tras ella cuando Anna tomó la calle de la izquierda, pasando junto a la tienda de Michele, que ya estaba cerrada. Repasó mentalmente el discurso que había preparado: cómo empezar, las palabras que había elegido para intentar convencerla sin irritarla demasiado, y las respuestas a sus objeciones.

Irritada por ese prolongado silencio, Anna se detuvo y le apretó un brazo. Luego, mirándolo fijamente a los ojos, estalló:

—Vamos. Dime lo que tengas que decirme.

Antonio resopló.

—Es por Carlo.

—Lo sabía.

—No puede soportarlo.

—Sí, ya me había dado cuenta —exclamó, y siguió caminando decidida, con las ruedas de la bicicleta deslizándose sobre el empedrado.

—No te enfades, espera —dijo él, siguiéndola—. Ven, siéntate un momento, por favor —agregó, cogiéndole una mano.

Anna se detuvo, se sonrojó y miró la mano de Antonio que sostenía la suya.

—Eso es, siéntate aquí —le propuso él, soltándole la mano, y señaló el escalón de piedra de una casa que parecía abandonada, en un estrecho callejón.

Anna apoyó su bicicleta contra la pared y se sentó.

—¿Y bien? —lo instó, cruzando los brazos.

Antonio se acomodó en el escalón.

—A ver... —Respiró profundamente—. ¿Recuerdas cómo te sentiste cuando decidiste convertirte en cartera y Carlo no dejaba de criticarte?

—Yo no lo estoy criticando —lo interrumpió ella, molesta.

—Calla por un segundo —le dijo él, cubriéndole la boca con una mano.

Ese gesto hizo que Anna abriera mucho los ojos, pero no se movió.

—Lo que quiero decir —continuó Antonio— es que sabes exactamente cómo se siente uno cuando la persona que está a su lado no está de su parte.

Con suavidad, ella se apartó de la boca la mano de Antonio.

—Sí, pero no le estoy impidiendo nada —reiteró.

—Lo sé, Anna —la tranquilizó él, suavizando la voz—. Pero le duele de todos modos. Para él, tu apoyo es más importante que cualquier otra cosa. No puede hacerlo sin eso.

Ella bajó la mirada.

—¿Y qué debería hacer? ¿Ir en contra de mis principios?

—Sí. Por una vez, sí.

—¡Pero eso no es justo en absoluto! —exclamó, resentida—. ¿Debo pretender ser alguien que no soy? Es como estar enjaulada, ¿tienes idea de cómo te sientes?

Antonio se levantó de golpe. Metió las manos en los bolsillos de los pantalones y pateó una pequeña piedra.

Después de un largo silencio, Anna levantó la mirada de nuevo hacia él.

—Perdona. Lo siento... —dijo.

—¿Qué es lo que sientes? —preguntó él con voz dura.

Anna se puso de pie y se acercó a él. Le puso una mano en la mejilla y lo miró intensamente. Antonio cerró los ojos y apoyó el peso de la mejilla en su palma, seguidamente levantó una mano y la colocó sobre la de Anna.

Cuando volvió a abrir los ojos, sus miradas se encontraron nuevamente. Se miraron en silencio un buen rato. Después Anna retiró la mano, se subió a la bicicleta y se alejó pedaleando rápidamente. Antonio se quedó observándola, con una expresión descompuesta, hasta que la vio girar a la derecha por la Via Paladini. Entonces él también se fue.

Esa noche, mientras Lorenza ponía la mesa y Agata probaba la cocción de la sopa de alubias llevándose a los labios una cuchara de madera llena de caldo humeante, Antonio cerró la puerta de la fábrica de aceite y se dirigió a paso ligero al cine

Olimpia. Llegó sin aliento y entró sin siquiera mirar el cartel de la película.

—Ha empezado hace rato, ¿eh? —le advirtió el chico de la taquilla.

—No importa —respondió Antonio, entregándole las monedas.

Entró en la sala oscura mientras, en la gran pantalla, Anna Magnani se quitaba las horquillas del cabello, hermosa con una bata de noche ribeteada en piel. Se sentó en la última fila, a dos asientos de Melina, una viuda de guerra de cuerpo delgado, casi infantil, con cejas densas y rizos negrísimos. Después de quedarse sola y sin una lira, se dedicó «al oficio». En el pueblo todos lo sabían, bastaba con sentarse en la última fila.

Melina se volvió hacia Antonio y luego, moviendo la cabeza lentamente, le hizo señas para que se acercara.

Cientos de botellas estaban a punto de llenarse con la cosecha de 1946 de Donna Anna. Ese año también se enviaría a Estados Unidos una parte de la producción: el vínculo que se había establecido entre Lizzanello y América en el otoño de 1943 ya no se había roto. Para esas botellas, Carlo decidió imprimir las etiquetas en inglés, algo nunca visto antes en la zona, y precisamente se disponía a ir a Lecce para recogerlas de la imprenta cuando Roberto lo detuvo.

—Papá, ¿puedo ir contigo? Ya he terminado los deberes y me estoy aburriendo —le dijo mientras estaba recostado con la cabeza en la alfombra y las piernas en el sofá.

—¿Y por qué no? —exclamó Carlo—. Súbete al coche, vamos.

La carretera que conducía a Lecce estaba bordeada a ambos lados por muros de piedra seca, más allá de los cuales se extendían campos de olivos y árboles frutales, salpicados de las típicas *pagghiare* piramidales, donde los campesinos guardaban sus herramientas, y granjas. Ese día el cielo estaba despejado y el olor penetrante de la achicoria silvestre que crecía a lo largo de los muros llenaba el interior del automóvil.

Carlo condujo hasta Porta San Biagio, una de las antiguas puertas de acceso a la ciudad, y estacionó en la explanada de enfrente, bajo las dos parejas de columnas barrocas que adornaban la puerta, sobre las cuales se erguían dos lobos de piedra y el escudo de armas del rey Fernando IV de Nápoles.

Caminaron sobre el empedrado, pasaron la puerta y continuaron hasta la imprenta, que estaba en un callejón a la izquierda de la iglesia de San Matteo.

—Esta iglesia es rara —observó Roberto mirando hacia arriba—. ¿Ves, papá? Por abajo es convexa y por arriba es cóncava —le explicó, señalándola.

Carlo se detuvo por un momento y alzó los ojos.

—Sí, es rara. A tu madre le gustaría —comentó en un tono algo sarcástico.

Y echó a andar de nuevo mientras Roberto lo seguía, volviéndose ocasionalmente para mirar la iglesia una vez más.

Carlo se detuvo frente al letrero TIPOGRAFIA DEL COMMERCIO y entró. La pequeña tienda con techo abovedado olía a tinta y en las paredes había grandes carteles de las óperas que se habían representado en el Teatro Politeama. Recogió las etiquetas, empaquetadas en papel marrón, y se las puso bajo el brazo.

—Vamos, tomaremos un *pasticciotto* en el Caffè Alvino, en la Piazza Sant'Oronzo. Es el mejor de la ciudad —le dijo, a continuación, a su hijo.

Así que comenzaron a caminar mientras Carlo le apoyaba una mano en el hombro. Después de unos cien metros llegaron al café que, al igual que las otras tiendas, daba a la plaza adoquinada, en cuyo centro se alzaba una alta columna con la estatua del santo. Se sentaron en una de las mesas al aire libre, frente al anfiteatro romano cuyos restos habían sido excavados hacía solo unos años, en 1940; detrás del anfiteatro se alzaba un imponente edificio con un letrero en el que se leía ISTITUTO NAZIONALE ASSI-

CURAZIONI: Mussolini lo había inaugurado en persona en la década de los años veinte.

—Esa mole de allí, en cambio, a mamá no le gustaría en absoluto —comentó Roberto.

Pero Carlo no respondió.

Pidieron dos *pasticciotti*, un café para Carlo y una *cedrata* para Roberto.

—¿Cuándo pensáis hacer las paces tú y mamá? —preguntó Roberto, mordiendo el *pasticciotto* y manchándose los labios de crema de limón.

Carlo se recostó en el respaldo rígido de la silla de metal, se encendió el puro y aspiró la primera bocanada.

—Ah, por eso no dejabas de sacarla a colación... Bueno, no depende de mí —respondió—. Pero no te preocupes; no tiene que ver contigo.

—De hecho, tiene que ver conmigo, mientras viva en casa con vosotros —respondió Roberto—. Ya no soporto veros con esas caras largas. ¿No podríais resolverlo como adultos, por una vez? —Dicho esto, se limpió los labios con una servilleta.

Carlo lo miró con expresión divertida, pensando que Anna lo había criado exactamente como ella, sin pelos en la lengua y al borde de la insolencia. En el transcurso de un año había crecido de manera sorprendente, como si hubiera estado esperando el final de la guerra para decidirse a hacerse mayor: casi lo había alcanzado en altura y su voz infantil, con sus tonos agudos, no se sabía dónde había ido a parar.

—Haremos lo posible por complacerte —dijo Carlo, sonriendo.

Regresaron al automóvil para volver al pueblo, pero cuando Carlo tomó la calle que llevaba a casa, Roberto dijo:

—No, vamos, te acompaño a la bodega.

—Pero si nunca quieres venir porque dices que te aburres —protestó Carlo.

—Está bien; si me aburro, te lo digo y me llevas a casa. —Se rio Roberto.

Llegaron, bajaron del automóvil y, con el paquete de etiquetas bajo el brazo, Carlo cruzó la puerta de la Bodega y saludó calurosamente a los trabajadores.

Roberto lo seguía, un poco sorprendido por toda aquella actividad.

—Esa máquina antes no estaba —dijo en cierto momento, señalando la encorchadora.

—Sí, tienes razón... —confirmó Carlo—. Ven, te la mostraré de cerca.

Entregó las etiquetas a un mozo que pasaba por allí y se aproximó a la máquina.

En ese momento, Daniele salió del almacén de barriles, con su gorra en la cabeza y un lápiz detrás de la oreja.

—Buenos días, señor Carlo —dijo.

Carlo se dio la vuelta y de repente sintió que las piernas le flojeaban: era la primera vez que se encontraba en la misma habitación con sus dos hijos. Sin duda se habían visto antes, en la iglesia o en la plaza, pero no habían sido compañeros de escuela ni habían jugado juntos, dado que Daniele tenía casi veintidós años y Roberto trece. Estaba seguro de que nunca se habían dirigido la palabra: no podía jurarlo, pero lo sentía instintivamente. Y ahora estaban a punto de hacerlo, como dos completos desconocidos que se encontraban.

—Ah, él es Daniele Carlà, nuestro jefe de bodega —dijo a Roberto.

Daniele sonrió y se acercó, tendiéndole la mano.

—Hola.

—Hola, yo soy Roberto...

—Sí, él es Roberto, mi hijo —lo interrumpió Carlo, un poco apresuradamente.

Los dos chicos no parecieron darse cuenta de nada.

—¿Sabes cómo funciona esto? —preguntó entonces Roberto a Daniele, señalando con el dedo la encorchadora.

—Sí, por supuesto. ¿Quieres que te lo enseñe?

Carlo cruzó los brazos sobre el pecho y, con el corazón desbocado, observó a sus hijos. Daniele tomó una de las muchas botellas vacías que estaban alineadas junto a ellos, listas para llevar al almacén de barriles, y la colocó en la base de la encorchadora.

—¿Ves? —explicó, mientras Roberto lo miraba atentamente—. Aquí insertas el tapón de corcho y, presionando esta palanca, lo metes en la botella, eliminando el aire.

—No parece difícil. ¿Puedo intentarlo?

—Sí... —le concedió Daniele—. Pero ten cuidado de no hacerte daño, yo te ayudo. —Colocó suavemente los brazos sobre los de Roberto y lo guio con las manos en la encorchadora hasta que el tapón de corcho quedó clavado en el cuello de la botella—. ¿Has visto? Lo has hecho genial —exclamó.

Roberto levantó la vista y le sonrió, satisfecho.

Ya habían vuelto al 1100 cuando Carlo le dijo a Roberto que tenía que volver dentro porque se había olvidado de algo. Se aseguró de que no hubiera ningún trabajador cerca, luego retiró de la máquina encorchadora la botella vacía y sin etiqueta, la misma que sus hijos acababan de tapar juntos. A continuación, la llevó a su despacho, la escondió en el último cajón del escritorio y regresó al automóvil.

El mitin que marcaba el final de la campaña electoral se celebró dos días antes de las elecciones, el 22 de noviembre. En el centro de la Piazza Castello se había instalado un pequeño escenario en el que una bandera con el símbolo de la DC ondeaba bajo las ráfagas del viento de tramontana.

Faltaban solo unos minutos para la llegada de Carlo Greco, anunció por el micrófono un hombre con un largo abrigo negro abierto sobre la prominente barriga y el pelo ralo revuelto por el viento.

Anna miró a su alrededor, preguntándose por qué Antonio y Agata aún no habían llegado. A su lado estaba Roberto, con los brazos cruzados y la mirada fija en el escenario vacío.

—Tal vez ya estén aquí, pero no nos ven —sugirió Anna mientras seguía escrutando la abarrotada plaza. Un poco más lejos, vio a Chiara, agarrada del brazo de su novio, que la superaba en estatura por varios centímetros. También vio a Elena, cerca del bar Castello, charlando y riendo al oído de su hermana—. Dónde diablos se habrán metido... —resopló.

—Si quieres, voy a buscarlos —dijo Roberto.

—Pues sí, ve a comprobarlo —respondió Anna.

Mientras su hijo se alejaba, Anna se fijó en Carmela, que se abría paso para colocarse justo debajo del escenario. Detrás de ella estaban su esposo, Nicola, y su hijo. Llevaba una estola de piel colocada con estudiada desenvoltura sobre el hombro derecho, un vestido ajustado de lana roja, con mangas tres cuartos y falda por encima de la rodilla, un gorrito de ala pequeña hecho del mismo tejido y lápiz de labios a juego. «Parece que vaya a una recepción en lugar de a un mitin», pensó Anna. La mujer le lanzó una mirada y la saludó con un gesto de la cabeza. Anna respondió cortésmente y luego volvió a mirar al escenario. No sabía si Carlo, al final, había elegido el traje de rayas. Lo había dejado mientras observaba los dos trajes colocados encima de la cama, uno de rayas y otro gris oscuro. Estaba tenso; se notaba por cómo seguía atusándose el pelo y por la forma en que miraba los dos trajes, como si su vida dependiera de esa elección.

—Ponte el traje de rayas —le había sugerido Anna con el único propósito de sacarlo de ese *impasse*.

—¿Te parece que es mejor?

—Sí, por supuesto. Después de todo, lo que digas es lo que importa, ¿verdad?

—Tienes razón —había admitido él—. Me estoy preocupando demasiado.

—Sí. Yo me voy, nos vemos allí.

Se puso el abrigo y estaba a punto de salir de la habitación cuando él la detuvo, cogiéndola de la muñeca.

—Eh, espera un minuto —había murmurado.

—¿Qué pasa?

—Quería agradecerte de nuevo que cambiaras de opinión. Sé lo que significa para ti, y te estoy realmente agradecido y...

—¡*Maman*, los he encontrado! —La voz de Roberto la sacó de ese recuerdo.

Antonio y Agata se acercaban. Iban cogidos del brazo o, mejor dicho, era ella quien agarraba con ambas manos el de su esposo. La elegancia de Agata la sorprendió bastante; Anna estaba acostumbrada a verla sin un solo toque de maquillaje, con el pelo peinado de cualquier manera y vistiendo con una bata de flores. Ese día, en cambio, llevaba un lápiz de labios de color malva, un peinado elaborado con muchas horquillas. Incluso se había prendido sobre el abrigo marrón un broche chapado en oro que representaba un tallo con hojas y una flor abierta. Lorenza se les unió poco después, mirando a su alrededor como si estuviera buscando a alguien. Llevaba un vestido de manga larga en azul y amarillo, ceñido a la cintura por un cinturón que separaba el corpiño con botones de una falda amplia y larga hasta la rodilla.

—Qué guapa estás, *ma petite* —la saludó Anna con una sonrisa—. ¿Es nuevo el vestido?

—No, me lo regaló una amiga mía, Cecilia. A ella ya no le está bien desde que tuvo al bebé.

—¿Qué Cecilia? —preguntó Anna, con expresión desconcertada.

—Sí, su vieja compañera de escuela, la que vive en Lecce —respondió Agata—. Bueno, es bonito, ¿verdad? ¡Pero va a coger frío! Te he dicho que te pusieras algo más grueso, con este viento —murmuró Agata, arrebujándose en el abrigo.

—No tengo frío —protestó Lorenza.

«Parece que soy la única que no se ha puesto guapa para la ocasión», pensó Anna, bajando la mirada hacia su sencillo vestido de lana verde.

—¿Cómo está Carlo? —preguntó Antonio, evitando mirar a Anna a los ojos.

—Un poco nervioso, pero es comprensible —respondió ella.

—Lo va a hacer muy bien —dijo Agata—. Mira cuánta gente ha venido a escucharlo —añadió, complacida.

—¡Aquí está! —dijo Lorenza de repente, radiante.

El grupo se volvió enseguida hacia el escenario que, sin embargo, aún estaba vacío. Lorenza, en cambio, se alejó de ellos y se dirigió hacia Daniele, que también la había visto y corría en su dirección.

—Por fin, te lo has puesto. ¡Te queda genial! —le dijo, cogiéndola de las manos.

—Me encanta, de verdad —respondió Lorenza.

—Es bonito porque lo llevas tú —le dijo con dulzura—. ¡Te haré más! ¡Todos los que quieras!

—Pienso que los necesitaré... Trajes de oficina, en realidad. La próxima semana comienzo un curso de telegrafista.

Daniele la miró sorprendido.

—¿De... telegrafista?

—Chiara se casa y la tía Anna me preguntó si quería sustituirla, así que... Lo intentaré —explicó, encogiéndose de hombros con una sonrisa.

—Bueno, es una buena noticia, ¿no? —le preguntó él.

Agata, que había estado observando toda la escena desde lejos, sonrió.

—Pero si ese es el chico que trabaja con papá —dijo Roberto—. Daniele, el jefe de bodega.

—¿Lo conoces? —preguntó Anna.

—Lo conocí hace unos días en la Bodega. Fue muy amable.

—Es un buen chico. Todo el mundo lo dice, ¿verdad, Antonio? —preguntó Agata.

Antonio también miraba a Lorenza y Daniele, pero no sonreía en absoluto.

—¡Antonio! —lo llamó Agata—. ¿Me estás escuchando?

—Sí... —murmuró él con la mirada perdida.

—Me haría muy feliz si él y Lorenza..., quiero decir, ya me entendéis —continuó Agata con una mueca maliciosa.

—No digas tonterías, por favor —estalló Antonio.

Agata se quedó atónita.

—¿Y qué he dicho de malo?

Anna le lanzó a Antonio una mirada perpleja. «No es propio de él hablar en ese tono... ¿Qué le pasa?», pensó.

En ese momento, en la plaza, estalló una ovación. Carlo estaba subiendo al escenario con su traje de rayas. Saludó a la multitud agitando los brazos y seguidamente se acercó al micrófono.

—Queridos amigos y conciudadanos, estoy feliz de veros a todos aquí en tan gran número... —comenzó diciendo, con la voz quebrada por la emoción.

La mañana del 24 de noviembre, en la cabina de votación, Anna cogió el lápiz y dudó durante un buen rato, mirando la papeleta.

A continuación, marcó una cruz en el símbolo del Partido Comunista.

Nadie lo sabría nunca, excepto ella misma. Y nada más importaba.

Esa noche, Carlo volvió a dormir a su lado.

15

Abril de 1947

En la mesa de trabajo del taller de costura, la revista *Oggi* estaba abierta por un artículo que hablaba de las hermanas Fontana. Con las gafas en la nariz, los labios pintados y el pelo recogido en un moño, Carmela estaba inclinada sobre la página leyendo absorta. Había una foto del palacete romano de tres pisos donde las hermanas habían trasladado su casa de alta costura. Qué sueño sería, pensó, tener un atelier de verdad, espacioso, y no ese húmedo cuarto de pocos metros cuadrados en el que le tocaba trabajar y que había tenido que crear a partir del establo adyacente a la casa.

Dos golpecitos en la puerta, ligeros y seguidos, la sacaron de repente de esas fantasías.

—¡Voy! —exclamó, y cerró la revista, resoplando.

Abrió la puerta, pero el «Buenos días» que estaba a punto de decir se le quedó atascado en la garganta.

Frente a ella estaban Anna y Giovanna.

—Hola, Carmela. ¿Podemos entrar? —preguntó Anna en tono afable.

Apelando a toda su calma, Carmela logró balbucear: «Pasad». Luego, cuando las dos mujeres hubieron entrado, les señaló los dos sillones.

—Sentaos. ¿Qué puedo hacer por vosotras? —preguntó, apoyándose con ambas manos en la mesa que tenía detrás.

—Quisiéramos que nos hicieras unos pantalones —explicó Anna.

—Como los de la actriz —intervino Giovanna.

—¿Qué actriz? —preguntó Carmela.

—Katharine Hepburn —respondió Anna—. ¿La conoces?

—Por supuesto que la conozco —exclamó Carmela un poco ofendida.

—Bueno, pues queremos los mismos pantalones que lleva ella.

Carmela frunció los labios y entornó los ojos.

—Esperad un momento, creo que los tengo por aquí —dijo Carmela mientras buscaba entre los recortes de periódico que guardaba en un estante—. ¡Sí, aquí están! —dijo al cabo de un instante. Se acercó a las dos mujeres con la página en la mano y les mostró una foto de Katharine Hepburn con pantalones de cintura alta y pernera ancha, combinados con una blusa negra con las mangas arremangadas—. ¿Así? —preguntó.

—¡Exactamente! —confirmó Anna, con el rostro iluminado.

Carmela dejó el recorte sobre la mesa.

—Tendré que tomaros las medidas —explicó, expeditiva—. ¿Por quién empiezo?

—Por mí —dijo Anna, que se puso enseguida de pie y se bajó la cremallera lateral de la falda.

—Pero ¿qué haces? —exclamó Giovanna.

Anna se detuvo.

—Me estoy desvistiendo...

—¿Y por qué?

Carmela frunció el ceño.

—¿Cómo esperas que le tome las medidas, si no?

—Pero yo no quiero desnudarme delante de ella —protestó Giovanna, señalando a Carmela y levantándose de su sillón.

Anna se acercó a Giovanna y le puso una mano en el brazo.

—¿Qué te pasa? Tardará unos pocos minutos... —la tranquilizó—. ¿No es cierto? —preguntó a Carmela.

—Sí, ¿qué voy a tardar? —respondió Carmela con un toque de impaciencia en la voz.

«Loca era y loca sigue —pensó, sacudiendo la cabeza—. Siempre lo digo, cuando alguien nace redondo, no muere cuadrado».

—Siéntate y estate tranquila —siguió diciendo Anna, y le puso una mano en el rostro.

Giovanna la miró con ojos húmedos y asintió. Seguidamente volvió a sentarse.

Anna terminó de bajarse la cremallera y se quitó primero la falda, luego las medias de nailon y se quedó solo con las bragas.

Carmela no pudo evitar fijarse en la piel clara de las piernas, los muslos esbeltos y los tobillos delgados. «Como los de una gallina», pensó.

—Ponte aquí —le ordenó a continuación, señalando el centro de la habitación y tomando la cinta métrica.

Le levantó ligeramente el jersey, le hizo abrir los brazos y midió primero la cintura y luego las caderas. Anotó las cifras —sesenta y ocho y noventa y cuatro centímetros— en el cuaderno abierto encima de la mesa junto al ejemplar de *Oggi*. Después se agachó para medir el diámetro del muslo, la rodilla y el tobillo. Finalmente colocó la cinta métrica a la altura de la cintura y la desenrolló hacia abajo, hasta el talón. Una vez que anotó todas las medidas, dijo:

—He terminado contigo, puedes vestirte.

—¿Has visto qué fácil? —exclamó Anna con una sonrisa dirigida a su amiga.

Giovanna se mordió el labio y se levantó lentamente de su silla mientras Carmela la miraba con una mezcla de compasión e irritación. Al final Carmela también logró tomarle las medidas necesarias a Giovanna que, durante todo el tiempo, tuvo las mejillas encendidas. Después pasaron a decidir la tela y el color de los pantalones: ambas los querían de algodón, suaves, y preferiblemente en un beis tenue.

—Tardaré al menos diez días. Tengo otros trabajos que terminar primero —advirtió Carmela mientras las acompañaba a la puerta—. Traedme el dinero cuando vengáis a recogerlos.

Tan pronto como cerró la puerta, Carmela recostó la espalda y dejó escapar el aire; en ese momento se dio cuenta de que había estado conteniendo la respiración durante todo el tiempo que había durado la inesperada visita.

En la calidez de ese día de principios de abril, Anna cogió a Giovanna del brazo.

—Te acompañaré a casa —dijo, dirigiéndose hacia Contrada La Pietra. Caminaron en silencio durante un rato, pero al final Anna no pudo contenerse—. Pero ¿por qué te daba vergüenza desvestirte? —le preguntó.

Giovanna bajó la mirada.

—Por Giulio..., se enfada si alguien me ve poco vestida.

—¿Incluso si es la modista? —exclamó Anna, sorprendida.

—No lo sé. Supongo que sí... Siempre dice que mi cuerpo le pertenece y ya está.

A Anna se le ensombreció la mirada y se tomó unos segundos antes de responder.

—Bueno, no es así en absoluto. Tu cuerpo es solo tuyo y de nadie más...

—¿Ni siquiera de Giulio?

—No, ni siquiera de Giulio.

Caminaron unos metros en silencio una al lado de la otra. Después Anna se paró, turbada por una intuición, y la hizo volverse hacia ella.

—Ahora te voy a hacer una pregunta. Debes prometerme que responderás sinceramente.

Giovanna la miró con expresión decepcionada.

—Nunca te he dicho mentiras...

—Lo sé —la tranquilizó Anna, cogiéndole la mano. Respiró profundamente, titubeó y luego se decidió—. Giulio nunca te ha obligado a hacer algo que no quisieras, ¿verdad? Con tu cuerpo, quiero decir...

—Yo... yo no... no te entiendo...

—En la cama —especificó Anna, yendo directamente al grano—. ¿Hay algo de lo que hacéis que te moleste o te cause dolor?

—No... —susurró Giovanna.

—¿Me estás diciendo la verdad?

Su amiga se mordió los labios y asintió.

—Debo volver a casa —dijo luego. Retiró la mano, le estampó un beso en la mejilla a Anna y se fue corriendo.

Tras quedarse sola en medio de la calle, Anna la miró alejarse y reflexionó con amargura sobre lo que acababa de ocurrir.

Giovanna le había contado su primera mentira.

—¡Buenos días, doña Gina! —dijo Carlo, levantándose el sombrero—. ¿Don Ciccio puede recibirme?

—Buenos días, «señor alcalde» —lo saludó Gina, con un toque de aspereza—. Hacía mucho que no se dejaba ver. Habíamos olvidado su cara...

—Tiene razón, señora Gina —se disculpó él, sosteniendo el sombrero entre las manos—. Pero hasta ahora no había encontrado el tiempo. No ha sido por falta de voluntad.

Ella lo miró con cautela.

—Entre —dijo al final.

Seguidamente cerró la puerta, le indicó que esperara en la entrada y fue a asegurarse de que su esposo estuviera despierto. Siempre había un olor penetrante en esa casa, constató Carlo con una mueca de disgusto. Como a ajo quemado... Gina regresó al cabo de un par de minutos.

—Dice que puede recibirlo —murmuró, y le abrió paso por el oscuro pasillo. Se detuvo frente a la puerta entreabierta del dormitorio y, antes de abrirla, le advirtió—: No lo agote. Ya no tiene fuerzas para levantarse debido al dolor.

Carlo asintió, asegurándole que sería una visita breve.

La habitación estaba casi a oscuras; por los postigos entornados apenas entraba una débil claridad. Carlo avanzó a tientas, tratando de no chocar con ningún mueble, y primero reconoció el perfil de hierro forjado del piecero de la cama y luego la elevación de la manta bajo la cual estaba don Ciccio.

Se detuvo al pie de la cama y murmuró:

—Buenos días, don Ciccio... Soy Carlo. ¿Cómo está?

El hombre emitió un gemido.

—Como Dios quiere —respondió.

—Su esposa me ha dicho que ya no se levanta de la cama...

—¿Y para ir adónde? —Se rio amargamente don Ciccio—. Si ya no puedo caminar.

—Lo lamento mucho... Si puedo hacer algo...

—Nadie puede hacer nada —cortó bruscamente don Ciccio—. Pero dime, ¿cómo va la finca? ¿Las cosas marchan bien? ¿Sigues vendiendo a los americanos?

—Por supuesto. Todo va viento en popa, gracias a Dios. Incluso he empezado a cultivar primitivo, he comprado barricas de roble y he hecho otra sala de toneles... Espero que pronto pruebe el primer vino tinto de mi bodega.

Don Ciccio permaneció en silencio durante unos segundos.

—El vino tinto requiere mucha paciencia... —dijo luego.

—Y yo la tengo —respondió Carlo.

—¿Estás aquí para obtener mi bendición? —ironizó don Ciccio, y un gemido se le escapó de los labios.

—No —murmuró Carlo—. En realidad, estoy aquí por un asunto delicado...

—¿Y cuál es?

—Necesito hablarle sobre mi... —se detuvo y rectificó—: sobre su nieto.

—¿Ha hecho algo mal?

—No, no..., al contrario. Solo hace cosas buenas.

—Entonces, ¿qué sucede?

Carlo vaciló, apretando con la mano el barrote de hierro.

—Se trata de él y la hija de mi hermano Antonio... —dijo—. Últimamente pasan mucho tiempo juntos.

—Continúa —siseó don Ciccio.

—Mi hermano está preocupado. Lo último que querría, Dios no lo quiera, es ver a su hija casada con... —Carlo hizo una pausa—. Con su primo.

—¿Tu hermano lo sabe?

—Es el único que lo sabe.

Don Ciccio emitió una especie de gruñido.

—Demasiada gente lo sabe ya.

—De Antonio me fío como de mí mismo, de él no tiene que preocuparse. No ha hablado hasta ahora y no hablará nunca. Le doy mi palabra.

—Continúa.

—Bueno, he pensado mucho en cómo hacerlo... Y tal vez he encontrado la solución: necesito a alguien que se encargue de los asuntos de la bodega en Nueva York. Podría ser él. Irse por un tiempo, ya sabe... Solo el tiempo que sea necesario...

Don Ciccio soltó una risa ronca, seguida de un acceso de tos.

—¿Esta sería la solución? —preguntó después, una vez que se calmó.

—Ya se sabe: ojos que no ven...

—Ya —lo interrumpió don Ciccio—. Quién lo sabrá mejor que tú...

Carlo se tragó el comentario y no respondió.

—Tengo que preguntarles si tienen objeciones a que el chico se marche —dijo, en cambio.

—¿Por cuánto tiempo sería?

—Unos meses.

—¿Se lo has dicho a su madre?

—No, prefería hablar primero con usted.

Hubo un largo silencio.

—Bueno, daño no le hará —dijo finalmente don Ciccio—. Cambiar de aires por un tiempo, ver otro mundo...

—Sus palabras me reconfortan, don Ciccio. Aunque nunca dudé de su sabiduría...

—Pero no te hagas ilusiones de que sirva de algo —lo interrumpió don Ciccio, con dureza. Luego, con un suspiro, añadió—: Y ahora vete, estoy cansado.

Carlo se despidió y salió al pasillo. Gina estaba sentada en la cocina allí al lado, mirando por la ventana. Tuvo la impresión de que pasaba días enteros así, esperando a que su esposo la llamara o la necesitara. Sin decir una palabra, se levantó y acompañó a Carlo hasta la puerta.

En cuanto la hubo cerrado, la voz de don Ciccio llegó con autoridad, a pesar de todo:

—¡Gina! ¡Haz que venga Carmela! ¡Tengo que hablar con ella!

Carmela caminaba a toda prisa, balanceando rítmicamente su bolso mientras el viento del norte soplaba, implacable, y los mechones de cabello, recogidos de cualquier manera, le caían sobre el rostro. Esa mañana ni siquiera se había mirado al espejo, pero no le importaba.

Llegó al edificio del ayuntamiento y entró casi corriendo.

—Doña Carmela, ¿adónde va? —gritó el portero a su espalda.

—Tengo que hablar con el alcalde —respondió ella, cortante, mientras seguía avanzando con la mirada fija al frente.

—No sé si está ocupado... Permítame que lo compruebe antes —le suplicó el portero, corriendo tras ella.

Pero para Carmela era como si ese hombre no existiese. Llegó a la puerta en la que había una placa de latón atornillada que decía ALCALDE, agarró la manija y abrió.

Carlo estaba sentado a su escritorio, inclinado sobre una montaña de papeles y con el puro entre los dedos. Levantó la cabeza de golpe.

—Señor alcalde, lo lamento —jadeó el portero, que llegó en

ese momento—, pero la señora no me ha dado tiempo a avisarle. Dice que tiene que hablar con usted...

—Sí. Y con bastante urgencia —añadió Carmela, apretando el bolso contra el pecho.

—De acuerdo, Giuseppe. Puede dejar entrar a la señora Carlà, no se preocupe —dijo Carlo con un gesto de la mano.

El portero se disculpó una vez más y se fue, pero no sin antes lanzar una mirada de reprobación a Carmela, a quien, por supuesto, no le importó.

—¿Y bien? —preguntó Carlo, levantándose—. ¿Qué sucede?

—Sucede que estas uñas te las voy a clavar donde no te da el sol —respondió, abriendo la mano y mostrando las uñas pintadas de rojo.

—Nada menos... —murmuró Carlo, sentándose en el borde del escritorio. Y dio una calada al cigarro.

Ella se le acercó hasta que los rostros de ambos quedaron apenas a un palmo de distancia.

—No bromees conmigo —lo amenazó.

—¿Se puede saber qué he hecho?

—Daniele no va a ir a América, ¿me has oído?

—Has hablado con don Ciccio... —suspiró Carlo.

—He hablado con él, sí —estalló ella—. Así que olvidaos los dos de que envíe a mi hijo al otro lado del mundo.

—¿Podemos hablarlo con calma?

—No hay nada de que hablar. Mi hijo se queda donde estoy yo —dijo Carmela, golpeándose el pecho—. Y punto.

Carlo suspiró y volvió a sentarse detrás del escritorio.

—Pero solo será por unos meses... ¡No se va a la guerra! Mira, es una oportunidad para él...

—Silencio —lo interrumpió ella, llevándose un dedo a la boca—. Ya no me seduces con palabras. ¡Esos tiempos han terminado!

—No intentaba seducirte —se defendió Carlo—. Solo quiero que entiendas que no es tan trágico como crees. Se trata de un viaje, Carmela. Un viaje necesario para arreglar las cosas.

—Necesario ¿para quién? Para tu familia, no para la mía. No es culpa de Daniele si «esa» le hace ojitos —dijo despectiva.

Carlo hizo un esfuerzo por contenerse.

—Escucha, será Daniele quien lo decida. Tiene veintidós años, no necesita tu permiso. ¿Quieres apostar a que estará contento? Lo conozco.

—¿*Tú* conoces a *mi* hijo? ¿*Tú*?

—Más de lo que crees —le respondió Carlo, serio, mirándola fijamente a los ojos.

—Ah, me alegra saberlo —dijo Carmela, irónica, con la voz quebrada de repente. Luego apartó la mirada y se cruzó de brazos.

Carlo la observó en silencio. Sabía muy bien que era muy orgullosa y que cuando se mordía el labio inferior de esa manera lo hacía para contener las lágrimas. Verla en ese estado, sin embargo, le despertó un repentino sentimiento de ternura.

—Escucha —dijo entonces Carlo, suavizando la voz—. Si envío a Daniele a Nueva York, no es solo para mantenerlo alejado de los problemas, sino porque es talentoso. De verdad, sabe cómo tratar con la gente. Estoy seguro de que hará buenos negocios allí. Confío en él.

Carmela volvió a mirarlo.

—Y, además, le pagaré bien, ¿qué crees? —continuó Carlo.

—¿Cómo de bien?

—Lo que merezca.

—Mi hijo merece lo mejor.

—Y lo mejor es lo que tendrá.

Ella recuperó su habitual expresión soberbia al instante.

—Si es así... —murmuró.

Anna esperaba a Lorenza en la puerta de su casa, con las manos aferradas al manillar de la Bianchi y consultando constantemente el reloj. Cuando por fin llegó su sobrina, empujó la bicicleta y se puso en marcha arrastrándola a su lado, mientras Lorenza se apresuraba para alcanzarla.

—Perdona, tía —dijo la chica—. Hoy también llego tarde.

—Ya me he dado cuenta —respondió Anna.

—Es que esta mañana mamá se ha olvidado de despertarme.

—¿Qué pasa, que con veintidós años aún no puedes despertarte tú sola?

—Mañana no llegaré tarde, ya verás.

Así era cada mañana: un rosario de excusas ridículas y promesas poco convincentes. Anna ya no estaba segura de que hubiera sido una buena idea ofrecerle ese puesto; Lorenza siempre parecía desinteresada, como si no le importara nada.

—No estás obligada, ¿sabes?, siempre puedes buscar otro trabajo, algo que realmente te guste —le había dicho varias veces.

Pero Lorenza se encogía de hombros.

—No sé lo que me gusta. —Era su respuesta—. Me da igual un trabajo que otro.

En la oficina de correos, en cambio, la llegada de Lorenza había sido una verdadera fiesta. El primer día, todos la recibieron con exclamaciones y muchos cumplidos. Incluso el gruñón de Carmine exclamó: «¡Por fin! Ya era hora de que llegara una brisa de aire fresco a esta oficina». Mientras que Elena, casi conmovida, dijo: «Todavía recuerdo cuando viniste aquí hace muchos años... ¡Eras así de alta!», y se echó a reír.

«No —reflexionó Anna mientras seguía empujando la bicicleta—. Quizá a Lorenza no le guste el trabajo, pero no se puede decir que no la hayan recibido bien». En concreto, a Elena le cayó bien de inmediato, en cuanto se dio cuenta de que podía chismorrear y criticar con ella, al contrario que Chiara, quien a veces «ni siquiera se sabía si estaba o no», como dijo un día, resoplando. Anna a menudo veía a Lorenza inclinada sobre alguna revista, comentando la belleza de algún actor. Recientemente, se habían aficionado a esas revistas que publicaban «novelas de amor en fotogramas» y todo eran suspiros y codazos mientras las leían.

Sin embargo, hubo una reacción que la sorprendió más: la del director. Poco después de la llegada de Lorenza, Tommaso comenzó a usar una gran cantidad de agua de colonia, hasta el punto de que iba dejando un rastro persistente a su paso. Además, había dejado de usar brillantina y ahora lucía unos rizos suaves y rebeldes que no le hacían aparentar los cuarenta años que ya tenía. De vez en cuando se levantaba de su escritorio, se asomaba a la oficina de telegrafía y le preguntaba a Lorenza con una sonrisa: «¿Todo bien?». Incluso a veces se adelantaba para abrirle la puerta, con una caballerosidad que nunca antes había mostrado, o, si iba al bar Castello, siempre se ofrecía a traerle algo.

—¿Quieres un café? ¿O una pasta? —preguntaba.

—Sí, gracias —respondía Lorenza con una sonrisa—. Las dos cosas, por favor.

También era bastante tolerante con sus equivocaciones. Lorenza, distraída como era, solía cometer errores al transcribir algo o se perdía alguna palabra.

—Hum..., algo no cuadra —decía Elena, examinando el texto del telegrama—. Creo que aquí te has saltado una parte, ¿sabes?

Y le señalaba un punto entre dos palabras.

En esos casos, no era extraño que, desde la otra habitación, llegara rápidamente Tommaso diciendo:

—Bueno, ¿y qué?... Agrega una tú, lo importante es que se entienda el sentido.

Entonces Lorenza se sonrojaba, mientras Elena se limitaba a obedecer, aunque no sin lanzarle a Tommaso una mirada perpleja. El director era un hombre amable y servicial, eso era cierto, pero en el trabajo siempre había sido inflexible. Hasta ese momento...

Esa mañana, Anna salió de la oficina con la valija casi vacía. Se subió a su bicicleta Bianchi y pasó junto a dos ancianas que estaban llenando una botella de vidrio en la fuente, bordeó la muralla del castillo, giró a la derecha de la torre y tomó una cuesta empedrada. Se levantó en el sillín y subió con la bici a pedaladas decididas hasta que, al cabo de unos metros, la calle se aplanó y volvió a sentarse. Giró a la izquierda por un callejón con pequeños balcones que tenían barandas de hierro oxidado. En uno de esos balcones había tendidas unas enormes bragas secándose. Anna se detuvo, abrió la bolsa y sacó un sobre blanco en el que se leía: Marilena Cucugliato, Vicolo della Torre, número 4, Lizzanello (Lecce). Miró alrededor buscando el domicilio, pero no lo encontró. Vio el número uno, el dos, el tres y más adelante el cinco y el seis, pero faltaba justo el cuatro, como si se lo hubieran saltado. Un hombre delgado en pijama y con aspecto somnoliento, salió a un balcón y encendió un cigarrillo.

—Disculpe usted —le gritó Anna. El hombre exhaló el humo y miró abajo a la calle—. ¿Puede decirme dónde está el número cuatro? No lo encuentro...

—¿Estás buscando a la perfumista? Está allí, arriba de las escaleras —respondió él, señalando una abertura en la pared de enfrente de la que partía una escalera de piedra.

Anna no la había visto antes. Le dio las gracias al hombre, dejó la bicicleta y subió.

—Tápate la nariz, te vas a marear con todo el perfume que usa esa —bromeó el hombre, riendo.

El pasaje era realmente estrecho y oscuro, y olía a moho. Tras unos quince escalones, Anna llegó a una pequeña puerta de arco y golpeó la aldaba dos veces. Le abrió una mujer robusta, de unos sesenta años, con un vestido deformado de lana azul. Emanaba un perfume de lavanda tan fuerte que Anna sintió un leve mareo. Llevaba el cabello, gris y voluminoso, recogido en una cola que le caía a un lado del rostro regordete.

—¿Es usted Marilena Cucugliato? —preguntó Anna.

La mujer asintió.

Anna le entregó el sobre y se dispuso a marcharse, pues comenzaba a faltarle el aire.

Pero la mujer dijo:

—Qué suerte tiene usted, que es tan delgada; yo paso justa por ahí. —Y señaló la escalera. Anna esbozó una sonrisa de cortesía y volvió a intentar irse, pero la mujer la retuvo—: ¿Quiere un café? Aquí arriba nunca viene nadie. —Y le sonrió.

Anna titubeó, pero entonces recordó que ese día la bolsa no estaba llena, por lo que no tenía tanta prisa.

Encantada, Marilena la hizo pasar a su casa y cerró la puerta. El interior de la vivienda no tenía nada que ver con la entrada oscura y angosta. Las paredes estaban revestidas de papel pintado de color rosa y pequeños cuadros con flores de todo tipo. Había jarrones con flores de verdad en todas partes: en el aparador de la entrada, en la mesa de la sala de estar, en el baúl arrimado a la pared. La mujer la invitó a sentarse en un saloncito con asientos de terciopelo rojo y en cuestión de minutos regresó con una bandeja y dos tazas de café humeante.

Anna esperó a que el café se enfriara un poco y observó a la mujer, que seguía mirándola, sonriente.

—Veo que le gustan las flores —comentó Anna, solo por decir algo.

Marilena miró a su alrededor, sosteniendo la taza con ambas manos.

—Oh, sí. ¡Son mis amigas!

Anna miró perpleja a la mujer.

—Nadie sabe escuchar como las flores, ¿sabe? —continuó diciendo—. Les hablo todos los días. Les confío mis recuerdos de juventud, mis miedos, mis pequeñas alegrías y remordimientos. Sobre todo, los remordimientos. —Hizo una pausa—. Como se espera de los buenos amigos, las flores nunca te juzgan. ¿Tiene usted amigos verdaderos?

Anna dio un sorbo a su café.

—Tengo una amiga a la que quiero mucho —respondió.

«Y es la única que tengo», pensó.

—Pues cuídela mucho —dijo la mujer—. ¿Sabe?, yo también tenía una buena amiga, hace mucho tiempo... —Se levantó lentamente y puso las tazas en la bandeja—. Pero luego... —suspiró.

—Tendría que irme —anunció Anna mientras se levantaba. Le dio las gracias a Marilena por el café y se dirigió a la puerta.

Bajó las escaleras, emergió de nuevo a la luz del sol y montó en su bicicleta. El balcón donde el hombre estaba asomado antes ahora se veía vacío.

Daniele casi se cae de la silla al oír la noticia.

—¿En serio, señor Carlo? ¿No me está tomando el pelo?

Iba a ir a América. Él, Daniele Carlà, en Nueva York. Seguía mirando a Carlo con una expresión maravillada, como un niño frente a un regalo enorme e inesperado. Nueva York. Los rascacielos. Las luces. La moda sobre la que leía en las revistas. Aceptó de inmediato, sin pensarlo ni un segundo. Carlo le dijo que tendría que traer nuevos clientes de América, aprovechar que era el momento oportuno. Comenzaría por los bares y restaurantes italianos de la zona conocida como Little Italy.

—Significa «pequeña Italia» —le explicó Carlo—. Allí solo viven italianos. No tendrás problemas para comunicarte, estate tranquilo.

Viajaría en el mismo transatlántico que el cargamento de Donna Anna, y no debía preocuparse por el dinero, ya que él corría con todos los gastos, por supuesto: le entregaría una buena suma antes de salir y, una vez allí, le enviaría dinero regularmente. Si le parecía bien, podría emprender el viaje a finales de mes: el barco Saturnia partía el 27 de abril desde el puerto de Nápoles. Carlo se encargaría de que los documentos estuvieran listos a tiempo.

—Me deben más de un favor —dijo, guiñando un ojo.

—Gracias por confiar en mí, señor Carlo. No le defraudaré —respondió Daniele, tendiéndole la mano.

Carlo le sonrió y se la estrechó; luego, instintivamente, lo atrajo hacia él y lo abrazó. Daniele se puso colorado y abrió los ojos, sorprendido y avergonzado a más no poder.

—Lo sé —le respondió Carlo—. Nunca me has defraudado.

Daniele no podía esperar para decírselo a Lorenza. Imaginó su alegría por la oportunidad que se le presentaba, por el extraordinario viaje que haría y por todas las historias que compartiría con ella a su regreso.

En cambio, reaccionó con un torrente de ira que lo dejó atónito.

—Tú también me abandonas, lo sabía. No te importo en absoluto. Solo piensas en ti mismo, como todos los demás. Vete, vete al otro lado del mundo —exclamó con actitud melodramática mientras caminaba de un lado a otro en la pequeña casa de Daniele. Sus intentos por consolarla, por jurarle que la quería y que regresaría pronto, no sirvieron de nada—. No te creo. Ya no creo en los que se van —declaró ella, dejándose caer en el pequeño sofá, exhausta.

Daniele se arrodilló, le cogió una mano y le suplicó que viera las cosas como eran, no como temía que fueran.

—Espera —dijo luego. Cogió un trozo de tela de color rosa del suelo, cortó una tira con unas largas tijeras puntiagudas y se la enrolló entre los dedos hasta que obtuvo una forma parecida a la de un anillo. A continuación, miró a Lorenza a los ojos y se lo puso delicadamente en el dedo anular—. ¿Ahora me crees? —le preguntó.

Lorenza sonrió levemente y asintió.

Y así, cuatro años después de la muerte de su amigo, Daniele se liberó de lo que quedaba de su sentimiento de culpa y por fin se permitió besar a la chica de la que se había enamorado.

Anna se observó en el espejo, satisfecha, tarareando *La barchetta* de Nilla Pizzi, que la radio estaba transmitiendo justo en ese momento. «*Guarda lassù in alto mare c'è una barchetta piccina, ad ogni ondata s'inchina quasi dovesse affondar...*».*

* «Mira allá en alta mar hay una pequeña barca, con cada ola se inclina como si fuera a hundirse...». *(N. de la T.)*

Sí, los pantalones le quedaban perfectos. Tenía que admitir que Carmela realmente había hecho un excelente trabajo; le encargaría más, de diferentes colores. Se abrochó el último botón de la blusa negra de manga corta y sacó del joyero de madera con incrustaciones el collar de perlas de su madre. Le dio dos vueltas y se lo puso al cuello, encima de la blusa. «*La barchetta in mezzo al mare deve andare assai lontan, ma per farla navigare ci pensa il capitan...*»,* cantó un poco más alto, haciendo una pirueta.

Roberto se asomó a la puerta del dormitorio y se apoyó en el marco, mirando a su madre con sorpresa.

—*Comme tu est belle, maman!* —exclamó—. ¿Y esos pantalones?

Ella se dio la vuelta y, con una gran sonrisa, se puso las manos en las caderas en una pose digna de una diva del cine.

Roberto se rio con gusto.

En ese mismo momento, en la casa de campo de Contrada La Pietra, don Giulio sostenía unas grandes tijeras y se preparaba para destrozar los pantalones de Giovanna, mientras ella, acurrucada en la cama con las manos en la cara, sollozaba incontrolablemente. *Cesare*, sentado en el suelo, la miraba y gemía.

—Los pantalones son para las malas mujeres —declaró don Giulio, imperturbable.

Y dicho esto, comenzó a cortar.

* «La barquita en medio del mar debe ir muy lejos, pero para hacerla navegar, está el capitán...». *(N. de la T.)*

16

Julio de 1947

—¿Tienes tú las llaves? —preguntó Carmela, deteniéndose frente a su esposo.

—¿Las llaves de qué? —dijo Nicola, arrellanado en el sillón de la sala.

—Las llaves de casa de tu madre.

—Sí —murmuró él—. Daniele me las entregó. ¿Por qué?

—Dámelas —le ordenó, extendiendo la mano—. Hay que limpiarla y ventilarla. Ha estado cerrada durante más de dos meses.

—Ya me he ocupado de eso —trató de tranquilizarla—. De vez en cuando voy. Abro las ventanas. Barro.

Carmela cruzó los brazos sobre el pecho.

—¿Tú? Si nunca te he visto coger una escoba en tu vida. Dámelas, vamos.

Y extendió nuevamente la palma de la mano.

—De verdad, no es necesario —reiteró Nicola—. Yo me encargo de ello. Después de todo, es la casa de mi madre, ¿verdad?

—En realidad, ahora es la casa de Daniele. Y lo que es de mi hijo, también es mío. Así que ¿me las das o tendré que cogerlas por la fuerza?

Nicola soltó un largo suspiro, luego se apoyó en los brazos del sillón y se levantó con esfuerzo a la vez que se ponía colorado. A pesar de haber cumplido sesenta y dos años recientemente, parecía que tuviera al menos veinte años más, pensó Carmela. Toda esa grasa, que le disgustaba profundamente, hacía que incluso los movimientos más simples le resultaran difíciles. Además, roncaba tan fuerte por las noches que ella lo había enviado a dormir en la que solía ser la habitación de Daniele.

Nicola se dirigió al perchero de la entrada y rebuscó en el bolsillo de su chaqueta.

—Aquí las tienes —dijo, sacando un llavero con dos llaves—. Esta pequeña es para la puerta de acceso, y esta otra es para la puerta principal —le explicó con voz apagada.

—Gracias —dijo ella, arrebatándoselas de las manos—. ¿Ves cómo no era tan difícil? —Seguidamente agarró su bolso del perchero y anunció—: Me voy.

Cuando llegó a la casa, abrió la cancela y cruzó el pequeño jardín que precedía la puerta principal. Avanzó a través de la hierba descuidada que le rozaba las rodillas; debería haber enviado a alguien a cortarla, pensó. Luego giró la llave en la cerradura y abrió la puerta. El interior estaba completamente oscuro y el olor a humedad era asfixiante. Carmela dejó la puerta de entrada abierta y subió las persianas de la ventana que daba al jardín. A la luz del día, vio las sábanas blancas que cubrían los muebles, una taza con suciedad incrustada en el fregadero de la cocina y la cafetera que se había quedado encima del hornillo. Una escoba y una pala llenas de ovillos de polvo se apoyaban contra la pared. «Ah, había barrido de verdad —pensó—. Pero ni siquiera ha vaciado la pala en la basura». Sacudió la cabeza y vio, en un rincón, los zapatos de cuero negro que Daniele solía usar los días festivos. A continuación, dejó el bolso en el fregadero, se subió las mangas del vestido y retiró la primera sábana, que, en medio de un estallido de polvo, reveló un sofá de dos plazas y una mesita baja. Hizo un ovillo con ella y salió al jardín a sacudirla bien antes de volver a la casa y extenderla de nuevo sobre el sofá.

Con precaución, levantó la segunda sábana que cubría algo en el centro de la habitación.

Lo que vio la dejó sin aliento.

De la nube de polvo emergieron una máquina de coser y una mesa de trabajo. Dejó caer la sábana al suelo y se acercó; sobre la mesa había un gran cesto lleno de retales, hilos de colores, dedales, un acerico para las agujas y otro para los alfileres, dos metros de tela doblada con cuidado y una regla de madera.

Desconcertada, se sentó y comenzó a dar vueltas entre sus manos a esos objetos, uno por uno, como si fueran pistas de una búsqueda del tesoro. «Así que por eso Nicola no quería darme las llaves. ¡Lo sabía todo, ese desgraciado!».

De repente, se puso de pie y se dirigió al dormitorio. Primero abrió las persianas y luego las puertas del armario. A la izquierda, reconoció la ropa de Daniele: su traje de los domingos, camisas, pantalones, chaquetas; a la derecha, en cambio, había rollos de tela apilados uno al lado del otro. Colgados en perchas, había vestidos de mujer.

Carmela sacó uno y lo miró durante un largo rato: era un vestido de lana roja, con la falda a la altura de las rodillas, adornado con un cuello de piel cerrado por un broche redondo. Lo puso encima de la cama y cogió otro: un modelo primaveral de cuadritos blancos y negros, con cinturón en el talle y botones en el pecho.

Los sacó todos uno tras otro, incluso los que no estaban terminados, con las mangas sujetas con alfileres de colores. En el fondo del armario vio una caja de metal que le resultaba familiar: era la que Daniele solía tener en su habitación cuando era niño y que ella nunca pudo abrir, ya que siempre estaba cerrada con llave. La cogió con ambas manos y trató de levantar la tapa, que esta vez se alzó, dejando al descubierto una pila de cuadernos de cubierta negra, los mismos que ella usaba para sus bocetos.

Se sentó en la cama, entre la ropa amontonada, y comenzó a hojear los cuadernos, abriendo los ojos ante cada página: los dibujos de Daniele eran sorprendentemente hermosos. Más hermosos que los que hacía ella, pensó con un toque de resentimiento: vestidos de noche, elegantes trajes de ceremonia, prendas de colores vivos para el día..., por no mencionar algunos diseños que Carmela nunca había visto, ni siquiera en sus revistas de moda. Se sintió estafada porque tanto su hijo como su esposo la hubieran mantenido en la ignorancia y, al mismo tiempo, irritada porque Daniele no le había hecho caso. En vez de eso, había seguido su propio camino. Durante todo ese tiempo, la había engañado haciéndole creer que se había quitado de la cabeza esa idea absurda de diseñar y coser vestidos, como una mujer. «Sabe mentir muy bien —pensó, llena de resentimiento—. Después de todo, la sangre no engaña... y su sangre es Greco».

Volvió a colgar la ropa en el armario y cerró las puertas. Después metió los cuadernos en la caja, se la puso debajo del brazo y la metió en el bolso.

—Este calor me está matando —se quejó Elena, abanicándose con un montón de papeles—. Esto parece un horno.

—¿Quieres un poco de agua? —le preguntó Lorenza.

—Sí, ve a buscarla, por favor —respondió Elena, con aspecto agotado.

Lorenza no había salido aún de la habitación cuando Tommaso levantó la cabeza de su escritorio.

—¿Necesitas algo? —le preguntó con una sonrisa.

—Voy a buscar un vaso de agua para Elena —le respondió, y se dirigió hacia el estante donde estaba la botella de vidrio y unos vasos apilados al lado. Pero se dio cuenta de que la botella estaba casi vacía—. Voy a la fuente —agregó entonces, dirigiéndose a Tommaso—. Volveré enseguida.

—Tómate tu tiempo —le dijo él.

Lorenza salió a la calle y el sofocante bochorno se le aferró a la garganta. Fue directamente a la pequeña fuente de la Piazza Castello y comenzó a llenar la botella, sosteniéndola con una mano. Mientras el agua fresca corría, echó un vistazo distraído a su alrededor. Y cuando su mirada se detuvo en el bar Castello, los vio.

Eran su padre y la tía Anna, que acababa de salir de la oficina de correos unos minutos antes. Él le entregó un libro y ella, después de levantar una mano del manillar de la bicicleta, lo cogió, miró la portada durante unos segundos y luego levantó los ojos hacia Antonio, le sonrió y le dijo algo. Él la miraba con la cabeza ligeramente ladeada, como si tuviera miedo de perderse algo. Después de una breve conversación, ella metió el libro en la bolsa, montó en la bicicleta y, con pedaladas lentas, se fue. En ese momento, él metió las manos en los bolsillos de los pantalones y la observó hasta que giró a la derecha y desapareció de su vista.

—¿Quieres gastar toda el agua del pueblo? —la increpó una mujer que pasaba por allí.

Lorenza bajó la mirada a la fuente y vio que el agua rebosaba de la botella desde hacía rato.

—Perdón —dijo, cerrando el grifo rápidamente.

La otra mujer sacudió la cabeza y siguió su camino, murmurando.

—¿Todo bien? No volvías... —le dijo Tommaso al verla regresar a la oficina.

Lorenza se dirigió directamente a poner la botella en el estante.

—Sí, claro —respondió bruscamente mientras llenaba un vaso.

—Por fin. Estaba a punto de derretirme —suspiró Elena, quitándole el vaso de las manos.

Lorenza volvió a sentarse en su puesto y, durante las dos horas siguientes, se refugió en un silencio tan concentrado como el calor de ese día. No podía quitarse de la cabeza la imagen de la dulce sonrisa que había visto en el rostro de su padre mientras hablaba con su tía Anna. Nunca lo había visto sonreír de esa manera a su madre... y tal vez ni a ella. Intentó distraerse pensando en Daniele, pero terminó sintiéndose aún más sola. Desde que se había ido, solo le había escrito una carta, en la que le contaba en detalle muchas cosas que ella no había logrado imaginar. ¿Cómo eran realmente esos rascacielos que iluminaban las noches de la gran ciudad? ¿Qué se sentía al caminar sobre ese puente de dos kilómetros, tan hermoso que parecía suspendido sobre el agua? ¿Y era cierto que se podía entrar en esa gran estatua de la mujer con la antorcha en la mano? Al final de la carta, Daniele le decía que un día irían juntos a Nueva York y ella también vería todas las cosas extraordinarias que había al otro lado del océano.

La verdad era que esa carta llena de entusiasmo y asombro la había herido e irritado. Preferiría haber leído que Daniele estaba abrumado por la nostalgia que sentía por ella, melancólico y decepcionado por ese mundo diferente y tan lejano.

—¿Qué tienes? Estás callada hoy —le dijo Elena.

—Nada —respondió Lorenza con indolencia.

—¿Estás pensando en tu enamorado? —la pinchó con una sonrisa.

Lorenza no respondió. En su lugar, se levantó de un salto y se dirigió al escritorio de Tommaso.

—¿Vamos a tomar un café? —le preguntó.

Él la miró sorprendido. Luego sonrió.

—Con mucho gusto —respondió—. Pero invito yo.

Anna se detuvo, apoyó un pie en el suelo y sacó un pañuelo de la chaqueta para secarse la frente y el cuello, empapados de sudor. El calor de esa mañana era extenuante. No podía esperar a volver a casa, meter la cabeza bajo el chorro de agua fría y dedicarse un rato a la lectura. Poco antes, en el bar, Antonio le había prestado su ejemplar de una novela titulada *Tiempo de matar*, escrita por un tal Ennio Flaiano, un autor que Anna nunca había oído mencionar. Recientemente había ganado un importante premio literario, le explicó Antonio.

—Quiero que lo leas —agregó—. He subrayado algunas frases... Si quieres, subraya las que más te impacten y luego hablamos de ellas.

Por fin llegó la última entrega de la mañana: la factura de la luz de una anciana sorda de un oído a la que Anna tuvo que leer cada línea —consumo, impuesto gubernamental, alquiler del contador, timbre fiscal— tres veces antes de que la señora se convenciera de que no había errores. Cerró la bolsa vacía y luego miró el reloj: sí, tenía tiempo para hacer una visita a Contrada La Pietra. Y, paciencia, si tenía que desafiar el calor: debía aprovechar las horas en que don Giulio estaba ausente, en la parroquia. No veía a Giovanna desde hacía dos semanas. Tal vez se equivocaba, pero Anna sentía que su amiga estaba evitando su compañía: no la visitaba en el pueblo con la misma frecuencia que antes y a menudo tampoco la encontraba en casa. En las escasas ocasiones en que se habían visto, Giovanna le había parecido silenciosa y nerviosa, como si no pudiera esperar a irse. La última vez que Anna fue a llamar a la puerta de la casa de Contrada, fue don Giulio quien le abrió y Anna se sorprendió porque no esperaba encontrarlo allí, en plena tarde.

—Giovanna está descansando —le había dicho con la cara tensa.

Ni siquiera la había dejado entrar.

—¿A esta hora? —Anna había fruncido el ceño.

—Le dolía la cabeza —había agregado él.

—Bueno, tal vez vuelva mañana —había dicho ella.

—No te molestes en volver a «visitarnos» —le había respondido él. Luego había fijado la mirada en los pantalones que Anna llevaba puestos—. Si quiere, ya irá ella a verte.

Y le había cerrado la puerta en las narices.

Anna llegó a Contrada y, al abrir la verja, silbó para llamar a *Cesare*, pero el perro no acudió. Siguió adelante y llamó a la puerta.

—¿Giovanna, estás ahí? Soy yo.

Pasó más de un minuto antes de que Giovanna se decidiera a abrir.

—¡Por fin! —exclamó Anna, molesta—. Así pues, sigues viva.

—Sí, yo sí —respondió en un susurro mientras volvía a entrar en la casa.

Anna la siguió y dejó la valija encima de la mesa.

—¿Qué quieres decir?

—*Cesare.*

—¿Y cuándo pasó?

—Hace dos semanas...

Anna se llevó una mano a la cintura y la miró contrariada.

—¿Y me lo dices ahora?

—Lo siento, no lo pensé —respondió Giovanna—. ¿Quieres un café?

—Olvídate del café. ¿Me cuentas qué te pasa? Desapareces, no me dices que *Cesare* ha muerto...

—No he desaparecido. Estoy aquí —dijo Giovanna, bajando la mirada.

—Mírame a los ojos —le ordenó Anna. Giovanna levantó lentamente la cabeza—. Te lo pregunto de nuevo: ¿me dices qué te pasa? ¿Te he hecho algo?

—No... —Ella apartó la silla y se sentó.

—No te creo... Sé que hay algo —insistió Anna.

Giovanna se retorció las manos, luego fue al fregadero y se sirvió agua en un vaso astillado en el borde.

—¿Por qué intentas alejarme de Giulio? —preguntó después.

Anna la miró, asombrada.

—¿Yo? Pero ¿qué estás diciendo?

—Fuiste tú quien dijo esas cosas, sobre el cuerpo... Que no era suyo... Incluso lo acusaste de lastimarme.

—No he acusado a nadie en absoluto... Solo te hice una pregunta. Y sobre el hecho de que tu cuerpo no sea suyo, bueno, lo reitero. No lo entiendo: ¿cuál es el problema?

—Hablé de ello con Giulio. Y él me explicó que no es como tú dices. Que no puedes entender lo que hay entre él y yo, y dices estas cosas solo porque quieres alejarlo de mí. ¿Por qué? ¿No quieres que sea feliz?

—Pero ¿por qué se lo mencionaste? No debiste hacerlo.

—Él no quiere secretos entre nosotros.

Anna cerró los ojos por un momento y se frotó la frente con

los dedos, como si de pronto le hubiera dado un profundo dolor de cabeza.

—Y luego se enfadó por los pantalones —continuó Giovanna.

Anna volvió a abrir los ojos.

—¿Qué tienen que ver los pantalones ahora?

—Él dice que fue una idea tuya —dijo Giovanna, apretando el vaso—. Que a mí nunca se me habría ocurrido.

—¿Por eso nunca te los he visto? ¿Es él quien no quiere que te los pongas?

—Los hizo jirones.

—¿Y tú se lo permitiste?

Giovanna se encogió de hombros. Bebió el último sorbo de agua y dejó el vaso sobre la mesa.

—No puedo creerlo... —murmuró Anna para sí misma.

—Pues es cierto —exclamó Giovanna, con una actitud agresiva que nunca había tenido antes—. Es cierto que fue idea tuya. Fuiste tú quien me llevó a la costurera. Yo ni siquiera los quería.

—Pero ¿qué dices? Sabes que no es así. Estabas tan contenta...

—Al final siempre me obligas a hacer todo lo que haces tú —dijo Giovanna casi gritando.

Anna la miró desconcertada.

—Entiendo —dijo a continuación en voz baja.

Tomó la valija y se dirigió a la puerta. Sabía que su amiga no la detendría, que dejaría que se marchara y ya está. No era su Giovanna, esa no era ella. Se sintió profundamente turbada por el poder que Giulio ejercía sobre ella, por la forma en que podía distorsionar la realidad, por su aterradora capacidad para meterle en la cabeza palabras y pensamientos que no le pertenecían. «Él me explicó que... Él dice que...».

—Lo siento mucho por *Cesare* —dijo un momento antes de cerrar la puerta tras de sí.

Recorrió el camino de regreso con un nudo en la garganta y una tristeza insoportable en el corazón.

Al final de esa semana de calor infernal, la familia Greco decidió pasar el domingo en la playa. Lo cargaron todo —comida, bebida, trajes de baño, ropa de repuesto, libros, revistas, toallas y sillas plegables— en los dos automóviles y partieron de Lizzanello temprano por la mañana. Tommaso también iba con ellos.

—Qué suerte, a mí también me gustaría darme un buen baño —había comentado él desde su escritorio cuando oyó a tía y sobrina hablar sobre el mar y lo ansiosas que estaban por que llegase el domingo.

Lorenza se había vuelto hacia él y, encogiéndose de hombros, le había dicho:

—Ven tú también, ¿no? Nos haría felices. ¿A que sí, tía? —Y miró a Anna.

—Sí, por supuesto —había respondido ella, titubeante, lanzando una mirada inquisitiva a su sobrina. Pero Lorenza la ignoró y después, dirigiéndose a Tommaso, dijo:

—Bueno, entonces te esperamos a las ocho. Enfrente de mi casa. Sabes dónde está, ¿verdad?

—¿Podrás seguirme? —bromeó Carlo en ese momento, sentado al volante con gafas de sol y un puro en la boca. Anna, a su lado, rio. Roberto, que siempre odiaba levantarse temprano, estaba tumbado en el asiento trasero con el semblante enfurruñado y los ojos cerrados.

Antonio acercó el Fiat 508 al automóvil de Carlo y respondió:

—Si recuerdo poner la segunda marcha, sí, podría hacerlo.

Carlo estalló en risas. Agata, sentada junto a Antonio, también rio. Detrás de ellos, Lorenza y Tommaso se miraron y sonrieron.

Era muy temprano, por lo que la playa de San Foca todavía no estaba abarrotada. Colocaron las toallas cerca de la orilla, abrieron las sillas plegables de madera y clavaron las patas en la arena. Agata, Anna y Lorenza se dirigieron a una de las casetas, se pusieron los trajes de baño y regresaron con los demás.

—¡A la de tres, todos al agua! —exclamó Carlo, que se había quitado rápidamente la camisa y los pantalones, quedándose en traje de baño.

—Papá, tengo sueño —murmuró Roberto, tumbado en la toalla con los brazos sobre los ojos.

—Yo esperaré un poco más —susurró Anna, recostada sobre los codos.

Carlo puso las manos en las caderas y los miró, arqueando una ceja.

—Ah, ¿sí? —dijo.

Entonces, de golpe, cogió a Anna en brazos, corrió hacia el mar mientras ella se debatía riendo y le suplicaba que la soltara, y finalmente la lanzó al agua. Ella emergió al cabo de unos pocos instantes tosiendo y riendo al mismo tiempo.

—Ahora le toca a tu hijo —dijo Carlo, dirigiéndose hacia Roberto, quien se levantó de un salto y comenzó a correr—. ¡Mira que te alcanzo! —le gritó Carlo, yendo tras él.

—Pero pobrecito, déjalo en paz —intervino Agata, riendo.

Finalmente, Carlo logró atrapar a su hijo por las caderas, lo levantó y lo lanzó al agua entre las risas de todos.

—Qué simpático, tu tío —comentó Tommaso, que estaba sentado en la toalla al lado de Lorenza con el brazo apoyado en la rodilla.

—Sí, siempre ha sido muy bromista.

—Y tú, ¿no te bañas?

—Dentro de un rato —respondió Lorenza, y sacó un ejemplar de *Bolero* de su bolsa.

—Pues me parece que yo iré ahora —dijo Tommaso, poniéndose de pie.

Se desabrochó la camisa de manga corta y se la sacó, luego se quitó los pantalones y la camiseta y se quedó solo con un par de pantalones cortos de color azul oscuro que le llegaban hasta la mitad del muslo.

Lorenza miró por encima de la revista y no pudo ocultar su asombro: Tommaso tenía hombros anchos y fuertes, músculos bien definidos en los brazos y un cuerpo esbelto y tonificado. Él la sorprendió mirándolo y esbozó una sonrisa tímida. Entonces Lorenza, sonrojada, escondió la cara entre las páginas de *Bolero*.

Antonio caminó hacia el mar y luego se detuvo en la orilla, cruzó los brazos y sumergió los pies hasta los tobillos. Roberto salió del agua y se acercó a su tío.

—Está helada —dijo temblando.

—Ve a echarte al sol —le respondió Antonio, dándole una palmada en la espalda, y volvió a mirar hacia delante.

En ese momento, Carlo dio un salto y comenzó a nadar a brazadas largas.

—A veces me pregunto de dónde saca toda esa energía.

La voz de Anna lo hizo volverse. La encontró a su lado y no pudo evitar pensar que, ese día, el verde de sus ojos parecía virar hacia un color más pleno y luminoso, como si sus pupilas hubieran absorbido todas las tonalidades del mar.

—Y pensar que de niño le daba miedo el agua —comentó Antonio—. Me llevó tiempo conseguir que lo superara. Y míralo ahora, como un verdadero tritón —continuó en tono divertido.

—Estoy preocupada por Giovanna —dijo Anna de buenas a primeras.

Antonio se sobresaltó y la miró, de repente muy serio.

—¿Y por qué?

Ella le contó el encuentro de unas mañanas atrás. Le habló de las duras palabras de Giovanna, de que Giulio había tomado posesión de su mente y su cuerpo, de los pantalones hechos jirones, y de que se había ido de allí turbada y abatida.

—Es un hombre peligroso... Desearía tanto que se fuera —concluyó.

Antonio frunció los labios.

—No es tan sencillo... Está enamorada de él, ¿verdad?

Anna negó con la cabeza.

—No, no está enamorada. Está sometida, es diferente. ¿Cómo pude no darme cuenta de qué tipo de hombre era? Y pensar que yo la animé... —Pateó la arena ligeramente, levantando un montón de granos.

—No es culpa tuya —dijo Antonio—. ¿Cómo podrías haberlo imaginado?

—Tendría que haberme dado cuenta... —respondió en un susurro.

—No veo cómo.

—Debería haberlo visto, desde las primeras cartas... Ya estaba todo escrito entre líneas...

Antonio curvó los labios en una pequeña sonrisa.

—Ocurre a menudo, ¿verdad? Lo que es realmente importante se esconde entre líneas. Pero no todos son capaces de encontrarlo. O tal vez prefieren no hacerlo...

Anna bajó la mirada y trazó un círculo en la arena con el pie. Luego levantó de nuevo la mirada hacia Antonio.

—*No se sabe cómo* —dijo.

Antonio la miró, confundido.

—El drama de Pirandello del que hablabas en la carta. Lo leí en su momento.

—Nunca me lo dijiste... —respondió él, pero la voz se le quebró.

Ella se encogió de hombros.

—Eso también era un mensaje entre líneas... —Y le dirigió una mirada intensa.

Antonio la miró, pero no pudo decir nada porque en ese momento Carlo llegó a la orilla y se les unió.

—El agua está buenísima —le dijo a Antonio, apartándose el pelo con la mano—. ¡Tírate, hermanito! —Y le salpicó.

—Voy, voy —respondió él, protegiéndose de las salpicaduras con las manos. Avanzó unos pasos y luego se zambulló en el mar con un pequeño salto.

—¿Ahora me darás un beso? —dijo Carlo, acercando los labios en un gesto cómico.

—No —respondió Anna, sonriendo—. Así aprenderás a no lanzarme al agua a traición.

Se unieron al resto del grupo y Anna se tendió en la toalla.

—¿Cómo está el agua? —preguntó Agata, que estaba pelando un melocotón con un cuchillo.

—Fría —respondió Anna. Y cerró los ojos.

Carlo se sentó junto a Lorenza, frotándose con una toalla.

—Tío Carlo, ¡que me estás mojando toda! —protestó ella.

Él rio.

—Me parece que al protagonista de... —dijo, mirando la revista— *Luz en las tinieblas* no le iría mal un chapuzón, con lo triste que está... —Y le dio un ligero golpecito—. ¿Y Tommaso? —le preguntó luego.

—Está allí nadando —respondió Lorenza, señalando el mar con un gesto de cabeza.

—Está colado hasta los huesos, ¿eh?

—¿Quién? —exclamó ella, sonrojándose.

—¿Pues quién va a ser? ¡Tu guapo director, claro!

—Él es así, es amable con todos.

—Vamos, no me digas. —Sonrió Carlo.

—Y aunque así fuera, no me interesa —agregó Lorenza, poniéndose seria.

—¿Y por qué? Es un hombre estable. Respetable. De buen carácter. Y ni siquiera es feo.

—Estoy esperando a otra persona, ya lo sabes —cortó ella de inmediato.

Carlo no pudo evitar hacer una mueca.

—¿Daniele?

—Sí.

Él se levantó y comenzó a sacudirse la arena de las pantorrillas.

—¿Te ha escrito más?

—Solo esa vez. ¿Y a ti?

Carlo dudó, luego decidió mentir.

—Sí, sí.

—Ah —se sorprendió Lorenza—. ¿Y qué dice? ¿Cómo está?

—Está bien. Trabaja duro y disfruta de la ciudad. Está conociendo a un montón de gente nueva...

Lorenza se mordió el labio inferior.

—¿Te ha mandado saludos para mí?

—A decir verdad, no —dijo él, fingiendo pesar.

Y miró el rostro de su sobrina esperando ver al menos una leve señal de decepción.

—No importa —dijo Lorenza. Y volvió a meter la cabeza en las páginas de *Bolero*.

—Pero ¿adónde va? —exclamó Agata.

Antonio se había alejado y ya era solo un pequeño punto en el agua transparente.

Mientras seguía mirando al mar, Agata comenzó a pelar otro melocotón.

—Ahora le quedarán las manos y los pies llenos de arrugas —murmuró.

Tumbada a su lado, con un brazo cubriéndose el rostro para protegerse del sol, Anna se volvió para mirarla.

—Oh. ¿Estabas dormida? —le preguntó Agata.

—Sí —respondió Anna con un bostezo. Se incorporó—. ¿Qué estabas diciendo? —preguntó, frotándose la cara.

—Nada, nada.

Anna comenzó a hurgar en su bolso, sacó un libro y lo puso en la toalla. Luego continuó buscando.

—Me pregunto dónde ha ido a parar el lápiz —dijo, con la cara metida en la bolsa.

Agata miró la portada del libro. «Ennio Flaiano... *Tiempo de matar*», murmuró para sus adentros. Le llevó unos segundos, pero luego lo reconoció: era el mismo libro que había visto en el despacho de Antonio la semana anterior cuando había entrado a limpiar el polvo. Sí, era el mismo, con una pequeña mancha de café en la esquina de la cubierta.

Con una pizca de rabia, Agata lanzó el hueso del melocotón.

Otro recuerdo resurgió, abrumador y doloroso: cuando estaba esperando a Lorenza, tuvo que pasar los últimos meses de embarazo en la cama, siguiendo las órdenes del médico. Antonio solía acostarse a su lado y, para pasar el tiempo, le leía una novela. En algún momento, sin embargo, ella confesó que ya no podía más de todas esas historias inventadas sobre personas que nunca habían existido. Quería escuchar historias acerca de personas reales, personas que conocía de verdad. ¿Qué estaba pasando en el pueblo?

—Dime, ¿cómo ha acabado ese asunto de Nando? ¿Su esposa se lo ha vuelto a meter en casa? ¿Michelina se casa o no? ¿Y el hijo de Cosima, ha encontrado trabajo o sigue en casa?

Antonio la había mirado, sacudiendo la cabeza. No, no sabía nada sobre lo que pasaba en el pueblo.

—¿Qué te aporta saber de Nando o de Cosima? —había exclamado a continuación—. Estas historias son mucho más hermosas, más cautivadoras..., más verdaderas que la realidad. Te hacen entender muchas cosas, te hacen pensar...

Sin responder, Agata se había dado la vuelta y había cerrado los ojos.

Desde entonces, él nunca más había intentado leerle un libro. «Y yo tampoco se lo he pedido», reflexionó, con un toque de amargura. Recordó que incluso Anna había comenzado a leerle una novela cuando ella estuvo mal después de perder al bebé. Sin embargo, tampoco en esa ocasión sirvió para hacer que se sintiera mejor. «Se llenan la cabeza de palabras y luego no saben encontrar las adecuadas para consolar a las personas», pensó.

—Hasta os los traéis a la playa. Qué aburridos sois —dijo en voz alta con acritud. Dio un mordisco al último trozo de melocotón y se tumbó con un suspiro.

Anna levantó la vista del libro y la miró, confusa.

—Perdona, ¿hablabas conmigo?

Agata cerró los ojos y no le respondió.

17

Noviembre-diciembre de 1947

—¿Has visto, mamá? Isabel y Felipe.

—¿Quiénes? —preguntó Agata con una mueca.

—¡La princesa de Inglaterra, mamá! Se ha casado.

Sentada a la mesa de la cocina, Lorenza, en camisón, estaba desayunando. Tenía delante un artículo de *Oggi* que describía la boda de Isabel de Windsor con Felipe, duque de Edimburgo. Con mirada absorta, pasó un dedo por las fotografías: la multitud que daba la bienvenida a los recién casados cuando salían de la abadía de Westminster, el saludo desde el balcón del palacio de Buckingham, el vestido de ella, de seda color marfil, adornado con perlas y cristales, con una cola de cuatro metros...

Agata se acercó a la mesa con un paño de cocina en las manos y se inclinó para echar un vistazo.

—¿Esa es la princesa? —preguntó, arrugando la nariz.

—En mi boda quiero un vestido con una cola tan larga como esta —dijo Lorenza con una expresión soñadora.

—¿Y tú quién eres, una princesa? —Agata se rio, tomando la taza vacía—. Ve a vestirte, anda, que llegas tarde al trabajo.

Colocó la taza en el fregadero junto con los otros platos sucios del desayuno y negó con la cabeza.

—¿Qué tiene que ver? Quiero un vestido que todos recuerden.

—Primero espera la propuesta, luego piensa en el vestido.

—En cuanto regrese, mamá. Lo prometió.

Agata agitó la mano en el aire, como si fueran solo palabras vacías.

—¿Qué pasa? ¿No te lo crees? —dijo Lorenza, molesta.

—Las promesas de los hombres son como el viento del norte —dijo Agata—. Duran tres días. —Y levantó tres dedos.

—Las de Daniele, no —lo defendió Lorenza.

—Ah, ¿de verdad? —Agata se puso el paño sobre el hombro y se apoyó en el fregadero—. ¿Y por qué no regresa? Quién sabe a quién habrá conocido en América, hazme caso. Tienes que olvidarlo. Ahora todavía estás en edad de casarte y pronto ya no lo estarás. —Hizo hincapié en ese detalle moviendo el pulgar y el índice—. Los hombres comenzarán a fijarse en las más jóvenes y frescas que tú, y ya nadie te querrá.

Lorenza sintió cómo los latidos del corazón se le aceleraban cada vez más y, en un instante, fue creciendo en ella una rabia que parecía venir de muy lejos.

—Es a ti a quien ya no quiere nadie —musitó, empujando la silla hacia atrás—. Ni siquiera papá —agregó en un susurro, antes de abandonar la habitación.

Como si le hubieran dado una bofetada en plena cara, Agata sintió un repentino mareo, apartó una silla de la mesa de la cocina y se sentó muy despacio. Fue como si un enorme enjambre de mosquitos comenzara a zumbar frente a sus ojos, oscureciéndole la vista y el oído. Se esforzó por respirar profundamente, una vez y otra.

—Antonio... —murmuró, pero la voz se le extinguió en la garganta como la llama de una cerilla gastada.

En ese momento, olvidó por completo que su esposo no estaba en casa: hacía solo media hora, Antonio se había tomado su café y, antes de irse, se había despedido con un beso en la mejilla, como siempre. Era el único beso del día, el único contacto físico que Antonio le otorgaba y que ella esperaba siempre, cada mañana. Tan pronto como se despertaba, iba al baño, se lavaba la cara con jabón Palmolive y luego bajaba a preparar el café y poner la mesa con las tazas y las cucharillas: cuando Antonio se acercara a su mejilla, la encontraría suave y fragante, y pensaría que, después de tantos años, el olor de la piel de su esposa todavía era agradable.

Agata intentó levantarse, apoyándose en el respaldo de la silla, pero el vértigo la obligó a sentarse de nuevo. Oyó a Lorenza bajar la escalera y abrir la puerta de entrada. Aguzó el oído unos segundos, esperando. Pero el saludo de su hija no llegó esa mañana.

Lorenza se marchó con el corazón lleno de enojo y, al mismo tiempo, cargado de sentimiento de culpa. Sabía sin lugar a duda que las palabras que le había lanzado a su madre eran cuchillas afiladas que la habían herido profundamente. Estuvo tentada de regresar y pedirle perdón, pero el resentimiento por sus propias heridas se impuso y la empujó a seguir.

Sí, era cierto, pensó mientras avanzaba hacia la casa de sus tíos. Daniele aún no había regresado y, sin embargo, en esos meses, después de un silencio que él atribuyó al trabajo, le había escrito muchas cartas. Siempre le hablaba solo y exclusivamente de Nueva York, de los amigos que había hecho en Little Italy, de los nuevos clientes, de los negocios que había cerrado y de los cuales Carlo se sentía muy orgulloso. Vender el Donna Anna no había sido nada difícil, le había revelado, bastaba una copa de vino para conquistarlos a todos. Lo que no le había dicho a nadie, excepto a Lorenza, era que tres noches a la semana iba a un taller de sastrería en un semisótano de Mulberry Street. Lo regentaba una señora de Campania, Marisa, una mujer simpática con un agudo sentido del humor que confeccionaba trajes masculinos para una tienda de la Quinta Avenida. En una de las cartas incluso le había enviado una foto: Daniele lucía un elegante traje de rayas, con la chaqueta entallada en la cintura, los anchos hombros acolchados, un pañuelo de seda en el bolsillo del pecho, corbata y un sombrero «como el de Humphrey Bogart en *Casablanca*», le había explicado. «¿Te gusta la chaqueta? ¡La he diseñado y confeccionado yo!». Le contaba que una vez que hubiera terminado en el taller, en diciembre, regresaría. También le había confiado su intención de dejar de trabajar para la Bodega Greco. Le estaba agradecido al señor Carlo, lo estaría siempre, pero era hora de hacer realidad sus sueños. Abriría su propio atelier en Lecce y se mudarían allí juntos. Si ella todavía lo quería. «Te quiero mucho, pequeña Lorenza», era la conclusión de cada carta. Escribía muchas palabras, a raudales, excepto la que realmente importaba, es decir, «matrimonio». Lorenza hubiera deseado comprenderlo, estar contenta por todas las cosas buenas que le estaban sucediendo, pero la verdad era que no podía evitar sentirse molesta con él por no haber preferido quedarse, por no haber renunciado a ese viaje y elegir estar con ella. Exactamente igual que su padre, que se había ido a África muchos años atrás, a pesar de que ella le había suplicado que no se fuera...

Dentro de pocos meses cumpliría veintitrés años, reflexionó, y era la única de todas sus amigas que no se había casado todavía. Alguna hasta estaba embarazada del segundo hijo. Y ella, ¿con qué contaba en realidad? Aún vivía con sus padres, en la misma habitación en la que dormía cuando era niña, entre las mismas sábanas rosadas con el ribete bordado. ¿Cuándo tendría su propia casa de la que ocuparse?

Como de costumbre, Anna la estaba esperando en la puerta de su casa. Llevaba puesta la chaqueta del uniforme y, debajo, los pantalones: ahora siempre los usaba, ya que había encargado cinco pares en diferentes colores y tejidos.

—Qué cara más larga —la saludó, frunciendo el ceño—. ¿Qué te pasa?

—He discutido con mamá —respondió Lorenza.

Anna se puso en marcha, empujando la bicicleta a su lado.

—¿Quieres hablarme de ello?

Lorenza estuvo tentada de desahogarse, pero luego pensó en su madre y sintió una punzada de pena por ella. Siempre amargada, siempre triste, siempre sola... Una soledad que, al fin y al cabo, también era la suya. No, no quería revelar a nadie, y mucho menos a su tía Anna, el peso que la agobiaba.

—No me apetece ahora —respondió sin mirarla a los ojos, y siguió adelante.

Como cada mañana, cuando las dos entraron en la oficina de correos, a Tommaso se le iluminó el rostro. Le deseaba un «Buenos días» a Lorenza con una amplia sonrisa y luego la seguía con la mirada hasta que ella abría la puerta de la oficina del telégrafo. Era imposible no notarlo, pero hasta ese momento Lorenza había optado por no prestar atención. Ese día, sin embargo, mientras se sentaba frente al escritorio, Lorenza reflexionó sobre que Tommaso era «el hombre ideal para casarse», como solía decir su madre. No era ni sería nunca un héroe de fotonovela, impulsivo y apasionado, pero a cambio se podía contar con él para una vida «sin preocupaciones», otra expresión que Agata usaba a menudo y que significaba ser tratada con respeto dentro y fuera de casa, llevar una vida digna y tener la tranquilidad económica de un trabajo honesto y seguro.

No se dio cuenta de que Tommaso se le acercaba sosteniendo un periódico.

—Están dando *Noble gesta* en el cine —le dijo.

—La de Anna Magnani, ¿verdad? He visto el cartel —respondió Anna, fingiendo estar ocupada.

—¿Por qué no vamos una de estas noches? Todos, quiero decir —sugirió Tommaso, echando una ojeada a su alrededor.

—Sí, buena idea —dijo Anna, colocándose la valija al hombro—. ¿Qué te parece el sábado? —preguntó antes de salir.

Excepto Carmine, quien declinó la invitación con un gruñido, fueron todos juntos al cine ese sábado: los empleados de la oficina de correos y la familia Greco al completo. La sala estaba llena y tuvieron que ocupar los asientos disponibles. Carlo y Roberto se dirigieron hacia las primeras filas mientras Elena hablaba con Agata, señalando algunos asientos libres al otro lado de la platea.

Lorenza y Tommaso, que se habían quedado atrás, avanzaron uno al lado del otro sin prisa. Antonio y Anna entraron los últimos y, en cuanto estuvieron en la sala, él cruzó la mirada con Melina, que estaba sentada al fondo en su lugar habitual. La mujer jugaba con un mechón de sus rizos, retorciéndolo entre los dedos, y lo saludó con una sonrisa coqueta.

—¿La conoces? —preguntó Anna.

—¿A quién? —dijo Antonio, sonrojándose.

—¿Cómo que a quién? A la mujer que te ha sonreído —respondió Anna, señalándola con un gesto de cabeza.

Pero Melina ya estaba mirando en otra dirección.

—Debes de haberte confundido; nadie me ha sonreído —murmuró Antonio.

—Tal vez... —respondió Anna, no muy convencida.

Carlo levantó la mano y les hizo un gesto a Anna y Antonio para que se reunieran con él.

Agata y Elena habían ocupado dos butacas en los laterales, y Elena gesticulaba para indicarles a Tommaso y Lorenza que había otros dos asientos libres, uno de ellos al principio de la fila. Una vez que llegaron hasta ellas, Tommaso le lanzó una mirada a Elena y ella entendió el mensaje tácito: se movió hacia el interior de la fila, dejando así el asiento junto a Lorenza libre. Pero no pudo evitar soltar una risita.

Durante la película, Tommaso estaba muy nervioso y se movía tanto en su asiento que alguien desde atrás gritó:

—Oye, ¿puedes estarte quieto? ¿Te ha picado una tarántula?

—¿Qué te pasa? ¿Estás incómodo? —susurró Lorenza.

—No, no —respondió él, agitando la mano—. Está todo bien.

Cuando las luces se encendieron y la sala comenzó a vaciarse, Elena cogió a Agata del brazo y se unió a los demás, asegurándose de que el director y Lorenza quedaran solos de camino a la salida.

—Y bien, ¿te ha gustado? —preguntó Tommaso.

—Mucho —respondió Lorenza—. Estaba pensando que ella es como mi tía, ¿sabes?

—¿Quién? ¿Anna Magnani?

—Sí, pero no me refiero a su aspecto físico —explicó Lorenza—. Sino a ella, al personaje, quiero decir. Las mujeres como ellas son especiales. Tan luchadoras..., nunca le tienen miedo a nada —agregó con melancolía.

Estaba segura de que, si su tía Anna hubiera estado allí en lugar de Anna Magnani, también habría «vociferado» para lograr que los pobres tuvieran una casa donde vivir.

—Tú también eres especial —dijo Tommaso.

Lorenza sacudió la cabeza suavemente.

—Lo pienso de verdad —insistió él.

Ella sonrió levemente.

—Eres muy dulce al decírmelo.

—Lo pienso desde que llegaste a la oficina... Es como si hubieras traído luz a mi vida... Perdóname —se avergonzó un momento después—, no se me dan bien estas cosas, hace mucho tiempo que...

Lorenza lo interrumpió poniéndole un dedo en los labios.

—Lo sé —murmuró, suavizando la mirada un instante antes de apartar la cortina roja.

Ese noviembre, en su cuadragésimo cuarto cumpleaños, el primero como alcalde, Carlo organizó una fiesta por todo lo alto con música, baile y cajas de puros a discreción. Contrató a una pequeña orquesta de Lecce, espléndidamente remunerada, con piano, trompeta, saxofón y violín. Ese año las botellas de Donna Anna lucieron una nueva etiqueta con motivo del décimo año de producción. DONNA ANNA ANIVERSARIO podía leerse junto al logo de la rosa en floración. Para la ocasión, la mezcla se modificó ligeramente: el jefe de bodega, que por el momento reemplazaba a Daniele, sugirió disminuir la proporción de negroamaro y aumentar la de malvasía. El resultado fue un vino excepcionalmente fresco, de un inconfundible color cereza brillante, enriquecido en comparación con el anterior con un aroma a pétalos de rosa. Para su cumpleaños, Carlo lo sirvió a sus invitados en abundancia.

Mientras daba una vuelta por la sala abarrotada, Anna notó que esa fiesta era diferente a las anteriores. En el pasado, Carlo invitaba a la gente común de Lizzanello, desde campesinos hasta obreros y comerciantes del pueblo. Sin embargo, esta vez había enviado invitaciones a amigos y simpatizantes del partido, algunos de los cuales habían venido desde Lecce, además de los miembros de la Junta Municipal, que se presentaron con sus esposas e hijos. Incluso el cura, don Luciano, asistió y presentó las disculpas del obispo, el cual tenía un compromiso previo. Anna pensó que más que una fiesta era una especie de rito que marcaba una distancia.

Carlo se movía por la sala, sonriente y alegre, con el puro en la mano, deteniéndose a conversar con todos. De vez en cuando reclamaba a Antonio a su lado, lo buscaba con la mirada entre la multitud y, una vez que lo veía, lo llamaba a voz en grito. «¿Ya conocen a mi hermano?», preguntaba entonces, poniéndole la mano en el hombro. En cambio, Agata se quedó sentada en el sofá con la espalda encorvada y las manos entrelazadas en el regazo, mirando el fuego crepitar en la chimenea. De vez en cuando levantaba la mirada para observar a Lorenza y a Tommaso, que estaban sentados uno junto al otro en el sofá de enfrente, hablando animadamente.

De pronto, Carlo agitó las manos para pedir silencio. La pequeña orquesta se detuvo y todos se congregaron a su alrededor.

—Damas y caballeros, espero que se lo estén pasando bien —exclamó—. ¡A juzgar por las botellas vacías, diría que sí! —Sonrió.

—¡Un brindis por nuestro alcalde! —gritó un hombre, levantando su copa.

—¡Felicidades!

—¡Feliz cumpleaños!

—¡Que cumpla cien más!

—Gracias, gracias a todos —dijo Carlo—. Estoy muy contento de verlos aquí esta noche celebrándolo conmigo. Pero ahora...

—Hizo una pausa, escudriñando la pequeña multitud—. Ahora quiero invitar a mi maravillosa esposa al primer baile de la noche. —Y levantó la copa en su dirección.

Decenas de ojos se posaron en Anna. Ella forzó una sonrisa. «Él y sus sorpresas», pensó.

Carlo le susurró algo al oído al pianista y las primeras notas de *Amado mio* llenaron la sala. A continuación, se acercó a Anna y, con su sonrisa de pícaro encantador, la tomó de la mano y la condujo hasta el centro de la sala. Mientras los invitados se apartaban, él la rodeó por la cintura y, mirándola a los ojos, comenzó a bailar.

—¿Quieres bailar también? —le preguntó Tommaso a Lorenza.

—¿Ahora?

—Si no es ahora, ¿cuándo? —Le sonrió él.

—Me gustaría bailar, pero dentro de un rato —respondió Lorenza, tratando de no parecer descortés.

En ese momento, Carmela entró en la sala, aferrada al brazo de Nicola. Lorenza se puso tensa y se alejó un poco de Tommaso. ¿Por qué el tío Carlo no le había advertido que vendrían los padres de Daniele? Se disponía a ir a saludarlos, pero entonces se paró, desconcertada al ver que el vestido de Carmela era increíblemente similar a uno de los diseños de Daniele. Recordaba claramente cuando él, orgulloso, le mostró el dibujo.

—Es un vestido de noche —le dijo—. Para ocasiones especiales.

Tenía un corpiño ajustado en la cintura y una falda amplia que llegaba a media pantorrilla.

«No puede ser, qué tontería», pensó Lorenza de inmediato. Debía de ser una coincidencia, se dijo a sí misma. Seguramente Carmela lo había copiado de una de sus revistas...

La canción terminó y Carlo hizo una divertida reverencia para agradecer los aplausos atronadores. Seguidamente, tomó a Anna de la mano, se acercó a dos hombres con sus respectivas esposas y comenzó a hablar con ellos.

—¡Feliz cumpleaños, señor alcalde! —exclamó Carmela con voz estridente, haciendo que Carlo diera un respingo y se volviera hacia ella—. Te traigo la felicitación de papá, que ha apreciado mucho la botella del vino nuevo que le enviaste —continuó diciendo, sin preocuparse por haber interrumpido la conversación—. Dice que cuando quieras visitarlo, él mismo te dirá en persona lo que piensa al respecto.

—Me alegra escuchar eso —respondió Carlo—. Iré a verlo sin falta en los próximos días.

—Qué vestido más bonito —dijo una de las esposas a Carmela.

—¿Les gusta? —dijo ella—. Es una creación mía.

La mujer puso cara de sorpresa y la felicitó. La otra dijo que le encantaría tener uno igual.

—Sí, es realmente hermoso —admitió Anna después de observarlo con atención.

—Gracias, señora cartera —respondió Carmela, radiante.

—Perdónenme, pero todavía tengo que presentar a Anna algunas personas —intervino Carlo.

Y, tras coger la mano de su esposa, la llevó hacia un hombre que, le susurró al oído, era el secretario provincial de la Democracia Cristiana. Anna extendió la mano y se la estrechó sin especial entusiasmo. El hombre le preguntó a Carlo cómo iba el proyecto de construcción de la nueva escuela y él respondió con satisfacción que la Junta Municipal lo acababa de aprobar y que las obras comenzarían pronto.

—¿Y qué piensan hacer con el antiguo edificio? —preguntó el hombre.

—Hay varias propuestas que estamos evaluando —respondió Carlo—. Están todas encima de mi mesa, esperando a ser revisadas. Pero será después de la fiesta —concluyó con una sonrisa.

Anna se sumió en sus pensamientos de repente. Miró hacia delante durante unos minutos y las palabras que Carlo y el hombre seguían intercambiando se convirtieron en un murmullo lejano para ella. Luego exclamó:

—Yo también tendría una propuesta para darle una nueva vida al antiguo edificio.

Carlo y el hombre la miraron, un poco sorprendidos.

—¿Y cuál sería, cariño? —le preguntó Carlo con una expresión que revelaba curiosidad y temor.

—Podría llamarse... Casa para las Mujeres —explicó, iluminándose—. Un lugar donde la puerta siempre esté abierta, donde cada mujer en dificultades sepa que puede encontrar refugio. Pienso, por ejemplo, en las jóvenes madres sin marido ni trabajo, en aquellas que están solas, en las mujeres que no saben cómo librarse de hombres violentos... —Hizo una pausa, como reflexionando—. Podríamos ayudarlas de manera concreta, protegerlas... y tal vez darles educación, enseñarles un oficio. En resumen, todo lo que necesiten para... mantenerse por sí mismas.

Por delante de sus ojos pasaron los momentos que había vivido con Giovanna. Sus dificultades para aprender a leer, su aislamiento, el estigma que todo el pueblo le había impuesto durante tanto tiempo. El dolor que le causaba su relación con don Giulio, un dolor físico y mental. Su incapacidad de pedir ayuda. No se habían vuelto a hablar desde esa mañana de julio. La había visto en el pueblo algunas veces, en una tienda o saliendo de la biblioteca, aunque algo en su mirada, en su forma de caminar y en sus gestos le había impedido acercarse. Temía que Giulio se enterara y la castigara. Pero ¿cuántas mujeres había como Giovanna? ¿Cuántas historias de crueldad, sufrimiento y abandono se escondían bajo la apacible fachada del pueblo?

—Una Casa para las Mujeres... —repitió el hombre.

Por su tono era imposible determinar si lo consideraba una completa locura o algo factible.

—Mi esposa es una sorpresa constante —dijo Carlo un poco avergonzado—. Esto es completamente nuevo para mí, por así decirlo.

—También es nuevo para mí. Se me acaba de ocurrir —respondió Anna—. Pero puede usted estar seguro de que presentaré un proyecto convincente, señor alcalde —concluyó con una sonrisa.

—Este cielo es de nieve —dijo Elena, mirando por la ventana. Las ráfagas de tramontana agitaban incesantemente las hojas de la gran palmera.

—Ojalá —suspiró Anna mientras metía cartas y certificados en su bolsa—. No la veo desde... —Se interrumpió para hacer un rápido cálculo mental—. Hace trece años.

—Este año tampoco nevará —declaró Carmine con determinación.

—Ha hablado el experto —se burló Elena.

—Pues sería bonito tener una Navidad con nieve —dijo Tommaso.

—Lorenza, ¡una carta para ti! —exclamó Anna, entregándole un sobre color sepia con el logotipo de United States Air Mail.

Lorenza se levantó de inmediato de su silla, arrastrándola ruidosamente. Con los ojos brillantes de alegría, corrió hacia Anna, le quitó el sobre de las manos y, sonriendo, regresó a la habitación trasera y cerró la puerta a su espalda. No se fijó en Tommaso que, detrás de ella, había levantado la vista de su escritorio y había seguido toda la escena con una expresión desconsolada.

Lorenza se sentó, rasgó el sobre por un lado y sacó una hoja doblada por la mitad. La simple imagen de la caligrafía de Daniele, redonda y ligeramente inclinada, fue suficiente para que se le desbocara el corazón.

Se apoyó en el respaldo de la silla y comenzó a leer:

Querida Lorenza. Pequeña y hermosa Lorenza.

¿Cómo ha sido tu despertar hoy? ¿Has logrado llegar al trabajo a tiempo o no? Mi adorable e incorregible dormilona...

Qué maravillosa es la foto que me enviaste... Tienes una expresión tan dulce. Cada vez me pareces más hermosa. ¿Habrá un límite para la belleza, o estás destinada a superarlo? La he puesto en mi mesita de noche, así que cada día eres la primera persona que veo al despertar y la última a la que le doy las buenas noches.

¿Qué está sucediendo por ahí? Cuéntame algo hermoso. Algo que te haga feliz. ¿Celebrasteis el cumpleaños de Carlo? Le escribí una carta de felicitación, ¡espero que la recibiera a tiempo!

Tengo una buena noticia y una no tan buena. ¿Por cuál empiezo? Déjame pensar. *Okey*, empezaré con la buena.

Marisa vio mis bocetos de ropa masculina y le encantaron. Se los mostró al dueño de la tienda, *mister* James, y... ¡adivina! Quiere venderlos en su tienda, al menos algunos. Paga bien... «*Let's see how it goes*», dijo, es decir: Veamos cómo va.

Sé lo que está pasando por tu cabecita en este momento. Respira. Recuerda que te quiero. Y que deseo estar contigo. Y que estoy haciendo todo esto también por nosotros, por nuestro futuro.

¿Ya va un poco mejor?

Okey.

Ahora, la noticia menos buena. No puedo regresar de inmediato. No por Navidad, como te prometí. Tardaré un poco más, el tiempo necesario para crear la colección. No puedo decir que no, es una oportunidad demasiado importante. Sé que lo entiendes.

No te decepciones o entristezcas, te lo ruego. Solo de pensarlo me siento mal. Nuestro tiempo juntos está simplemente aplazado. No tengas miedo. ¿Entendido? NO TENGAS MIEDO. Solo te amo a ti. A ti y a nadie más. Hemos resistido separados durante siete meses, podemos hacerlo un poco más, ¡sé que podemos!

Respóndeme de inmediato, por favor. Dime que está todo *okey*.

Lorenza dejó la carta en su escritorio y se dio cuenta de que le temblaban las manos. El corazón le seguía latiendo deprisa, pero ahora era por la rabia. No, no la quería de verdad, pensó. No iba a volver. También era un mentiroso, como todos. Como su padre.

18

Febrero de 1948

Anna se envolvió los hombros con el chal de lana, vertió la leche tibia en la taza y se sentó en el banco del jardín. Los primeros momentos del día, marcados por sus pequeños rituales, eran los que más apreciaba: solo allí, en «su» sitio y sin ningún ruido, lograba sentirse verdaderamente en paz, poner orden en sus pensamientos.

El día anterior había visto a Giovanna en el pueblo, caminando con la cabeza gacha, con un aspecto abatido y derrotado y, por un instante, aunque tal vez se equivocaba, le había parecido que su amiga había levantado la vista y había buscado su mirada.

—*Bonjour, maman.* —Roberto apareció de repente detrás de ella y se inclinó para darle un beso en la mejilla.

—*Bonjour, mon chéri* —dijo Anna, haciéndole una caricia.

Roberto se sentó a su lado en el banco, con el pelo revuelto y los ojos hinchados de sueño. Acercó las rodillas al pecho y apoyó la cabeza en el hombro de Anna. Ya tenía quince años, pero a veces, con ella, se comportaba como si aún fuera un niño.

—¿En qué estabas pensando? Parecías muy absorta... —preguntó con voz pastosa.

Anna acercó los labios al borde de la taza y tomó un sorbo.

—En Giovanna —respondió después.

—¿La echas de menos? —preguntó Roberto.

—Sí. Mucho.

Roberto enderezó la cabeza y la miró.

—Pues ve a decírselo, ¿no?

—Ya lo sabe, espero.

Él levantó una ceja, igual que hacía ella cuando estaba contrariada.

—Si no se lo dices, ¿cómo se supone que lo va a saber?

Anna esbozó una sonrisa amarga.

—No es tan simple. Es como si..., ¿cómo puedo explicártelo? Es como si estuviera bajo un hechizo. Y yo no conozco la fórmula para deshacerlo.

Roberto frunció los labios y reflexionó durante un momento.

—Bueno —dijo a continuación—, tal vez sea uno de esos hechizos que solo desaparecen con otro hechizo, uno todavía más poderoso.

Anna se encogió de hombros.

—No lo sé... Si es así, no tengo ni idea de cuál podría ser.

—En mi opinión, es todo el amor que le tienes. El otro hechizo, quiero decir.

Anna lo miró con dulzura y luego le despeinó el cabello.

—¡Fíjate qué hijo tan sabio tengo! —dijo con una sonrisa.

Él se levantó estirando los brazos.

—Lo sé —respondió—. Papá siempre me lo dice también. Opina que soy tan sabio como él —concluyó con otra sonrisa. Pero esta vez era, precisamente, una de las sonrisas granujas de su padre.

—Eh, pues mira —exclamó Anna—. Tu padre es muy inteligente. Y astuto también —continuó diciendo mientras entraba en casa—. Pero sabio precisamente, no.

Más tarde, mientras pedaleaba en su Bianchi bajo un cielo nublado y ventoso, recordó las palabras de su hijo. Tal vez tuviera razón: simplemente debía ir a ver a Giovanna y decirle que la echaba de menos. Recordarle que la quería, incluso todos los días si era necesario. «Quizá sea cierto que, con el tiempo, un hechizo bueno acaba deshaciendo uno malo», concluyó.

Inmersa en sus pensamientos, recorrió el camino que la llevaba al límite del pueblo para su última entrega del día. Se detuvo frente a una casa ruinosa, con paredes descascarilladas y una puerta de madera desgastada en varios lugares. Le abrió un hombre muy alto, de piel ambarina y brazos musculosos. Al otro lado de la puerta, Anna vio una alfombra de hojas de tabaco y a una mujer y dos criaturas, un niño y una niña: estaban sentados en el suelo con las piernas abiertas, colocando las hojas limpias en cajas de cartón. Anna le entregó un telegrama al hombre. Él lo cogió, la saludó con un gesto apresurado y cerró la puerta.

Anna montó nuevamente en su bicicleta para regresar al centro del pueblo, pero unos metros después se detuvo y miró su reloj: era la una, Giulio estaría sin duda en la parroquia. De modo que, al instante, dio la vuelta y se dirigió hacia Contrada La Pietra con el viento en contra.

Cuando Giovanna abrió la puerta no fue necesario decir nada. En cuanto vio a Anna, los grandes ojos color avellana se le llenaron de lágrimas y el cuerpo, que se veía delgado y muy endeble, sucumbió a los sollozos.

Anna sintió una ternura infinita, como tal vez nunca había sentido por nadie. Por un segundo, le vino a la mente su pequeña Claudia, tan frágil e indefensa. Luego se lanzó a abrazar a Giovanna.

—Perdóname —dijo ella sin dejar de sollozar, acurrucada como una niña en los brazos de su amiga—. Tenías razón.

—Vamos, vamos, ahora estoy aquí. Cálmate —murmuró Anna. Le acarició la cabeza, pero se detuvo de repente cuando se dio cuenta de que había tocado un punto donde el cuero cabelludo estaba expuesto, como si le hubieran arrancado el pelo. Se apartó con una expresión preocupada y la hizo girar: sí, en la cabeza de Giovanna había una calva—. ¿Ha sido él? —susurró.

Giovanna se sorbió la nariz.

—No —respondió—. He sido yo.

La noche anterior, sentada desnuda en la cama y con la mirada perdida, comenzó a arrancarse el cabello, uno por uno. No se detuvo ni siquiera cuando Giulio le apretó los brazos con fuerza y le gritó que dejara de hacerlo. Poco antes, él había entrado en la habitación con la sotana y el alzacuellos y le había ordenado que se desnudara. Mientras Giovanna se quitaba la ropa, él también se desvistió; luego, de repente, le apretó las muñecas y se las ató con una cinta, mientras Giovanna intentaba liberarse en vano. De la misma manera, le ató los tobillos. La empujó sobre la cama y la poseyó con violencia. Nunca antes había sucedido, le juró Giovanna entre lágrimas.

Anna la observó con una mirada horrorizada, luego le cogió la mano y entró en la casa.

—Tienes una bolsa, ¿verdad? —preguntó.

Giovanna miró a su alrededor con una expresión desconcertada.

—Sí. Tal vez esté bajo el fregadero... No lo recuerdo.

Anna buscó por todas partes: miró debajo del fregadero y debajo de la cama, abrió todos los armarios y todos los cajones hasta que finalmente la encontró, enrollada en un baúl en el dormitorio. La abrió, la colocó en la cama, se dirigió al armario y comenzó a meter la escasa ropa de Giovanna, el abrigo y la ropa interior.

—¿Qué estás haciendo? —preguntó Giovanna, temblando y abrazándose a sí misma con voz temblorosa.

—No te dejaré aquí —respondió Anna mientras seguía llenando la bolsa—. Te quedarás en mi casa. No se hable más.

En silencio, recorrieron el camino de regreso al pueblo. Giovanna iba con la cabeza gacha, secándose constantemente las lágrimas con el dorso de la mano. Anna caminaba a su lado, arrastrando la bicicleta.

Una vez en casa, Anna abrió las ventanas de la habitación de invitados, hizo la cama con sábanas que olían a lavanda y guardó las cosas de Giovanna en el armario. Después le entregó una pastilla de jabón de Marsella que aún estaba envuelta en papel.

—Date un buen baño caliente —le dijo—. Las toallas están en el primer cajón. Tómatelo con calma. Yo te espero abajo.

Sentada en la cama con los ojos fijos en el suelo, Giovanna se limitó a asentir.

Tan pronto como Anna salió de la habitación, Giovanna se levantó y se acercó a la cómoda. Encontró las toallas de lino dobladas con cuidado, sin una sola arruga. Se dispuso a coger una cuando notó que, en una esquina del cajón, había un objeto. Ah, un amuleto. «Hacía mucho tiempo que no veía uno...», pensó, dándole vueltas en las manos. Recordó que incluso su madre, Rosalina, tenía uno siempre a la vista sobre la mesa de la cocina. «Es un amuleto de la suerte, cuidado con romperlo», solía decirle. Acarició el *pumo* y, sosteniéndolo como si fuera un bebé, lo colocó encima de la mesita de noche.

Esa misma noche, después de cenar, Anna se asomó a la habitación mientras Carlo, frente al espejo, se deshacía el nudo de la corbata.

En voz baja, le contó lo que había sucedido ese día y concluyó diciendo:

—Giovanna se quedará con nosotros durante un tiempo. No sé cuánto. No te molesta, ¿verdad?

—Por supuesto que no —respondió él—. Puede quedarse el tiempo que quiera.

Se quitó la corbata con un suspiro de liberación y comenzó a doblarla sobre sí misma.

—Te juro que lo estrangularía con mis propias manos —dijo Anna, cruzando los brazos.

—Sé perfectamente que serías capaz de hacerlo, amor mío —respondió él—. Ah —continuó diciendo, como si se hubiera acordado en ese momento—, la vieja escuela será demolida. Lo decidimos ayer.

—¿Y con qué la reemplazarán?

—Se trasladará allí el mercado de los sábados, pero se convertirá en permanente. Con todos los puestos iguales, de madera. Será una especie de feria estable. Es un proyecto que han presentado los comerciantes, todos juntos, y la Junta Municipal ha votado a favor por unanimidad.

Anna puso cara de decepción.

—Pues qué lástima. Mi proyecto habría sido mucho mejor. Si hubiera tenido más tiempo para reunir toda esa cantidad de documentos...

—¿Te sorprende? Es la burocracia de este país... —dijo Carlo. Después se levantó de la cama, se acercó a ella y la atrajo suavemente hacia sí—. Lo siento por tu Casa para las Mujeres —murmuró—. Pero créeme: te has evitado una desilusión y te has ahorrado mucho esfuerzo. Conozco a los hombres de la Junta, nunca habrían votado por una idea tan... moderna.

El rostro de Anna se ensombreció y estaba a punto de preguntarle si él también pensaba como esos hombres, pero en ese momento les llegaron desde la planta baja unos golpes fuertes y furiosos en la puerta.

—¿Quién será a esta hora? —preguntó Carlo, frunciendo el ceño.

—¿Tú qué crees? —le respondió Anna.

Bajaron, abrieron la puerta y se encontraron de frente a don Giulio. Se veía que estaba hecho un manojo de nervios.

—¿Qué quieres? —dijo Anna.

—Giovanna está aquí, ¿no es cierto?

—No es asunto tuyo.

—Será mejor que te vayas —dijo Carlo.

—¡Giovanna! —gritó don Giulio, tratando de entrar.

Carlo lo agarró de los brazos y lo empujó fuera de la casa.

—¡Vete de mi casa!

Don Giulio seguía gritando.

—¡Giovanna!

—Carlo, por favor, échalo —dijo Anna.

Carlo intentó cerrar la puerta, pero el otro la bloqueó con un pie.

—No me iré hasta que venga a hablar conmigo.

De repente, Giovanna apareció en la parte superior de las escaleras, descalza y con un camisón.

—¡Aquí estás! —gritó don Giulio—. ¿Cómo se te ocurre irte de casa, eh?

—Giovanna, vuelve a tu habitación —dijo Anna—. Por favor.

La otra ni siquiera podía abrir la boca. Seguía clavada allí arriba, aferrada a la barandilla.

—Volvamos a casa, vamos —le ordenó don Giulio.

Giovanna dio un paso atrás.

—No —susurró.

—¿Lo has oído? —dijo Carlo—. Giovanna se queda aquí. Y ahora lárgate o te echaré a patadas.

—No me voy a mover de nuestra casa, ¿has entendido? —continuó don Giulio, sin apartar los ojos de Giovanna.

—Esa no es tu casa —dijo Anna.

—Giovanna, te espero en casa —reiteró don Giulio.

—Entonces esperarás para siempre. Si intentas acercarte a ella de nuevo, te juro que te denunciaré, tan cierto como que me llamo Anna —lo amenazó, apuntándole con el dedo.

—¿Lo has oído? —dijo Carlo.

Don Giulio se aflojó el cuello de la camisa y miró a Giovanna con disgusto.

—Eres una pobre loca, tienen razón al decirlo —le espetó antes de irse.

Ella apretó más fuerte la barandilla y bajó la mirada.

Lorenza no respondió a la carta de Daniele. Él le escribió nuevamente por Navidad: un telegrama que Elena transcribió con su caligrafía diminuta. Le deseaba felices fiestas y le suplicaba que le escribiera al menos dos líneas. Lorenza arrugó el telegrama y lo arrojó a la papelera.

Movida por la rabia y el deseo de vengarse, invitó a Tommaso a la cena de Nochebuena en casa de sus tíos. En esa ocasión, Lorenza adoptó una actitud casi coqueta con él: se sentó a su lado durante la cena, se rio de sus bromas, le lanzó sonrisas sugerentes y miradas largas e intensas. Incluso le compró un regalo: un sombrero de fieltro gris oscuro de ala mediana. Debajo del gran abeto que Carlo y Roberto habían decorado como todos los años, Tommaso desenvolvió el paquete, feliz y sorprendido por ese detalle inesperado. Lorenza sacó el sombrero de la caja y exclamó:

—¡Vamos, pruébatelo! —Él se lo colocó en la cabeza y luego dio un paso atrás—. Lo sabía —dijo ella finalmente—. Los sombreros te sientan de maravilla. Prométeme que empezarás a usarlo a partir de hoy.

Evidentemente, Tommaso se lo ponía todos los días desde entonces.

Unos días después, cerca de Nochevieja, él le propuso ir al cine, a un pase de sábado por la tarde. Fueron a ver *De ilusión también se vive* y, durante la proyección, Lorenza le rozó la mano un par de veces. Una mañana de domingo, él le preguntó a Agata si podía llevar a Lorenza a dar un paseo en su Fiat Topolino: estarían de vuelta a tiempo para el almuerzo, podía estar tranquila. Como era de esperar, Agata aceptó; le agradaba Tommaso y no lo ocultaba: era un buen hombre y se podía confiar en él. Así que esa mañana, soleada y sin viento, los despidió con una amplia sonrisa mientras Tommaso le abría la puerta del coche a Lorenza, subía y conducía hacia el mar. Compró erizos frescos a un pescador y se los comieron sentados en un banco del paseo marítimo, usando miga de pan para recoger la carne. Cuando regresaron al coche, Tommaso se quitó el sombrero y la sorprendió con un beso que a Lorenza le pareció un poco húmedo y sofocante y, sin embargo, a pesar de todo, muy dulce. El lunes siguiente, en la oficina de correos, intercambiaron miradas largas, cómplices y torpes al mismo tiempo.

—¿Qué ha pasado entre tú y el director? —la pinchó Elena, riendo y estirándose sobre su escritorio—. Os he estado observando, ¿eh? —Y levantó las cejas dos veces.

Lorenza sonrió, sacudiendo la cabeza.

—Algo ha sucedido, sí.

—Y tu guapo americano, no hace más que enviarte telegramas, pobrecito. Al menos respóndele...

Lorenza de repente se puso seria.

—Por mí ya puede quedarse donde está.

El domingo siguiente, Tommaso la llevó a almorzar a una *trattoria* de Lecce, donde comieron pan frito con queso y bebieron una botella entera de Donna Anna. Luego dieron un paseo por la Piazza Sant'Oronzo y justo allí, bajo la columna del santo, Tommaso sacó una caja de terciopelo rojo del bolsillo y se arrodilló.

Lorenza lo miró sin aliento. Por un instante sintió el impulso de echarse a correr, de escapar a cualquier otro lugar que no fuera ese rincón de la plaza, allí con Tommaso.

Sin embargo, cuando lo vio de rodillas mirándola con ojos desesperadamente enamorados, ojos que le prometían devoción, que le decían «Yo nunca me iré», Lorenza dijo que sí y se dejó abrazar.

Tommaso insistió en reunir a la familia al día siguiente para hacer el gran anuncio. Parecía incapaz de contener su alegría y, al mismo tiempo, se sentía inquieto y frágil, como si temiera que ella pudiera retractarse, devolverle el anillo y decirle: «Perdóname, me he equivocado. No eres lo que quiero. Nunca te he querido».

Así que Lorenza se dejó convencer para invitarlos a todos a cenar en casa de Tommaso y también inventó una excusa:

—Dice que quiere daros las gracias por la cena de Nochebuena.

Tommaso todavía vivía en uno de los pisos de la familia de Giulia. Después de la muerte de su esposa, sus suegros insistieron en que no se fuera: «Ya eres como un hijo para nosotros», le habían dicho, abrazándolo.

Cuando Agata llegó, miró a su alrededor con la boca abierta. La casa no era muy grande, pero sí una verdadera joya: los suelos de las habitaciones estaban cubiertos de alfombras persas; había sofás de madera de nogal y terciopelo, cortinas de raso, mesas de ébano con encimeras de mármol, cuadros con marcos dorados...

—Es una casa preciosa —comentó Agata mientras se sentaba en el sofá de la sala y Antonio ocupaba un sillón con los brazos de madera tallada que parecía incomodísimo.

—No es mérito mío. —Se rio Tommaso—. La decoraron mis suegros... mis antiguos suegros —agregó, avergonzado, hacia Lorenza.

Ella le respondió con una media sonrisa y comenzó a pasearse por la sala con aire indolente, acariciando el mármol con la mano, rozando los objetos y la tela de los sofás, y mirando los retratos familiares colgados en las paredes.

Tommaso se le acercó y, como si hubiera leído sus pensamientos, le susurró al oído:

—Si algo no te gusta, podrás cambiarlo a tu gusto. Para mí, lo único que importa es que estés aquí.

Lorenza le sonrió agradecida. No le gustaba nada de lo que veía allí dentro. Le parecía todo antiguo, asfixiante y pretencioso. Casi parecía que en ese lugar solo se podía vivir con traje de noche.

Al cabo de unos minutos llegaron Anna, Carlo, Roberto y Giovanna.

—Esta casa no se te parece en absoluto —dijo Anna de inmediato, quitándose el abrigo.

—Lo sé —le respondió Tommaso—. Pero pronto cambiará —añadió, mirando a Lorenza. Luego los invitó a todos a pasar al comedor—. Espero que tengáis hambre —dijo—. He estado cuatro horas cocinando.

—Pues qué bien —exclamó Agata. Se dispuso a levantarse del sofá y Roberto le ofreció la mano. Ella la aceptó y se levantó—. También sabes cocinar... —continuó diciendo.

Una vez que todos se hubieron sentado, Tommaso descorchó dos botellas de vino tinto sin etiqueta y llenó las copas. Carlo dio un sorbo.

—Es bueno —comentó—. Es primitivo, ¿verdad?

—Sí, lo he comprado a granel en la taberna —explicó Tommaso—. Y tu vino tinto, ¿cuándo podremos probarlo?

Carlo puso la copa en la mesa.

—Bueno, aún es pronto...

La cena transcurrió en un ambiente sereno y alegre. Agata no paraba de repetir, después de cada plato, que todo estaba «realmente delicioso». Y Tommaso tenía el don de saber conversar con todos, de interesarse por lo que les importaba a las personas, cosa que a Lorenza no le pasó por alto. Se mostró atento sin ser empalagoso.

Llegado el momento del postre, Lorenza, que se había sentado a su lado, lo miró. Él se inclinó hacia ella y le susurró al oído:

—Sí, yo me encargo, estate tranquila.

Fue a la cocina, regresó con un gran pastel de chocolate glaseado y lo colocó en el centro de la mesa.

—Este no lo he hecho yo, ¿eh? —dijo—. Viene directamente de la pastelería.

Mientras todos se servían, Lorenza se levantó, se acercó a la cabecera de la mesa y se situó al lado de Tommaso. Él la abrazó por la cintura y le dirigió una dulce mirada.

Agata se removió enseguida en su silla y frunció los labios en una sonrisa ansiosa.

—Estoy muy feliz de daros esta noticia... No sabéis cuánto —comenzó diciendo Tommaso—. Lorenza y yo, bueno, vamos a casarnos.

Agata soltó un grito de alegría y aplaudió.

—¡Oh, Dios mío! —exclamó. Se levantó y corrió a abrazar primero a su hija y luego a Tommaso.

Antonio se levantó y estrechó la mano de su futuro yerno.

—Me alegro de que seas tú —le dijo.

Luego se acercó a Lorenza y la miró fijamente.

—¿Es lo que quieres? —le preguntó. Y ella asintió con una sonrisa. Antonio la atrajo hacia él y la abrazó, meciéndola entre sus brazos—. Estoy feliz por ti —le susurró al oído.

Carlo felicitó a ambos, más contento que unas pascuas, y seguidamente llenó las copas de todos.

—¡Un brindis por los novios! —exclamó.

Roberto también le estrechó la mano a su prima y luego a Tommaso. Después de él, le tocó el turno a Giovanna, que se acercó a Lorenza con los ojos llenos de emoción.

—Las bodas siempre me hacen llorar mucho —balbuceó con la voz entrecortada.

Entre las risas, la confusión y los abrazos, Anna se quedó petrificada en su sitio. «¿Y Daniele? Y vuestro amor, ¿qué pasa con él?», quería preguntarle en ese momento, delante de todos, interrumpiendo de repente esas expresiones de júbilo que le parecían apresuradas e... injustas. Buscó insistentemente los ojos de Lorenza, pero no le costó mucho darse cuenta de que su sobrina estaba evitando los suyos a propósito. Un poco más lejos, Carlo y Antonio se miraban el uno al otro, con una media sonrisa en la boca.

«Qué raro...», pensó Anna, levantando una ceja. Había creído percibir un sentimiento de alivio en las miradas de ambos. Pero no, seguramente se equivocaba.

A la mañana siguiente de la cena, Lorenza pasó a buscar a Anna tarde, como de costumbre.

—Buenos días, tía —la saludó con un tono distante.

—Buenos días... —le respondió Anna.

Caminaron en silencio.

—Estaba deseando estar a solas contigo. Me gustaría que habláramos —dijo finalmente Anna.

—¿Por qué? ¿Quieres disculparte por anoche? —replicó Lorenza de manera brusca.

—Lo siento. Ya sabes que me cuesta...

—Sí, lo sabemos todos —la interrumpió Lorenza—. Ya no nos sorprende, como puedes ver.

Anna la miró con el ceño fruncido.

—¿Por qué eres tan dura?

—¿Y me lo preguntas? Habría bastado con que te levantaras de la silla, que hubieras mostrado un mínimo de felicidad por nosotros.

—Estaría feliz por ti si realmente tú estuvieras feliz.

—¿Y quién dice que no lo estoy?

—Lorenza... —dijo Anna con un profundo suspiro—. Te conozco desde que eras una niña...

—Bueno, he crecido y he cambiado, por si no te has dado cuenta.

Anna se detuvo.

—¿Y Daniele? ¿Renuncias a él así?

—¿Tú lo ves? —respondió Lorenza, extendiendo los brazos—. ¿Dónde? Claramente no está aquí. No conmigo.

—Sabes que volverá. ¿Por qué te niegas la alegría de casarte con un hombre al que amas?

—Te equivocas. No lo amo. Ya no.

—Mentirosa... —dijo Anna, suavizando la mirada.

—Tommaso es el hombre adecuado —replicó Lorenza con determinación—. Es un buen hombre, que siempre estará conmigo.

—Pero no estás enamorada de él —la interrumpió Anna—. Tú sabes que es así.

—Lo quiero mucho —estalló Lorenza.

—Eso no es razón suficiente para casarte con alguien. Yo también quiero mucho a Tommaso. Es mi amigo. Pero no por eso me casaría con él —dijo Anna.

Lorenza hizo una mueca y siguió andando, pero Anna la detuvo agarrándola del brazo.

—No tengas prisa, por favor. Piénsalo bien. Decide con el corazón.

Lorenza se apartó de ella bruscamente.

—Ya lo he decidido —respondió.

Una hora después, en la oficina de telégrafos, Lorenza compuso el texto del telegrama destinado a Daniele.

HE DEJADO DE ESPERARTE. AMO A OTRO. ME CASO EN MAYO. LORENZA.

Después de enviarlo, se sintió repentinamente triste y vacía. Se dio cuenta de que había aceptado inmediatamente a Tommaso solo porque quería que Daniele lo supiera. Que sufriera ante la idea de haberla perdido. Que pagara por su ausencia.

Pero la satisfacción que creía sentir se había convertido en cenizas.

19

Mayo-junio de 1948

Don Ciccio murió mientras dormía la noche del 28 de abril y, desde la medianoche, las campanas de la iglesia de San Lorenzo comenzaron a tocar a difuntos. El velatorio se celebró en el dormitorio. Gina estaba sentada junto al féretro, derramando lágrimas silenciosas y acariciando suavemente las mejillas arrugadas de su esposo, a quien había vestido con su ropa de fiesta, un traje de color arena con la camisa azul y la corbata roja. Sentado junto a ella, Nicola le sostenía la mano.

Carmela, en cambio, iba y venía de la habitación a la cocina: atendía a las personas que acudían a mostrar sus condolencias, recibía de sus manos bandejas de dulces y paquetes de café que habían llevado como ofrenda y los colocaba en la mesa de la cocina. Las hermanas de Gina, que habían venido de un pueblo cercano, preparaban dos cafeteras a la vez en los hornillos de la cocina, una grande de doce tazas y una más pequeña de tres, de modo que siempre hubiera café listo para todos en cualquier momento.

Carlo entró en la casa llena de gente y se quitó el sombrero. Avanzó por el pasillo entre las personas que lo saludaban susurrando: «Buenos días, señor alcalde». Se dirigió a la habitación, se acercó al ataúd y miró el cuerpo sin vida de don Ciccio, cuyo rostro mostraba un rictus de sufrimiento. No se lo diría a nadie, nunca, pero la verdad era que no se sentía realmente apenado. En su interior, de hecho, experimentaba una vaga sensación de liberación, aunque no podía explicarse el motivo. Se santiguó y depositó un pequeño beso en el féretro. Le estrechó la mano a Nicola y luego se inclinó para abrazar a Gina, quien, en cuanto lo vio, alzó la cabeza y se secó una lágrima.

—¿Dónde está Carmela? —le susurró a Nicola.

Este dejó vagar la mirada por la habitación.

—Mira en la cocina —respondió.

Carlo la encontró allí; estaba tomando café apoyada en el fregadero. Parecía cansada.

Carlo titubeó, luego le puso una mano en el brazo y se lo apretó.

—Lo siento mucho —dijo—. ¿Cómo estás?

Carmela tomó el último sorbo de café y dejó la taza. A continuación, se enderezó y se alisó el cuello del vestido negro.

—Al menos ha dejado de sufrir —respondió.

Carlo asintió y jugueteó con su sombrero entre las manos.

—¿Puedo hacer algo para ayudar?

Ella lo miró pensativa, frunciendo los labios.

—De hecho, hay algo... Yo no puedo moverme de aquí.

—Lo que necesites, dímelo.

—Deberías avisar a Daniele.

—Sí, por supuesto —dijo Carlo—. Lo haré de inmediato.

Se volvió a poner el sombrero, salió y fue a la oficina de correos.

—¡Tío! —lo saludó Lorenza, sorprendida—. ¿Qué haces aquí?

—Tengo que enviar un telegrama a Daniele para avisarle de la muerte de su abuelo —respondió.

El rostro de Lorenza se puso rígido. Luego bajó la mirada, tomó una pluma y arrancó un trozo de papel.

—Adelante, dicta —dijo, aparentando indiferencia.

Transcribió el texto del telegrama en código morse y, cuando lo terminó, solamente dijo:

—Listo.

La última vez que ella se había comunicado con Daniele fue a principios de marzo. Ante el telegrama que anunciaba su boda, él le había respondido con otro que decía simplemente: «¿POR QUÉ ME HACES Y TE HACES ESTO?».

Ella decidió ignorarlo, permitiendo que los días pasaran en silencio, como un castigo. Luego, él le envió otro: «NO HAGAS TONTERÍAS. ESPERA». Y luego otro más: «¿POR QUÉ HAS DEJADO DE CONFIAR EN MÍ?». Hasta el último, en el que escribió: «YA NO TE MOLESTO MÁS. FELICIDADES...».

Daniele respondió de inmediato. Primero envió un mensaje a Carlo, agradeciéndole que lo hubiera informado, y luego uno a su madre. A Lorenza le tocó transcribir ambos. El segundo decía: «LO SIENTO MUCHO POR EL ABUELO. NO SÉ CUÁNDO PUEDO REGRESAR. HARÉ LO QUE ESTÉ EN MI MANO, PROMETIDO».

Lorenza miró esas frases y no pudo evitar una sonrisa sarcástica. Había hecho lo correcto al dejar de esperarlo, pensó. Su madre tenía razón: las promesas de Daniele siempre habían sido como el viento.

—¿Y bien? —preguntó Agata—. ¿Habéis visto el Coliseo? ¿Qué habéis comido? ¿Qué tal el tiempo? ¿El hotel era bonito?

Lorenza y Tommaso estaban sentados juntos en el sofá y él le sostenía la mano. Con motivo de su regreso de la luna de miel, Agata había organizado una cena con toda la familia y había preparado su famoso pastel de carne. Todos estaban alrededor de los recién casados mientras Tommaso hablaba entusiasmado sobre la belleza de la capital, la majestuosidad de sus monumentos y la inigualable historia que impregnaba la ciudad. Lorenza se limitaba a asentir y a decir: «Sí, así es», o «Es verdad».

La boda se había celebrado hacía algo más de una semana, el 4 de mayo, en un día nublado y sin luz. Después de una noche de insomnio, Lorenza se sentó en la cama y miró su vestido de novia, colgado de una percha en la puerta del armario. Era el vestido que había llevado Agata el día de su boda.

—Por fin ha llegado el momento —le dijo Agata al mostrárselo, con la voz temblorosa y los ojos llorosos.

Era un vestido con una falda acampanada y una pequeña cola, un corpiño bordado con mangas largas de encaje y un velo que llegaba hasta los hombros, sujeto con una peineta de joyería. Era muy diferente al de Isabel, pensó. Pero también diferente al que Daniele, un día lejano, había dibujado en uno de sus cuadernos negros, describiéndole en detalle el corpiño de raso con el escote en forma de corazón y las mangas con bordado inglés, los botones de nácar y la falda que llegaba hasta los pies.

Sacudió la cabeza, como si quisiera liberarse de ese pensamiento, y en ese preciso momento Agata entró en la habitación, acompañada por un animado grupo de mujeres que habían venido a «preparar a la novia»: una la ayudó a recogerse el pelo en un moño, otra planchó un pliegue en la falda del vestido, otra se arrodilló para ponerle los zapatos... En ese torbellino, Lorenza se dejó vestir, peinar y maquillar como si fuera una muñeca. Y de eso sacó un gran consuelo.

Anna era la única mujer de la familia que no estaba presente.

—Te espero en la iglesia —le había dicho la noche anterior. Y luego había añadido—: Si cambias de opinión en el último momento, no te preocupes. Puedes echarlo todo a rodar.

Por un lado, Lorenza tuvo que admitir que todo había resultado mucho más fácil sin su mirada de reproche. Por otro lado, sin embargo, Anna había sido la única de la familia que le había preguntado si se sentía feliz. Nadie más, ni su madre, ni su padre, ni mucho menos su tío Carlo, se habían molestado en comprobarlo, desde el día del anuncio en casa de Tommaso. Y probablemente había sido mejor así, pensó.

¿Y ahora? Ahora que finalmente ya no dormía entre las sábanas rosas con el ribete bordado, ahora que tenía un marido y una casa de los que ocuparse, ¿se sentía feliz?

Como si hubiera dado voz a esos pensamientos, Lorenza sintió que Anna la escrutaba con una mirada cargada de preguntas. Entonces le apretó la mano a Tommaso y él le dirigió una mirada de adoración mientras decía:

—Y el último día lo pasamos simplemente paseando por el centro. ¡Pero cuántas cosas vimos! Ah, sí, seguro que volveremos a Roma, ¿verdad, Lorenza?

—Qué bonita debe de ser —intervino Giovanna—. Cómo me gustaría a mí también ir a Roma algún día.

—¿Y quién nos lo impide? —respondió Anna—. Podemos ir cuando quieras. Tú y yo.

Desde la butaca de enfrente, Agata les lanzó a ambas una mirada entre resentida y escandalizada.

—Será mejor que nos sentemos a la mesa —dijo, levantándose. Y se dirigió al comedor.

Todos se levantaron y la siguieron. Carlo puso ambas manos en los hombros de Roberto y lo empujó hacia delante con un gesto divertido.

—¿Lo oyes? ¡Es la llamada del pastel de tu tía Agata! —exclamó, olisqueando el aire.

Antonio rio, cogió a Tommaso del brazo y los dos se unieron al grupo.

Anna, en cambio, no se movió hasta que en la sala solo quedaron ella y Lorenza. Se le acercó y, en un susurro, le dijo que tenía que hablarle.

—Voy ahora. Tú ve delante —le dijo luego a Giovanna, que la estaba esperando.

Lorenza cruzó los brazos sobre el pecho.

—¿Qué pasa? —preguntó secamente.

Anna se aclaró la garganta.

—Hay algo que debes saber, y es mejor que te lo diga yo, ahora.

La joven frunció el ceño.

—¿Qué ocurre?

—Verás, mientras no estabas, llegó otro telegrama de Daniele para su madre...

—¿Por qué me lo cuentas? No me interesa —la interrumpió Lorenza.

—Yo creo que sí —continuó Anna. Y se sacó del escote un pedazo de papel doblado por la mitad—. Por una vez, Elena ha sido discreta, no te preocupes. Lo copié para ti. —Y se lo entregó.

Lorenza la miró durante unos instantes y, a continuación, cogió el papel y lo desdobló. Anna lo recitó mentalmente junto con su sobrina; se lo sabía de memoria de tantas veces que lo había leído.

> HE CONSEGUIDO ARREGLARLO TODO AQUÍ. HE COMPRADO EL BILLETE. LLEGO LA MAÑANA DEL CINCO DE JUNIO A NÁPOLES. POR FAVOR, PÍDELE A CARLO QUE VENGA A BUSCARME EN COCHE.

La respiración de Lorenza se convirtió casi en un sollozo.

—¿Estás bien? —le preguntó Anna, poniéndole una mano en el brazo.

La otra se mordió el labio inferior con tanta fuerza que los ojos se le llenaron de lágrimas.

Anna entró en el dormitorio y vio que la maleta, abierta encima del baúl al pie de la cama, todavía estaba vacía.

Carlo, de rodillas, estaba hurgando en un cajón del armario.

—¿Qué estás buscando? —le preguntó ella.

—La corbata de rayas azules. ¿Tienes idea de dónde ha ido a parar?

Anna levantó una ceja.

—¿Para qué necesitas la corbata?

—¿Qué pregunta es esa?

—Apártate, anda. —Se inclinó y rebuscó en el cajón—. Aquí la tienes —dijo, sacándola—. La tenías delante de las narices.

Carlo se la quitó de las manos y la colocó en la cama.

Anna cruzó los brazos y lo miró.

—Pareces nervioso... ¿Va todo bien?

Carlo sacó de un armario un traje beis, lo observó por un momento, luego asintió y también lo puso encima de la cama.

—Sí, sí —respondió—. Tengo que conducir durante muchas horas, es normal que me ponga un poco nervioso, ¿no crees?

Anna no respondió, simplemente lo miró mientras él llenaba la maleta, la cerraba y luego la colocaba en el asiento trasero del Fiat 1100.

—¿Lo has cogido todo? ¿Seguro? —le preguntó con un tono ligeramente irónico.

—Me parece que sí —respondió Carlo, muy serio—. Después de todo, es solo una noche, a malas compraré lo que necesite allí. —Cerró la portezuela—. ¿Dónde está Roberto? ¿No viene a despedirme?

—Creo que se está bañando. Esta noche va al cine con sus amigos, por lo que he entendido.

—Bueno, despídeme de él —dijo Carlo, un poco decepcionado.

Anna se acercó a él para arreglarle el cuello de la chaqueta.

—Lo verás mañana por la noche... ¿O piensas embarcarte? —bromeó.

Finalmente, Carlo relajó la expresión.

—En ese caso, te llevaría conmigo. —Le dio un beso y, tras montarse en el coche, se fue.

Anna entró en casa. Giovanna estaba sentada en el sofá leyendo *Crimen y castigo.*

—Este libro es difícil —exclamó con el ceño fruncido y levantando la vista hacia Anna—. Me está dando dolor de cabeza.

Anna le sonrió y luego se sentó a su lado.

—Me lo regaló Antonio hace años —le explicó—. ¿Por qué has elegido precisamente este? Estoy segura de que hay muchas otras novelas que te gustarían más. —Señaló hacia la estantería que estaba a su espalda.

Giovanna se pasó el libro entre las manos.

—Por la dedicatoria —respondió.

Lo abrió por la primera página y leyó:

> La grandeza de esta novela radica en enseñarnos que todos los culpables, incluso el más ruin, merecen compasión.
>
> Buena lectura.
>
> Antonio

Dejó el libro en el sofá.

—¿Tú también lo piensas? —preguntó—. ¿Crees que debemos sentir compasión por los culpables?

Anna extendió el brazo sobre el respaldo del sofá y encogió las piernas.

—No lo sé —respondió al cabo de un momento—. Tal vez la compasión vaya de la mano del remordimiento. No creo que pudiera sentirlo por alguien que no muestre ni un ápice de arrepentimiento.

Giovanna asintió y pareció reflexionar. Luego dijo:

—¿Crees que algún día podrías sentir compasión por Giulio? Si él se arrepintiera, quiero decir.

—Él no necesita mi compasión... Ya tiene la de Dios, ¿no? —respondió Anna, irónica.

—Lo digo en serio —insistió Giovanna—. Si él, bueno, si él me dijera que se equivocó, que se arrepiente...

—¿Tú le creerías? —la interrumpió Anna.

—No lo sé. Creo que sí...

—Y te equivocarías. La gente como él no cambia de la noche a la mañana. Probablemente no cambia nunca.

Giovanna hizo una mueca.

—Tal vez todavía me esté esperando...

Anna negó con la cabeza y le cogió las manos.

—Giulio no ha vuelto a Contrada.

—¿Y cómo lo sabes?

—He ido allí algunas veces. Para comprobarlo. Ya no queda nada de él...

Giovanna se mordió los labios.

—No tienes que volver allí, si no te apetece —la tranquilizó Anna, como si hubiera leído sus pensamientos—. Puedes quedarte a vivir aquí, si quieres.

La expresión de su amiga se calmó de inmediato.

—¿Estás segura de que a Carlo no le molestará?

—¡Claro que no! A él también le gusta tenerte con nosotros.

Era cierto. La presencia de Giovanna en la casa no molestaba a nadie, más bien al contrario: sabía ser sencilla y discreta, y atenta sin resultar nunca entrometida.

—Pero... si mi estancia aquí empieza a ser una carga, o a ser una carga para Carlo o Roberto, debes decírmelo...

—¡Tonterías! —la interrumpió de inmediato Anna—. Tú no eres una carga para nadie.

Y eso también era cierto. Anna y Carlo se ocupaban económicamente de Giovanna, y lo hacían sin esfuerzo.

Anna incluso había intentado encontrarle trabajo, pero resultó ser una tarea tan imposible y penosa que ni siquiera había tenido el coraje de contárselo a Giovanna, temiendo que sufriera demasiado. Durante semanas estuvo llamando a la puerta de las tiendas del pueblo, preguntando si necesitaban empleados. Los pocos que le respondieron afirmativamente dieron marcha atrás cuando ella explicó que el trabajo era para Giovanna. «Señora cartera, la respeto a usted y a Carlo, pero a esa chica, no», dijo el estanquero. «Por favor, si ven que está ella, aquí no entrará nadie», comentaron en la mercería. «Ni de broma, aquí solo trabaja gente respetable», le dijeron en la droguería.

—¿Entendido? —repitió Anna—. Nunca pienses que tu presencia aquí es una carga.

—Gracias —susurró Giovanna, y se lanzó a abrazarla—. Eres la mejor amiga del mundo —añadió.

Anna sonrió y le dio un beso en la mejilla. Seguidamente se levantó del sofá.

—Venga, ahora vamos a preparar la cena —dijo—. Hoy tú y yo haremos una fiesta.

Y así, mientras Giovanna comenzaba a picar el ajo, Anna bajó al sótano donde Carlo guardaba su pequeña colección de botellas de vino.

—Champán es lo que necesitamos —murmuró, buscando entre los vinos franceses—. Hum... Esta no, esta tampoco —continuó después de mirar las etiquetas.

Justo antes de encontrar el champán, encontró una botella que parecía estar fuera de lugar: era igual que la de Donna Anna, pero no tenía etiqueta y estaba vacía, como si nunca se hubiera llenado. Sin embargo, el corcho estaba bien puesto. «Qué extraño», pensó. Luego se encogió de hombros y la devolvió a donde la había encontrado.

En cuanto Roberto se hubo marchado, Anna descorchó el champán.

—Estoy segura de que a Carlo no le importará. Al menos eso espero —añadió.

Llenó dos copas y, sentadas descalzas en la alfombra, las dos mujeres se bebieron toda la botella.

Anna puso en el gramófono el disco de *La vie en rose* y extendió la mano como si invitara a Giovanna a bailar. La otra aceptó, divertida, y comenzaron a moverse torpemente, al menos hasta que, al final de la canción, Anna volteó a Giovanna en una pirueta, lo que provocó que ambas cayeran al suelo, una encima de la otra.

Tumbadas en el suelo, las dos mujeres se miraron por un momento y luego estallaron en risas hasta que se les saltaron las lágrimas.

La mañana del 5 de junio, Carlo salió del hotel de la Piazza Orefici, a un paso del puerto de Nápoles, y fue a recoger el Fiat 1100 aparcado en una callejuela lateral. Hacía tanto calor que, resoplando, se quitó la chaqueta y se subió las mangas de la camisa. Cuando llegó al puerto, caminó hasta el Molo Angioino, donde se esperaba que atracara el Saturnia.

Encontró un lugar para sentarse y sacó un puro del bolsillo. Se secó la frente perlada de sudor con la mano y se aflojó el nudo de la corbata de rayas azules.

—No corre ni una brizna de aire esta mañana —comentó con aspecto sufrido a un hombre sentado cerca.

Luego encendió el cigarro y, al dar la primera calada, comenzó a toser. Cuando el hombre vio que la tos no cedía, se acercó y le ofreció un poco de agua de su botella. Carlo la aceptó y bebió de un trago.

—Gracias —dijo después, devolviéndole la botella.

—¿Se le ha pasado? —preguntó el hombre.

—Sí, sí —le respondió Carlo—. Gracias de nuevo.

El majestuoso Saturnia entró en el puerto alrededor del mediodía.

Carlo se unió a la multitud de personas que se apiñaban para presenciar las maniobras de atraque. Finalmente, cuando los pasajeros comenzaron a desembarcar, se levantó de puntillas para mirar más allá del mar de cabezas que tenía delante. Le tocó esperar más de media hora antes de ver a Daniele en la parte superior de la escalerilla. Con el corazón en un puño, comenzó a abrirse paso entre la multitud para acercarse a él.

Daniele lo vio y le hizo un gesto. «Caramba, cómo ha cambiado», pensó Carlo mientras se aproximaba. No en su mirada, que seguía siendo tierna y espontánea como siempre, pero sí en su actitud, en su forma de caminar. Parecía tan seguro de sí mismo, tan resuelto, imbuido de todas las cosas nuevas que había visto y vivido y que ahora estaba llevando de vuelta a casa.

—Mi muchacho —lo saludó Carlo abriendo los brazos.

—Hola, Carlo —respondió Daniele con una sonrisa.

Dejó su maleta en el suelo y lo abrazó.

20

Julio-septiembre de 1948

—Toc, toc —dijo Anna alegremente, dando dos golpecitos con los nudillos en la puerta abierta del despacho de Antonio.

—¡Hola! —respondió él, sorprendido, mientras colocaba una carpeta de cartón en el estante.

Anna entró y cerró la puerta detrás de sí.

—He venido a devolverte el libro —dijo, abriendo la valija.

Lo sacó y se lo tendió. Era *La romana*, de Alberto Moravia.

—¿Y bien? ¿Te ha gustado? —le preguntó él.

Ella se acomodó en el sillón junto a la ventana.

—Ya sabes que tengo prejuicios contra los hombres que creen saber lo que una mujer piensa y siente, y están convencidos de que pueden contarlo...

—Hum —dijo Antonio, sentándose en el sillón frente a ella—. Debo deducir que no te ha gustado.

—No había terminado —exclamó Anna.

—Perdóname, tienes razón —se disculpó él, levantando las manos—. Continúa, por favor.

—Lo que estaba diciendo... —continuó ella— es que Moravia, en cambio, lo logra sorprendentemente bien en esta novela. He subrayado mucho más esta vez.

Antonio sonrió y comenzó a hojear el libro, deteniéndose en una frase subrayada dos veces con lápiz. Se acercó el libro al rostro y leyó:

—«Si sentías desprecio por mí, la culpa era tuya y no mía». —Asintió—. Sí —comentó, manteniendo los ojos en la página.

—Y hay muchas otras. Al lado encontrarás mis anotaciones habituales.

Antonio levantó la vista.

—Entonces tendré mucho con que deleitarme esta noche —dijo sonriendo, y cerró el libro.

—Y ahora, ¿qué leemos? —preguntó Anna.

—Elige tú el siguiente —respondió Antonio.

—Trato hecho —dijo ella. Luego miró el reloj—. Oh, es muy tarde. —Se levantó y se dirigió hacia la puerta—. Ah, una cosa más —dijo, dándose la vuelta—. ¿Has hablado recientemente con Lorenza?

—¿Por qué? ¿Ha sucedido algo que no sé?

—No, no —dijo Anna—. Es solo que me gustaría saber cómo la ves. Desde que Daniele volvió, quiero decir.

—¿Por qué estamos hablando de esto? —preguntó Antonio con una mirada perpleja—. Eso es agua pasada. Ahora es una mujer casada...

Anna levantó una ceja.

—¿Estás seguro? ¿De verdad no lo has notado? ¿Precisamente tú, que siempre te das cuenta de todo?

—¿De qué debería haberme dado cuenta?

—De que está triste, Antonio. Terriblemente triste. ¿Es posible que no lo veas? Ella sabe que cometió un gran error. Actuó por impulso, por rencor, y se condenó a sí misma. Yo intenté advertirla...

Antonio se levantó bruscamente del sillón.

—Daniele no es la persona adecuada para mi hija —murmuró—. Las cosas salieron como debían.

—¿Como «debían»? ¿Puedes explicarme qué tienes en contra de ese chico? No es la primera vez que reaccionas de esta manera cuando te lo mencionan. Incluso aquel día, en el mitin de Carlo... ¿Hay algo que deba saber?

Él abrió mucho los ojos, pero luego se recompuso.

—No…, por supuesto que no —murmuró, sentándose detrás del escritorio. Descansó los codos en él y cruzó las manos—. Solo pienso que para Lorenza, con su naturaleza inquieta y necesitada de cariño, es mejor un hombre más maduro que ella, estable, que le brinde seguridad. Eso es todo.

Anna lo miró.

—Qué disparate —dijo.

Pero Antonio no respondió, así que ella abrió la puerta y se fue, agitando los dedos de la mano en un rápido saludo.

Salió de la fábrica de aceite molesta porque Antonio no había querido entrar en razón y continuó con su ruta de entregas. La siguiente parada, la villa de los Tamburini, estaba a solo unos cientos de metros. Anna montó en su bicicleta y pedaleó hasta llegar a una especie de colina cubierta de verde, después se apeó de la bicicleta y continuó a pie. La residencia de los Tamburini era un antiguo palacio con un largo balcón de piedra, grandes ventanas con cortinas de terciopelo y una doble escalinata que conducía a la puerta principal. En el jardín que rodeaba la casa, un hombre con un sombrero de paja estaba inclinado sobre los arbustos, pertrechado con unas tijeras de podar. Anna subió por una de las escaleras y golpeó con el aldabón. De la bolsa sacó un sobre cerrado con un sello. «Será otra invitación a una de sus fiestas para ricos», pensó, dándole vueltas entre sus manos.

En ese momento, la puerta se abrió y apareció una niña con una expresión muy seria, casi atemorizada, y el pelo recogido en un moño. Llevaba un delantal blanco sobre un vestido negro de falda ancha.

Anna no la conocía, pero no se sorprendió: al parecer, las camareras de los Tamburini duraban muy poco y siempre había otra chica lista para ocupar el lugar de la que… se iba, ¿o la despedían? «Pero esta es realmente muy joven —pensó—. ¿Cuántos años tendrá? ¿Doce? ¿Trece? ¡Debería estar en la escuela, no limpiando la plata!».

—¿Quién es? —tronó desde el interior la voz de una mujer.

La joven se sobresaltó.

—Es el correo, señora— respondió, volviéndose ligeramente.

—¡Tráelo de inmediato! —ordenó la mujer.

La joven hizo una reverencia y murmuró:

—Gracias, señora cartera. Que tenga un buen día. —Y se apresuró a cerrar la puerta.

Durante unos segundos, Anna se quedó parada frente a la puerta cerrada con una sensación de malestar que, en ese momento, no supo cómo definir.

Desde el día en que había vuelto a poner los pies en Lizzanello, a Daniele todo le parecía más pequeño. ¿Los edificios siempre habían sido tan bajos y las calles tan estrechas?, se preguntaba mientras deambulaba por el pueblo, viéndolo con nuevos ojos. Le llevó un tiempo acostumbrarse otra vez a ese decorado, volver a familiarizarse con esos lugares.

Se preguntaba si se sentiría de la misma manera si Lorenza lo hubiera estado esperando con un abrazo, como había prometido. Durante las primeras semanas intentó mantenerse alejado de la plaza, de los alrededores de la oficina de correos y de la calle en la que ahora vivía con otro hombre. Pasó mucho tiempo en casa, tumbado en la cama, mirando al techo con las manos cruzadas sobre el pecho. De vez en cuando iba a la Bodega Greco para saludar y echar una mano. Carlo le propuso un nuevo puesto, diseñado especialmente para él: quería que se convirtiera en el director comercial de la Bodega, en vista de los excelentes resultados que había obtenido en Nueva York. Le habló de ello en el viaje de regreso desde Nápoles.

—Sabes vender, querido chico. Parece que has nacido para esto. Ahora descansa unos días... Cuando te sientas listo, la Bodega estará allí esperándote —le dijo.

En ese momento, Daniele no encontró el valor para confesarle que tenía otros planes. No mencionó el éxito de sus trajes para hombre, el entusiasmo del dueño de la tienda de la Quinta Avenida y la oferta de colaboración a largo plazo que él, sin embargo, había rechazado. Lo que en Nueva York le pareció tan natural, tan correcto, ahora volvía a ser algo que tenía que ocultar y de lo que avergonzarse. Como si, una vez de regreso, las palabras de su madre volvieran a zumbarle en sus oídos: «El taller de costura no es para hombres».

Solo visitó a sus padres una vez, para cenar, al día siguiente de su regreso. Los encontró obstinadamente iguales a sí mismos, atrapados en los mismos roles de siempre: su madre como verdugo, con sus modales rudos y arrogantes, y su padre como víctima, encogiéndose y agachando la cabeza. Después de la cena, mientras Carmela preparaba el café en la cocina, Daniele se inclinó hacia Nicola y le preguntó en voz baja:

—Papá, ¿has ordenado mi armario? No encuentro mi caja de metal, en la que guardo los cuadernos. ¿No la habrás cambiado de sitio, por casualidad?

Nicola había abierto mucho los ojos y luego balbuceó que no sabía nada, que no había tocado nada en absoluto...

—Yo tengo tu preciada caja —dijo Carmela, volviendo a la sala con la bandeja y las tazas humeantes.

Daniele se levantó de un salto de la silla.

—¿Has revuelto entre mis cosas? ¿En mi casa?

—No te alteres —respondió ella, calmada, sentándose—. Ahora ya he descubierto tu secreto.

Daniele se volvió hacia Nicola, que ahora tenía la mirada baja.

—Papá... Te pedí una cosa. ¡Una! ¿Por qué la dejaste entrar?

Pero Nicola no respondió.

—Tengo que admitir que se te da bien contar mentiras —intervino Carmela. A continuación, bebió un sorbo de su café.

Daniele la miró frunciendo el ceño.

—Devuélveme mis dibujos. ¡Ahora mismo!

Carmela dejó la taza, chasqueando los labios.

—Demasiado tarde— continuó—. Ya los he confeccionado. Todos.

—¿Que has hecho qué? —Daniele no podía creerlo.

—¡Un favor! Eso es lo que te he hecho —replicó ella, levantando la voz—. ¿No entiendes que pareces ridículo? ¿Quieres que la gente diga por ahí que eres una mujercita? Crece y deja de lado esta historia. Tienes un trabajo de hombre, y gracias a tu difunto abuelo, porque si hubiera dependido de él... —dijo con una mueca, señalando a Nicola—. Así que, a partir de ahora, compórtate como una persona seria y piensa solo en la Bodega —concluyó, golpeando la mesa con un dedo.

Daniele miró desconsolado a su padre, que seguía manteniendo la mirada baja, y luego volvió a centrarse en su madre.

—Yo... ni siquiera encuentro las palabras para decir lo que eres —murmuró, con la voz entrecortada.

Inmediatamente después abrió la puerta de par en par y, desde entonces, no había vuelto a la casa de sus padres.

En cambio, Daniele visitaba a su abuela Gina todos los días y, la mayoría de las veces, almorzaba con ella.

—Qué bien tenerte de vuelta —decía ella, extendiendo su arrugada mano sobre la mesa—. Te hemos echado mucho de menos. Especialmente tu abuelo, aunque nunca se le dio bien decir esas cosas.

Daniele le estrechó la mano y sonrió.

—Ahora estoy aquí, abuela.

—¿Podrías ir a comprar una cesta de cerezas, por favor? —le pidió Gina una de esas mañanas—. Hoy no me siento muy bien... —Cogió un abanico y empezó a darse aire—. No, no puedo. Hace demasiado calor...

Daniele vaciló por un momento y luego dijo:

—Por supuesto, abuela, me encargaré de ello.

Fue precisamente esa mañana cuando, después de darle las gracias a la esposa del frutero y mientras se alejaba con una bolsa en la mano, vio a Lorenza de nuevo. Acababa de salir de la oficina de correos. Un momento después, Tommaso la alcanzó y le puso el brazo alrededor de los hombros. Daniele apretó la bolsa y se quedó inmóvil mirándola mientras cruzaba la plaza en dirección al bar. Como siempre, le pareció aún más hermosa que la última vez que la había visto, aunque no pudo evitar notar cierta expresión melancólica, casi resignada, que ella parecía arrastrar consigo, como si fuera una carga. Todo lo contrario que su esposo, que caminaba a su lado con una expresión radiante, como si se sintiera la persona más afortunada del mundo.

En la explanada frente al bar, Tommaso sonrió a un hombre y fue a su encuentro. Comenzaron a hablar de algo que evidentemente no interesaba a Lorenza, ya que ella miraba a su alrededor con expresión aburrida.

Hasta que se dio cuenta de que Daniele la estaba observando.

Se puso tensa, abrió ligeramente la boca y le devolvió la mirada: se observaron durante un momento que pareció interminable. Pero ninguno de los dos levantó la mano para saludar; ninguno de los dos dio un paso hacia el otro. Ambos permanecieron inmóviles, aguantando la respiración, hasta que Tommaso se despidió de su interlocutor y volvió a apoyar una mano en el hombro de Lorenza, que dio un pequeño respingo, bajó la mirada y se alejó junto a su esposo.

Roberto abrió el armario de madera clara, sacó el disco de su funda de papel y lo colocó en el tocadiscos; lo acababa de comprar con los ahorros de su paga, era el último modelo que había salido al mercado. Después de un momento, una melodía de *swing* se propagó por la sala y Roberto comenzó a bailar con los ojos cerrados.

—¿Qué es esto? —preguntó Carlo, sentado en su sillón junto a la chimenea, leyendo el periódico.

Sin detenerse, Roberto volvió a abrir los ojos.

—*Il mago dello swing,* de Aldo Donà —respondió.

Carlo lo miró divertido.

—Te mueves bien, has salido a mí —dijo, alzando la voz para hacerse oír por encima de la música.

Anna entró en la habitación en ese momento con las sábanas que acababa de recoger del balcón. Roberto se le acercó, le cogió la mano y la arrastró al centro de la sala. Las sábanas limpias acabaron en el suelo.

—Pero ¿de verdad quieres que bailemos ahora? ¡Con todo lo que tengo que hacer! —protestó Anna. Pero estaba sonriendo.

—Calla y baila, *maman* —le ordenó Roberto.

Anna se puso frente a él y comenzó a imitarlo.

—Ahora así —dijo él de repente, llevando la pierna hacia atrás y girando sobre un costado.

Anna rio, le lanzó una mirada rápida a Carlo y luego intentó repetir el movimiento.

—¡Muy bien! —exclamó Roberto—. ¿No es cierto, papá? Lo hace muy bien.

Carlo asintió con una sonrisa.

—La mejor —dijo.

Cuando terminó el disco y la música cesó, Roberto hizo una reverencia a su madre.

—Ponlo de nuevo, va —dijo ella, jadeando, con las manos en las caderas—. Quiero bailarlo con tu padre.

Y le lanzó a Carlo una mirada maliciosa.

Él se agarró con ambas manos a los reposabrazos de su sillón y se levantó con un ligero jadeo.

—Vamos, viejecito —bromeó ella—. Ven aquí.

—¿Viejecito yo, mala mujer? —respondió en tono jocoso Carlo, arqueando una ceja.

La agarró por la cintura, la estrechó contra él y comenzaron a bailar, mientras Roberto, junto al tocadiscos, los miraba con una sonrisa llena de cariño y chasqueaba los dedos al ritmo de la música.

Sin embargo, después de una vuelta más, Carlo tuvo que detenerse de repente. Comenzó a toser tan fuerte que se vio obligado a doblarse hacia delante, con las manos en las rodillas.

Roberto levantó la aguja y el disco se detuvo con un arañazo.

—Voy a buscarte agua —dijo Anna. Y se apresuró hacia la cocina.

Roberto se le acercó y lo sostuvo por los hombros. Carlo seguía tosiendo tan violentamente que el rostro se le puso morado y los ojos le quedaron surcados de capilares rotos.

—¿Papá? —preguntó Roberto con una expresión preocupada.

—Aquí tienes el agua —dijo Anna, volviendo con un vaso lleno. Lo acercó a la boca de Carlo y lo ayudó a beber.

Carlo fue tomando pequeños sorbos, después apartó el vaso con un gesto, como diciendo que ya era suficiente.

—Ya se me ha pasado —murmuró finalmente, con un suspiro.

—Así pues, ¿tengo razón o no al decir que eres un viejecito? —trató de bromear Anna.

Carlo esbozó una sonrisa forzada, regresó a su sillón, se dejó caer en él y, en cuanto se hubo acomodado, sacó un cigarro de una caja metálica situada en la mesita que tenía al lado y, todavía con dificultad para respirar, lo encendió.

A partir de esa tarde, la tos de Carlo se convirtió en la constante banda sonora de las calurosas semanas de verano, como un disco que gira sin parar en el plato. Tosía en la playa los domingos, cuando iba a nadar y luego tenía que regresar a la orilla de repente porque se quedaba sin aliento; tosía durante las reuniones en el ayuntamiento, a veces de manera tan intensa que tenía que levantarse y salir de la sala; e incluso tosía cuando hacía el amor con Anna. Un par de veces se apartó de sus brazos y le dijo, con un hilo de voz: «Lo siento, pero no puedo seguir». Un día, los trabajadores lo mandaron llamar para discutir si ese año, con el calor que hacía, tal vez fuera mejor adelantar la vendimia. Una vez en la finca, solo pudo pronunciar unas pocas palabras antes de ser víctima de un ataque de tos particularmente violento que parecía no tener fin. Afortunadamente, Daniele estaba allí, ocupado recogiendo algunas botellas para enviarlas como regalo a *mister* James, el propietario de la tienda de ropa de Nueva York, y se ofreció de inmediato a conducir el 1100 para llevarlo de regreso a casa.

Carlo se dejó caer en el asiento del acompañante y bajó la ventanilla.

—¿Qué tienes? —le preguntó Daniele, preocupado.

—Nada —respondió Carlo—. Es culpa de esta humedad...

—¿Has ido al médico?

—Qué dices —exclamó Carlo—. Dime, cambiando de tema... ¿Has pensado en la oferta que te hice? —Y empezó a toser de nuevo.

Daniele dudó antes de responder.

—Sí, lo he pensado... En realidad, aún no he tomado una decisión —mintió—. Sabes, a veces me pregunto si este es realmente el trabajo que quiero seguir haciendo.

Carlo hizo una mueca de decepción.

—Ah, los jóvenes —suspiró con un gruñido.

Los ataques de tos lo debilitaban, lo hacían sentir continuamente cansado y somnoliento. Después del almuerzo, a menudo no podía mantener los ojos abiertos y tenía que echarse una siesta; por la noche, se derrumbaba en el sofá después de cenar y Anna tenía que despertarlo tras apagar las luces de la sala. «Carlo, ven a la habitación a dormir, vamos», le susurraba.

—Debes ver a un médico —insistió ella una mañana de agosto, mientras estaban acostados boca abajo en la cama con las cortinas echadas, lo cual creaba una agradable penumbra.

—Seguro que es por culpa del aire, de este siroco que no te deja respirar... —murmuró él, acariciándole la curva de la espalda con un dedo.

—El médico te dirá si ese es el motivo.

Carlo resopló.

—Te preocupas demasiado. Tal como ha venido, se irá.

—¡Carlo! —exclamó ella, molesta por su obstinación.

—Está bien, está bien, iré —murmuró él a modo de respuesta.

—¿Cuándo? —lo presionó Anna.

—¿Esta semana?

—No. Mañana —respondió ella.

Carlo se puso serio, se acercó la mano a la frente y saludó militarmente.

—Sí, señor, ¡a sus órdenes! —bromeó.

—Tonto —dijo Anna con una sonrisa—. Mira que eres tonto.

El médico era un hombre con entradas y un rostro tranquilizador. Hizo sentar a Carlo en la camilla con el torso desnudo y le pidió que respirara profundamente solo por la boca.

—Una vez más —le pidió varias veces, con el oído pegado al estetoscopio—. Hum... —murmuró al fin, y le indicó que se vistiera.

Se sentó en su escritorio, se puso las gafas y comenzó a escribir en una hoja.

—Aquí tienes —dijo luego, extendiéndosela a Carlo.

Él la cogió y la examinó rápidamente.

—Te he prescrito una radiografía —explicó el médico—. Solo para descartar cualquier duda. Ve a ver al doctor Calò, es el mejor en Lecce. Tiene su consultorio en el hospital, te verá allí.

A la mañana siguiente, Carlo salió muy temprano.

—¿Estás seguro de que no quieres que vaya contigo? —le preguntó Anna mientras sorbía la leche tibia sentada en el banco del jardín.

—No te preocupes, será rápido —respondió él, y se despidió dándole un beso en la frente.

Subió a su 1100 y recorrió la corta distancia hasta la casa de Antonio. Bajó del coche dejando el motor encendido y la portezuela abierta y llamó.

Antonio abrió casi de inmediato. Llevaba pantalones y una camiseta blanca.

—¿Sabes lo que te dije ayer? Bueno, he cambiado de opinión —le dijo Carlo—. No quiero ir solo.

—¡Claro que no! —replicó Antonio—. Dame un momento, terminaré de vestirme.

En el hospital, después de la radiografía, se sentaron en la sala de espera. Carlo miraba nerviosamente a su alrededor: las paredes de un verde apagado, las baldosas agrietadas del suelo, los vidrios opacos de los ventanales.

—Nunca me han gustado los hospitales —exclamó—. Y este

olor a desinfectante... —dijo, al tiempo que hacía una mueca—. Me sube hasta el cerebro.

—Me parece que no le gustan a nadie, Carletto.

—Sí —murmuró sin dejar de mirar a su alrededor—. Oye, Antonio... Ya verás como no tengo nada. Me darán algo, tal vez un jarabe de esos fuertes, y fin de la historia.

—Estoy seguro de que será así —respondió Antonio con una dulce sonrisa.

—¿Señor Greco? —El doctor Calò apareció en la puerta.

Era un hombre delgado, con la espalda ligeramente encorvada y un rostro anguloso, pero con ojos vivaces.

Carlo y Antonio se pusieron de pie al mismo tiempo.

—¿Cuál es de los dos? —Sonrió el hombre.

—Yo —respondió Carlo, levantando una mano.

—Adelante, pase.

—Me gustaría entrar también, si es posible —dijo Antonio—. Soy su hermano mayor.

—Si el paciente está de acuerdo, por mí no hay ningún problema.

El médico fue directo al grano. Había una mancha en el pulmón izquierdo, explicó, señalándola en la radiografía.

Antonio le apretó fuerte el brazo a Carlo, que seguía mirando la placa con una mirada indescifrable.

—No se alarme, señor Greco —lo tranquilizó el médico—. Comenzaremos de inmediato la radioterapia. No hay motivo para pensar que no pueda recuperarse.

Antonio y Carlo subieron al coche y regresaron en silencio hasta Lizzanello. Pero una vez que llegaron a las afueras del pueblo, Carlo pisó el acelerador y giró por la carretera hacia Pisignano.

—¿Adónde vamos? —le preguntó Antonio.

—Al Grande Leccio —respondió Carlo con la mirada fija en la carretera y las manos rígidas en el volante.

Cuando el campo se abrió ante sus ojos, con sus largos muros de piedra seca y la gran encina que se alzaba imponente, Carlo detuvo el coche en la carretera.

Se sentaron sobre la tierra árida y apoyaron las espaldas contra el tronco macizo. Antonio cerró los ojos y le apretó la mano a Carlo. Se quedaron en silencio por un momento, arrullados por el susurro de las hojas de la encina que movía una brisa suave.

Antonio volvió a abrir los ojos y miró hacia arriba, al denso entramado de ramas.

—¿Te acuerdas de *Nino*? —preguntó con una pequeña sonrisa.

—Por supuesto que me acuerdo...

Antonio se echó a reír.

—Acabo de acordarme de aquella vez que lo trajimos aquí y trepó hasta la parte más alta de la copa.

—Por poco me rompo la crisma tratando de rescatarlo. Y corriendo el riesgo de que papá me castigara de lo lindo.

—Tú y ese gato teníais el mismo carácter: era juguetón y cariñoso como tú... De hecho, eras su favorito.

—Eso no es cierto. Nos quería a los dos.

—Sí, pero por las noches, solo quería dormir junto a ti.

—Porque roncas. Ya roncabas cuando eras un niño. —Y se echó a reír.

Antonio fingió molestarse y le dio un empujón como parte de la broma.

—*Nino*... —murmuró Carlo con una sonrisa, mirando fijamente al frente—. Me has traído tan buenos recuerdos...

Se quedaron en silencio durante unos cuantos segundos, cada uno sumido en sus propios recuerdos de aquel querido gato, de una época sin preocupaciones, de una felicidad aparentemente infinita.

A continuación, Carlo se puso serio.

—Me curaré, ¿verdad? —le preguntó.

—Por supuesto que te curarás...

—Lo dices solo para hacerme sentir mejor.

Antonio se volvió a mirarlo.

—No quiero verte dándote por vencido. Eso no es típico de ti. Más bien debería ser yo... —intentó bromear.

Pero, de repente, los ojos de Carlo se volvieron brillantes.

—¡Eh! —exclamó Antonio, sacudiéndolo por un brazo.

Carlo cerró los ojos y una lágrima se deslizó lentamente por su rostro.

Antonio le pasó un brazo por los hombros y lo atrajo hacia sí.

—Tranquilo. Saldremos de esta, Carletto. Saldremos de esta.

Como era de esperar, Anna reaccionó a la noticia a su manera. Frente a Carlo, no mostró ningún signo de preocupación, sino que lo miró con seguridad y le dijo:

—El tratamiento funcionará y te recuperarás.

Después se subió las mangas del vestido, se retiró a la cocina y se pasó la tarde haciendo lo que siempre tenía el poder de calmarla: pesto. Así la encontró Giovanna: inclinada sobre la mesa de la cocina, machacando el mortero con fuerza. Apartó una silla con cuidado y se sentó a observar el rostro tenso de Anna: tenía los labios fruncidos y los ojos húmedos y enrojecidos.

A continuación, sin decir una palabra, tomó el tazón de piñones y se lo pasó.

A principios de septiembre, Lorenza regresó de las vacaciones que ella y Tommaso habían pasado en Otranto, en una de las residencias de verano de los antiguos suegros de él, la misma casa en la que había pasado sus veranos durante años con Giulia.

—¡Hola, papá! ¿Puedo pasar?

Lorenza se asomó a la puerta abierta del despacho de Antonio vestida con un traje de chaqueta que le llegaba a la rodilla y el cabello recogido en un moño. Tenía el rostro pálido y demacrado, como si no hubiera estado en la playa ni un día.

—¡Lorenza! ¡No sabía que habías vuelto! —la recibió él con un abrazo—. Ven, siéntate —dijo, señalando la butaca—. ¿Cómo ha ido? —le preguntó a continuación, tomando asiento en la butaca de enfrente.

Lorenza se sentó y miró a su alrededor.

—Hace mucho tiempo que no vengo por aquí... —murmuró—. ¿Esa lámpara es nueva? —preguntó, señalando el escritorio.

Antonio se volvió hacia ella.

—No tan nueva —respondió. Luego volvió a mirar a su hija. Cruzó las piernas y entrelazó las manos—. Cuéntame —la invitó con una sonrisa—. ¿Qué tal en Otranto?

Lorenza lo miró fijamente.

—Estoy embarazada, papá —dijo—. Eres la primera persona a quien se lo digo.

Antonio la miró, sorprendido, y rápidamente fue a abrazarla.

—¡Pero qué maravillosa noticia!

Lorenza se quedó quieta y rígida.

Él se apartó.

—¿Qué pasa? No pareces feliz...

—Sí. No. Quiero decir, sí, lo soy.

—Entonces, ¿por qué esa cara enfurruñada?

—Nada, papá. Todo está bien... Solo estoy un poco cansada.

—Tu madre se volverá loca de alegría —exclamó Antonio, volviendo a sentarse—. Ya me la imagino.

Lorenza esbozó una media sonrisa que, sin embargo, no mostraba rastro de alegría.

—Sí, se merece un poco de felicidad —comentó mientras se levantaba.

—Pero ¿ya te vas? Si acabas de llegar... —preguntó él, un poco perplejo.

—Voy a decírselo a mamá.

—Espera, te acompaño. Se lo decimos juntos.

—No, gracias, papá. Quiero decírselo sola.

Lorenza salió de la fábrica de aceite y llegó al cruce donde debía girar a la derecha y luego continuar por la Via Giuseppe Garibaldi, la calle que, en el cruce, se convertía en la Via Paladini, donde estaba la casa de sus padres. Miró a la derecha por un momento y luego tomó el camino de la izquierda, el que llevaba a casa de Daniele.

21

Abril-mayo de 1949

Ese día, Daniele abrió la puerta y se quedó mirando a Lorenza en el umbral con una mezcla de sorpresa y malestar. No se había atrevido a acercarse a ella en todos esos meses; se impuso la restricción de no interferir en su vida, de respetar su condición de mujer casada e «intocable». Lorenza había hecho su elección y ya no había nada que él pudiera hacer. Y, en ese momento, cuando finalmente la tenía a un palmo, dio un paso atrás, como atemorizado.

—¿No me vas a dejar entrar? —le preguntó ella con la voz quebrada.

—No lo sé —le respondió él—. No deberías estar aquí.

—Por favor —le suplicó Lorenza y, al instante, se echó a llorar y se cubrió la cara con las manos.

De modo que Daniele la dejó pasar, la hizo sentarse en el sofá y le trajo un vaso de agua.

—Tranquilízate, vamos —le susurró. Luego se sentó en el brazo del sofá, tratando de mantener las distancias—. ¿Te sientes mejor? —le preguntó finalmente, tan pronto como ella colocó el vaso vacío en la mesa.

Lorenza asintió débilmente, después levantó la mirada y lo miró con los ojos hinchados de llanto.

—¿Por qué has venido? —le preguntó.

Ella se le acercó. Le puso una mano en la mejilla, lo acarició y, al instante, lo besó. Daniele no trató de detenerla ni se apartó. Respondió al beso de manera sumisa, olvidándose de repente de todo lo que no fuera Lorenza. Se quitaron la ropa mutuamente, sin dejar de besarse. Luego, él se tendió desnudo sobre ella y, justo allí, en el sofá, hicieron el amor por primera vez. Después se quedaron abrazados durante mucho tiempo, desnudos y felices, y más tarde, aún insatisfechos, lo hicieron de nuevo.

—Así es como tenía que ser —le susurró él mientras le acariciaba el pelo—. Si tan solo hubieras confiado en mí...

—Estaba furiosa... Y tenía miedo. Miedo de quedarme sola para siempre, miedo de que no regresaras...

Él le posó los labios en la frente.

—Lo sé —dijo.

—¿Sabes qué es lo gracioso? —continuó ella con un tono amargo—. Lo gracioso es que nunca me he sentido tan sola como desde que estoy casada... No es culpa de Tommaso, él es muy dulce, muy cariñoso... Pero cada vez que me toca, quiero gritar.

E inmediatamente después se lo confesó: estaba esperando un bebé, y eso era lo peor que le podía pasar, añadió.

Daniele apartó a Lorenza de él y se sentó, con el cabello revuelto, las manos entrelazadas y la mirada clavada en el suelo.

Lorenza también bajó la mirada.

—¿Estás enfadado? —preguntó en un susurro.

Él se pasó una mano por el pelo y se levantó de un salto. Llenó un vaso de agua y se lo bebió apoyado en el fregadero mientras Lorenza lo miraba.

—No, no estoy enfadado —respondió finalmente con voz débil—. Me duele por ti, por la infelicidad que sientes.

A partir de ese día, no dejaron de verse a escondidas. En otoño, él comenzó a buscar un apartamento pequeño en Lecce, un lugar donde pudiera tener su taller y por fin pudieran estar juntos lejos de las miradas del pueblo. No fue fácil encontrarlo: los que visitó no tenían la iluminación adecuada, o eran demasiado húmedos, o estaban en tan mal estado que necesitaban una renovación completa, y él no tenía tanto dinero. Finalmente encontró una casa desocupada con tres habitaciones y grandes ventanas en la Via Santa Maria del Paradiso, un callejón en el barrio de las Giravolte, a pocos pasos de Porta Rudiae.

—Mis abuelos vivían aquí —le explicó un joven aproximadamente de su edad—. Yo no lo voy a usar: ya tengo donde vivir.

Así que llegaron a un acuerdo, al menos por el momento, para un alquiler anual fijo.

En las tardes en que Tommaso se quedaba en la oficina, Lorenza se escabullía y subía al autobús de Lecce. A pesar de que el embarazo le restaba algo de fuerzas, deseaba ayudar a Daniele, ser parte de su sueño desde el primer momento. Fregaba el suelo, frotaba los cristales de las ventanas y pulía las puertas. Y cuando, gracias a la camioneta de un amigo, él trasladó la máquina de coser Singer, sus telas y todas sus herramientas de trabajo, ella se encargó de ordenarlo todo.

—¿Y la caja de los cuadernos? —preguntó Lorenza mientras apilaba los rollos de tela, separándolos por tonalidades.

—Ya no existe —respondió él. Y entonces le contó la discusión con su madre, los modelos que ella le había robado, lo estafado que se había sentido, lo mezquina que podía ser Carmela...—. Estoy acostumbrado. Nunca cambiará —dijo con tristeza—. Pero no quiero pensar más en ello —añadió, sacudiendo la cabeza—. El resultado es que diseñaré una nueva línea aún más moderna, algo que también se pondría una mujer de Nueva York.

Lorenza asintió con una expresión apenada.

—Me parece un objetivo maravilloso. Estoy segura de que los asombrarás a todos —comentó seguidamente, quizá con demasiado entusiasmo.

Lo cierto era que, de repente, se había sentido culpable: pensó que aquella noche, la noche del cumpleaños del tío Carlo, había acertado cuando había tenido la sensación de que Carmela llevaba puesto uno de los modelos de Daniele. Sin embargo, había desechado inmediatamente ese pensamiento y no había investigado más. Tal vez debería haberlo hecho, se dijo a sí misma. Debería haber ido directamente a Carmela y pedirle explicaciones. Pero, después de todo, ¿de qué serviría darle vueltas a eso ahora? Y, sobre todo, ¿por qué contárselo a Daniele al cabo de tanto tiempo y justo ahora que se habían encontrado de nuevo? No serviría de nada. Así que decidió guardar silencio.

—Faltan la mesa, el espejo, algunos sofás, un perchero... —dijo Daniele, mirando a su alrededor.

—Deberías hacerte un letrero —añadió Lorenza—. Me encantaría regalártelo. Significaría mucho para mí.

Él la miró con una sonrisa.

—Gracias, eres un tesoro.

Ella se le acercó y él le acarició primero la cabeza y después la barriga.

—¿Sabes cuál sería mi mayor deseo? —dijo ella—. Que fuera hijo tuyo.

Él la abrazó con fuerza y luego le susurró al oído:

—También yo lo desearía.

Giada nació en casa el 18 de abril, después de catorce horas de parto, mientras la familia esperaba detrás de la puerta..., excepto Agata, que se mantuvo al lado de su hija todo el tiempo, sosteniéndole la mano mientras la comadrona le ordenaba empujar. Tommaso se sentaba y se levantaba constantemente, incapaz de quedarse quieto; Antonio le ponía una mano en el hombro y le repetía:

—Todo saldrá bien, ya verás. Come algo, quizá.

Anna y Giovanna, en la cocina, preparaban *friselle* con tomate y orégano o se hacían cargo de las demandas de la comadrona, quien iba pidiendo más toallas limpias y agua hirviendo. En un momento dado, también llegó Carlo, pero solo se quedó unos minutos.

—Tengo que ir a acostarme —dijo como disculpa, con una expresión cansada y ojeras rojizas.

Roberto lo acompañó a casa, sosteniéndolo por el brazo.

—Una niña —exclamó Tommaso con los ojos llenos de alegría—. Esperaba tanto que fuera una niña. Mi pequeña princesa —dijo, acariciándole las manitas.

Agotada, Lorenza se quedó dormida. Agata echó a todo el mundo de la habitación, puso a la niña en la cuna, cerró las cortinas y se sentó junto a la cama. De vez en cuando, le secaba la frente perlada de sudor a Lorenza con un pañuelo y le humedecía los labios con un poco de agua o, tratando de hacer el menor ruido posible, se levantaba para echar un vistazo a la pequeña. Cuando Giada se despertó y comenzó a llorar de hambre, Agata la tomó en brazos y la acunó durante un rato.

—Amor de la abuela —le susurró con una sonrisa. Abrió un poco las cortinas y luego se inclinó sobre Lorenza—. La niña tiene que comer.

Lorenza hizo una mueca.

—Necesito dormir —murmuró con los ojos cerrados.

—Le das el pecho y luego vuelves a dormir —le dijo Agata.

Resoplando, Lorenza se sentó en la cama y Agata le pasó a la niña.

La primera toma resultó una tortura.

—Ay —dijo Lorenza, que no hacía más que quejarse, con el rostro contraído.

—Ten paciencia, la primera vez es así, luego pasa —la tranquilizaba Agata, sentada a su lado en la cama.

—Pero duele —insistía Lorenza. Y apartaba a la niña de sí.

En los días siguientes todo empeoró. Giada no hacía más que llorar y chillar, día y noche. Exasperada, Lorenza la cogía en brazos y la mecía enérgicamente, pero la niña parecía desesperarse aún más.

—No sé cómo hacerla callar. Me está volviendo loca —le repetía al borde del llanto a Tommaso.

Él se levantaba de la cama y le decía:

—Dámela a mí, intentaré calmarla.

—Pero ¿cómo la vas a calmar tú? —estallaba ella. Y seguía meciéndola con enojo.

—Permíteme intentarlo —respondía él, tranquilo.

Y cada vez, tan pronto como Tommaso cogía a Giada en brazos, la pequeña dejaba de llorar de repente.

—Gracias a Dios —suspiraba Lorenza.

—Pero eso no está bien, hija mía —la regañaba Agata. Llegaba temprano todas las mañanas para relevar a Tommaso—. Los bebés lo notan..., perciben todo lo que llevas dentro. Y dentro de ti, ahora, tienes veneno.

Lorenza no había visto a Daniele desde el día anterior al parto y creía que iba a volverse loca. Miraba a su hija y no podía sentir ni un atisbo de amor o ternura; lo único que veía eran los dolores de cada toma, las noches sin dormir, el cansancio permanente y ese llanto agudo que la hacía querer huir.

¿A quién podía contarle cómo se sentía realmente? Nadie lo entendería, se indignarían, la tomarían por loca, dirían que algo dentro de ella estaba roto.

Anna la visitaba todos los días al salir del trabajo. Le acariciaba la carita a Giada, le apartaba los mechoncitos de pelo de la frente y luego se sentaba junto a Lorenza.

—No tienes buen color, *ma petite* —le dijo un día.

—Gracias, ya me había dado cuenta —respondió Lorenza de mal humor.

—¿Te apetece hablar un poco?

—¿Sobre qué? Como ves, no tengo mucho que contar últimamente —ironizó.

Anna se giró lentamente hacia la cuna y miró a la niña que dormía tranquilamente.

—Bueno, no me lo parece...

—La verdad es que lo he hecho todo mal, tía.

—Tienes una niña adorable y sana. No parece que lo hayas hecho todo mal, ¿no crees?

Lorenza hizo una mueca de rabia.

—Yo... —trató de decir, pero enseguida se detuvo.

—¿Tú qué? Continúa, por favor —la instó Anna.

Lorenza suspiró, seguidamente se levantó de la cama y fue a mirar por la ventana.

—No consigo quererla —dijo sin volverse—. La miro y no siento nada. A veces... —Se interrumpió—. A veces desearía que no existiera. Así sería libre. —Una lágrima le resbaló por la mejilla.

Anna se dispuso a levantarse de la silla y acercarse a ella, pero algo la detuvo.

Lorenza se secó la cara con la palma de la mano y luego se giró hacia Anna.

—¿No dices nada? Lo sé, estás pensando que soy un monstruo.

Anna la miró, consternada. ¿Dónde había ido a parar aquella niñita alegre y llena de vida que solía correr hacia ella, siempre tan entusiasta y amable?

—No estoy pensando eso en absoluto... —respondió con voz ronca—. Estaba pensando en cómo eras de niña...

—Ya no lo soy desde hace tiempo —la interrumpió Lorenza.

—Sí, eso lo sé.

Lorenza se alejó de la ventana y volvió a sentarse frente a su tía.

—No veo a Daniele desde hace dos semanas... —murmuró. Anna abrió los ojos de par en par y trató de decir algo, pero Lorenza la detuvo de nuevo—. Sí, sé que me lo advertiste, me habías avisado. Las cosas han ido tal y como habías pronosticado. ¿Estás contenta?

—No, para nada —susurró.

—Perdóname, tía. Estoy tan cansada... —Levantó la mirada y extendió la mano hacia ella—. Lo siento —añadió—. No es culpa tuya.

Anna extendió la mano a su vez y se la apretó. Le dolía mucho verla en ese estado, víctima de sí misma y de sus malas decisiones. Sintió una gran pena por ella, imaginándola noche tras noche, acostándose al lado de un hombre a quien no amaba; y le entristecía a más no poder saber que solo era feliz en las horas que robaba a esa vida, en la clandestinidad del amor con Daniele...

—Hay algo que puedo hacer por ti, si quieres —dijo entonces—. Puedo hacer que él venga a mi casa. Mañana por la tarde. Así podéis estar un rato juntos, sin que nadie os moleste. Desde allí, puedes volver en cuestión de minutos si Giada necesita algo. Total, Agata estará con ella, ¿verdad? No te preocupes, me inventaré una excusa con tu madre, le diré que te iría bien relajarte un par de horas, que necesitas que te corte el pelo o algo por el estilo. Respecto a tu tío, estate tranquila, mañana no estará en casa durante toda la tarde... Debe inaugurar esa nueva zona comercial —explicó, haciendo un gesto de indiferencia—. Y Roberto irá con él. En cuanto a Giovanna, bueno, puedes confiar en ella, ya lo sabes.

Lorenza pareció renacer de repente y se lanzó a sus brazos.

—¡Oh, tía! ¿De verdad harías esto por mí?

Anna le acarició el pelo.

—Si sirve para hacerte sonreír de esta manera, sí, *ma petite.*

La tarde del día siguiente, Daniele llegó a casa de Anna presa de un gran nerviosismo. Con el corazón latiendo con fuerza y la respiración agitada, llamó a la puerta.

Anna le abrió y lo recibió con una sonrisa.

—Ven, siéntate en la sala de estar —le dijo—. Lorenza llegará en cualquier momento. ¿Quieres un café? ¿Un vaso de agua? Tengo la sensación de que lo necesitas...

Daniele entró, cohibido. Se sentó en el sofá que Anna le señaló y luego murmuró:

—Sí, tal vez un poco de agua, gracias.

Anna se fue hacia la cocina y Daniele miró a su alrededor: la gran chimenea, los cuadros de las paredes, el mueble con la radio, el tocadiscos... Le llamó la atención la ausencia de la clase de adornos y objetos que solían abundar en las casas. «Ah, no, ahí hay algo», pensó al ver una figurilla de papel maché en la repisa de la chimenea. Se levantó y fue hasta allí para observarla mejor: era una mujer vestida de blanco que sostenía una cesta de manzanas rojas y jugosas. En un lado del rostro, tenía una pequeña muesca.

Anna regresó con el vaso de agua en sus manos.

—Es bonita, ¿verdad? —dijo, señalando la figurilla—. La compré un par de meses después de llegar aquí —continuó diciendo—. El hombre del puesto la tenía escondida detrás de otras filas de figuras. Y solo por esa muesca que tiene en la cara, que la hacía diferente de las demás. A mí nunca me ha dado miedo parecer diferente. Por eso aún la conservo, después de todos estos años.

Daniele esbozó una sonrisa.

—Toma —dijo ella, tendiéndole el vaso.

Daniele lo cogió y se lo bebió de un trago.

Anna se sentó en el sofá y dio unos golpecitos en el espacio vacío junto a ella.

—Ven —dijo.

Él se acomodó a su lado, sosteniendo el vaso vacío entre las manos.

—Sabes, me alegra que estés aquí —continuó ella—. Hace mucho tiempo que quería conocerte, hablar un poco contigo. Es extraño, ¿no te parece? Carlo, Lorenza... Tenemos dos personas muy importantes en común y, sin embargo, tú y yo nunca hemos tenido la oportunidad de conversar.

Daniele pareció relajar el rostro al instante.

—Sí, es extraño. —Sonrió, colocando el vaso en la mesa—. A lo largo de mi vida he mencionado tu nombre más veces que el mío —bromeó—. Creo que Donna Anna son las palabras que más he dicho.

Anna también rio.

—No sé cómo darte las gracias por lo de hoy —dijo Daniele—. Cuando ayer te presentaste en mi casa, tuve miedo de que quisieras cantarme las cuarenta. Yo... Bueno, no quisiera que te llevaras una mala impresión de mí. Realmente quiero mucho a Lorenza, y ella me quiere a mí, y... —Se detuvo, bajando la mirada.

—Y tú estabas antes. ¿Es eso lo que querías decir? —continuó Anna con dulzura.

Él levantó la mirada y la miró agradecido.

—Sí —dijo—. Algo así.

En ese momento oyeron llamar a la puerta.

—Aquí está —dijo Anna. Y fue a abrir.

Daniele se levantó y fijó la mirada hacia la entrada.

Lorenza entró, jadeando y con una expresión impaciente en el rostro. Corrió hacia Daniele y lo abrazó. Él la estrechó con fuerza y hundió la cabeza en su cabello.

Anna se dirigió a la cocina, cerró la puerta suavemente y se unió a Giovanna que, en cuanto oyó que llegaba Daniele, se había retirado al jardín.

Al cabo de media hora se oyó una llave que giraba en la cerradura de la puerta de entrada.

Anna abrió rápidamente la puerta de la cocina y Giovanna la siguió. Daniele y Lorenza se levantaron del sofá con una expresión alarmada.

En el umbral, Roberto sujetaba a Carlo por un brazo.

—¿Qué ha pasado?

Anna corrió hacia ellos y ayudó a Roberto a sostener el peso de Carlo, pues era evidente que no podía mantenerse en pie por sí mismo.

Daniele acudió en ayuda de los dos. Luego, entre los tres, lo ayudaron a tenderse en el sofá.

La cara de Carlo reflejaba un profundo sufrimiento. Anna nunca lo había visto así.

—Carlo —lo llamó, inclinándose sobre él—. ¿Qué te pasa? ¿Qué ha ocurrido?

Él tosió fuertemente y se acurrucó de lado.

—Se ha sentido mal —explicó Roberto con una voz cargada de miedo.

Daniele se arrodilló junto al sofá. Como si se hubiera dado cuenta de su presencia justo en ese momento, Carlo abrió los ojos de par en par y susurró:

—Mi muchacho... —A continuación, dirigió la mirada hacia Lorenza, que se había quedado inmóvil, incapaz de hacer o decir nada.

Carlo cerró los ojos de golpe con una expresión angustiada tras haberlo comprendido todo.

Había sufrido un ataque más fuerte que los anteriores, explicó Roberto. Estaba a punto de cortar la cinta para inaugurar el mercado cuando se había puesto pálido como la cera y había sufrido un ataque de tos cavernosa y desgarradora, como nunca antes había tenido. Todos los presentes se habían acercado a él; algunos lo sostenían, otros le golpeaban la espalda, y alguien gritaba: «¡No puede respirar!». Roberto se había aferrado a él hasta que, con otro golpe de tos, Carlo había escupido un gran coágulo de sangre.

—Ve a buscar al tío Antonio —le dijo Anna a su hijo—. Lo llevaremos inmediatamente al hospital.

—Yo iré a buscar a papá —se ofreció Lorenza.

Antes de salir, sin embargo, miró a Daniele con ojos desesperados y llenos de deseo, y le hizo un gesto como si quisiera decir: «¿Mañana?».

Anna y Antonio ayudaron a Carlo a subir al asiento trasero del Fiat 508, seguidamente Antonio se puso al volante y tomó el camino hacia el hospital.

El doctor Calò lo visitó durante más de una hora.

Anna y Antonio no pudieron hacer más que esperar, sentados en las incómodas sillas de la sala de espera.

Anna tenía la cabeza apoyada hacia atrás contra la pared, mientras que Antonio estaba inclinado hacia delante, con los codos en las rodillas.

Ella miró su reloj.

—¿No tardan mucho?

Antonio la miró.

—No lo sé —contestó—. No tengo ni idea.

—Hasta ahora nunca le había salido sangre —continuó Anna.

Antonio asintió con la cabeza y luego volvió a mirar hacia delante, dando golpecitos en el suelo con la punta del zapato.

Anna se pasó las manos por el pelo, suspirando ruidosamente.

—Tengo miedo, Antonio —dijo entonces—. Me estoy muriendo de miedo —añadió con voz temblorosa.

Él titubeó y, a continuación, le puso una mano en la pierna. Ella la apretó tan fuerte que le dejó las marcas de las uñas.

—Yo también —murmuró Antonio.

La puerta del consultorio se abrió: Carlo salió primero, seguido por el médico. Ambos tenían la expresión sombría de quienes traen malas noticias.

Anna y Antonio se pusieron de pie de inmediato.

Carlo los miró con la expresión más desconsolada que le habían visto jamás. Luego dio unos pasos hacia delante y, sin decir una palabra, los abrazó a ambos al mismo tiempo.

A principios de mayo Anna sacó del arcón la ropa del buen tiempo, la suya y la de Carlo. Después vació los armarios de la ropa de invierno y la guardó en el arcón. A continuación, agrupó todas las chaquetas ligeras de Carlo, los pantalones de algodón fresco y las camisas y las metió en una bolsa grande.

Miró a la habitación para asegurarse de que Carlo estuviera durmiendo. Cuando lo oyó roncar, cerró la puerta y bajó por la escalera.

—Voy a la modista. ¿Te quedas aquí con papá?

Roberto levantó la vista de un ejemplar gastado de *Romeo y Julieta*. Lo habían elegido para interpretar a Romeo en la obra de fin de curso de la escuela, por lo que, después de hacer sus tareas, cada día se pasaba horas leyendo y memorizando el papel. A veces subía a la habitación de sus padres, se acostaba en la cama junto a Carlo y le hacía compañía leyendo sus líneas.

—Sí, claro, no te preocupes —le respondió.

Con la bolsa sobre los hombros, Anna tomó el camino que llevaba al taller de costura.

Cuando Carmela le abrió la puerta, las dos mujeres se miraron fijamente durante unos segundos. Por la expresión de pesar en el rostro de Carmela, Anna comprendió que ya lo sabía todo. Como siempre, era imposible mantener nada en secreto en el pueblo, y el hecho de que Carlo se hubiera tomado un receso de su cargo de alcalde y de la Bodega solo había confirmado los rumores.

—Entra —la invitó Carmela.

Anna colocó la bolsa encima de la mesa. Con voz firme, le explicó que dentro estaban las prendas de Carlo y que las había traído porque necesitaba que las ajustara. Ahora le iban al menos dos tallas más grandes, especificó.

Carmela abrió la bolsa y comenzó a sacar las prendas, una a una, y las fue colocando sobre la mesa. Anna ya había marcado con alfileres las nuevas medidas, donde debía entrar o acortar.

—Me doy cuenta de que es mucho trabajo —dijo Anna—. Pero te pido que lo hagas lo más rápido posible. Te pagaré el doble si es necesario.

Carmela negó con la cabeza.

—¿Ves? Es por estas cosas que se nota que eres y seguirás siendo una forastera.

—¿Por qué? ¿Qué he dicho? —se preocupó Anna.

Carmela la miró fijamente a los ojos.

—Por aquí, cuando uno de nosotros está enfermo, nadie se atrevería a hacerlo pagar, o a pedirle a su familia que pague por los servicios —respondió con dureza—. Vuelve en cinco días y ya lo tendrás listo —agregó antes de despedirse.

Carmela cerró la puerta, molesta, y regresó a sentarse a la mesa. Se puso las gafas y se dispuso a reanudar el trabajo que había empezado, pero entonces se detuvo. Miró las prendas de Carlo durante un buen rato. Sacó una camisa del montón; era celeste, con botones de nácar: la llevaba el día en que se había presentado de nuevo en su puerta, preguntando: «¿Molesto?». Y ella, como una tonta, lo había hecho pasar.

Se llevó la camisa hasta el rostro y la olió con los ojos cerrados: el aroma de Carlo, esa mezcla de humo especiado y loción de afeitar mentolada. Lo habría reconocido entre mil.

22

Junio de 1949

«El manto de la noche me oculta a sus miradas;
pero, si no me quieres, déjalos que me hallen aquí.
Es mejor que termine mi vida víctima de su odio,
que se retrase mi muerte falto de tu amor».

En lo alto de una pequeña escalera de madera, Roberto estaba recitando sus líneas mientras Carlo, sentado en su sillón con una manta de cuadros sobre las piernas, se esforzaba en seguir el texto. Con la radioterapia había perdido todo el pelo y estaba completamente calvo.

—¿Lo he dicho bien? —preguntó Roberto.

—Sí, sí —confirmó Carlo con un hilo de voz—. Te corregiré si cometes algún error. —Y se puso a toser.

—Estás cansado. Hagamos una pausa —dijo Roberto, bajando de la escalera.

—Sí, solo un momento —respondió Carlo, colocando el libro en la mesa.

Roberto se sentó en la alfombra, a los pies de su padre, y apoyó la cabeza en sus piernas.

—Papá, tengo que hacerte una pregunta.

—Dime.

—¿Qué sentiste cuando conociste a mamá? Quiero decir, ¿cómo supiste que estabas enamorado?

Carlo reflexionó por un momento.

—Creo que sentí... que estaba en casa. Que podía mostrar mi lado más vulnerable sabiendo que la otra persona lo entendía y lo aceptaba, que cuidaría de él y nunca lo usaría en mi contra. ¿Comprendes a lo que me refiero?

Roberto asintió.

—Creo que sí...

—¿Por qué me lo preguntas? ¿Hay alguna chica que te gusta?

—Hasta la médula, papá —respondió con un suspiro—. Pero no estoy seguro de si yo le gusto a ella.

Carlo sonrió.

—¿Cómo se llama?

—Maria. Se llama Maria. Hace de Julieta.

Carlo rio y tosió al mismo tiempo.

—Ah, bueno, entonces es el destino. Pero prometo que ni tu madre ni yo os pondremos obstáculos —bromeó.

—Papá... —repitió Roberto después de unos segundos de silencio.

—¿Qué?

—Creo que me he enamorado. Cuando estoy con ella, también me siento en casa.

Carlo ya no salía de casa. El doctor Calò había sido claro: debía hacer reposo absoluto, evitar cualquier esfuerzo, no tirar de la cuerda de su ya debilitado cuerpo. Había sido brutalmente sincero: el cáncer se había extendido de manera imprevisible.

—¿Cuánto tiempo me queda? —le preguntó Carlo después de la última visita.

Al médico se le ensombreció el semblante y luego entrelazó las manos sobre el escritorio.

—No sé decírselo. Siga con el tratamiento —se limitó a responder.

Durante esas semanas, Anna no lo dejó solo ni un momento.

Se tomó un permiso del trabajo, el primero en catorce años, para poder estar a su lado.

—Los médicos pueden equivocarse, también son humanos, qué demonios —le repetía—. Te recuperarás, lo sé.

Se negaba a aceptar la posibilidad de que él no lo lograra; estaba convencida de que la voluntad de vivir de Carlo superaría la enfermedad. Cuántas veces él habría querido decirle que no lo estaba ayudando en absoluto actuando de esa forma; no quería que lo engañaran con palabras que exaltaban la esperanza, no quería eludir la realidad persiguiendo una quimera. Habría sido infinitamente peor si se hubiera convencido de que podría vivir más tiempo de lo que se le pronosticaba...: entonces sí que el momento de la despedida le habría resultado aún más inaceptable y desgarrador. Habría deseado decirle: «Cállate, basta, no me hables más de todas las cosas que aún tenemos que hacer juntos, no me hables más del futuro. Me duele, ¿entiendes que me duele?».

Sin embargo, Carlo nunca se atrevía a interrumpirla, a decirle cómo se sentía en realidad. Le rompía el corazón pensar que, a su manera, ella también estaba tratando de protegerse del dolor, de retrasarlo lo más posible. Continuaba tosiendo sangre, quedándose sin aliento y notaba una constante pesadez en el pecho. Veía por sí mismo que no hacía más que empeorar. Y también lo veía Anna...

Un día le pidió que mandara llamar al notario.

Ella se puso seria y cruzó los brazos sobre el pecho.

—Te comportas como si realmente estuvieras a punto de morir. ¡Deja de hacerlo! —le dijo.

Carlo intentó sentarse en la cama, pero en vano.

—Por favor, Anna, haz lo que te pido —le suplicó con un gemido.

Al final, fue Antonio quien tuvo que llamar al notario, un hombrecillo muy acicalado que se presentó con su maletín de cuero negro en una mano y el rostro recién afeitado, a juzgar por el pequeño corte que tenía en la mejilla izquierda.

Anna abrió la puerta y apenas lo saludó. Luego se dirigió a la cocina y cerró dando un portazo.

—Le pido disculpas —dijo Antonio, avergonzado, mostrándole el camino escaleras arriba hasta el dormitorio.

Carlo informó al notario de que su hermano estaría presente en la redacción del testamento. De modo que Antonio cerró la puerta con llave y luego se sentó en la silla, cruzó las piernas y entrelazó las manos sobre ellas. Tal vez fuera el momento más difícil de su vida y, sin embargo, se obligó a mostrarse fuerte, a ser la roca a la que Carlo se había aferrado desde siempre, a no dejar que se notara la angustia que llevaba dentro. «Debo cuidar de él ante todo», se repetía una y otra vez para darse ánimos. Conocía a su hermano, sabía perfectamente lo que necesitaba: fingir que no pasaba nada no lo habría ayudado en absoluto. Al contrario, habría agravado el miedo, la soledad que ya sentía.

Permaneció escuchando en silencio mientras el notario transcribía las palabras de Carlo en una hoja dentro de una carpeta.

Le dejaba a Anna la casa de la Via Paladini y todo el dinero. Roberto heredaría el setenta por ciento de la Finca y de la Bodega Greco. El treinta por ciento restante se lo daría a Daniele Carlà, «por su dedicación inquebrantable, los numerosos beneficios aportados a la Bodega y la valiosa experiencia acumulada, igual a la de nadie más en la empresa. Por lo tanto, se ha ganado mi confianza total e incondicional. Estoy absolutamente seguro de que continuará haciendo prosperar la Bodega». Con el deseo, hizo añadir, de que Roberto y Daniele gestionasen juntos una «colaboración pacífica y fructífera, digna de los dos chicos más inteligentes que jamás haya conocido».

Antonio abrió los ojos de par en par y se removió en la silla; estaba a punto de decir algo, pero Carlo le hizo un gesto de que no había nada que hacer: así lo había decidido.

Sin embargo, después de que el notario se fuera, Antonio cerró la puerta y no se contuvo.

—¿Cómo se lo explicarás a Anna? —le preguntó, sinceramente

preocupado—. ¿Y cómo crees que reaccionará Roberto? No puedes aparecer con esta revelación sorpresa. ¿Y si empiezan a sospechar algo? No puedes dejar que lo descubran de esta manera, cuando... —respiró profundamente— cuando ya no puedas darles explicaciones. No puedes hacerlo, Carlo. Debes decírselo de inmediato, ahora.

Carlo volvió la cabeza hacia el otro lado de la almohada.

—O, aún mejor, cambia el testamento, por favor, mientras estás a tiempo. Por el amor de Dios.

—Te estás preocupando demasiado —respondió Carlo con voz débil—. Pensarán que lo decidí así porque me preocupaba por los negocios, solo por los negocios. Por el bien de la Bodega, y por su futuro. Conozco a Anna, conozco a mi hijo —concluyó, jadeando.

—¿Y si te equivocas y...?

Antonio intentó replicar, pero Carlo lo interrumpió de inmediato.

—No quiero hablar más de esto.

Antonio suspiró, desconsolado, y apoyó ambas manos en el piecero de la cama.

Mucha gente iba a visitarlo: trabajadores de la Bodega, empleados del ayuntamiento, compañeros de partido, miembros de la Junta Municipal... Cada uno le deseaba una pronta recuperación, le decían que no dejara que la enfermedad ganara. «Se siente tu ausencia», «No te preocupes, en la Bodega todo sigue como siempre», «Te esperamos, no bromees», «Cuando te recuperes, retomaremos ese proyecto», «Cuando te levantes, hablaremos de ello».

Al final de esas visitas Carlo se sentía terriblemente cansado, abrumado por un sinfín de palabras vacías y promesas absurdas. Así que, en un momento dado, le pidió a Anna que no dejara entrar a nadie más. Tenía que despedirlos a todos, decirles que estaba descansando, que no podía recibirlos. Ya no quería ver a nadie, excepto a la familia, dijo.

—Ah —añadió antes de que ella cerrara la puerta de la habitación—. Pero si viene Daniele, déjalo entrar. A él sí, no me molesta.

Cuando Carlo empeoró, Daniele decidió posponer la apertura de su taller para volver a encargarse de la Bodega.

—Se lo debo —le explicó a Lorenza.

En poco tiempo se encontró reemplazando a Carlo en todas sus tareas: distribuía los salarios, hablaba con los trabajadores, daba indicaciones, supervisaba los envíos, mantenía los registros en orden y se aseguraba de que no hubiera retrasos. Una vez a la semana, generalmente los sábados, iba a ver a Carlo para darle un informe detallado.

Él escuchaba y asentía, satisfecho.

—Estupendo, estás haciendo un excelente trabajo —le decía cada vez.

Fue una de esas mañanas cuando Carlo decidió hablarle sobre el testamento y el treinta por ciento que le correspondía.

—Así estarás preparado —concluyó.

Daniele se quedó petrificado.

—No sé qué decir... Yo... Yo no me lo esperaba... ¿Por qué has hecho ya testamento? —le preguntó, mirándolo fijamente—. Yo quiero que te recuperes, Carlo, y... —Se le quebró la voz.

—Acércate, muchacho mío —le dijo Carlo, dando dos golpecitos en la cama.

Daniele obedeció.

—No sé si me recuperaré —dijo Carlo. Un acceso de tos lo interrumpió—. He querido arreglar las cosas con tiempo. Lo entiendes, ¿verdad? —siguió diciendo, con un jadeo.

Daniele sorbió por la nariz y se frotó los ojos húmedos.

—No quiero pensar en ello — murmuró, sacudiendo la cabeza.

Carlo frunció los labios y luego le puso una mano sobre la suya.

—¿Por qué precisamente yo? —siguió diciendo Daniele—. ¿Ya lo sabe tu hijo? ¿Y Anna?

Carlo lo miró intensamente durante un buen rato. Solo Dios sabía cuánto deseaba confesárselo, revelarle la verdad, que lo mirara una vez, solo una vez, no pedía más, con ojos de hijo. Y, sin embargo, no pudo decir nada: las palabras murieron en su boca, arañándole la garganta.

—Porque te lo mereces, muchacho mío —respondió en su lugar—. Te lo has ganado —reiteró—. Es mi decisión. Solo mía. No debes preocuparte por Anna y Roberto —añadió.

Luego, poco antes de que Daniele se fuera, Carlo le pidió que le hiciera una promesa.

—Todo lo que quieras —dijo Daniele.

—Lorenza —suspiró Carlo. Y Daniele se tensó de inmediato—. He visto lo que está pasando. Y no está bien, muchacho mío. Es una mujer casada, tiene una hija. Esto solo traerá problemas. A todos. Mi hermano sufriría enormemente. Déjala en paz; piensa en ti. Encontrarás a otra chica a la que amar.

Daniele apartó la mirada.

—Es mejor que me vaya —dijo, levantándose lentamente—. Piensa solo en descansar, por favor.

Mientras lo veía irse, Carlo no pudo evitar recordar las palabras que don Ciccio le había dicho aquel día en la penumbra de su habitación: «No te hagas ilusiones de que sirva de algo». Tenía razón.

Daniele salió de la casa de Carlo confuso y aturdido y, sin saber por qué, ya que aún no la había perdonado, fue directo a casa de su madre. Abrió la puerta del taller de costura y la encontró sentada frente a la Singer con las gafas, que colgaban de una cadena dorada, apoyadas en la punta de la nariz.

—Aquí está mi hijo... Milagro... —lo recibió ella con tono sarcástico.

—Hola —la saludó él, fríamente.

—Hace mil años que no se te ve.

Daniele no respondió y se dejó caer en un sillón con un suspiro.

Carmela se levantó de la máquina de coser y se sentó frente a su hijo. Se quitó las gafas y las dejó resbalar hacia el pecho.

—¿Quieres café?

Daniele negó con la cabeza.

—He tomado uno hace un rato. En casa de Carlo —dijo.

Carmela cruzó las piernas y apoyó las manos en los reposabrazos.

—¿Y cómo está?

Él se encogió de hombros con una expresión afligida.

Carmela tragó saliva.

—Y el médico, ¿qué dice?

—No lo sé... —murmuró él—. Pero creo que nada bueno, dado que Carlo ha hecho testamento.

—Ah —se sorprendió Carmela, enderezándose—. ¿Y tú cómo lo sabes? Esas cosas son asuntos privados. ¿Te lo ha dicho su mujer? —preguntó con desdén.

—No —respondió Daniele, molesto—. Me lo ha dicho él. —Y se levantó.

—Y ¿por qué te lo ha dicho a ti precisamente? ¿Qué tienes tú que ver?

—No sé qué tengo que ver. Todavía me lo estoy preguntando —replicó.

Ella sintió que el corazón se le aceleraba.

—No te sigo.

Daniele se apoyó en la mesa.

—Me ha dejado el treinta por ciento de la Finca y de la Bodega. Me parece increíble... No tiene sentido: ¿por qué precisamente a mí?

Carmela se quedó mirándolo, petrificada, mientras sus pensamientos se amontonaban: en cuestión de segundos, se recordó cuando era joven, y a Carlo, que estaba loco por ella y la quería a toda costa; la primera vez que hicieron el amor, las lágrimas que derramó cuando él la dejó con una miserable carta, el nacimiento de Daniele, la rabia que albergó durante los años en los que él estuvo lejos, el latido del corazón cuando volvió a verlo al cabo de todo ese tiempo, la emoción que la inundó cuando regresó a sus brazos y, por último, el resentimiento ciego cuando la abandonó por segunda vez... Pero, sobre todo, recordó las palabras de don Ciccio: «Al final le dará algo a él también. Y no será una pequeña porción. Confía en lo que te digo, sé cómo funcionan las cosas. La sangre siempre gana».

Tuvo un ligero, casi imperceptible estremecimiento de pura felicidad. Se levantó del sillón y se acercó a su hijo. Le sujetó el rostro entre las manos y lo miró fijamente a los ojos.

—No vuelvas a cuestionarte nunca por qué precisamente tú. ¿Entendido? Nunca más. Has trabajado duro y te lo has ganado. Nadie te ha regalado nada. Nadie —repitió.

La noche del 21 de junio, Anna preparó cuidadosamente la cena de Carlo y la suya en una bandeja de madera y la llevó a la habitación.

—Pan y tomate, con mucho aceite como a ti te gusta —exclamó al entrar en el dormitorio.

Sin abrir los ojos, Carlo respondió con un gruñido.

Anna puso la bandeja en la mesita de noche y luego se sentó a su lado.

—Come algo, Carlo, vamos.

—No puedo, estoy mareado... —murmuró.

—Al menos un bocado, por favor —le pidió Anna.

Él negó con la cabeza y abrió los ojos.

—No puedo hacerlo.

—Esperaremos un poco —respondió Anna con dulzura—. Quizá tengas hambre más tarde.

—Acuéstate aquí —le dijo, colocando la mano en el lado vacío de la cama.

Anna se quitó los zapatos y se metió bajo las sábanas, acurrucándose junto a él.

—¿Dónde está Roberto? —preguntó Carlo.

—Ha ido al cine.

—¿Con esa chica?

—¿Qué chica? —exclamó Anna, levantando la cabeza.

Carlo tensó los labios en una sonrisa.

—Una que le gusta.

—¿Y por qué no sé nada de esto?

—Porque te pondrías celosa y la asustarías —bromeó él.

—¿Celosa, yo? ¡Nunca!

Carlo rio débilmente y luego cerró los ojos de nuevo.

—Sigue hablándome, Anna. ¿Qué ha ido a ver al cine?

—No lo sé, no me lo ha dicho —respondió con un nudo en la garganta.

—¿Una película de tu Clark Gable?

—Si fuera así, yo también habría ido a verla y te habría dejado aquí solo —le dijo ella tratando de hacerlo sonreír.

—Ah —exclamó Carlo, chasqueando los labios—. ¿Es más guapo que yo? ¿Me dejarías por Clark Gable?

Ella se acurrucó entre sus brazos y lo abrazó fuerte.

—No. Nadie me gusta más que tú.

Carlo esbozó una sonrisa.

—Así debe ser, mi amor —dijo, acariciándole el rostro con las yemas de los dedos.

Luego abrió los ojos de nuevo y la miró intensamente.

—¿Qué pasa? —le preguntó Anna, sonriendo.

—Sé lo que estabas a punto de preguntarme ese día.

—¿Cuándo? —preguntó ella a su vez, con actitud divertida.

—Querías saber si yo pensaba igual que los hombres de la Junta sobre la Casa para las Mujeres —dijo Carlo. Anna abrió la boca, pero no pudo hablar porque Carlo continuó—: ¿Creo que es una idea demasiado moderna para este pueblo? Sí. ¿Creo que deberías llevarla a cabo de todos modos? Sí, y otra vez sí.

Anna le sonrió tiernamente y le acarició la mejilla.

—Lamento que no hayamos hablado más de eso —añadió él—. Prométeme que no renunciarás.

—No renunciaré. Tal vez, tarde o temprano, la lleve a cabo. Es solo que, por ahora, no está entre mis prioridades.

—Usa nuestro dinero. Monta algo privado, sin tener que pedirle nada a nadie —insistió Carlo, pero la tos lo obligó a detenerse.

—Chist. Basta de hablar —dijo ella—. Intenta dormir un poco.

Y de ese modo ambos cerraron los ojos y en cuestión de minutos se quedaron dormidos, abrazados y con las manos entrelazadas.

La cena quedó intacta en la bandeja.

A la mañana siguiente, cuando Anna abrió los ojos, su querido Carlo ya no estaba.

TERCERA PARTE

NOVIEMBRE DE 1950 – MAYO DE 1952

23

Noviembre-diciembre de 1950

En la habitación en penumbra, Anna abrió la puerta del armario de Carlo y acarició las chaquetas colgadas en fila; seguidamente las abrazó con delicadeza, hundió en ellas la nariz y aspiró profundamente. El aroma mentolado de la loción de afeitar se iba desvaneciendo cada día un poco más. Cerró la puerta y bajó al salón. En una mesita estaba la cajita de metal donde Carlo guardaba sus puros. Levantó la tapa: solo quedaban dos. Sacó uno, se lo acercó a las fosas nasales e inspiró con los ojos cerrados. A continuación, lo encendió con una cerilla, dio un par de caladas, tosió y, finalmente, lo dejó en el cenicero, permitiendo que se consumiera mientras el intenso aroma especiado se esparcía por la habitación.

Se sentó en el sofá y recogió las rodillas hacia el pecho. Al día siguiente su Carlo hubiera cumplido cuarenta y siete años. «Seguro que habría organizado una de sus fiestas memorables», pensó. Echó un vistazo al silencioso salón e imaginó la escena: bandejas rebosantes de comida, copas de cristal llenas hasta el borde de Donna Anna, música de fondo procedente del tocadiscos, las conversaciones y las sonrisas de los invitados, sus elegantes trajes de noche... y, sobre todo, él, Carlo, tan elegante, con su risa contagiosa resonando en todas partes. Si cerraba los ojos, le parecía que podía oírla. Siempre había detestado esas fiestas, la avalancha de gente que invadía su hogar, el desorden que dejaban a su paso cuando se iban; sin embargo, en ese momento, habría dado todo el oro del mundo por volver a celebrar una vez más el cumpleaños de Carlo y escucharlo decir al final de la noche, cuando finalmente se quedaban solos y ella comenzaba a recoger los platos y las copas: «Vaya, qué fiesta tan maravillosa, ¿verdad?».

Anna respiró profundamente, tratando de deshacer el nudo que le oprimía la garganta. Se levantó del sofá y se dirigió hacia su *jardin secret*, donde Giovanna, haciendo equilibrios subida a una escalerilla de madera, estaba recogiendo las últimas granadas de la temporada y las colocaba en una gran cesta de mimbre que sostenía en el antebrazo.

Anna cruzó los brazos sobre el pecho y se le unió.

—Creo que tenemos suficientes —dijo, señalando la cesta.

—Una más —respondió Giovanna, sonriendo, y arrancó una granada madura y roja.

Regresaron a la cocina y se sentaron frente a frente, con la cesta en el medio. Comenzaron a pelar la fruta, recogiendo los granos en un bol para hacer un zumo. De vez en cuando, casi a escondidas, Giovanna se metía un puñado en la boca.

Nunca había vuelto a la casa de Contrada La Pietra. A través de alguien que tenía familiares en Vernole, oyó decir que don Giulio era ahora el párroco del pueblo y que «ayudaba» a una desafortunada joven de ojos azules.

Después de la muerte de Carlo, la presencia de Giovanna fue una verdadera bendición. Ella había comprendido de inmediato cuál era la única forma de estar cerca de su amiga, es decir, con pequeñas pero constantes atenciones diarias. Por las mañanas, durante semanas, le llevaba leche tibia a la cama y luego, con un tono tranquilo, la invitaba a levantarse, lavarse, vestirse y cepillarse el pelo. Al principio, Anna ni tan solo contestaba, y entonces Giovanna se iba, dejándola sola en la oscuridad de la habitación. Después comenzó a obedecer esas peticiones de manera mecánica, como si fuera una autómata, y Giovanna la ayudó a ponerse un vestido o a peinarse, pero sin forzarla en ningún momento. Al cabo de un tiempo, le hizo algunas tímidas propuestas: «¿Vamos a hacer la compra? La despensa está vacía» o «¿Te apetece dar un paseo? Hace un día muy bonito» o incluso «¿Hacemos el pesto juntas esta mañana?». Había tratado de aliviar el dolor por la muerte de Carlo proporcionándole lo que más necesitaba: el silencio en el que dejar que los recuerdos se asentaran. Justo como en ese momento en el que, sin hablar, ella y Anna estaban desgranando las granadas.

Una vez que el bol estuvo lleno, Anna se levantó, extendió un paño de algodón sobre la mesa y trasladó a él los granos, puñado a puñado. Luego lo cogió con ambas manos y comenzó a exprimirlo para que el jugo se filtrara a través de las fibras del tejido en una jarra.

—*Maman*, ¡he vuelto! —La voz cristalina de Roberto le llegó desde la entrada.

—¡Estamos aquí! —respondió Anna.

Roberto apareció en la cocina y saludó con una sonrisa.

—Justo a tiempo para el zumo —exclamó él mientras levantaba la jarra y se servía un vaso del líquido rojo intenso.

—¿Dónde has estado? —le preguntó Anna, volviendo a sentarse.

Su hijo le hizo una mueca maliciosa, idéntica a las que hacía Carlo, y Anna sintió un pequeño vuelco en el corazón.

Roberto dio un último sorbo, chasqueó los labios y dejó el vaso.

—Estaba con Maria —admitió finalmente. E, inmediatamente después, como si tuviera que redimirse, se inclinó para darle un beso en la mejilla a su madre. Luego le dio uno también a Giovanna, que se sonrojó y se mordió los labios.

—¿Has terminado tus tareas para mañana? —continuó Anna.

—Solo me falta la traducción de latín.

—Pues venga, ve a tu habitación a estudiar —dijo ella—. Después subo y la revisamos juntos.

—¡A sus órdenes, señora! —Roberto rio.

Anna sacudió la cabeza, divertida, y lo siguió con la mirada. Sí, a pesar de todo, su hijo seguía sonriendo. Carlo estaría orgulloso de su valiente hijo.

Giovanna llenó dos vasos con el zumo y le pasó uno a Anna, que lo levantó murmurando: «*Santé!*», mientras el aroma del cigarro que se consumía en la sala llegaba a la cocina.

La mañana del 29 de noviembre llovía tan fuerte que Anna se despertó por el ruido del agua golpeando las contraventanas. Se subió el antifaz hasta la frente, se incorporó sobre los codos y permaneció durante unos instantes mirando el cielo gris que se vislumbraba a través del cristal empañado por la lluvia densa y ventosa. Sintió una punzada de ansiedad que la recorrió como un calambre y trató de alejarla de inmediato apartando la manta y metiendo los pies en las pantuflas. Se puso su bata de seda azul y bajó a la cocina, oscura a causa del mal tiempo. Mientras esperaba a que la leche se calentara, intentó respirar profundamente, pero el aire, como a veces le sucedía en los últimos tiempos, se quedó atrapado en alguna parte de sus pulmones. Advirtió que de repente el corazón le latía más rápido y se llevó instintivamente una mano al pecho. Desde que Carlo se fue, había momentos en los que sentía que no podía respirar hondo, como si el aire se estancara en algún lugar en su interior. En esas ocasiones abría la boca y trataba de inhalar la mayor cantidad de aire posible, aunque no siempre funcionaba y eso la ponía muy nerviosa. Le invadía la certeza de que caería al suelo, asfixiada. Y, sin embargo, unos minutos más tarde, todo volvía a la normalidad. Pero ella acababa agotada y asustada ante la idea de que pudiera volver a suceder una y otra vez.

Apagó la llama y vertió la leche tibia en la taza. De golpe, el viento azotó las persianas de la puerta acristalada con un ruido tan fuerte que la sobresaltó. Sosteniendo la taza entre las manos, se acercó al cristal y, mirando el jardín empapado, bebió un primer sorbo de leche. Intentó respirar profundamente de nuevo y esta vez el aire fluyó sin obstáculos; luego se llevó la mano otra vez al pecho y notó que el corazón volvía a latir a un ritmo regular, lo cual la calmó, al menos un poco.

—Feliz cumpleaños —susurró mientras continuaba mirando la lluvia que, de repente, comenzó a hacerse más fina.

Después de vestirse preparó el desayuno para Roberto y Giovanna y, seguidamente, dejó una notita entre las dos tazas: «He salido temprano, no os preocupéis». Su reloj marcaba casi las siete. Se puso el abrigo encima de la chaqueta del uniforme y se colocó el gorro. Salió al patio, agarró el manillar de su Bianchi y se montó en el sillín. No tenía la menor idea de adónde ir, pero no podía quedarse en casa ni un minuto más. No el día del cumpleaños de Carlo. No sin él.

En la calle no había nadie y en el aire se percibía un olor acre y terroso. El Fiat 1100, que seguía en el mismo lugar donde él lo había estacionado por última vez, estaba brillante y chorreaba. Anna lanzó una mirada fugaz a lo que quedaba del obituario colgado en la pared junto a la puerta: tiras de papel rasgado y descolorido, con la escritura ya ilegible. Del nombre de Carlo solo se veían las letras C y L; en la parte superior derecha sobrevivía el dibujo de una cruz negra y, en la parte inferior, como una advertencia, seguía siendo perfectamente legible la palabra FALLECIDO.

Comenzó a pedalear despacio mientras la llovizna le punzaba el rostro. Pasó frente a la casa de Antonio y se detuvo; al otro lado de la cortina, en el estudio donde él dormía, la luz ya estaba encendida. Se quedó mirando la ventana y vio la silueta de Antonio a contraluz. Entonces bajó de la bicicleta, la apoyó contra la pared, recogió una piedrecita del suelo y la lanzó directamente al vidrio. Unos instantes después Antonio apartó la cortina y vio a Anna agitando la mano. Dulcificó la mirada y le hizo un gesto para que esperara. Poco después abrió la puerta de par en par y se acercó a ella, cubriéndose con su abrigo sobre el pijama, mientras las pantuflas se le empapaban de agua.

—¿Qué estás haciendo fuera a esta hora?

—Nada. La lluvia me ha despertado —respondió ella.

Antonio la miró, frunciendo los labios. Las ojeras de Anna en el último año se habían vuelto más profundas, como si el dolor se hubiera acumulado alrededor de sus ojos.

—Ya —murmuró—. También me ha despertado a mí.

—¿Me abrazas? —preguntó de repente—. Por favor.

Antonio asintió y lentamente la envolvió con los brazos.

Anna le apoyó la cabeza en el pecho y cerró los ojos.

—Hoy no sé si podré resistirlo —continuó.

Él posó la barbilla en su cabeza.

—Lo sé —respondió con un nudo en la garganta que le quebró la voz—. Lo sé —repitió.

«Mi Carletto ya no está». Antonio no sabría decir cuántas veces había formulado ese pensamiento. Cientos, tal vez miles. Era la única forma que tenía de convencerse de que realmente había sucedido. Ni siquiera se lo creyó cuando, sentado en un rincón, vio a Agata, con mano ágil y segura, vestir el cuerpo sin vida de su hermano con su traje de domingo, ni cuando le tocó llevar el ataúd al hombro desde la iglesia hasta el cementerio. Vivió esos momentos con una sensación de aturdimiento, como si fuera un sueño. La primera vez que se dio cuenta de que Carlo se había ido para siempre fue a la mañana siguiente del funeral, cuando abrió los ojos y ese pensamiento, «Mi Carletto ya no está», lo golpeó como un puñetazo, doloroso e implacable. Acababa de despertarse en un mundo en el que su hermano ya no existía.

—No podía respirar esta mañana —murmuró Anna, sin soltarse del abrazo.

Antonio suspiró y comenzó a acariciarle la espalda.

—Dame un momento para vestirme —dijo después—. Te llevaré a un lugar.

Volvió a entrar en casa y salió unos minutos más tarde. Anna lo estaba esperando sentada en el escalón. La lluvia había cesado por completo y un sol tenue se abría paso entre las nubes.

—Subamos al coche —le dijo Antonio, esbozando una sonrisa.

—Pero ¿adónde vamos?

—Nada de preguntas. Es una sorpresa.

Subieron al Fiat 508 y Antonio tomó la carretera que llevaba a Pisignano. Hicieron el trayecto en silencio mientras Anna miraba por la ventana, hacia el cielo donde había aparecido un pálido arco iris.

Antonio detuvo el automóvil junto a un muro de piedra seca, detrás del cual se alzaba el Grande Leccio.

—¿Qué es este lugar? —preguntó Anna, asomándose hacia delante.

—Ven —dijo él, saliendo del automóvil.

Se acercó al árbol y posó una mano en el tronco húmedo. A continuación, levantó la vista hacia la frondosa y densa copa que goteaba pequeñas gotas de agua.

Anna se reunió con él y lo miró con expresión inquisitiva.

—Esta es la Gran Encina —explicó él—. Era nuestro lugar. Mío y de Carlo.

Ella frunció el ceño.

—¿Y por qué yo no sabía nada?

—Nadie lo ha sabido nunca —le explicó—. Queríamos que fuera solo suyo y mío... ¿Sabes? Cuando noto que no puedo soportarlo, cuando mi hermano me falta como el aire, vengo aquí. Cada vez. Me siento en el suelo y le hablo, como si él estuviera sentado a mi lado.

Anna se pegó al tronco y cruzó los brazos sobre el pecho.

—¿Y funciona?

—Durante un rato —respondió él—. ¿Sabes? —siguió diciendo tras un momento—, creo que tú también debes buscarlo. Un lugar donde puedas estar con él. Un lugar que te dé paz.

Anna sacudió la cabeza.

—No existe —respondió con determinación—. Ningún lugar que haya compartido con Carlo puede darme paz. Donde él no está, solo veo y siento siempre un gran vacío.

—Pues llénalo. El vacío, quiero decir.

—Ojalá supiera cómo hacerlo —replicó Anna, y pateó un pequeño montón de tierra húmeda que se le pegó a los zapatos.

—Se llena con los recuerdos más felices —dijo él—. Estoy convencido de que Carlo querría que pensáramos en él con alegría... Querría vernos descorchar una de sus botellas y brindar por él, por su vida.

Anna bajó la mirada y una lágrima le corrió por la mejilla.

Antonio apoyó la sien en la de ella.

—Hoy es más difícil, lo sé. —Y le secó el rostro con un dedo.

—Sabes, cada vez que buscaba una respuesta, sabía que la encontraría en los libros. Siempre ha sido así —dijo ella con la voz quebrada—. En cambio, esta vez...

—Esta vez no la encuentras —continuó él.

—Sí.

—Te entiendo. Yo no he podido leer siquiera una página... Como si ya supiera que no puedo encontrar consuelo. Sin embargo, hay escritores que han abordado el dolor y han sido capaces de contarlo con absoluta sinceridad.

Anna dejó vagar la mirada empañada en lágrimas por el follaje del árbol.

—Es curioso, ¿verdad? Has encontrado consuelo aquí, en el silencio, en la ausencia de palabras.

—Oh, no, las palabras están ahí, sí que están. Pero son solo las mías.

—Las que le dices a Carlo...

—Sí, esas que le digo —murmuró.

Ella inspiró y exhaló el aire por la boca. Luego miró el reloj con hastío.

—Tengo que ir al trabajo, aunque preferiría quedarme aquí todo el día —dijo.

Antonio le sonrió.

—Yo también lo preferiría. Vamos, te acompañaré de vuelta. —Y le rodeó la cintura con el brazo.

Tan pronto como volvió a entrar en casa, Antonio oyó el tintineo de la vajilla procedente de la cocina. Se quitó el abrigo y lo colgó en el perchero.

Agata, aún en bata, estaba lavando los platos de la noche anterior. Se volvió y lo miró con los ojos todavía hinchados de sueño.

—¿Adónde has ido? —preguntó—. El coche no estaba. Y luego he visto la bicicleta afuera... —dijo en un tono entre perplejo y resentido. Seguidamente se secó las manos con el paño.

Antonio se sentó.

—Sí. Ha venido Anna...

—¿Y qué quería a esta hora?

—¿Has olvidado qué día es hoy? —le preguntó como respuesta, molesto.

Agata no contestó. Le dio la espalda y comenzó a desenroscar la cafetera.

—Sé qué día es —respondió finalmente.

Limpió el poso de la cafetera, vertió agua en el depósito y llenó el filtro con café molido.

—Pues no parece apropiado que te pongas de mal humor, ¿no crees? —dijo Antonio, levantándose de golpe y dirigiéndose hacia la puerta.

—¿Adónde vas? Estoy haciendo café —exclamó ella.

—Me lo tomaré en el bar —respondió él, y salió.

Agata, con una mano en el fregadero y la otra en la cintura, lo observó marcharse. Sacudió la cabeza con un suspiro, luego enroscó la cafetera y la puso al fuego.

Se sentó y empezó a golpetear la mesa con los dedos. Últimamente su marido no paraba: «Anna por aquí», «Anna por allá»... «Voy a ver si Anna necesita algo», le decía, saliendo temprano por la mañana. «Hoy Anna parecía estar un poco mejor», le informaba con alivio al volver a la hora de la cena. O bien: «La veo más delgada. No come lo suficiente. Deberíamos invitarla a cenar aquí».

En las semanas posteriores al funeral, Agata se volcó cocinando a todas horas para su cuñada y su sobrino, e incluso para «esa Giovanna»; limpió su casa antes y después del velatorio; fue a visitarlos todos los días y se ofreció a liberarlos de cualquier tarea. Pero, para su esposo, parecía que nunca fuera suficiente. Si es que se había dado cuenta...

Había pasado más de un año desde la muerte de Carlo y nadie, en ningún momento, le había preguntado a ella cómo se sentía. Apreciaba a su cuñado, lo quería de corazón. Él sí que la trataba siempre con amabilidad, y cómo la hacía reír con sus continuas bromas. Sí, había derramado lágrimas sinceras por su muerte. A pesar de todo, su duelo parecía invisible a los ojos de Antonio o de Anna: eran ellos los que sufrían, los que necesitaban comprensión y consuelo, los únicos que realmente lo habían perdido «de verdad».

—¡Oh, que se vayan al diablo! —exclamó, tan pronto como oyó burbujear la cafetera.

Se levantó, apagó el fuego y se sirvió el café en la taza. Se lo bebió rápidamente, de pie, y seguidamente subió a su habitación para vestirse: como todas las mañanas, cuidaría de Giada mientras Lorenza y Tommaso estaban en el trabajo. «Gracias a Dios que está esa criatura», pensó, sujetándose al pasamanos de la escalera.

—La tierra se debe tomar por la fuerza —decía Carmine, enfervorizado.

Estaba apoyado en la puerta de la habitación trasera, explicándole a Elena por qué era «justo, mejor dicho, sagrado» que los jornaleros ocuparan las tierras de Arneo, un enorme latifundio de decenas de miles de hectáreas en la zona entre Nardò y Taranto, propiedad de un barón que lo tenía abandonado y descuidado. Desde que se había unido al sindicato CGIL, Carmine había estado apoyando la causa de los campesinos y ahora no hablaba de otra cosa. «De hecho, a decir verdad, nunca ha hablado tanto desde que lo conozco», pensó Anna, que había entrado en la oficina en medio de una especie de mitin. Cuando se aprobó la reforma agraria en octubre, Carmine llegó ciego de rabia y comenzó a despotricar contra el Gobierno, que había excluido completamente el territorio de Lecce de la ley provisional y de la expropiación de tierras baldías. Desde entonces, no había hecho más que insistir, todos los días, en que había que movilizar a los jornaleros, instándolos a luchar para obligar al Gobierno a incluir también la región de Salento en las previsiones de asignación de tierras.

—¿Estoy en lo cierto, cartera? —le preguntó Carmine, volviéndose hacia ella.

En todos esos años, esta era quizá la primera vez que estaban de acuerdo en algo. El hecho de que Anna también compartiera las demandas de los campesinos cambió repentinamente la naturaleza de su relación: hasta ese momento, él la había tratado con distancia, a veces incluso con rudeza, mientras que ahora mostraba abiertamente una especie de simpatía mezclada con benevolencia.

—Lo has dicho bien —asintió Anna, dejando la valija en la mesa—. Pero con la esperanza de que esta vez no se trate solo de un premio de consolación.

—¡Exactamente! —exclamó Carmine.

—¡Bah, no entiendo todo esto! —masculló Elena—. Es como si vinieras a mi casa y me dijeras que, a partir de hoy, la casa es tuya. ¿Basándose en qué? ¿Así por las buenas?

—Entonces, simplemente es que no te entra en la sesera —exclamó Carmine, enojado, volviendo a la arenga.

Anna los observó durante unos segundos, luego bajó la cabeza con una sonrisita y comenzó a ordenar la correspondencia.

Tommaso y Lorenza llegaron juntos poco después. Él los saludó a todos y sonrió como de costumbre. Anna se fijó en que, desde hacía unos días, Tommaso ya no llevaba el sombrero que Lorenza le había regalado tres años antes, en Navidad, y que nunca se había quitado desde entonces.

Su sobrina pasó delante de ella y se fue directamente a la oficina de telégrafos.

—Buenos días, ¿eh? —la llamó Anna.

Lorenza se volvió. Tenía una expresión sombría.

—Sí, perdona, tía. Buenos días —murmuró, y luego cruzó la puerta, abriéndose paso entre Carmine y el umbral.

—Bueno, hay que dar un golpe decisivo al latifundio —decía Carmine.

—Dios mío, ¿ya estamos con estos discursos otra vez? ¡Basta, por el amor de Dios! —se quejó Lorenza.

—Tú también deberías escucharlos, jovencita —la regañó él.

—¿A quién llamas jovencita? —saltó Lorenza.

—Bueno, bueno, ahora todos a trabajar —trató de apaciguar las cosas Tommaso. Y se sentó en su escritorio.

Mientras Anna se colgaba la valija al hombro, lo miró detenidamente. Además de tener un aspecto realmente cansado, le habían salido arrugas alrededor de los ojos y la frente que lo hacían parecer mucho mayor de cuarenta y tres años. Sintió un vago sentimiento de culpa, pero lo apartó de inmediato.

Tommaso notó que lo estaban observando y la miró. Entonces Anna bajó los ojos rápidamente y dijo:

—Me voy, hasta luego. —Y se puso en marcha.

Estaba ya en la puerta cuando Lorenza la alcanzó.

—Espera, tía —dijo—. ¿Puedo hablar contigo un segundo?

Tommaso levantó de nuevo la mirada por un instante.

—Sí, claro —respondió Anna—. Pero date prisa. Acompáñame a la bici.

En cuanto hubieron salido, Anna preguntó:

—¿Qué pasa?

—¿Puedo dejarte a Giada un par de horas esta tarde? Desde las tres hasta las cinco como máximo.

—¿Vas a Lecce de nuevo? ¿A su casa? —Anna enarcó una ceja.

Lorenza asintió.

—¿Y bien? —preguntó a continuación—. Te la puedes quedar, ¿sí o no?

—Sí, claro. Ya sabes que me encanta pasar tiempo con ella.

Lorenza sonrió ampliamente.

—¡Gracias, gracias, gracias! —exclamó, abrazándola.

Luego, todavía sonriendo, regresó a la oficina y, sin dirigir a Tommaso ni una mirada, se sentó a su mesa.

—¡Qué buen aspecto tienes hoy! Estás muy guapa —dijo muy contenta dirigiéndose a Elena.

Elena la miró con perplejidad.

—¿Qué dices? No he pegado ojo en toda la noche —respondió. Y comenzó a explicar, una vez más, que desde la guerra no había vuelto a dormir bien.

Lorenza ni siquiera la escuchó, solo pensaba en que al cabo de unas pocas horas estaría en los brazos de Daniele. No lo había visto en seis largos días.

A mediados de diciembre, el cargamento destinado a Nueva York con la cosecha de 1950 del Donna Anna estaba listo para salir de la bodega. Daniele se ocupó de la expedición hasta el más mínimo detalle, añadiendo una carta de agradecimiento escrita de su puño y letra en cada caja, así como una botella de Don Carlo, el primer vino tinto de la Bodega Greco, que se había embotellado en los primeros meses de ese año y que Carlo, lamentablemente, no había tenido tiempo de ver. La idea del nombre había sido de Daniele y, cuando se lo propuso a Anna y Roberto, ella le tomó una mano entre las suyas y le dijo, emocionada: «Le habría encantado». A Roberto también se le pusieron los ojos brillantes y le pidió probar una copa. Así que Daniele llenó una para Roberto y otra para sí mismo y, entregándosela, le explicó cómo debía degustarlo. Primero debía hacer girar el vino en la copa.

—Así, ¿ves? Esto ayuda a liberar los compuestos aromáticos.

Luego le mostró cómo inclinar la copa a la altura de la nariz para inhalar profundamente.

—¿Qué hueles? —le preguntó Daniele al final.

Roberto metió la nariz en la copa, luego la alejó y mostró una expresión dubitativa.

—Huele a vino. —Fue su respuesta, un poco incómoda.

Daniele y Anna se echaron a reír y, a continuación, él lo invitó a intentarlo de nuevo.

—¿No hueles la cereza, por ejemplo? ¿O la mora? —Roberto volvió a oler—. Deberías poder percibir incluso la pimienta —añadió Daniele.

—Sí —respondió Roberto, titubeando—. Pero solo las noto ahora que me lo has dicho.

—El olfato hay que afinarlo: solo se necesita práctica —le aseguró Daniele con una sonrisa—. Y ahora, la prueba del paladar. —Tomó un pequeño sorbo de vino y lo mantuvo en la boca durante un rato, hasta que finalmente se lo tragó—. ¿No notas ese sabor suave y aterciopelado que te queda en la boca?

Roberto lo miró y luego asintió, pero no parecía muy convencido.

—Ya lo verás, con el tiempo comenzarás a notar todas estas cosas —concluyó Daniele, dándole un pequeño golpecito en el hombro.

Los días siguientes a la muerte de Carlo fueron muy difíciles para Daniele, y no solo por el dolor de perder al hombre que había cambiado su vida. De hecho, estaba convencido de que el testamento causaría problemas, que habría disputas y malentendidos, y que su relación con la familia Greco, la familia de su Lorenza, se echaría a perder irreparablemente. Estaba seguro de que si su madre, Carmela, hubiera estado en su lugar, habría enloquecido y se habría opuesto con firmeza. Mientras iba al notario para la lectura del testamento, incluso había considerado renunciar al treinta por ciento con tal de no remover las aguas y dejar las cosas como estaban. Entró en la notaría casi de puntillas, como si estuviera listo para pedir disculpas. Saludó a Anna y a Roberto, que estaban sentados juntos, y, tras estrecharles la mano, se sentó en la silla que le habían reservado. Durante toda la lectura del testamento, lanzó miradas constantes a Anna y Roberto, retorciéndose las manos, temiendo el momento en que el notario mencionara su nombre. Pero la reacción de Anna y Roberto lo desconcertó: permanecieron inmóviles, compuestos y en silencio, asintiendo de vez en cuando.

—Si Carlo lo decidió así, tenía sus razones válidas por el bien de la Bodega, y eso nos basta —lo tranquilizó Anna una vez fuera del despacho del notario. Y especificó—: Roberto debe terminar bachillerato, así que hasta entonces tendrás que encargarte de ella tú solo.

Dicho esto, Roberto, despeinándose el cabello con la mano de manera cómica, comentó:

—Tendrás que enseñármelo todo, no tengo ni idea de vino.

Daniele cerró la última caja.

—Hemos terminado por esta mañana —le dijo al jefe de bodega, el mismo que lo había sustituido mientras estaba en Nueva York, y le apretó amigablemente el hombro.

A continuación, miró el reloj y pensó que tal vez aún estaba a tiempo de tomar el autobús a Lecce que salía a las doce y media. Podría dibujar durante unas horas y luego regresar a la Bodega por la tarde. Anhelaba terminar el boceto que había comenzado unos días antes. Apenas podía ir al taller un par de veces a la semana, ya que ese último año y medio el trabajo en la Bodega lo absorbía por completo. Seguía trabajando allí por el cariño que sentía por Carlo, para honrar la confianza que había depositado en él, si bien había seguido pagando el alquiler del atelier con la esperanza de poder hacer ambas cosas. Sin embargo, después de un tiempo, tuvo que admitir que era imposible. Así que dibujaba cuando podía, en los ratos libres, mientras esperaba que Roberto asumiera las riendas de la Bodega. Por ahora, el taller era sobre todo el lugar donde él y Lorenza podían seguir viéndose cada miércoles por la tarde sin que nadie los molestara.

Ya estaba montado en su Taurus Lautal negra cuando vio acercarse el Fiat 508 de Antonio envuelto en una nube de polvo. Bajó de la bicicleta, la apoyó de nuevo en la pared y fue a su encuentro.

—Buenos días, Antonio —dijo, agachándose hasta la ventanilla abierta.

—¿Ya te ibas? —le preguntó.

—Sí, pero no te preocupes —respondió Daniele—. Puedo quedarme un poco más. Vamos, entremos.

Antonio bajó del coche y lo siguió hasta el despacho que había sido de Carlo. Daniele cerró la puerta y lo invitó a sentarse. Luego tomó una carpeta del escritorio y se la entregó.

—Está actualizado hasta ayer —le informó.

Antonio esbozó una sonrisa, luego abrió la carpeta, pasando las páginas hasta las últimas, como hacía todas las semanas. Echaba un vistazo a los registros y comprobaba la contabilidad, insistiendo en tratar a Daniele como a un empleado común.

—Los pagos han aumentado en comparación con la semana pasada —dijo Antonio—. ¿Por qué? —le preguntó levantando la mirada.

—He concedido un pequeño aumento —explicó Daniele.

Antonio frunció los labios, contrariado, y se recostó en el respaldo de la silla.

—Ten cuidado de no complacerlos siempre... Si aumentas los salarios cada vez que se quejan, perderás autoridad a sus ojos. Muestra comprensión, pero sé firme, sobre todo cuando digas que no.

A Daniele le habría gustado mucho responderle que esas concesiones le parecían justas y que, en general, apoyaba completamente a los trabajadores en sus reivindicaciones, aunque las tierras de la Finca Greco no fueran objeto de disputa. Él también había sido jornalero, cuando era joven, y sabía lo duro que era el trabajo. Había pensado muchas veces que el salario era demasiado bajo. Era cierto que Carlo nunca había sido un patrón arrogante y despótico como muchos otros. Al contrario, siempre había estado dispuesto a escuchar las reivindicaciones de los trabajadores y los campesinos: les pedía consejo, los escuchaba si tenían alguna queja y nunca tenía problemas para conceder permisos y días libres. Pero Carlo no era uno de ellos; a pesar de sus intentos, nunca había logrado comprenderlos del todo. Daniele, en cambio, sí. Los entendía perfectamente. Él lo sabía y también lo sabían los trabajadores de la finca. Quería decirle todo esto a Antonio, pero se contuvo, ya que parecía que su relación estaba constantemente en un equilibrio precario y que bastaba muy poco para que se rompiera. Con él se mostraba amable pero distante, cortés pero siempre cauteloso. Y luego estaban esas veces en las que Antonio lo miraba con una expresión ceñuda y Daniele, con el corazón en un puño, se preguntaba si lo había descubierto todo. ¿Qué habría pasado si hubiera seguido a Lorenza y la hubiera sorprendido entrando en su taller? No quería ni pensarlo.

—Está bien. Lo tendré en cuenta —murmuró, metiendo las manos en los bolsillos.

Antonio se quedó otros veinte minutos: revisó minuciosamente los registros, volvió a hacer algunos cálculos y preguntó acerca de esto o aquello. Daniele miró el reloj y, con una pizca de resentimiento, vio que ya había perdido el autobús.

—Bien, creo que ahora todo está en orden —dijo al fin Antonio, cerrando la carpeta—. Será mejor que me dé prisa —agregó—. Hoy estamos todos invitados en casa de Lorenza y Tommaso. —Y le lanzó una mirada de reojo.

—Bueno, entonces, buen almuerzo —respondió Daniele, haciendo un esfuerzo sobrehumano para sonreírle. Y lo acompañó hasta la puerta.

Faltaba exactamente una semana para la Nochebuena y, esa tarde, Giovanna insistió en llevar a Anna a Lecce.

—Vayamos a la feria navideña, por favor —le pidió en un tono casi infantil, como una niña caprichosa—. Me han dicho que es muy bonita. Venga, vamos, por favor.

Anna al principio resopló, después accedió a regañadientes, pero solo para complacer a Giovanna. No tenía ganas de ver ornamentos y oropeles, y mucho menos de sumergirse en la bulliciosa multitud. El año anterior se había negado a celebrar la Navidad y no tenía intención de festejarla tampoco ese año. «Nunca más, sin Carlo», se había jurado a sí misma.

Como temía, la feria la irritó: demasiadas luces, demasiada gente y demasiadas sonrisas. Anna se fijaba en todas las parejas que pasaban a su lado, sobre todo en aquellas que iban cogidas de la mano y parecían felices y enamoradas. Giovanna, en cambio, solo parecía tener ojos para los puestos, principalmente los de dulces. Quería probarlo todo: almendras caramelizadas, *mustazzoli, cupeta, purceddruzzi...*

—¿Ya podemos irnos? —preguntaba Anna con insistencia.

—Un poquito más —respondía Giovanna, pero luego se distraía de inmediato—. ¡Mira! ¡Los trenes de madera! Siempre me han gustado... —Le cogía una mano y la arrastraba frente al puesto.

No regresaron a casa hasta la hora de cenar, exhaustas y con los pies doloridos, tras tomar el último autobús. Tan pronto como Anna abrió la puerta de su casa, Roberto y Antonio se plantaron frente a ella, sonriendo. Giovanna se unió a ellos y todos juntos exclamaron:

—¡Sorpresa!

Anna desvió la mirada y vio un gran abeto en el centro de la sala decorado exactamente como lo hacía Carlo. Sin decir una palabra, se acercó lentamente al árbol.

—¿Te gusta, *maman*? —le preguntó Roberto, frotándose las manos—. El tío Antonio y yo hemos pasado la tarde entera decorándolo.

—Él se ha ocupado de todo —dijo Antonio con una sonrisa—. Yo solo he sido su ayudante.

Anna cogió un pequeño ángel de madera al que le faltaba una de las alas. Era el que Carlo se negaba a tirar, a pesar de que estaba roto desde hacía años y ella le repetía que era feo de ver. «Es un recuerdo —decía él—. Y los recuerdos no se tiran».

—¿*Maman*? —repitió Roberto—. ¿Y bien? ¿Te gusta?

Giovanna se acercó a Anna y le puso una mano en el hombro.

—Solo queríamos hacerte feliz...

Anna se sorbió la nariz y se secó una lágrima.

—Desmontadlo de inmediato, por favor —dijo a continuación, sin mirar a nadie a los ojos. Luego se dirigió a la escalera, pero al pasar junto a Antonio, se detuvo y lo miró—. ¿Cómo se te ha pasado por la cabeza? —le preguntó con aspereza. En sus ojos húmedos se mezclaban la tristeza y el reproche.

Antonio la miró a su vez, desorientado.

—Yo no... —masculló.

Anna le dio la espalda y subió corriendo la escalera.

—Anna, espera... —trató de detenerla él.

Pero ella no respondió.

En la sala, se hizo el silencio.

Luego, Antonio se acercó lentamente al árbol.

—Venga, ayudadme a desmontarlo —murmuró con un hilo de voz.

24

Abril-mayo de 1951

Anna lanzó otra mirada impaciente al reloj y vio que las manecillas todavía marcaban las doce y veinticinco, exactamente igual que unos minutos antes cuando lo había mirado por última vez.

Preguntó a Tommaso qué hora era y, después de echar un vistazo rápido al suyo, le respondió que era la una menos cuarto.

Entonces ella se desabrochó la hebilla, se quitó el reloj y giró la ruedecilla para ajustar las agujas a la hora exacta. Ya hacía un rato que había vuelto de su ronda de entregas, pero no se decidía a marcharse. Estaba esperando ansiosamente el regreso de Carmine que ese día, el 24 de abril, había pedido unas horas de permiso para poder asistir a la audiencia final del juicio contra los ocupantes de Arneo: había sesenta personas imputadas, entre jornaleros, dirigentes de la CGIL y miembros del Partido Comunista, por el «delito de ocupación ilegal de tierras», una protesta que se remontaba a diciembre del año anterior cuando dos mil trabajadores de la zona, montados en sus bicicletas, con las herramientas de trabajo colgadas al hombro y una infinidad de banderas rojas, llevaron a cabo la ocupación al grito de: «¡La tierra para quien la trabaja!». Solo duró una semana, hasta el 3 de enero: ese día, la policía desalojó a los trabajadores primero y luego quemó todas las bicicletas en una gran hoguera. Entre esas bicicletas estaba la Bianchi Suprema de Anna, que ella le había prestado a la esposa de un jornalero de Copertino, un pueblo a unos veinte kilómetros de Lizzanello. La mujer se llamaba Marisa y su esposo, Donato, era uno de los hermanos de Carmine. Este se presentó en casa de Anna la mañana de San Esteban y le pidió que le prestara su bicicleta «para la lucha», o más bien, para Marisa, que estaba decidida a seguir a su esposo hasta Arneo.

—Pero no tiene una bicicleta de mujer. Con la miseria que gana, ya es mucho que pudieran comprar la de Donato. ¿No le prestarías la tuya? ¿Eh, cartera? Yo me encargo de devolvértela intacta —le dijo Carmine.

Anna no se lo pensó ni un instante: agarró el manillar de su Bianchi estacionada en el patio y se la entregó a Carmine.

—Volveré a repartir el correo a pie durante una temporada. Como en los viejos tiempos —bromeó.

—¡Gracias de todo corazón, «camarada» Anna! —la saludó él, y se marchó satisfecho.

Cuando Carmine, con una expresión de pesar, la informó de la quema de bicicletas al día siguiente, se ofreció de inmediato a comprarle una nueva. Pero Anna rechazó la oferta.

—No te preocupes —lo tranquilizó, poniéndole una mano en el brazo—. Ya me la compraré yo.

Él refunfuñó que no era justo, que su obligación era resarcirla, pero ella replicó:

—No es culpa tuya. Si alguien debe indemnizarme, es la policía.

De modo que al día siguiente fue al mismo taller donde había comprado la Bianchi Suprema y le pidió otra igual. Incluso usada estaría bien, especificó. El hombre, un tipo de unos cincuenta años, bajo y muy delgado, con una gorra en la cabeza y pantalones de una talla más grande, logró encontrar una idéntica en cuestión de días, y a la mitad del precio original.

—¡Ha hecho un buen negocio, señora cartera! —le dijo el hombre despidiéndose de ella en la puerta de la tienda, no sin antes contar nuevamente las liras que Anna le había entregado en un sobre.

Por fin, Carmine llegó y, cojeando ligeramente, se dirigió a su puesto. Tenía una expresión extraña, entre atareada y preocupada.

—Ya estás aquí, por fin —le dijo Anna, levantándose de su silla—. ¿Y bien?

Él respondió con una especie de gruñido.

Elena se les unió, curiosa, mientras Tommaso dejaba su pluma en el escritorio y se preparaba para escuchar, cruzándose de brazos. Echó un rápido vistazo a la oficina de telégrafos, pero Lorenza permaneció clavada a la silla.

—Podía haber ido mejor —comenzó a decir Carmine, sentándose—. Han condenado a veinticinco de sesenta. Lo han llamado «pena simbólica», pero sigue siendo una pena. Todos deberían haber salido limpios, es la verdad.

—¿Qué quieres decir? ¿Cuál ha sido la condena? —preguntó Tommaso.

—Un mes de cárcel y una multa de seis mil liras —respondió Carmine con una mueca.

—Vaya —dijo Anna—. El único consuelo es que al menos no ha sido completamente inútil.

—Sí —suspiró Carmine, apoyándose en el respaldo.

La ocupación de Arneo había tenido una gran repercusión en la prensa nacional. Diarios como *Il Paese* y *L'Unità* escribieron extensamente sobre ella durante días y Anna no se había perdido ni un solo artículo. Describían a los ocupantes de Arneo como héroes, «hombres cubiertos de harapos que, animados por el noble propósito de cultivar la zona, habían tomado el latifundio». Al final, gracias a la lucha de esos jornaleros, se acabó incluyendo la provincia de Lecce en el proyecto de reforma agraria. Pero fue una flaca compensación, pensó Anna. De las doscientas sesenta y seis mil hectáreas susceptibles de ser expropiadas, solo se incluyeron cincuenta y cinco mil en la ley provisional.

—No son en absoluto suficientes —le había dicho a Carmine—. De hecho, ya verás cuánta tensión surge entre los jornaleros, entre los que obtengan tierras y los excluidos. ¿Cómo puede mantenerse unido un movimiento cuando se crea una disparidad similar en su seno?

Carmine estaba de acuerdo con ella y se mostraba aún más enfervorizado.

—Lo cierto es que la lucha todavía no puede considerarse acabada —contestaba con tono de sindicalista, golpeando con el puño la palma de la mano.

Anna miró de nuevo el reloj. Las manecillas no se habían movido.

—¿Cómo es posible? —exclamó, irritada.

—¿Qué sucede? —le preguntó Tommaso.

—El reloj —respondió ella, señalándolo—. No funciona.

Tommaso se encogió de hombros.

—Cómprate uno nuevo —dijo con una sonrisita.

Mientras salía de la oficina de correos y volvía a montar en su bicicleta, Anna pensó que lo llevaría inmediatamente a reparar. No tenía la más mínima intención de reemplazarlo; ese era su reloj desde hacía dieciséis años, qué diablos. Era el reloj que Antonio le había regalado, y solo quería ese.

Roberto y Daniele estaban caminando juntos por la Finca, uno al lado del otro. Daniele se había remangado la camisa hasta el codo y llevaba sus característicos tirantes y los pantalones de trabajo, mientras que Roberto vestía el traje azul de la escuela, con la americana y la camisa. Agachados sobre las vides, los campesinos estaban absortos en su trabajo, pero de vez en cuando alguno levantaba la vista hacia Roberto y lo observaba. Estaban realizando la «poda en verde» del viñedo, explicó Daniele, mientras Roberto apretaba el asa de su cartera con ambas manos y escuchaba con gran atención.

—Significa cortar los «chupones», los pequeños brotes adicionales que crecen a pesar de la poda. Estos consumen la savia y son yemas estériles, por lo que es necesario quitarlos para evitar que la planta se debilite.

—Cuántas cosas hay que saber —suspiró Roberto, un poco desanimado.

Se sentó en una pequeña roca y dejó la cartera en el suelo. Casi todos los días, después de clase, bajaba del autobús que lo traía de Lecce a Lizzanello, proseguía a pie y se quedaba en la Bodega un par de horas. Estaba a punto de terminar bachillerato, solo faltaban unas semanas, y después se dedicaría a tiempo completo a la Bodega de su padre. Así lo había decidido.

Daniele le sonrió y se sentó en el suelo frente a él; luego se acercó las rodillas al pecho.

—Vamos, tranquilo —lo reconfortó—. Ya verás qué rápido aprendes, como hice yo. Cuando llegué aquí de niño no sabía nada de nada —dijo, remarcando sus palabras con un gesto decidido.

Roberto pareció aliviado y apoyó el peso hacia atrás, sobre las palmas de las manos.

—¿Echas de menos Nueva York alguna vez? —le preguntó de repente.

—De vez en cuando —dijo Daniele—. Esa ciudad es... mágica.

—¡Cuéntame! Yo también quiero ir allí algún día.

—¿Qué quieres saber? —dijo Daniele, sonriendo y apoyando los antebrazos en las rodillas.

—Bueno, todo. Por ejemplo, las chicas —respondió Roberto, guiñando un ojo—. ¿Son diferentes a las nuestras? Y luego los rascacielos, ¿cómo es mirarlos desde abajo? ¿No te mareas? ¿Alguna vez has subido a uno de esos taxis amarillos? ¿Y a la cúspide de la Estatua de la Libertad?

—Espera —lo interrumpió Daniele, divertido—. Ya no recuerdo la primera pregunta...

—¡Las chicas!

—Exacto, las chicas. No lo sé, no las miré mucho.

Roberto le lanzó una mirada traviesa, como si no le creyera en absoluto.

—¡Te lo juro! —Rio Daniele—. No pensé en ello para nada. —Luego bajó la mirada, un poco avergonzado.

Roberto lo observó durante unos instantes.

—Mira, lo llevas escrito en la cara, ¿eh? —dijo finalmente.

—¿El qué? —le preguntó Daniele.

—Que todavía estás locamente enamorado de mi prima...

De repente Daniele se puso serio, enderezó la espalda, apoyó una mano en el suelo para levantarse y, una vez de pie, se frotó las manos para quitarse la tierra.

—Cotilla —exclamó, despeinando a Roberto—. Vamos, volvamos a la Bodega. Todavía tenemos que revisar las propuestas para las nuevas botellas.

—¡A sus órdenes, señor! —exclamó Roberto.

Luego, mientras cruzaban el viñedo de regreso, le dio un codazo.

—¿Qué pasa? —Rio Daniele.

—No me has hablado de los rascacielos.

—Ah, cierto. Los rascacielos. Qué te puedo decir... Al cabo de un tiempo te acostumbras —respondió, encogiéndose de hombros.

Como todos los jueves por la noche, Roberto y Maria arrastraron entre los dos un pequeño mueble en el que estaba colocada la radio y lo situaron en el centro de la sala, entre los sofás. En la Rete Rossa, a las 20:58, comenzaba a transmitirse *Rosso e nero,* un programa de variedades que Anna y Giovanna no se perdían nunca. Anna, en particular, se reía a carcajadas cada vez que Franca Valeri interpretaba a la señorita Snob con sus erres exageradas.

Para la ocasión, todos los jueves Anna preparaba pesto para cenar. Toda la familia había acabado uniéndose a esa cita: cenaban juntos y, tan pronto como comenzaba la transmisión, se apresuraban a ocupar sus lugares en los sofás.

—¿Alguien puede decirme qué hora es? —gritó Anna desde la cocina—. Si al menos tuviera mi reloj —murmuró después.

Había ido al relojero, pero el hombre, después de examinarlo, levantó la mirada con un gesto derrotado.

—No tiene arreglo —le dijo—. Cómprese uno nuevo. ¿Quiere ver algunos modelos de señora que acaban de llegar?

—No, gracias —respondió ella secamente.

Regresó a casa y, a regañadientes, guardó el reloj en el cajón de su mesita de noche. Desde entonces, no se había decidido a reemplazarlo.

—Son las siete —gritó Roberto desde la otra habitación.

«Justo a tiempo», pensó Anna. Y comenzó a frotar las hojas de albahaca con un paño húmedo.

Giovanna estaba sentada a la mesa, concentrada en tejer cadenetas, puntos altos y bajos. Desde hacía un tiempo, le había dado por el ganchillo. La vecina, la anciana que barría la acera cada mañana, le había enseñado mientras Anna estaba en el trabajo. Giovanna practicaba todos los días durante horas. Empezó con simples salvamanteles de tela: tenían un par en la cocina, de rayas azules y amarillas; luego hizo una pequeña bolsa para las monedas, algunos tapetes para el dormitorio y poco a poco se embarcó en modelos más complejos. «Me relaja mucho —solía decir—. Cuando lo hago, no pienso en nada más. Es tan..., sí, reconfortante».

—¡Roberto! —llamó Anna—. Empezad a poner la mesa.

Cogidos de la mano, Roberto y Maria se asomaron a la cocina.

—¡A sus órdenes! —dijo él, llevándose la otra mano a la frente.

«Justo como solía hacer Carlo cuando quería burlarse de mí», pensó Anna con una punzada de tristeza.

Se acercaron al aparador y Roberto sacó ocho platos hondos de porcelana decorados con flores azules en los bordes, mientras Maria abría el cajón de los cubiertos para sacar los tenedores. Anna los miraba de reojo de vez en cuando. Todavía no sabía si aquella chica le gustaba o no. No era difícil entender por qué su hijo se había quedado tan prendado de ella: tenía unos largos rizos castaños que sujetaba con una diadema, un rostro con rasgos delicados y mejillas sonrosadas, y un cuerpo menudo y armonioso. Las palabras que Anna más oía salir de su boca eran «Gracias», «Perdón», «Si no le importa...». A decir de todos, era «adorable». Sin embargo, su constante dulzura y obediencia hacían pensar a Anna que carecía de carácter, que era demasiado dócil. Se quedó perpleja, por ejemplo, cuando Maria anunció que, si Roberto no iba a la universidad, ella tampoco lo haría.

—Podría trabajar como secretaria en la Bodega... Lo importante para mí es estar cerca de él —dijo con una sonrisa encantadora, mirando a Roberto con ojos llenos de amor.

A Anna le parecía que esa chica únicamente deseaba moldearse a través de su hijo, como si fuera de arcilla.

—Te equivocas —protestó Roberto la única vez que Anna había sacado el tema—. Maria no es en absoluto como dices. Es más fuerte y decidida de lo que crees. Tiene ese tipo especial de fortaleza que proviene de la calma y la dulzura. Me gustaría que le dieras la oportunidad de dejarse conocer. Hazlo por mí, por favor.

Por eso, desde entonces, y por amor a su hijo, Anna se impuso no solo no expresar más sus opiniones sobre Maria en voz alta, sino también esforzarse en fijarse en todas las cosas buenas que había en ella. Después de todo, si Roberto se había enamorado de esa chica, debía de tener muchas cualidades...

Estaba a punto de agregar los piñones al mortero cuando oyó voces: Antonio y Agata habían llegado.

—No, no cierres, Tommaso está aparcando —le decía Agata a Roberto.

Antonio se asomó a la cocina y saludó muy alegremente.

—¿Qué estás haciendo? —le preguntó después a Giovanna, sentándose a su lado con curiosidad.

—Un chal de verano, de algodón...

—¡Pues sí que tienes talento! —dijo él.

—Cada día más —intervino Anna, muy orgullosa.

La puerta de entrada se cerró y, poco después, se oyeron los alegres gorjeos de la pequeña Giada acompañados de las exclamaciones de todos.

—¡Pero qué vestido tan encantador! —dijo Maria.

—Es bonito, ¿verdad? Se lo compré yo —dijo Agata.

—¿Te gusta el vestido de la abuela? ¿Verdad, cariño de papá? —añadió Tommaso.

Giovanna sonrió, dejó el ganchillo y el hilo en la mesa y se acercó a la niña.

—Qué aroma —dijo Antonio. Y metió un dedo en el mortero.

—¡Eh! —protestó Anna—. Si lo intentas de nuevo, te machacaré el dedo, ten cuidado.

Riéndose, Antonio se llevó el dedo a la boca.

—Es delicioso... Como siempre, en realidad. —Luego cruzó las manos sobre la mesa y miró fijamente a Anna. Tardó unos segundos en darse cuenta de que ya no llevaba el reloj en la muñeca—. ¿Por qué te lo has quitado? —le preguntó, frunciendo el ceño y señalándole la muñeca con un gesto.

Anna se detuvo.

—Oh, ya no funcionaba. Ese charlatán de relojero no sabe arreglarlo. Debería decidirme a comprar uno nuevo, pero yo quiero... ese —respondió.

—Hay una niña que quiere saludar a la tía Anna —los interrumpió Giovanna, apareciendo en la cocina con Giada en brazos.

—¡Aquí estás! —Sonrió Anna, sin dejar de cocinar.

Agata se precipitó a la cocina.

—¿El agua ya está hirviendo? —preguntó ansiosa.

—No la he puesto todavía —le respondió Anna sin apartar la mirada de Giada.

—Entendido, lo haré yo —suspiró Agata, como si siempre tuviera que ocuparse de todo.

Se puso de puntillas para bajar la olla grande del estante.

Se sentaron a la mesa a las ocho: Anna dejó la fuente humeante de *trofie* al pesto en el centro y Antonio llenó las copas con Don Carlo.

Roberto y Maria se sentaron juntos, dándose pequeños besos furtivos. Giada estaba en su trona junto a Agata, que le daba de comer con una cuchara. Al otro lado de la trona se había sentado Tommaso, que no dejaba de mirar embelesado a su hija. Lorenza se sentó frente a su esposo, al lado del cual estaba Antonio. Anna y Giovanna fueron las últimas en tomar asiento. Como siempre, Giada fue el centro de atención y provocó la risa de todos al inventarse nombres. «¡*Cota cane*!», exclamaba, señalando el cuchillo. Y luego, cuando Agata se llevó la primera cucharada de *trofie* a la boca, soltó un «¡*Sasa vedde*!».

Todos reían excepto Lorenza, que esa noche parecía aún más taciturna de lo habitual. Casi no tocó la comida; miraba a su alrededor como si estuviera escuchando las diversas conversaciones, pero en realidad solo percibía un murmullo confuso. No podía quitarse de la cabeza la discusión que había tenido con Daniele el día anterior. Había sido su primera pelea de verdad.

Como todos los miércoles por la tarde, había dejado a Giada con Anna y, tras coger el autobús de las tres, se había reunido con él en Lecce. Lo encontró sentado frente a la máquina de coser, pero en cuanto ella entró, él se precipitó hacia ella y se unieron en un beso que contenía la pasión de todos los besos reprimidos desde su último encuentro. Se quitaron la ropa con ardor y, luego, Daniele la levantó, rodeándole la cintura con los brazos, y la apretó contra la pared. Ella le rodeó el cuerpo con las piernas y cerró los ojos.

A las cinco, un cuarto de hora antes de que saliera el autobús a Lizzanello (como de costumbre, Daniele habría tomado el siguiente), Lorenza dijo en tono apremiante:

—Mira, he estado pensando en esto durante una semana... Vámonos a Nueva York. Tú y yo.

Daniele se la quedó mirando, aturdido, y después comenzó a vestirse.

—¿Por qué reaccionas así? —exclamó ella, sorprendida y molesta.

Él se puso la camisa y luego se le acercó. Le cogió el rostro entre las manos y, en voz baja, le dijo:

—¿Qué hago? ¿Abandono la Bodega? ¿Abandono el taller? ¿Y tu hija?

—Solo me importa estar contigo —respondió ella.

Daniele bajó las manos.

—No lo piensas de verdad. Lo de dejar a Giada, quiero decir.

—Es decisión mía, no tiene nada que ver contigo.

—¡Cómo puedes decir que no tiene que ver conmigo!

—¡La verdad es que tú no me amas! —empezó a gritar Lorenza—. Por eso no quieres ir. La Bodega, el taller, mi hija..., todo son excusas. Si me quisieras de verdad, dirías que sí. Enseguida, sin pensarlo siquiera.

Daniele dio un paso atrás, se puso las manos en las caderas y la miró.

—¿Realmente crees que no te amo? ¿En serio?

—Lo estás demostrando en este momento.

—¿Solo porque te pido que seas razonable, que pienses en tu hija?

—¡Al diablo! ¿Sabes qué? Que solo te importo cuando quieres estar entre mis piernas.

—Estás siendo cruel...

—Solo digo la verdad.

Daniele se quedó en silencio por un momento que pareció interminable. Luego murmuró:

—Vas a perder el autobús. Vete, por favor.

«Tengo que verlo sin falta antes del miércoles», se dijo Lorenza. Pensó en la forma de encontrarse con él. No había nada malo si al día siguiente se presentaba en la Bodega. Siempre podía decir que había ido para hablar de algo con Roberto...

—¡Mamá! —dijo Giada, extendiendo la mano hacia Lorenza—. ¡Mamá!

Tommaso la levantó de la trona y la llevó frente a Lorenza.

—Aquí está mamá —dijo luego, poniéndosela en los brazos.

Lorenza se la sentó en las piernas y se apoyó en el respaldo.

—Agua, mamá —pidió Giada.

Lorenza no se movió.

—Agua, mamá —repitió Giada.

—Querida, la niña te está pidiendo agua —intervino Tommaso con una voz un poco demasiado alta.

—Sí, perdón —murmuró ella—. Ahora te la da mamá —le dijo a la pequeña, cogiendo la jarra.

—Eh, está a punto de empezar —anunció Roberto, mirando el reloj de encima de la chimenea—. Faltan tres minutos.

Se dirigió a encender la radio y todos fueron tomando asiento en los sofás. El sillón donde Carlo solía sentarse, junto a la chimenea, quedó vacío. Anna no permitía que nadie se sentara allí. Nunca.

En ese momento, la voz de Mario Carotenuto saludó con un «Buenas noches» a los radioyentes.

Anna había sido clara y contundente: por su cumpleaños no quería sorpresas, cenas ni celebraciones de ningún tipo. Prefería pasar el día a solas.

—De hecho, si podéis, intentad olvidarlo —les advirtió a todos.

El día que cumplió cuarenta y cuatro años, que ese año cayó en domingo, se lo tomó con calma y se levantó tarde por la mañana tras despertarse por el olor a salsa de tomate y cebolla sofrita procedente de la cocina. Giovanna siempre ponía mucha cebolla cada vez que cocinaba el ragú del domingo.

Se quitó el antifaz de seda, se puso las pantuflas y la bata, y nada más abrir la puerta, casi tropezó con una rosa roja. Junto a ella había un pequeño sobre blanco que decía «*Maman*». Leyó la nota del interior:

> Feliz cumpleaños a la mamá más pesada del mundo.
>
> Te quiero,
>
> Roberto

Anna frunció los labios y se acercó la nota al corazón. A continuación, recogió la rosa del suelo y bajó. Se detuvo junto a una mesita en la que había un jarrón con margaritas, las que ella y Giovanna habían recogido una de esas tardes, y puso la rosa en él.

Entró en la cocina y, después de saludar a Giovanna, tomó la taza y el cacito de la repisa.

—¿Roberto ha salido? —preguntó.

—Hace un par de horas —respondió Giovanna—. Ha dicho que tenía que pasar por la Bodega.

—¿Un domingo? —dijo Anna, sorprendida, mientras vertía la leche en el cacito.

—Tenía que hacer algo con Daniele —respondió Giovanna, encogiéndose de hombros. Luego la miró, indecisa, y finalmente dijo en voz baja—: ¿Puedo al menos felicitarte?

Anna se dio la vuelta y rio.

—Claro que sí. Por supuesto que puedes.

Era un día soleado y cálido, sin atisbo de una sola nube. Mientras se bebía la leche sentada en el banco, Anna disfrutó de la calidez del sol en el rostro y pensó que lo único que quería hacer ese día era montar en su bicicleta y pedalear sin rumbo, sola y en silencio. A lo mejor incluso llegaba hasta el mar...

Al volver a entrar en casa le dijo a Giovanna que ella y Roberto almorzarían solos ese domingo.

—Quiero salir, pero no sé cuándo regresaré... ¿Te sabe mal?

—Solo me sabría mal que no pasaras un buen día —le respondió Giovanna—. Ve tranquila.

Anna le dio un beso en la frente.

—Gracias —susurró.

Al cabo de media hora Anna salió, se montó en su bicicleta Bianchi y comenzó a pedalear lentamente.

—Hola, cartera —la saludó el anciano que cada semana recibía una carta de su hijo, que había ido a Turín a trabajar como obrero.

—Buen domingo, señora Greco —dijo luego un hombre quitándose el sombrero.

—Hola, Anna —exclamaron dos mujeres que estaban charlando en la puerta.

—Oye, ¿no hay correo hoy? —bromeó una mujerona que estaba pelando guisantes sentada en la acera.

Anna respondió a cada saludo con una sonrisa un poco forzada, y cuando finalmente tomó el camino hacia el mar, respiró aliviada. En ese momento, en el que solamente deseaba que la dejaran en paz, añoró los primeros meses, cuando aún era una desconocida en el pueblo. Ahora, en cambio, no podía dar un paso sin que alguien la saludara o incluso la detuviera para charlar un rato. «A veces es tan agotador...», pensó. Pasó junto a olivares y campos arados, delimitados por largos muros de piedra seca. Al fin, el silencio que tanto deseaba la envolvió como un manto de seda. Al cabo de unos quince kilómetros llegó a un cruce y continuó por un camino de tierra. El paisaje cambió a su alrededor y Anna inmediatamente percibió uno de los olores que más le gustaban: el de los pinos. Le recordaban a su querido pinar de Bordighera, con las montañas que caían a plomo sobre el mar, y las siestas que solía echarse cuando era joven, tumbada sobre una almohada de agujas de pino, cuando el sol ardía y la única forma de rehuirlo era buscando refugio entre las coníferas. Poco después apareció frente a ella el pinar y un letrero con una flecha que decía PLAYA. De modo que bajó de la bicicleta y, arrastrándola a su lado, se adentró entre los árboles al tiempo que inspiraba profundamente.

De repente apareció ante ella la arena blanca y el extenso azul del mar. Con una sonrisa, Anna apoyó la bicicleta contra el tronco de un pino y corrió hacia la orilla. Se quitó rápidamente los zapatos, los pantalones de lino y se desabrochó la blusa blanca. En bragas y sujetador, se zambulló en el agua sin olas.

Se tendió boca arriba con los brazos extendidos y cerró los ojos. Se dio cuenta de que era la primera vez que se bañaba completamente sola. En sus veranos en Bordighera, de niña, tenía a sus primas que la seguían a todas partes; después, en cambio, siempre estaba Carlo. Como en todas las ocasiones que pensaba en su esposo, Anna sintió una repentina punzada en el pecho y una sombra pareció cernirse sobre ella. Habían pasado casi dos años desde su muerte y no sabría decir qué le causaba más dolor:

ver que el mundo seguía adelante a pesar de su ausencia o sentir que, día tras día, se iba acostumbrando al hecho de que él ya no estaba. Cada vez que se daba cuenta de que no había pensado en él durante una hora entera, o si algo la hacía reír, inmediatamente la embargaba un lacerante sentimiento de culpa, una presión en el pecho. «¿Después de cuánto tiempo de perder un amor es correcto volver a reírse?», se preguntó.

Sumergió la cabeza en el agua y aguantó la respiración durante unos segundos.

Cuando emergió y volvió a la orilla no tenía ni la más remota idea de cuánto tiempo había pasado. Se vistió rápidamente y se apresuró hacia la bicicleta. Recorrió el camino de regreso empapada, mientras la tibieza del sol le calentaba la piel de los brazos y la cara, que le picaban por la sal.

Llegó a las puertas de Lizzanello cuando la luz de la tarde se había ido atenuando. Sin embargo, antes de tomar el camino de regreso a casa, se detuvo. «Estoy lo bastante cerca de Contrada La Pietra —pensó, mirando a su derecha—. Tal vez sea hora de echar un vistazo a la casa de campo... Quién sabe en qué condiciones estará. No he pasado por allí en mucho tiempo...». Así que pedaleó por el camino que conocía como la palma de su mano y llegó a la casona. Empujó la verja de madera desgastada por la lluvia y descolorida por el sol y se acercó a la puerta. No estaba cerrada con llave. La empujó para abrirla y un fuerte hedor a humedad y a cerrado la envolvió. Todo estaba en su lugar, como cristalizado. Dio una vuelta por las habitaciones: telarañas en las esquinas de las paredes, capas de polvo acumulado en los muebles, moho que se extendía por las paredes... «Debería volver y al menos limpiar un poco —reflexionó—. Esta noche le preguntaré a Giovanna si...».

Fue en ese preciso momento cuando una idea le iluminó los ojos y el rostro, como un relámpago. Miró a su alrededor, lentamente, y lo vio todo con absoluta claridad: donde estaba la sala de estar podría acondicionarse un aula con una pizarra y pupitres; en la gran pared donde ahora estaba el sofá había todo el espacio para una biblioteca; en la cocina podrían situarse los talleres, solo haría falta quitar la alacena y algunos muebles; en el piso de arriba sería sencillo hacer un pequeño dormitorio..., sin mencionar el jardín, que podría albergar un huerto bastante grande.

«¿Por qué diablos no se me ha ocurrido antes?», se dijo. Y mientras todo cobraba forma delante de ella, en su mente resonó una voz. Era Carlo diciéndole: «Prométeme que no renunciarás... Usa nuestro dinero... Sin tener que pedirle nada a nadie».

Un nudo se le formó en la garganta. Como siempre, su Carlo tenía razón.

Se subió de nuevo a la bicicleta y regresó a casa. Tan pronto como abrió la puerta la envolvió el olor a salsa de tomate que se había esparcido por todas las habitaciones. Llamó a Giovanna a gritos, pero no obtuvo respuesta. «Probablemente haya ido a ver a Giada —pensó—. Paciencia, hablaremos de ello mañana por la mañana».

Se arrellanó en el sofá con la ropa aún húmeda y el pelo enmarañado por la sal marina. Dejó vagar la mirada por la sala y, en el momento en que posó los ojos en la mesa frente a ella, reparó en un pequeño paquete envuelto en papel dorado y atado con una cinta roja. Se inclinó hacia delante para cogerlo, lo observó durante unos instantes, dándole vueltas en las manos; luego lo abrió y descubrió una caja de terciopelo azul. Dentro había un espléndido reloj con la esfera rectangular, el borde dorado y una correa de cuero verde. Abrió los ojos de par en par, lo tomó y lo miró durante mucho tiempo y, cuando lo giró, advirtió que en la parte trasera del reloj había una frase grabada.

Con el corazón latiendo con fuerza, se acercó el reloj a los ojos y leyó en voz alta:

A Anna de Antonio.
Por todo el tiempo que vendrá.

25

Verano de 1951

—Así pues, ¿qué será?

—Quién sabe. Una especie de escuela, dicen.

—No es una escuela, dice que será una «casa».

—¿Y no es ya una casa?

—Sí, pero una casa diferente. Una casa para mujeres.

—Y nosotros los hombres, ¿qué?

—Pero «para mujeres», ¿qué significa?

—Que harán cosas. Cosas de mujeres.

—Bueno, ya decía yo que era una escuela.

—Que no, te digo.

Detrás de la cortina de cuerdas del bar Castello, Antonio estaba tomando un café y no pudo evitar escuchar la conversación de los hombres que estaban jugando a la brisca.

—La cartera le ha pedido a mi esposa que, cuando funcione, les enseñe a hacer edredones —intervino un hombre de espesos cabellos rizados sentado en la mesa de al lado.

—¿Pues ves como tengo razón? Es una escuela, pero de cosas de mujeres —exclamó el primer jugador.

—Yo también he oído decir que allí enseñarán a leer y a escribir, además de historia, geografía y matemáticas —dijo otro, pasándose una mano por los largos bigotes.

—Lo que yo decía, una escuela —reiteró el primer jugador.

—Bueno, pues yo no lo entiendo. Definitivamente, es propio de una forastera, de todas formas. ¿No sabe que ya tenemos escuelas? —protestó el segundo jugador.

Antonio se rio para sus adentros. No era la primera vez que oía este tipo de conversaciones sobre la Casa para las Mujeres de Anna. En el pueblo parecía que nadie lo entendía demasiado. Lo único seguro era que la cartera iba a «hacer algo» con la casa de Giovanna la loca. Algunos decían que la había comprado por dos liras, otros que Giovanna se la había regalado para saldar sus deudas. «Ya me gustaría verlo. Vive y come a sus expensas», murmuraba alguien. Y otros añadían: «Sí, y antes vivía y comía a expensas de Carlo, que en paz descanse».

Antonio dejó la taza en la barra y salió. Los hombres enmudecieron de golpe.

—A ver si lo habrá oído todo —susurró el primer jugador, inclinándose hacia el otro.

—¿Y qué hemos dicho de malo? —respondió este, encogiéndose de hombros.

—Buenos días, caballeros —los saludó Antonio sonriendo.

—Buenos días, Antonio —respondieron todos a coro.

—Nos vienes de perilla. Estábamos hablando de tu cuñada.

—Sí, lo he oído —respondió Antonio, metiéndose las manos en los bolsillos del pantalón.

—Bien. Pues entonces explícanos tú qué es... eso que quiere hacer —preguntó el hombre del pelo rizado—. Ni mi mujer lo acaba de entender.

—Veréis... —murmuró Antonio, frotándose la nariz—, diría que todos tenéis un poco de razón. Ese lugar será muchas cosas... Y sí, solo estará abierto para las mujeres. Será una escuela para aquellas que no pudieron estudiar, pero también un taller para aprender un oficio y un refugio para las que estén en apuros...

Los hombres se miraron perplejos.

—En resumen, un lugar para ayudar a las personas. Ni más ni menos —concluyó Antonio, y se marchó. Pero oyó a alguien murmurar a sus espaldas:

—Vaya. Yo todavía lo entiendo menos que antes.

Cuando Anna, hacía aproximadamente dos meses, le había hablado con entusiasmo de su Casa para las Mujeres, a Antonio se le había ablandado el corazón: por fin volvía a ver en sus ojos ese destello que conocía bien y que amaba en ella más que cualquier otra cosa. Esa chispa era la misma que le había visto cuando había decidido presentarse al concurso de Correos y cuando había comenzado a recoger firmas para el voto de las mujeres.

Esa chispa aparecía cuando desafiaba al mundo.

Desde que Carlo comenzó a sentirse mal, a Anna ya no se le habían encendido los ojos de esa manera. Por eso había sido un verdadero alivio verla, de la noche a la mañana, tan viva e interesada en un nuevo proyecto. Mientras Anna se lo describía, Antonio también experimentó un sentimiento de orgullo: solo a ella se le podía ocurrir una idea como esa, algo que nunca se había visto antes y que tanto podría beneficiar a las mujeres.

—Permíteme ofrecerte mi ayuda —le dijo.

Y no se había echado atrás: en cuestión de pocas semanas él y Anna despejaron la casona de los muebles viejos, cargándolos en carros que Antonio había hecho traer de la fábrica de aceite por dos de sus empleados más fuertes; reemplazaron la verja y repintaron las puertas y las ventanas; quitaron las malas hierbas, delimitaron los espacios para los huertos con unas vallas, y repararon los agujeros del techo. De vez en cuando, en medio de esas tareas, Anna y Antonio se miraban y sonreían, cómplices.

A veces Anna se detenía y dejaba vagar la mirada a su alrededor.

—Ahora puedo verlo aún más claramente... —decía.

—Pues si todo este esfuerzo lo dedicaras a nuestra casa, ¿eh? —murmuraba Agata cuando él regresaba para cenar—. Cuántas veces te he pedido que compres muebles nuevos y quites este horrible papel pintado que puso tu madre... que en paz descanse. —Cuando comenzaba con esa perorata, Antonio la dejaba desahogarse, convencido de que en algún momento se detendría. Pero, en cambio, Agata continuaba—: Nadie en el pueblo entiende nada, y yo aún menos. ¿Qué significa «Casa para las Mujeres»? Ella y sus ideas estrambóticas... Y vete tú a saber, ¿por qué siempre te involucra a ti?

Eran las mismas preguntas que le habían hecho sus amigas del rosario en la última reunión del sábado. Cuando Agata llegó a la casa de la vecina y se sentó en una de las sillas libres, de repente se hizo el silencio y las mujeres que ya estaban sentadas en círculo comenzaron a lanzarse miradas.

—¿Y ahora qué? ¿Por qué dejáis de hablar? —preguntó Agata, frunciendo el ceño.

La vecina, una mujer muy delgada vestida de negro, con la piel rosada y una cantidad considerable de vello en el labio, miró a las demás y finalmente encontró el valor de decirle:

—No, es que nos preguntábamos cómo estás, si todo este asunto no te está molestando...

—¿Qué asunto? —la interrumpió Agata, inquieta.

—Todo esto de tu marido y tu cuñada...

Agata se removió en la silla.

—Pero ¿de qué estás hablando?

—Por favor, no nos malinterpretes —intervino otra, una mujerona con el pelo muy oscuro—. Todo el mundo sabe que Antonio la está ayudando día y noche con esa Casa para las Mujeres que no se sabe qué es.

—Y cuando hay algo que nadie entiende, significa que ese algo no es lo correcto. Mi padre siempre lo decía —añadió una anciana de cejas blancas y voz ronca.

—Día y noche, vamos. ¡Qué exageradas sois! —contestó Agata—. Como mucho dedica un par de horas al día, no más.

Las mujeres se miraron de nuevo.

—Pero ¿por qué involucra precisamente a tu esposo? —preguntó luego la vecina.

—Exacto. Si es algo para mujeres, ¿qué tiene él que ver?

—Y lo mismo con la petición de firmas, ¿os acordáis? —dijo la anciana.

—Parece que os estáis olvidando de que es el hermano de Carlo, que en paz descanse —respondió Agata, haciendo la señal de la cruz.

Y las demás también se santiguaron.

—¿Y qué significa eso? ¿Que ahora tiene que cargar con ella? —insistió la vecina.

«Sí, y no se equivocan», se dijo Agata con un suspiro. Antonio se ocupaba de dos familias, la suya y la de su hermano. Después de la muerte de Carlo, su esposo no hacía más que correr siempre que Anna necesitaba algo. «¡Al diablo! ¡Que se las arregle sola! ¡Maldita sea ella y el día que llegó!», había pensado más de una vez Agata, en un ataque de celos.

Sin embargo, respondió:

—Ya sabéis cómo es mi Antonio, es demasiado bueno y generoso... Pero estoy muy orgullosa de él y de todo lo que hace por nuestra cuñada y nuestro sobrino —enfatizó, esperando poner fin a los chismes de una vez por todas.

—¡Claro que sí! ¡Es un trozo de pan! Siempre lo ha sido, desde que era un niño —intervino la mujer corpulenta para salir del apuro.

Las demás se miraron avergonzadas y no se atrevieron a hablar más.

Un rato después, la vecina comenzó a rezar una avemaría y las mujeres la siguieron en coro.

Agata recitó sus oraciones durante todo el tiempo con la cabeza baja y los ojos cerrados, pero entre un *Mater Dei* y un *Ora pro nobis peccatoribus*, tuvo que tragarse el enojo y la humillación.

Aquella bochornosa mañana de julio nadie parecía tener ganas de charlar en la oficina de correos. De fondo solo se oía el repiqueteo del telégrafo y el tamborileo del bolígrafo de Tommaso sobre los documentos que estaba leyendo. Carmine parecía pensativo y se tocaba una y otra vez la barba, que ahora tenía completamente cana; los últimos meses se la había dejado crecer muchísimo, encrespada y salvaje. Incluso Elena, a quien generalmente no le faltaba locuacidad, ese día estaba concentrada en sus cosas, como si estuviera molesta por algo. Y Lorenza no estaba menos malhumorada que cualquier otra mañana. Anna clasificaba el correo, pero ella también tenía la mente en otra parte: pensaba en que no solo necesitaba conseguir una pizarra, sino también pupitres y sillas..., cosas que no estaban precisamente disponibles en la tienda de debajo de su casa. Todo lo demás lo compraría: camas, ropa blanca, vestidos, semillas para plantar en los huertos, herramientas de jardinería, cuadernos, bolígrafos y todo lo que se necesitaba para los talleres de artesanía. Pero ¿de dónde demonios iba a sacar el mobiliario para montar el aula?

Y luego había otra cosa que la atormentaba: que Giovanna no quisiera tomar parte en los preparativos de ninguna manera.

—Aún no me siento capaz de volver a Contrada —le había dicho mientras trabajaba con los ojos fijos en el chal de algodón, que ya casi estaba terminado—. Pero estoy feliz por ti, y tu proyecto es precioso. De verdad.

—Me gustaría que se convirtiera en «nuestro» proyecto —le respondió Anna con pesar.

Desde cierto punto de vista, la entendía, pero que don Giulio aún tuviera ese poder sobre las decisiones de Giovanna era algo que la enfurecía sobremanera. No era justo, demonios.

Puso a un lado, en un pequeño montón, la correspondencia destinada a la Bodega Greco: se la entregaría a Roberto más tarde en casa..., siempre y cuando estuviera de regreso para almorzar. Desde que había terminado el bachillerato, se dedicaba de lleno a la gestión de la Bodega y de la Finca, como había prometido, demostrando un gran sentido del deber. «Sin duda es hijo mío», se dijo con una sonrisa.

Se colgó la valija y se asomó a la oficina de telégrafos.

—¿Telegramas de última hora? —preguntó.

Elena se volvió a mirarla y negó con la cabeza, apretando los labios; tenía un aspecto tenso y ojeras rojizas. Sus problemas para dormir no eran una novedad, pero parecía que en los últimos tiempos habían empeorado.

—No, tía —respondió Lorenza—. No hay nada nuevo.

Ella tampoco tenía buena cara esa mañana. Anna pensó que tal vez había tenido otra discusión con Tommaso. En su casa se respiraba un malestar denso como la niebla.

—Todavía tengo unos minutos —dijo entonces, dirigiéndose a Lorenza—. ¿Quieres tomar un café rápido en el bar?

—Sí —respondió ella, arrastrando la silla hacia atrás—. La verdad es que lo necesito.

En la plaza parecía que el tiempo se hubiera detenido. Las hojas de la gran palmera se veían tan quietas que se diría que estaban pintadas en el cielo; las puertas de las tiendas estaban cerradas para evitar que el calor entrara en el interior; los dos ancianos sentados en el banco y los cuatro hombres vestidos con camiseta blanca de tirantes que jugaban a las cartas en la mesa del bar tenían un aspecto agotado y parecían estar a punto de derretirse.

Anna apoyó su bicicleta en la pared y se sentó en una mesa de fuera mientras Lorenza iba a por los cafés.

—Tommaso me ha parecido nervioso esta mañana —dijo Anna mientras removía la cucharilla en la taza.

—Ojalá se calmara un poco... —respondió Lorenza—. Está obsesionado con esa niña; se preocupa por todo, incluso cuando no hay motivo. Y luego parece que siempre es culpa mía: si la niña llora, si no duerme lo suficiente, si tiene berrinches...

Anna intuyó que había algo más, pero permaneció en silencio.

—Por no hablar de lo de Otranto. No entiendo por qué tenemos que ir allí abajo cada maldito verano —continuó diciendo Lorenza.

Anna alzó una ceja. «Ese es el verdadero motivo», pensó.

—Se lo he dicho bien claro: este año no me apetece —prosiguió Lorenza—. ¿Y sabes qué me ha contestado? Que soy una caprichosa y una desagradecida. ¡Yo! Pero ¿quién le ha pedido nada? Siempre ha decidido él adónde ir de vacaciones. No me ha consultado ni una sola vez.

Anna se aclaró la garganta.

—No quieres alejarte mucho de Daniele... —dijo—. ¿Es por eso?

Lorenza entornó los ojos y dirigió la mirada hacia el castillo.

—Serán solo dos semanas —murmuró Anna—. Hazlo por Giada. Ya sabes lo bien que se lo pasa en la playa.

—Aquí cerca también hay playa —saltó Lorenza.

—Sí, pero allí tenéis una casa, y sería una pena tenerla cerrada. ¿Qué te cuesta? Dos semanas, Lorenza, solo dos.

—¡Me cuesta muchísimo! —exclamó ella, cada vez más irritada—. Hay cosas que no sabes, cosas que han ocurrido... No puedo alejarme de él en este momento. No puedo —repitió, sacudiendo la cabeza.

—Parece que tienes miedo de algo...

—Por supuesto que tengo miedo. Podría encontrar a otra persona y casarse con ella. ¿Qué crees, que se quedará solo para siempre? ¿Que no se cansará de vivir así?

—Y ¿piensas que la encontrará justo en las dos semanas en las que estarás fuera con tu familia? —preguntó Anna con ironía.

—No quiero que la encuentre. Nunca.

—No puedes hablar así. Ya lo sabes...

—Podría ser todo tan simple... —la interrumpió Lorenza—. Si tan solo nos fuéramos de aquí. Lejos de todo y de todos. Podríamos ser tan felices...

Era la primera vez que Anna la oía decir algo así, y eso la preocupó mucho. Después de unos momentos de silencio, dijo:

—¿Como Anna Karénina y el conde Vronsky?

—Sí, exactamente como ellos —susurró Lorenza.

Anna resopló, seguidamente rebuscó en la valija, sacó algunas monedas y las puso sobre la mesa.

—Ahora debo irme —dijo—. Pero recuerda una cosa: Anna Karénina pagó cara su decisión. Piénsalo. —Y se marchó.

Lorenza se recostó en el respaldo de la silla. Conocía bien la historia de Anna Karénina: había leído la novela cuando era jovencita y recordaba haber sentido una gran admiración por esa heroína romántica que tuvo el valor de seguir a su corazón a costa de perderlo todo. Ahora, como entonces, seguía sin ver nada malo en ello.

El miércoles siguiente Lorenza se llevó a Giada a la cita con Daniele. En el autobús, la niña no dejaba de lloriquear debido al calor y de frotarse con las manitas los ojos hinchados por las lágrimas.

—Pórtate bien —le decía Lorenza—. Vamos a un lugar bonito a conocer a un buen amigo de mamá.

Cuando llegaron, Daniele estaba inclinado sobre la mesa de trabajo dibujando.

—Aquí estamos —exclamó Lorenza con una sonrisa forzada.

Daniele la miró y se puso de pie de un salto, desviando la mirada de la niña a Lorenza.

Giada se detuvo en el umbral y se quedó mirando a Daniele con los ojos todavía húmedos.

—Vamos, entra con mamá —la instó Lorenza.

Daniele le lanzó una mirada desconcertada, luego se acercó a Giada y se agachó frente a ella, sonriéndole.

—Mucho gusto, yo soy Daniele —dijo, tendiéndole la mano.

Al cabo de unos instantes, Giada puso la manita sobre la de Daniele.

—¿Sabes que eres muy guapa? —continuó diciendo él, al tiempo que le acariciaba los deditos—. Nunca he visto a una niña más guapa que tú, te lo juro.

La niña se llevó un dedo a la boca y, sin quitarle los ojos de encima, esbozó una sonrisa y dio un pasito adelante.

Lorenza la llevó adentro, empujándola por los hombros, y luego cerró la puerta con un suspiro.

—Tu nombre es Giada, ¿verdad? —preguntó Daniele.

La niña asintió.

—¿Sabes que tu nombre significa «jade», que es una piedra de un color muy bonito?

La niña negó con la cabeza, divertida.

—Ven, te lo enseñaré. —Se levantó y, cogiéndole la mano a la niña, la llevó junto a los rollos de tela. A continuación, sacó uno de un hermoso color verde brillante—. Mira, este es el color del jade.

Giada extendió la manita y tocó la tela.

—¿Te gusta?

—Sí —exclamó ella, muy contenta.

—¿Y sabes qué vamos a hacer ahora? Un bonito vestido. Para ti. —Y le dio un toquecito en la mejilla.

Lorenza los había estado observando todo el tiempo con una sonrisa satisfecha.

Las dos horas siguientes fueron tranquilas y alegres: Lorenza y Daniele le tomaron las medidas a la niña, jugando a hacerla girar como una princesa, y luego cortaron la tela; con algunos retales que sacaron de una cesta, él elaboró unas diademas que colocó en la cabeza de Lorenza, en la de Giada y, finalmente, también en la suya, provocando la risa cristalina de la niña.

Luego Giada se sentó en un rincón a jugar con unos retales de tela.

—¿Puedes trabajar? —preguntó Lorenza, indicando la máquina de coser con un gesto de la cabeza.

—Lo estoy intentando —respondió él—. Desde que tu primo está siempre en la Bodega, al menos puedo venir aquí con más frecuencia.

—Me gustaría mucho echar un vistazo a los nuevos diseños. ¿Puedo?

Daniele se sonrojó.

—Son solo bocetos. —Luego se inclinó hacia ella y con delicadeza le pasó un mechón rebelde por detrás de la oreja—. Pero cuando los termine, serás la primera en verlos.

—Me muero de ganas... —respondió Lorenza. Cerró los ojos, suspiró y luego sonrió—. Ojalá todas las tardes fueran así —dijo.

Daniele sonrió a su vez.

—Giada es realmente adorable —murmuró.

—¿Alguna vez has pensado que podría ser siempre así? —dijo Lorenza bajando la voz.

—¿Así cómo?

—Tú, yo y Giada.

Él la miró como si no estuviera seguro de haberla entendido.

—Dijiste que nunca permitirías que la dejara —siguió diciendo Lorenza—. Bueno, pues llevémosla con nosotros. Con estas condiciones, ¿lo harías? ¿Te marcharías conmigo?

Daniele abrió los ojos de par en par, a continuación, se aclaró la garganta y se volvió hacia Giada.

—No sabes lo que estás diciendo —contestó, al final.

—Lo dijiste, que el problema era Giada —continuó Lorenza con voz queda. Luego alzó la voz—: Te estoy ofreciendo una solución.

La niña de repente dejó de jugar y alzó la cabeza.

—¿Apartarla de su padre? ¿De sus abuelos? ¿Es esa tu solución? —mascullό él.

—Al menos estoy intentando encontrar una —gruñó Lorenza.

De repente Giada empezó a sollozar y, seguidamente, cogió los retales de tela y los arrojó lejos.

—¿Qué pasa, pequeña? —dijo Daniele de inmediato—. ¿Es porque mamá parece enojada? ¡Solo estaba bromeando! Acaba de decir que está feliz de irse el sábado a la playa contigo y con tu papá.

Lorenza se dispuso a abrir la boca, pero la mirada severa de Daniele bastó para hacerla desistir.

—¿No es cierto, Lorenza? —concluyó él.

Giada dejó de llorar y miró a su madre.

Lorenza le dirigió a Daniele una mirada en la que se mezclaban el dolor y la rabia.

—Sí, muy feliz —dijo con voz temblorosa.

Luego se acercó rápidamente a su hija, la levantó en brazos y se dirigió hacia la puerta.

—Lorenza, vuelve aquí... —le suplicó Daniele.

Ella ni siquiera se volvió.

Anna estaba poniéndose los zapatos a toda prisa. Antonio pasaría a recogerla de un momento a otro.

—Estate lista para las diez de la mañana —le había dicho, y ella sabía que siempre era muy puntual.

Ese día, el primero de las dos semanas de vacaciones de Anna, iban a visitar a una especie de anticuario que vivía en el campo y que, según lo que Antonio había oído, tenía una vieja pizarra de escuela.

—¿Estás segura de que no quieres venir? —le preguntó a Giovanna.

—No, gracias —respondió ella. Estaba sentada en la mesa de la cocina, con un ganchillo en la mano y una madeja de lana rosa delante, tejiendo unas pantuflas—. Prefiero quedarme aquí. Y, además, hace demasiado calor para salir...

Anna hizo una mueca de decepción.

—Como quieras...

En ese momento sonó la bocina del Fiat 508.

—Ahí está —exclamó Anna—. ¡Adiós, volveré para almorzar! —dijo mientras salía.

Antonio la esperaba con la ventanilla bajada y el brazo apoyado en la portezuela.

—Eres la persona más descaradamente puntual que conozco —exclamó Anna.

—La puntualidad es la virtud de los generosos —le respondió él con una sonrisa.

Tan pronto como se pusieron en marcha, una suave ráfaga de viento entró por la ventanilla y despeinó a Anna, liberando una deliciosa fragancia.

—¿Te alegras de estar de vacaciones? —le preguntó Antonio.

—En realidad, estoy contenta de tener más tiempo para dedicarlo a la Casa para las Mujeres —le respondió ella—. ¿Sabes?, anoche estuve pensando en ello y me gustaría que estuviera lista para finales de septiembre. Si me doy prisa en estas dos semanas, puedo lograrlo.

—Ah, ¿no habías decidido que sería en noviembre? —se sorprendió Antonio—. ¿Por qué has cambiado de opinión?

Anna se encogió de hombros.

—No hay una razón específica. Cuanto antes esté lista, mejor.

—Sí, pero para finales de septiembre falta poco más de un mes. Y yo no estaré aquí durante los próximos diez días. Me fastidia que tengas que ocuparte de todo tú sola. Podrías esperar, ¿no? ¿Qué prisa hay?

Al día siguiente, Antonio se reuniría con su esposa y su hija en Otranto. Estaban allí desde hacía algunos días, junto con Tommaso y la niña. Agata se había ofrecido a cuidar de Giada.

—Así podrás pasar un tiempo a solas con tu marido —le había dicho a Lorenza, sin ocultar un tono de reproche.

Antonio prometió unirse a ellos después de ocuparse de algunos asuntos en la fábrica de aceite.

—Sí, cómo no, la fábrica... —le había contestado Agata, con una risita amarga—. ¿Y desde cuándo la fábrica ha pasado a ser «para las mujeres», eh?

Anna puso una mano sobre la de Antonio, que estaba apoyada en la palanca de cambios.

—Eres muy amable. Pero no te preocupes por mí —lo tranquilizó—. Creo que puedo apañármelas por mi cuenta.

Antonio se perdió en sus pensamientos y cambió a tercera. Anna retiró la mano.

—Puedo optar por no ir —dijo él—. Si necesitas que me quede, me quedaré aquí. En serio.

Anna se volvió para mirarlo.

—No digas tonterías —le respondió con dulzura.

Recorrieron cinco kilómetros por una carretera que bordeaba los campos en dirección a Lecce.

—Debería estar por aquí, después del pozo a la derecha, eso es lo que me dijeron —murmuró Antonio, girando por un camino lateral. Pronto vieron una gran casa de campo de piedra caliza, rodeada de un huerto de almendros y naranjos.

—Creo que es esta —dijo Anna, inclinándose hacia delante.

Antonio detuvo el 508 junto a un muro de piedra seca y apagó el motor.

Bajaron del automóvil y atravesaron el huerto: en un momento dado, Antonio se paró y cogió dos almendras de un árbol, abrió la cáscara de una de ellas con las muelas y le tendió la almendra pelada a Anna.

—Cuando éramos niños, justo en esta época, Carlo y yo íbamos a robar almendras por el campo y nos dábamos algún que otro festín... —le contó. Luego rompió otra cáscara y se metió la almendra en la boca—. Una vez, un propietario nos pilló y comenzó a perseguirnos con un azadón. «Desgraciados», gritaba, mientras nosotros corríamos como locos. Carlo se dio la vuelta y le hizo un gesto obsceno, y eso enfureció tanto al tipo que nos persiguió hasta casa. —Y se rio.

Anna esbozó una sonrisa, imaginándose la escena.

—Me habría encantado conoceros de niños —dijo después.

Él le devolvió la sonrisa y siguió caminando.

La puerta de madera de la casa estaba entreabierta. Antonio asomó la cabeza por la rendija.

—¿Hay alguien ahí? —preguntó.

No hubo respuesta.

—¿Oiga? —gritó Anna.

Silencio.

Se miraron un momento, dubitativos, y luego entraron.

Se encontraron frente a lo que parecía un enorme mercado que hubiera sufrido los efectos de un tornado. Por todas partes, amontonados de cualquier manera, había muebles antiguos y deteriorados, lámparas de petróleo, jarras de bronce dorado, candelabros de hierro forjado, figuritas de santos, tazas y tazones, teteras, relojes de pared, abanicos, libros, pinturas, taburetes, mesitas, baúles...

—Esto es maravilloso —exclamó Anna—. Me pregunto si tendrá uno de esos juegos de tocador que solía usar mi abuela...

—¿Cómo era? —le preguntó Antonio, acercándose.

—Pues era de plata, con los mangos repujados —explicó ella—. Había un cepillo para el pelo, uno para la ropa y un pequeño espejo. Cuando era niña, jugaba con ellos cada tarde durante horas. Jugaba a arreglarme, como mi abuela.

—Imagino que no necesitarías mucho para estar guapa... —murmuró Antonio, mirando a su alrededor.

—¿Quién anda por ahí? —Se oyó de repente a su espalda.

Antonio y Anna se volvieron al mismo tiempo: de pie en la puerta había un hombre de unos sesenta años, de aspecto demacrado, con una larga barba blanca y enredada. Sostenía una pipa en una mano.

—Perdónenos —se disculpó Anna—. Solo estábamos curioseando.

—Usted debe de ser el señor Bruno —dijo Antonio, acercándose a él con la mano tendida.

—Soy yo —respondió el hombre, estrechándole la mano.

—Me llamo Antonio Greco. Encantado de conocerlo. Y ella es mi cuñada Anna.

—Anna Allavena —aclaró ella—. Este lugar es magnífico —dijo a continuación con una gran sonrisa.

Bruno le sonrió a su vez, complacido.

—¿Qué están buscando? —preguntó luego.

—Nos han dicho que tiene una pizarra antigua... —explicó Antonio—. Y nosotros estamos buscando una.

—Les han informado bien —respondió el hombre—. Vengan —dijo, caminando hacia delante. Los condujo a la habitación contigua donde, entre armarios, escritorios, una prensa, un arado y una palangana de mármol, se encontraba una pizarra de pared con un marco de madera maciza—. Es esta —dijo él, tras lo cual exhaló una nube de humo.

Anna se agachó para observarla mejor y acarició la superficie lisa del encerado.

—¿Qué dices? Me parece que está bien, ¿no? —le preguntó Antonio, agachándose a su lado.

—¡Está perfecta! —respondió ella. Dicho esto, se volvió hacia Bruno—. ¡Nos la quedamos!

Antonio sacó una cuerda del maletero y la usaron para atar la pizarra al techo, pasando la cuerda varias veces desde arriba hacia el interior del automóvil a través de las ventanillas bajadas. Bruno los observó con curiosidad apoyado en el marco de la puerta con los brazos cruzados. De vez en cuando, se llevaba la pipa a la boca y daba profundas caladas.

—¿Por ahí se aguanta? —preguntó Antonio, asomando la cabeza por encima del techo.

—Parece que sí —respondió Anna, y realizó una prueba tirando de la cuerda hacia ella.

Subieron al automóvil y apenas tuvieron tiempo de salir del camino de la casa y entrar en la carretera principal cuando oyeron un golpe.

Se volvieron al mismo tiempo y vieron la pizarra en el suelo, en medio de la carretera.

Antonio abrió los ojos de par en par. Luego miró a Anna de nuevo.

—¿Pero no habías hecho el nudo? —le preguntó.

—¿Qué nudo?

Se miraron durante unos segundos y luego estallaron en risas. Anna seguía desternillándose incluso cuando Antonio abrió la puerta e intentó poner la pizarra de nuevo en el techo.

—Vamos, deja de reír y ven a ayudarme —dijo él, divertido.

Sin embargo, la risa plena y cristalina de Anna seguía resonando entre los olivos y se diseminaba a su alrededor como si fuera polen. Anna se dio cuenta de que esa era su primera risa verdadera tras la muerte de Carlo. La primera sin sentirse culpable, sin cuestionarse si estaba bien reír después de haber perdido al amor de su vida.

Llegaron a Contrada La Pietra y colgaron la pizarra en la pared con unos clavos largos y gruesos. En la pared opuesta había ahora una espaciosa librería que hasta dos semanas antes había albergado los archivos de facturas de la fábrica de aceite.

—Ya encontraré otro lugar para todas estas carpetas, no te preocupes —le había dicho Antonio cuando se la regaló.

Los dos primeros estantes los ocupaban los libros de texto de Roberto, empezando por aquellos con los que había estudiado de niño, durante la escuela primaria. Pronto habría pupitres y sillas. «Y entonces sí que parecerá una verdadera aula», pensó Anna. Gigetto, el carpintero, le había hecho un buen precio por diez pupitres, diez sillas y también por las literas que iba a colocar arriba.

—No te preocupes, cartera. Estará todo listo a finales del verano —le había asegurado—. Si también necesitas colchones, puedo conseguirte algunos a través de un amigo mío. Le diré que te trate bien.

—Creo que ahora nos merecemos un café, ¿no crees? —le dijo Antonio.

—¡Por supuesto que sí! —respondió Anna.

En la plaza no había nadie: esa mañana parecía que todos se habían esfumado debido al calor abrasador. Dentro del bar Castello, también vacío, Nando estaba secando unos vasos con un paño, mientras en la radio del mostrador sonaba *Grazie dei fiori*, de Nilla Pizzi, la canción que ese año había ganado la primera edición del Festival de la Canción Italiana.

Nando colocó las dos tazas frente a ellos.

—Si me permitís... —dijo, un poco vacilante—. Probad este jarabe de almendras en lugar del azúcar. —Y, sin esperar respuesta, cogió una botella y vertió algunas gotas en las tazas humeantes—. Mi esposa lo hizo justo ayer, es una delicia... ¡E invita la casa, por supuesto!

Antonio tomó un sorbo de café.

—Nando, ¡pero esto es delicioso! Felicita a tu esposa.

El otro asintió, orgulloso.

Anna, por su parte, estaba a punto de decir que, para su gusto, estaba un poco demasiado dulce, cuando Antonio comenzó a canturrear en voz baja junto con Nilla Pizzi: «*In mezzo a quelle rose ci sono tante spine, memorie dolorose di chi ha voluto bene... Son pagine già chiuse con la parola fine...*».*

Anna se quedó quieta con la taza en el aire, mirando los labios de Antonio moverse lentamente mientras susurraba las palabras de la canción. Y en ese preciso momento sintió una especie de estremecimiento justo donde tenía el corazón.

—¿Qué pasa? —preguntó Antonio con una sonrisa en cuanto notó que lo observaba.

Anna apartó la mirada de inmediato.

—Nada —se apresuró a contestar, sintiendo que le ardían las mejillas.

Y se bebió la última gota de café.

El 22 de agosto comenzó la vendimia de 1951 en el viñedo de la Finca Greco.

A las cinco de la mañana, Daniele llegó a casa de Roberto e hizo sonar el timbre de su Taurus Lautal.

—No quiero que vayas a pie a esa hora. Todavía estará oscuro. Prefiero pasar a recogerte yo —le había dicho el día anterior.

De modo que cuando Roberto abrió la puerta, muerto de sueño, Daniele lo saludó con entusiasmo y lo hizo subir a la barra horizontal de la bicicleta.

—¿Estás seguro de que podrás ver el camino? —preguntó Roberto después de acomodarse.

—Lo veo, lo veo.

De vez en cuando, durante el trayecto, era suficiente que Roberto se moviese un poco para que la bicicleta diera bandazos a la derecha o a la izquierda.

* «En medio de esas rosas hay muchas espinas, recuerdo doloroso de quienes han amado... Son páginas ya cerradas con la palabra fin...». *(N. de la T.)*

—¡Ooohhh! —exclamaba él asustado, sujetándose a la barra.

—¡Eh, es que tienes que estarte quieto! —Se rio Daniele.

Los jornaleros comenzaron a llegar en grupos: algunos a pie, otros en bicicleta, algunos en carros tirados por burros. Unos minutos después de las seis, el sol finalmente se asomó entre las hileras e iluminó el viñedo: los hombres se dispersaron entre las vides y comenzaron a trabajar de buena gana, cortando los racimos maduros de las plantas y llenando las cestas en el suelo.

Daniele tomó dos tijeras de podar y le dio unas a Roberto.

—Ven conmigo —le dijo, poniéndole una mano en el hombro. Y lo llevó al corazón de una hilera de vides.

En las raras ocasiones en que Carlo lo había llevado a ver la vendimia cuando era niño, Roberto nunca había visto a su padre mezclarse con los trabajadores, y mucho menos hacer las mismas cosas que ellos hacían. Carlo cogía a su hijo de la mano y caminaba entre las vides y las cestas repletas de racimos, asegurándose de que todo marchara sin problemas. Solo una vez permitió que Roberto entrara en las cubas y pisara las uvas descalzo, junto con otros niños.

—Mírame. Haz lo que yo hago —le dijo Daniele, dando un corte limpio a la parte superior de un racimo.

Estaba claro que Daniele, durante la vendimia y también habitualmente, se unía a los campesinos y trabajaba codo a codo con ellos, sin escatimar esfuerzos. Roberto no habría sabido decir cuál de los dos enfoques prefería, si el benevolente pero distante de su padre o el humilde de Daniele. Confiaba en que lo descubriría por sí mismo tarde o temprano.

De repente, un par de hileras más adelante, un campesino comenzó a cantar una canción popular, extendiendo su aguda y ligera voz por el campo:

E fior di tutti i fiori...

Los demás, desde todas las hileras, se le unieron en coro:

fior di lu pepe
tutte le fontanelle so' siccate
povero amore mio more di sete.

Luego, el hombre entonó solo el primer verso de la segunda estrofa:

Eru piccinnu e me morse la mamma...

Luego los otros se le unieron:

Lu viziu me rimase de la minna
*ogni donna ca visciu la chiamu mamma.**

Continuaron cantando canciones y haciendo coros hasta las nueve, cuando Daniele anunció una pausa.

—¡Tengo un hambre...! —murmuró Roberto, tocándose el estómago.

—Ven, vamos a la bodega a buscar algo de vino para todos —dijo Daniele—. Y luego comeremos nosotros también.

Regresaron con dos damajuanas de Don Carlo que los jornaleros se pasaron de mano en mano, bebiendo grandes sorbos.

Daniele y Roberto se hicieron sitio en uno de los muchos grupos que se habían sentado en círculo en el suelo para comer. Un chico de aproximadamente la misma edad que Roberto cogió dos *friselle*, unas roscas de pan seco, las ablandó remojándolas con agua, esparció los tomates prensados por encima y lo cubrió todo con abundante aceite de oliva.

—¡Aquí tienen! —dijo, entregándole una a Daniele y otra a Roberto.

—¿Y los tenedores? —preguntó Roberto.

* «Y la flor de todas las flores, / la flor del pimiento, / todas las fuentes se han secado, / pobre amor mío se muere de sed. / Era pequeño y a mi madre mordí... / El vicio me quedó de la teta, / a cada mujer que veo llamo mamá». *(N. de la T.)*

Su petición fue recibida con una sonora carcajada.

—¡Eh, que el señorito quiere un tenedor! —exclamó uno de los hombres, masticando con la boca abierta.

Daniele lo miraba riendo también.

—¿Qué he dicho? —se extrañó Roberto.

—A ver si lo entiendo... —dijo Daniele, arrancando un pedazo del pan untado con aceite—. ¿Tú te comes las roscas de pan con cubiertos? —Y le hincó el diente a la suya.

—¿Pues cómo si no? Mi madre siempre me las ha hecho comer con tenedor —respondió Roberto, como si estuviera diciendo algo obvio.

—Prueba con las manos —le dijo Daniele, guiñándole un ojo—. Verás que es cien mil veces más sabrosa.

De este modo, Roberto unió los dedos e intentó coger un pellizco de la *frisella*. «Si mi madre me viera, me cortaría la mano», pensó, divertido. Estaba a punto de llevársela a la boca cuando apareció un hombre en bicicleta, casi sin aliento y empapado en sudor.

—¡Daniele! ¡Daniele Carlà! ¡Daniele! —gritaba.

Alguien se levantó, otro irguió la cabeza y algunos continuaron comiendo como si nada.

—¡Estoy aquí! —gritó Daniele, poniéndose de pie—. ¿Qué pasa?

El hombre de la bicicleta se detuvo frente a él. Respiraba con gran dificultad.

—Bebe, o te desplomarás aquí mismo —le dijo uno de los campesinos, pasándole la damajuana de vino.

El hombre tomó un largo sorbo y luego se secó los labios en la muñeca. A continuación, con el rostro serio y todavía sin aliento, dijo:

—Me envía tu madre... Debes regresar de inmediato a casa...

Daniele lo miraba desconcertado.

—Es tu padre —continuó el hombre—. Ha tenido un infarto.

26

Octubre-diciembre de 1951

Daniele montó apresuradamente en su bicicleta y llegó a la casa de sus padres pedaleando a toda velocidad. Pero cuando la abuela Gina le abrió la puerta, sollozando en un pañuelo, entendió que había llegado demasiado tarde. Su padre no lo había esperado.

En cuestión de unas horas la casa se llenó del olor de los crisantemos y el perfume de jazmín de Carmela. Con un largo vestido negro hasta los tobillos y el rostro cubierto por un velo de organza, Carmela se mantuvo sentada durante todo el velatorio, mientras frente a ella pasaba una procesión de personas que le expresaban sus condolencias. Desempeñó impecablemente el papel de viuda afligida y, sin embargo, nadie la vio derramar una lágrima: ni durante el velatorio, ni en el funeral, ni mucho menos cuando enterraron a Nicola.

Y con Daniele se mostró todavía más distante, si eso era posible: no le dio ni un abrazo ni le dijo una palabra de consuelo. Al menos, no hasta la mañana del funeral, cuando Daniele llegó a la cocina y encontró a su madre y a la abuela tomando café.

—Me ha costado más el ataúd que la iglesia —decía Carmela con tono de desprecio—. Últimamente había engordado tanto como dos cerdos juntos.

Daniele apretó los puños y luego, gritando «¡Basta!» con voz temblorosa de rabia, salió corriendo de la casa. Se subió a su bicicleta y comenzó a pedalear como un loco, secándose las lágrimas con la palma de la mano. No podía soportar otra humillación a su padre: lo había visto sufrir en silencio durante toda la vida, incapaz de defenderse de los modales ásperos de Carmela, de su constante falta de respeto, de sus miradas despectivas. Y si Daniele se atrevía a defenderlo, Nicola lo detenía, poniéndole una mano en el brazo.

—Tu madre tiene razón —decía—. Me he equivocado yo, la he hecho enfadar.

Cuánta frustración había sentido de niño al ver a su padre encogerse una y otra vez. «¡Reacciona! —pensó miles de veces—. ¡Levanta la voz! ¡Enfádate de una vez! ¡Es ella la que se equivoca, no tú! Tú eres bueno, papá».

En la iglesia, durante el funeral, no dedicó a su madre ni una mirada, a pesar de que ella lo cogió del brazo y apoyó la cabeza en su hombro, como si nada hubiera pasado en la cocina. Daniele siguió mirando el ataúd, recordando todas las veces que no había visitado a su padre, todas las comidas que no habían compartido, todas las conversaciones entre padre e hijo que podrían haber tenido y que no existieron: al reducir las visitas a su madre, había dejado que la relación con su padre se deshilachara gradualmente. Había hecho de todo para mantener a Carmela alejada de su vida, para vivirla en pequeñas dosis, las que no dejaban rastro. Pero para mantenerla lejos, había terminado por dejar también a su padre al otro lado de la puerta.

Durante esas horas echó terriblemente de menos a su Lorenza. Se arrepintió de haberla tratado tan mal esa tarde de hacía unos días en el taller. Y al final, ella, enojada y herida con razón, se había ido a Otranto con su familia. En esos momentos de dolor, Lorenza era la única persona que deseaba que lo abrazara, la que habría querido coger de la mano.

Se sintió aplastado bajo una losa de tristeza, solo en el mundo, a pesar de las muchas personas que lo habían besado, acariciado y abrazado en el funeral. Y luego estuvo Roberto, que se ofreció a llevar el ataúd de la iglesia al cementerio.

—Sé cómo te sientes —le dijo con una expresión de sincero pesar, apretándole el brazo con afecto.

Anna estuvo presente desde el velatorio, pero no se acercó a Daniele hasta después del entierro. En un aparte le dijo:

—Antonio me dejó la dirección de Otranto, por si acaso. Si quieres, yo le informo. Con discreción.

Daniele la miró con una chispa de esperanza en los ojos.

—Te lo agradecería —le respondió, sorbiéndose la nariz.

El telegrama de Anna llegó a Otranto una mañana sofocante, mientras la familia estaba en la playa. Solo Antonio se había quedado en la terraza leyendo la nueva novela de Alberto Moravia, *El conformista*; él y Anna la habían elegido juntos como lectura de verano, prometiéndose hablar de ella al regresar de las vacaciones. Cuando el cartero silbó al otro lado de la puerta, Antonio se levantó de inmediato de la tumbona y se dirigió hacia él.

—Un telegrama para Antonio Greco —le dijo el hombre, entregándole un sobre amarillo.

Antonio lo giró entre las manos y tan pronto como leyó el remitente, «Anna Allavena», rasgó el sobre.

EL PADRE DE DANIELE HA FALLECIDO POR UN INFARTO. EL FUNERAL FUE HOY. ENVIÉ UNA CORONA DE FLORES EN VUESTRO NOMBRE.

Antonio se guardó la noticia, pensando que no era el momento de arruinar el día a todos y que tal vez, hacia la tarde, encontraría el momento adecuado para comunicarlo. De modo que los demás subieron de la playa a la hora del almuerzo y comieron en la terraza, en traje de baño y cubiertos de salitre; después Giada se echó la siesta en la cuna junto a la abuela mientras Tommaso y Lorenza apartaban los platos sucios a un lado de la mesa y se ponían a jugar a las cartas. Él estaba enseñando a Lorenza a jugar al *tressette*, explicándole que el tres tenía el valor más alto, seguido por el dos, el as, el rey y así sucesivamente. De vez en cuando, Antonio levantaba la vista del libro y los observaba: su hija le parecía inusualmente tranquila; durante el almuerzo, incluso se había reído con un comentario de su marido.

Al atardecer, Tommaso propuso a Lorenza dar una vuelta por el paseo marítimo y ella aceptó. Antonio los observó alejarse uno al lado del otro y tuvo la certeza de que la noticia de la muerte del padre de Daniele derrumbaría de repente, como un castillo de arena, la poca armonía que se estaba reconstruyendo entre ellos dos. Así que esperó a que todos se fueran a la cama y luego salió a la terraza, decidido a deshacerse del telegrama y fingir que nunca había llegado a su destino.

—¿Qué tienes ahí? —le preguntó Lorenza, apareciendo de repente en la terraza.

Iba en camisón y estaba despeinada.

—Nada —respondió Antonio, metiéndose el telegrama en el bolsillo.

—Si no es nada, ¿por qué lo escondes?

—¿No puedes dormir?

—No cambies de tema —protestó ella, frunciendo el ceño—. ¿Qué es esa carta?

—Un mensaje de la fábrica, nada importante.

Su hija cruzó los brazos sobre el pecho y se le acercó.

—¿Crees que todavía tengo diez años? En serio, ¿qué estás escondiendo?

Antonio suspiró y luego sacó lentamente el sobre del bolsillo y se lo tendió.

—No quería arruinar las vacaciones con una mala noticia —se justificó con un hilo de voz.

Lorenza lo miró con reproche y sacó el telegrama del sobre.

Después de leerlo comenzó a comportarse como una loca. Exigió que Antonio la llevara de vuelta a Lizzanello de inmediato, en ese mismo instante.

—Pero es de noche... ¿Cómo vamos a ir ahora? ¡Trata de ser razonable! —le dijo Antonio.

—¡No me importa si es de noche! Tengo que ir a verlo, me necesita —gritó Lorenza.

Antonio la agarró del brazo y le susurró con firmeza:

—Deberías ir con tu marido. Él es quien te necesita.

Lorenza abrió los ojos de par en par, desconcertada.

—Vuelve a dormir, Lorenza. No me hagas enfadar.

Entonces Lorenza se zafó bruscamente de él.

—O me llevas allí de inmediato o iré sola. Ahora. A pie si es necesario.

El alboroto acabó despertando a Tommaso y a Agata, que bajaron corriendo, preocupados.

—Pero ¿qué pasa? —preguntó Agata, con una mano en el pecho.

—Lorenza, ¿va todo bien? —le preguntó Tommaso, poniéndole una mano en la espalda.

Lorenza miró a su padre con los ojos encendidos, esperando que él encontrara una explicación creíble.

—Nada, no os preocupéis —los tranquilizó Antonio—. Una complicación en el molino de aceite —dijo a continuación, haciendo ondear brevemente el sobre amarillo—. Mañana tengo que ir a Lizzanello, pero intentaré regresar por la noche.

Agata suspiró profundamente.

—¡Me vais a matar de un ataque al corazón!

—¿Te has enfadado por esto? —preguntó Tommaso a su esposa—. Dice que volverá mañana, tranquila. No se va. —Luego levantó la mirada hacia Antonio y le sonrió, como diciendo que, a estas alturas, todos estaban acostumbrados a los arrebatos de Lorenza.

—Prefiero acompañarlo para asegurarme de que regrese —respondió Lorenza—. ¿Entendido? —añadió, volviéndose hacia su marido—. Mañana iré con papá.

—No me lo puedo creer; ya casi hemos terminado —comentó Anna con las manos en las caderas, echando otro vistazo a su alrededor.

En cuestión de unos pocos meses, la casa de Giovanna se había transformado exactamente en lo que Anna había imaginado hasta en los más mínimos detalles. En la puerta de entrada habían colocado un letrero de madera con la inscripción en caligrafía y tinta negra que decía «Casa para las Mujeres». La misma Anna lo había rotulado con su caligrafía clara y ondulada.

En el interior, las paredes impolutas y repintadas de blanco daban a todo el ambiente un aspecto fresco y pulcro; de la antigua cocina, a la derecha de la puerta principal, solo quedaba la encimera con el fregadero, un mueble colgado y algunas estanterías; el resto del espacio estaba ocupado por una gran mesa rectangular rodeada de sillas, en cuyo centro había un jarrón de flores; junto a otra pared, había una máquina de coser y un armario a la vista donde se guardaban materiales de costura y herramientas de todo tipo para trabajar con papel maché y cerámica. Hacía algún tiempo, Anna le había explicado a Antonio que la Casa también sería un taller de artesanía, cuyos productos se podrían adquirir directamente en la casa o en el mercado. Llevarían la marca Casa para las Mujeres, y cada lira ganada iría directamente a los bolsillos de las mujeres que habían elaborado los objetos.

En la habitación de la izquierda, que antes era la sala de estar, ahora había un aula, con pizarra, pupitres y sillas. En la biblioteca, además de los libros escolares de Roberto, destacaban las novelas favoritas de Anna, desde *Madame Bovary* hasta *Cumbres borrascosas*, que había traído de su casa.

En el piso de arriba, los dos cuartos albergaban ahora un dormitorio con diez camas, seis en una habitación y cuatro en la otra. Anna incluso había buscado y añadido un par de cunas.

La inauguración se celebraría al cabo de un mes, el día del cumpleaños de Carlo, el 29 de noviembre. Así lo había decidido Anna al final. Abrir la Casa para las Mujeres antes hubiera sido imposible.

—Sí, lo hemos logrado —suspiró Antonio a su lado, con una expresión sombría.

—Pero ¿qué te pasa hoy? Parece que estés en otro lugar.

—Perdona...

—Es solo que pareces..., no sé. Triste, ¿no?

—Tengo algunas preocupaciones, eso es todo —respondió, encogiéndose de hombros.

—¿Y se puede saber cuáles?

Antonio guardó silencio durante unos segundos.

—Ven, tomemos un poco el aire —le propuso, extendiendo la mano hacia ella.

Anna se la estrechó y juntos salieron al jardín. Antonio se sentó en el suelo tirando de Anna para que hiciera lo mismo.

—¿Y bien? —insistió ella, cruzando los tobillos.

—Estoy preocupado por Lorenza —dijo unos instantes después—. Esperaba que lo suyo con Daniele fuera agua pasada... Y en cambio...

Anna tragó saliva, pero permaneció en silencio.

—La he estado observando atentamente estos últimos meses... Incluso la seguí...

—¿Qué has hecho?

—Lo que debía hacer —respondió él, tensándose—. ¿Sabes adónde va cada miércoles, después de dejar a Giada contigo?

Anna encogió los hombros, luego apartó la mirada y comenzó a acariciar las briznas de hierba.

—Sé que cada semana va a Lecce a visitar a su amiga del instituto —mintió.

—Bueno, si te dijo eso, entonces te ha contado una buena mentira.

—¿Y adónde va, pues?

—Con él. Va a verlo todos los miércoles. Se encuentran en Lecce, en un lugar cerca de Porta Rudiae —suspiró, nervioso.

—Todavía no me puedo creer que la hayas estado espiando...

—Pero ¿has oído lo que te he dicho?

—Lo he oído.

Antonio la miró a la cara.

—¿Por qué no pareces sorprendida?

Ella lo miró de nuevo.

—Porque desde el principio supe que terminaría así. Te lo dije, ¿recuerdas?

—Anna, tienes que ayudarme —le dijo finalmente—. Tienes que hablar con Lorenza. A ti te escucha. Debes hacerla razonar, hacerle entender que todo esto es un error. Detenla antes de que se meta en problemas, antes de... No quiero ni siquiera pensarlo. —Se llevó las manos a la cabeza.

—Cálmate —dijo ella, y le pasó los dedos por el cabello.

Él levantó la cabeza, con los ojos húmedos, y exhaló el aire. Verlo en ese estado le rompía el corazón.

—Intentaré hablar con ella, de acuerdo —lo tranquilizó, mientras seguía acariciándole el pelo.

Antonio asintió y luego le apretó la otra mano entre las suyas, se la llevó a la boca y la rozó con los labios. Anna se ruborizó mientras un escalofrío repentino le recorría la espalda.

—Gracias —dijo él.

Faltaba menos de una hora para la inauguración y Anna caminaba de un lado a otro sin parar, retorciéndose las manos. Vestía un traje sastre de color crema, de lana y seda, con la chaqueta entallada en la cintura y la falda por debajo de la rodilla, que se había comprado especialmente para la ocasión. En el bolsillo de la chaqueta llevaba una nota en la que había escrito una especie de discurso de bienvenida.

De vez en cuando se detenía, miraba a Antonio y decía:

—¿Y si no viene nadie?

—Vendrán, vendrán —la tranquilizaba él.

En el espacio del taller, Anna había organizado un pequeño refrigerio con botellas de Donna Anna y Don Carlo que Roberto y Antonio habían traído esa mañana en el Fiat 508, mientras ella estaba repartiendo el correo por el pueblo.

—Organizar fiestas o cosas así no es precisamente mi fuerte —bufó ella, sentándose en un pupitre.

Antonio sonrió ligeramente, luego se acercó a ella y se sentó en otro pupitre, frente a Anna.

—A Carletto se le daban bien estas cosas —dijo—. ¿Te lo imaginas, si hubiera estado aquí?

—Habría invitado incluso al papa —bromeó Anna.

—Seguro —respondió Antonio con una sonrisa melancólica.

Ella, por el contrario, no había querido invitar a ninguno de esos hombres de la Iglesia. Unos días antes, a la salida del bar Castello, se había topado con don Luciano, que se le acercó con los brazos abiertos.

—Buenos días, cartera —le dijo—. Esperaba encontrarla. De lo contrario, habría ido a buscarla a la oficina de correos.

—¿A buscarme a mí? ¿Y por qué motivo? —respondió ella, alzando una ceja.

—Bueno, por la bendición. Tenemos que ponernos de acuerdo. ¿A qué hora tengo que ir? Es este jueves, ¿verdad?

Anna lo miró, perpleja.

—¿Qué bendición?

Don Luciano se rio socarronamente.

—¡Pues cuál va a ser! La de su Casa para las Mujeres, ¿no?

—¡Ni yo ni la Casa necesitamos ninguna bendición! —exclamó ella.

El párroco dio un pequeño paso atrás, desconcertado. Un par de hombres sentados en una mesa cercana levantaron la vista de las tres cartas que tenían en la mano.

—Cualquier negocio nuevo necesita la bendición de Nuestro Señor —afirmó don Luciano con contundencia.

Anna hizo una mueca y seguidamente montó en su bicicleta.

—El mío, no, lo siento —respondió, encogiéndose de hombros.

Y, tras esas palabras, se marchó, dejando a don Luciano allí plantado.

Comprobó la hora de nuevo: faltaban pocos minutos para las cinco, que era cuando la gente tendría que empezar a llegar.

—¿Qué te parece si brindamos mientras tanto, solo tú y yo? —le propuso Antonio.

—¡Me parece una excelente idea! —respondió ella, aplaudiendo.

Se acercaron al refrigerio y Antonio cogió una botella de Donna Anna. A continuación, empezó a sacar el tapón de corcho. Mientras tanto, Anna cogió dos copas y se las entregó con una sonrisa. Él las llenó y luego le ofreció una.

—Por la Casa para las Mujeres —dijo, levantando su copa hacia Anna.

Ella hizo tintinear su copa en la de Antonio y añadió:

—Por nosotros, por hacerlo realidad. *Santé !*

—*Santé !* —repitió él.

Los primeros en llegar, a las cinco en punto, fueron Roberto y Maria.

—Perdónanos, *maman*, queríamos venir antes para echarte una mano, pero hemos tenido un contratiempo en la Bodega —dijo Roberto, dándole un beso en la mejilla.

—Ha sido culpa mía —se apresuró a disculparse Maria—. Me he equivocado con un pedido.

Luego miró a su alrededor con su habitual expresión de asombro; parecía que cada novedad fuera para ella un motivo de completa maravilla.

Anna forzó una sonrisa y dejó su copa en la mesa.

—Vamos, ven, te lo mostraré —la invitó, haciendo un gesto con la cabeza.

Poco después llegaron Lorenza y Tommaso, seguidos de Agata con la pequeña Giada en brazos.

—¿Y dónde está la tía? —preguntó Lorenza.

—Arriba, con Maria —respondió Roberto—. ¿Quién quiere vino? —preguntó a continuación.

—Yo, gracias —dijo Tommaso.

—Sí, por favor. Yo también tomaré un poco —agregó Agata.

—Bienvenidos —los saludó en ese instante Anna al entrar en la habitación.

Maria, que la seguía con las manos entrelazadas, se acercó de inmediato a Roberto y este le rodeó la cintura con un brazo.

A las seis menos cuarto aún no había llegado nadie.

Giada, adormilada, lloriqueaba y se frotaba los ojos con los puños.

—La pequeñina necesita dormir —dijo Agata, meciéndola entre sus brazos—. ¿No sería mejor llevárnosla a casa? —le preguntó a Tommaso—. No parece que haya mucho que hacer aquí —dijo, hiriente.

—Sí, tal vez sea mejor —respondió él, levantándose de su silla—. Lorenza, ¿quieres volver con nosotros?

—¿Quieres que me quede aquí contigo, tía?

A pesar de que ya había oscurecido, Anna miraba por la ventana al campo con los brazos cruzados sobre el pecho. Se giró por un momento y le dijo:

—No, *ma petite*, ve con ellos.

Antonio se acercó a Agata y le susurró:

—Yo me quedaré un rato más.

Su esposa no le respondió.

Cuando Lorenza se disponía a salir, Antonio la miró con expresión severa.

—Adiós, papá —le dijo, sosteniéndole la mirada.

—Adiós —se despidió Antonio con frialdad.

Luego cerró la puerta y se reunió con Anna.

—Ya te había dicho que no vendría nadie —murmuró ella.

Él la miró con una expresión desconsolada y le puso una mano en el hombro.

—Lo siento mucho... —dijo—. No lo entiendo. Debe de haber una explicación...

Anna endureció la mirada.

—No me importa en absoluto —respondió a continuación, decidida—. Seguiré adelante de todos modos. ¿Crees que me voy a dejar desanimar por esta pandilla de catetos?

A la mañana siguiente, en la oficina de correos, Elena ya no sabía cómo disculparse.

—De verdad quería ir, te lo juro. Pero, por favor, entiéndeme: ¿cómo iba a llegar allí con los pies hinchados como salchichas? —explicó.

—No pasa nada —contestó Anna, sin levantar los ojos de la correspondencia de encima de su mesa.

Incluso Carmine, tan pronto como entró en la oficina, se apresuró a decirle que lamentaba mucho no haber estado allí... Pero lo habían convocado a una reunión sindical de repente, ¿qué podía hacer?

Todas las personas con las que Anna se encontraba esa mañana parecían listas para presentarle una excusa. Mientras le servía un carajillo de *grappa*, Nando le dijo que realmente le habría gustado estar en la inauguración, que incluso cerró el bar temprano a propósito, pero luego a su esposa se le ocurrió una idea de las suyas y lo obligó a ordenar el desván.

—Cuando decide que debe hacerse algo, se hace. Y tiene que hacerse cuando ella dice y como ella dice.

—No te preocupes, Nando —respondió Anna—. Ya habrá otra ocasión si quieres.

Sin embargo, lo que más le dolió fue la ausencia de Giovanna. Estuvo esperando verla llegar a Contrada hasta el último momento, pero fue en vano. Y cuando Anna regresó a la hora de la cena y oyó que le preguntaba cándidamente «¿Cómo ha ido?», explotó.

—¿De verdad te interesa saberlo?

—¿Por qué dices eso? —preguntó Giovanna, sorprendida.

—¿Y encima me lo preguntas? Hoy necesitaba que estuvieras allí, que estuvieras allí por mí. Y, en cambio, no estabas. ¿Y por qué? ¿Por quién? ¿Cuánto tiempo más vas a dejar ganar a ese hombre?

Luego subió a su habitación y cerró de un portazo.

Unas horas después Anna estaba acostada en la cama, leyendo a la luz de la lámpara de la mesita de noche.

Giovanna llamó suavemente a su puerta.

—¿Puedo entrar? Tengo que decirte algo. —Y entró en la habitación con la cabeza gacha, mordisqueándose los labios—. Tienes razón. Me he equivocado, lo sé. Pero debes entender que no soy tan fuerte como tú...

—Sí lo eres —la interrumpió Anna, sentándose en la cama.

Giovanna negó con la cabeza.

—No, no lo soy —repitió. A continuación, se acomodó en el borde de la cama, con las manos entrelazadas sobre el regazo—. La verdad es que todavía tengo miedo —susurró.

—¿De quién? ¿De ese idiota?

—No, de él no. Tengo miedo de mí misma. De cómo podría reaccionar, de lo que podría sentir... Todavía no estoy lista, eso es todo.

Anna suspiró desconsolada y luego la miró con ternura.

—Lo estás, solo que aún no te has dado cuenta.

—Puede ser, no lo sé —respondió Giovanna—. Pero mientras intento entenderlo por mí misma, no me lo eches en cara.

—No, tienes razón —dijo Anna—. Perdóname tú también a mí. En serio.

Extendió la mano sobre la colcha para buscar la de Giovanna. Esta le tendió la suya y Anna se la acarició, como si quisiera decir que todo volvía a estar en orden.

Como todos los años, en los primeros días de diciembre, Daniele llevó a su abuela Gina una de las primeras botellas de la nueva añada de Donna Anna. La de 1951 parecía una de las mejores hasta entonces gracias al verano soleado pero no abrasador y a algunas lluvias oportunas que habían refrescado los días más calurosos.

Llamó a la puerta.

—Abuela, soy yo —gritó, sabiendo que Gina oía cada vez menos.

Sin embargo, quien abrió la puerta fue Carmela.

—¡Vaya, vaya! —lo saludó, envuelta en su vestido negro de viuda.

Daniele se puso tenso.

—¿La abuela no está?

—Por supuesto que está, ¿adónde quieres que vaya? —respondió Carmela, abriendo la puerta de par en par—. Pasa.

Él entró en la cocina y se inclinó para besar a su abuela en la arrugada mejilla.

—Aquí tienes —dijo, dejando la botella encima de la mesa.

—Oh, qué bien —se alegró Gina—. Ábrela, por favor, quiero probarlo de inmediato.

Daniele sonrió y sacó el sacacorchos del cajón. A pesar de sus más de setenta años, su abuela nunca había perdido el deseo de tomar una copita de vez en cuando.

—Voy a coger las copas —dijo Carmela—. Yo también quiero probarlo.

Daniele llenó las copas de ambas y luego invitó a su abuela a oler el aroma.

—¿Qué te parece?

Gina respiró profundamente.

—Me parece tan bueno como siempre.

Carmela se bebió su copa de un trago.

—Ve despacio, hija mía —le advirtió Gina—. ¿Es que tu padre no te enseñó nada? El vino hay que beberlo lentamente.

La hija chasqueó la lengua.

—Está bueno —dijo, y se sirvió otra copa.

—Será mejor que me vaya —anunció Daniele, acariciando el cabello áspero y canoso de su abuela.

—¿Te vas ya? Si acabas de llegar —se quejó Carmela. Y siguió bebiendo.

—Sí —respondió él sin mirarla—. Tengo que volver a la Bodega.

—¿Y qué hace allí Roberto? —susurró ella—. Trabajas más tú que él.

—No es cierto —lo defendió Daniele—. Pero es que de momento nos ocupamos de cosas diferentes. Todavía está aprendiendo, aunque lo hace deprisa.

—Si tú lo dices. —Carmela arrugó la nariz y bebió el último sorbo de vino que le quedaba en la copa. Después extendió la mano hacia la botella y la hizo girar hacia ella—. Donna Anna —leyó, arrastrando un poco las palabras—. Me gustaría ver, ahora que tú también eres el dueño, cuándo le dedicarás un vino a tu madre. Donna Carmela. Suena bien, ¿no?

Daniele suspiró con impaciencia, luego miró a su abuela y dijo que realmente tenía que irse.

—¿No contestas? —estalló Carmela—. ¿Qué pasa? ¿Acaso no merezco un vino de la Bodega Greco?

Su hijo la miró con severidad.

—No, diría que no.

—Vete, cariño —le dijo Gina, tratando de calmar los ánimos.

—No irá a ninguna parte sin decirme a la cara, clara y llanamente, lo que piensa.

—Déjalo ya —dijo Daniele con un gesto, y se dispuso a marcharse.

—Ah, ¿te vas? Bueno, ve —dijo, agitando la mano—. Eres igualito que tu padre. Lo que mejor se os da es marcharos.

—Te acompaño a la puerta.

Con dificultad, Gina trató de levantarse, pero estaba demasiado alterada y no pudo moverse.

—No, espera —la detuvo Daniele, sin apartar los ojos de su

madre—. Eso no lo he entendido. ¿Cuándo, exactamente, se habría ido papá? No hizo más que soportarte toda la vida.

—Sí, toda la vida. ¡Claro que sí! —dijo Carmela con una risa sin alegría.

—Querido, es mejor que te vayas —dijo Gina con voz temblorosa, tomando la mano de su nieto entre las suyas.

Pero él no se movió.

—Nada, ni siquiera después de muerto puedes dejarlo en paz. No puedes... ¿Sabes qué? ¿Querías saber lo que pienso realmente? Pues te lo diré.

Carmela lo miró desafiante.

—Te escucho.

—¿Sabes por qué jamás le pondré tu nombre a un vino? Porque no puedo sentir ni una pizca de estima por mujeres como tú.

Ella entornó los ojos y avanzó unos pasos.

—Y por esa Anna, en cambio, sí que sientes estima, ¿eh? —dijo entre dientes.

—Sí, ¿y qué? —replicó Daniele.

Carmela se situó a un palmo de su cara y lo examinó.

—Sí —susurró—. Es lo que decía. Clavado a tu padre.

—¡Cállate! —le gritó Gina.

—Bueno, pues me parece que por fin voy a hablar —exclamó Carmela.

Con un esfuerzo sobrehumano, Gina se lanzó sobre Carmela y trató de empujarla hacia atrás.

—¡Cállate, maldita!

—Abuela, cálmate —dijo Daniele con una expresión preocupada.

—Los Greco tenéis una obsesión con esa mujer, es como una enfermedad —dijo Carmela de un tirón.

Daniele se volvió, mirando a su madre con una expresión aturdida. Gina se dejó caer en la silla y cerró los ojos, poniéndose una mano en el corazón.

—¿Qué estás diciendo? No entiendo... —dijo Daniele.

La habitación quedó en silencio.

Daniele tardó unos instantes en atar cabos. Y entonces, de repente, lo entendió todo.

Cada tarde, después del trabajo, Anna iba a la Casa para las Mujeres y se pasaba horas enteras allí, confiada e imperturbable.

La mayoría de las veces Antonio le hacía compañía.

—No me gusta que te quedes aquí completamente sola —le decía.

—¿Qué quieres que me pase? —minimizaba Anna.

—No lo sé, pero la idea no me deja estar tranquilo.

De modo que Antonio salía de la fábrica de aceite mucho antes de lo habitual y se reunía con ella. Con tal de permanecer allí el mayor tiempo posible, siempre encontraba algún trabajo que hacer: ordenar algún libro nuevo en la biblioteca, regar los huertos, arreglar una estantería que le parecía un poco inestable. Se quedaba hasta que caía la noche y entonces le decía a Anna:

—Se está haciendo tarde. Vamos, te acompaño.

Y la escoltaba de regreso a casa; ella pedaleaba delante y él, detrás, le iluminaba el camino con las luces del coche.

A primera hora de la tarde de un día de mediados de diciembre, dos semanas después de la inauguración, Anna oyó que llamaban a la puerta y fue a abrir, convencida de que era Antonio. En cambio, se encontró frente a una mujer menuda, con aspecto de no haber comido durante un tiempo. Tenía las cejas gruesas y oscuras y una espesa melena de cabello rizado y negro surcado de vetas grises. Llevaba un bolso desgastado y abultado sobre el hombro, que probablemente contenía todas sus pertenencias.

—Me han dicho que aquí pueden ayudarme —dijo la mujer.

Anna advirtió que tenía una especie de constelación de pequeñas costras en un lado de la boca.

—Por supuesto, entra y siéntate. Te prepararé un café —murmuró, un tanto incrédula.

La mujer se llamaba Melina, dijo. Y «hacía la calle», añadió de inmediato mirando a Anna como si estuviera buscando alguna señal, por pequeña que fuera, de disgusto.

Impasible, Anna preparó el café y alentó a Melina a hablar.

De modo que le contó que había perdido a su esposo en la guerra y le habló de todos los días en que se le retorcía el estómago porque no tenía nada que llevarse a la boca.

—Si falta el hombre, falta también el pan —dijo.

—Eso es lo que quieren que creamos —respondió Anna.

—No fui a la escuela. No sé escribir ni mi propio nombre —continuó Melina—. No sé hacer nada. Solo tengo esto —agregó, extendiendo los brazos—. Y me ha dado de comer. Hasta ahora. —Luego se dejó caer en la silla—. Pero el cuerpo se me ha vuelto vacío, flojo, y los hombres ya no lo encuentran atractivo. —Suspiró y se inclinó hacia delante—. Tengo que encontrar trabajo y ahí fuera nadie me da un empleo. Necesito que me ayudes. Aprenderé lo que sea. Soy prostituta, pero no tonta.

Anna la miró por un momento, luego sonrió abiertamente.

—Bueno, creo que has venido al lugar adecuado —dijo, levantándose.

—Hay algo más —siguió diciendo Melina, que permaneció sentada—. Tengo una amiga... Un miserable, no sé quién, la ha metido en problemas y ahora está esperando un bebé. Su madre la ha echado de casa y ahora no tiene un lugar donde vivir. ¿Puede quedarse aquí aunque esté embarazada?

Cuando Antonio llegó un par de horas más tarde, Anna le abrió la puerta con una expresión radiante.

—¿Qué pasa? —le preguntó él, sonriendo.

Anna le envolvió el rostro con las manos y le plantó un sonoro beso en la mejilla.

—Pero ¿qué sucede? —preguntó él nuevamente, esta vez un poco desconcertado.

—Ha venido una mujer —le explicó—. Y mañana llegará otra.

Antonio le cogió una mano y la miró a los ojos.

—Lo sabía —dijo—. Solo había que esperar.

—Sí —respondió Anna—. Gracias por esperar conmigo. —Y le apretó la mano con más fuerza.

En ese momento, Melina apareció detrás de Anna.

—Hola —les saludó.

—Hola —contestó Antonio, sintiéndose un poco incómodo y haciendo como si no la hubiera visto nunca antes.

—¡Aquí está! —exclamó Anna—. Melina, este es mi cuñado Antonio. Antonio, ella es Melina. La primera habitante de la Casa para las Mujeres.

—Mucho gusto —dijo la mujer, poniéndose una mano en la cadera.

—El gusto es mío —dijo Antonio.

A la mañana siguiente, antes de ir a la oficina de correos, Anna se desvió hacia el gran vivero que había justo a las afueras del pueblo.

Avanzó por el almacén mirando a su alrededor, entre los pequeños limoneros, almendros, cítricos y granados.

—¿En qué puedo ayudarla? —la sorprendió la voz de un hombre a su derecha.

Era alto y corpulento y se estaba limpiando las manos manchadas de tierra con un trapo que parecía no haber visto agua ni jabón en mucho tiempo.

—Quisiera encargar un árbol de Navidad —contestó ella—. El más alto que tenga.

27

Febrero de 1952

El teléfono sonó durante mucho tiempo antes de que Anna fuera a responder. Todavía no se había acostumbrado a ese insistente y molesto ring ring que la sobresaltaba en cada ocasión. Fue Roberto quien se lo regaló en Navidad: sacó de una caja ese feo artefacto negro de baquelita con el disco y el auricular y, muy emocionado, le preguntó: «¿Te gusta, *maman*? ¡También he comprado uno para la Bodega!».

—¿Quién es? —dijo Anna bruscamente, levantando el auricular.

Al otro lado del cable oyó a su hijo riendo.

—¡Roberto! ¿Por qué te ríes?

—¿Cómo es posible que todavía tardes tanto tiempo en contestar? —dijo él—. Y, además, no se dice: «¿Quién es?» sino «¿Diga?».

—¿Y quién lo manda?

—No lo sé, pero se hace así.

—Pues yo me siento tonta diciendo «¿Diga?».

—Como quieras, *maman* —respondió Roberto, divertido—. ¿Qué estás haciendo?

—¿Qué quieres que haga? Estoy apurada como siempre: acabo de regresar del trabajo y todavía tengo que preparar el almuerzo. A las dos me esperan en la Casa para la clase.

—Exacto, por eso te llamo. No puedo ir a almorzar; comeré

algo aquí en la Bodega. Así que por mí no te pongas a cocinar. Nos vemos esta noche. ¡Ah! Maria cenará con nosotros, ¿te acuerdas?

Anna registró la información, murmurando:

—Ajá, ajá... —Y colgó sin siquiera decir «Adiós».

—¿Quién era? —preguntó Giovanna, apareciendo en la sala. Llevaba sobre los hombros el chal que había tejido y del que nunca se separaba.

—¿Quién quieres que sea? Una de las dos personas que tienen nuestro número de teléfono —bromeó Anna—. ¿Hacemos una pasta rápida? En menos de una hora tengo que irme.

Giovanna asintió y luego estuvo a punto de abrir la boca, pero dudó.

—¿Qué pasa? ¿Ibas a decir algo? —le preguntó Anna.

Su amiga se aclaró la garganta y después dijo en voz baja:

—Estaba pensando... ¿y si hoy voy contigo? ¿A Contrada?

A Anna se le iluminó la cara de alegría.

—Pero si me sintiera... extraña, al verla, quiero decir, bueno, entonces querré irme de inmediato —aclaró Giovanna.

—Sí, está bien —respondió Anna. Y seguidamente repitió en un susurro—: Está bien.

Roberto colgó el teléfono sacudiendo la cabeza; las conversaciones telefónicas con su madre siempre terminaban de la misma manera: de repente, ella decidía que era hora de colgar y simplemente lo hacía.

—Vuelvo a la bodega —dijo al pasar por delante del escritorio de Maria, lleno de papeles.

Ella, ocupada, murmuró distraídamente:

—Muy bien.

Así que Roberto bajó al sótano, entre las barricas de madera donde el Don Carlo se seguía afinando. Se necesitaban dieciocho largos meses antes de que el tinto de la Bodega Greco madurara lo suficiente para ser embotellado: a final de mes, embotellarían la cosecha de 1950. Ya faltaba poco y, en la Bodega, esos días de mediados de febrero eran particularmente intensos. Roberto trabajaba incluso dieciséis horas al día: llegaba con las primeras luces del amanecer y se quedaba hasta la noche. También lo hacía porque Daniele estaba mucho menos presente: podían transcurrir días enteros sin que pasara por la finca y, cuando lo hacía, a lo sumo se quedaba una hora.

Roberto no sabía por qué, pero desde hacía un tiempo Daniele le parecía diferente: como inquieto, o tal vez triste. Durante una de sus raras apariciones en la Bodega intentó preguntarle si le había sucedido algo, pero solo recibió una sonrisa forzada como respuesta y un: «No te preocupes por mí, todo está bien, de verdad». Roberto no le creyó, pero no quiso insistir. Aunque, a decir verdad, sí que se imaginaba algo, es decir, que el malestar de Daniele tenía algo que ver de alguna manera con su prima Lorenza. Lo empezó a sospechar cuando, hacía aproximadamente un mes, la vio llegar a la Bodega a última hora de la tarde de un miércoles. Era quizá la segunda o tercera vez que su prima ponía un pie allí, al menos desde que él también trabajaba allí.

—Prima, ¿qué te trae por aquí? —la saludó Roberto—. ¿Te apetecía tomar una copa?

—En realidad, me vendría bien —murmuró ella, retorciéndose las manos.

—Ven conmigo —la invitó él.

Durante el corto trayecto desde la entrada hasta el despacho de Roberto, Lorenza miró constantemente a su alrededor y, un par de veces, incluso se sobresaltó, girándose de repente al oír pasos que subían desde la bodega o entraban por la puerta. Necesitó unos minutos y un dedo del Donna Anna Anniversario que Roberto tenía sobre el escritorio para revelar la razón por la que estaba allí.

—Daniele no está, ¿verdad?

—Lo he visto de pasada esta mañana, pero no se ha quedado mucho —respondió Roberto.

—¿Y hoy ya no ha vuelto?

—No...

—¿Por casualidad te ha dicho si tenía algún compromiso por la tarde?

Roberto hizo una mueca, como diciendo que no tenía ni idea.

—Entiendo —murmuró Lorenza. Se levantó de repente, se despidió y se dirigió a la salida—. Gracias por el vino —le dijo finalmente, dándose la vuelta por un momento.

Anna iba veloz como un rayo y a Giovanna le costaba seguirle el ritmo, a pesar de que pedaleaba lo más rápido que podía. La bicicleta había sido el regalo de Navidad de toda la familia Greco. Cuando Giovanna la vio con un lazo rojo en el manillar, se sintió profundamente avergonzada y pensó en lo miserables que, en comparación, debían de haber parecido los pequeños regalos de ganchillo que había confeccionado para todos ellos.

Jadeando, embocó el camino hacia Contrada La Pietra. Finalmente, Anna disminuyó la velocidad y cuando llegaron a la verja ambas se bajaron de la bicicleta. Tan pronto como Giovanna volvió a estar frente a su casa no se sintió «extraña» en absoluto, como había temido; al contrario, el corazón se le caldeó de inmediato. Reflexionó que probablemente era así como se sentía uno al reencontrarse con alguien a quien se ha querido mucho. No podía explicarse por qué, justo ese día, había decidido regresar a Contrada, después de todos los años en los que se había mantenido alejada y a pesar del miedo que aún sentía. Tal vez porque ahora pasaba la mayor parte del tiempo sola, ya que Anna, entre el trabajo y la Casa para las Mujeres, casi nunca estaba. O tal vez porque, como había dicho Anna, por fin estaba lista, pero no se daba cuenta.

Sonriente, observó durante un buen rato la nueva fachada de la casona, con la puerta y las persianas pintadas de azul como el mar y todas las macetas en el alféizar de cada ventana, llenas de flores de colores brillantes. Después se acercó lentamente a la puerta principal y observó asombrada a su alrededor: qué bien cuidado estaba el jardín ahora y qué hermosos estaban los huertos, con todas esas verduras coloridas y jugosas...

—«Casa para las Mujeres» —leyó Giovanna en la puerta de entrada. Y sonrió de nuevo.

Anna empujó la puerta, pero luego se detuvo.

—¿Cómo te sientes? —le preguntó, un poco ansiosa.

—Bien —contestó Giovanna con tranquilidad.

—¿De verdad?

—Sí, sí —afirmó ella, convencida.

—Bueno, pues entremos —exclamó Anna.

El interior dejó a Giovanna boquiabierta. Por los relatos detallados de Anna, sabía que se habían hecho muchos cambios, que probablemente apenas reconocería su antigua casa... Aun así, verla fue una sorpresa enorme. Se encontró en un lugar completamente nuevo y especial, que era al mismo tiempo una casa, una escuela y un taller; un lugar acogedor y lleno de luz en el que parecía que ciertas fealdades nunca hubieran ocurrido.

Anna la cogió de la mano y la arrastró de una habitación a otra, preguntándole sin parar: «Y bien, ¿qué te parece?», «¿Te gusta esto?», «¿Y eso otro?». Después le presentó a las cuatro mujeres que vivían allí: la primera era Melina, y Giovanna sintió que la había visto antes en algún lugar, aunque no podía recordar dónde ni cuándo. Luego estaban Elisa y Michela, dos hermanas de catorce y dieciséis años, huérfanas de madre y con un padre desconocido; hasta hacía un par de semanas habían estado al servicio de los Tamburini como camareras, pero la señora había notado ciertas miradas de su esposo, el «muy respetable» señor Tamburini, y las había despedido de inmediato, dejándolas de este modo sin hogar y sin trabajo. La última, Elvira, tenía veintidós años y unos grandes ojos azules. Estaba embarazada y, según sus cálculos, debía dar a luz en mayo. No era de allí, explicó. Había nacido y crecido en Vernole. Al oír el nombre del pueblo del cual don Giulio era el párroco, Giovanna dio un respingo que no le pasó desapercibido ni a la mujer ni a Anna.

—¿Conoces a alguien de allí? —preguntó Elvira con curiosidad.

—No, a nadie —respondió Giovanna.

Con una sonrisa, Anna la invitó a sentarse en el aula: era hora de comenzar la clase. Giovanna se sentó en el último pupitre del fondo, apoyó la mejilla en la palma de la mano y escuchó a Anna, que explicaba y escribía en la pizarra, mientras las cuatro mujeres —especialmente las dos hermanas, que parecían las más atentas— tomaban notas en sus cuadernos. Ese día habló sobre las formas verbales, que podían ser impersonales o personales, y que, en el caso de las personales, había tiempos simples y tiempos compuestos. Giovanna se sorprendió al recordar perfectamente esa explicación; era la misma que Anna le había dado muchos años antes, en la misma habitación en la que se encontraba ahora, cuando ella y su amiga habían leído *Orgullo y prejuicio* juntas.

Al final de la clase, mientras Anna asignaba la tarea para el día siguiente, llegó una señora de manos arrugadas que olía a lavanda. Anna le dijo a Giovanna que estaba allí para enseñar a hacer edredones con agujas.

—Es un arte antiguo y precioso, ¿sabes? —agregó.

—Sí, mi abuela solía hacerlos, para vender... Eran muy coloridos y bonitos. Me hubiera gustado aprender, pero ella nunca tenía tiempo ni ganas de enseñarme. «Vete de aquí, niña, y no molestes», me decía...

Mientras tanto, Melina y Elvira se habían sentado frente a la señora, que se llamaba Pina, y estaban sacando de una cesta madejas de lana y agujas de tejer con una labor ya empezada.

Giovanna apartó lentamente una silla y se sentó junto a ellas.

—Elige los tres colores que más te gusten —le dijo Melina, señalando la cesta rebosante de ovillos.

Giovanna se agachó y miró al interior: eligió un ovillo de un amarillo brillante, uno turquesa y otro naranja.

—Aquí tienes tus agujas —dijo la señora Pina, ofreciéndoselas con una pequeña sonrisa.

—Gracias —respondió Giovanna, feliz como una niña.

—Ahora te enseñaré a montar los puntos... —continuó diciendo Pina.

Las dos hermanas, que no estaban interesadas en absoluto en los edredones, curioseaban entre las novelas de la biblioteca. Junto a ellas, Anna las guiaba en su elección.

—Quizá esto más adelante —dijo, quitándole a Elisa un ejemplar de *Crimen y castigo*.

Giovanna levantó los ojos hacia ellas por un momento. Recordaba ese libro: era el ejemplar que Antonio le había regalado a Anna, el que tenía la dedicatoria que decía que incluso los culpables merecían compasión.

—Sí, mejor coge este —dijo Anna, pasándole a Elisa otro libro.

Giovanna lo reconoció de inmediato: era *Orgullo y prejuicio*. «Quién sabe si esa niña, al igual que yo hace muchos años, deseará ser Elizabeth mientras lo lee», pensó con una sonrisa.

Anna y Giovanna no se fueron hasta el anochecer, cuando las cuatro inquilinas de la Casa se disponían a preparar la cena: las dos hermanas comenzaban a poner la mesa, mientras Melina entraba con una cebolla y un manojo de espinacas que había ido a recoger al huerto, y Elvira cortaba el pan.

—Hasta mañana —se despidió Anna—. Ah, Elvira —añadió, dándose la vuelta—. Mañana podemos echar un vistazo al ajuar para el bebé, después de la clase.

Elvira asintió.

—Juro que si es una niña, la llamaré Anna, como tú —dijo.

—Reza para que sea un niño, créeme —intervino Melina, lavando las espinacas.

Mientras recogían sus bicicletas, Giovanna le preguntó a su amiga si habría clase de tricotar al día siguiente.

—No, Pina volverá el viernes —contestó Anna—. Mañana vendrá un amigo de Carmine, un artesano de papel maché.

Giovanna se volvió y miró la Casa por un momento, pensando que había sido realmente agradable pasar la tarde allí. No podía esperar a que llegara el viernes.

La mesa de trabajo del taller de costura de la Via Santa Maria del Paradiso estaba ahora vacía; los utensilios de costura, los cuadernos con tapa negra, los retales de tela, las agujas, las cintas métricas, la regla de madera, las tijeras, las tizas y los dedales estaban apilados en una caja de cartón. Junto a ellos, también en el suelo, había la máquina de coser Singer, la plancha, los rollos de tela y un maniquí de madera sin cabeza ni brazos.

Daniele echó un último vistazo a su alrededor para asegurarse de que no había olvidado nada. A continuación, abrió la puerta y comenzó a cargar sus cosas en el portaequipajes del motocarro Ape que le había prestado el dueño del bar del Duomo, uno de los pocos que tenía uno.

—Te lo devolveré mañana por la mañana —le había asegurado Daniele.

El hombre respondió que no había problema, que se lo devolviera cuando pudiera.

—Entonces, ¿ya no te veremos más por aquí? —le había preguntado después—. Qué lástima.

Daniele lo cubrió todo con una gruesa tela blanca que luego aseguró con una cuerda. Seguidamente volvió a entrar, sacó la llave del bolsillo de los pantalones y la dejó encima de la mesa: el chico que le había alquilado la casa pasaría a recogerla más tarde. Así lo habían acordado.

Se dirigió a la puerta y la cerró tras de sí, evitando darse la vuelta una última vez.

Dejar el taller había sido solo el primer paso; aún tenía que hablar con Roberto y arreglar las cosas en la Bodega, pero sobre todo todavía tenía que decírselo a Lorenza, y sabía muy bien lo difícil que sería. La decisión de partir había ido madurando lentamente en las últimas semanas y se había convencido de que era la única opción posible. Quedarse y hacer como si nada hubiera sucedido era una posibilidad que ni siquiera había considerado: se conocía a sí mismo y sabía que no sería capaz de mirar a Roberto a los ojos todos los días sin contarle la verdad. Tampoco habría podido seguir viendo a Lorenza de la misma manera que hasta ese momento. Desde ese maldito día en la cocina de su abuela, cuando su madre le reveló de la manera más cobarde posible quién era en realidad, Daniele se había hundido en una profunda tristeza. Se había recluido en su casa y no había querido ver a nadie. Pasó la Navidad solo en su pequeño apartamento, con el estómago cerrado y el deseo de desaparecer. Carmela intentó verle más de una vez: fue a su casa, llamó a su puerta suplicándole que la perdonara; llorando, le rogó que abriera, que le hablara. Necesitaba explicarle cómo habían ocurrido realmente las cosas. Pero Daniele nunca le abrió.

—Tu abuela se morirá de pena si no vas a verla —le dijo su madre en una ocasión.

Daniele siguió ignorándola. Solo una vez se le acercó y le habló, pero desde el otro lado de la puerta.

—¿Quién más lo sabía? —le preguntó.

—¿Y eso qué importa? —respondió Carmela con voz temblorosa—. Abre, hijo mío, por favor.

—No. Responde a mi pregunta.

Oyó a su madre suspirar y esperó en un silencio obstinado hasta que finalmente le contestó.

De ese modo descubrió que ambos abuelos lo sabían, y que Carlo también, aunque no desde el principio: eso fue justo antes de que Daniele comenzara a trabajar como jornalero en la Finca Greco. Fue una idea de su abuelo enviarlo a trabajar allí, y también fue él quien «arregló el asunto» cuando ella se quedó embarazada.

—¿Papá estaba de acuerdo con vosotros? —le preguntó a continuación.

Carmela le juró que no: Nicola nunca supo nada, y nunca lo sospechó, estaba segura de ello.

—Debería daros vergüenza, a todos. —Fueron las últimas palabras que le había dirigido a su madre.

Era el primer día de 1952 y el granizo caía del cielo.

Daniele se pasó los días siguientes tumbado en la cama, pensando obsesivamente en Carlo y en la relación que había tenido con él. Intentó revivir todos los momentos que habían compartido, sus miradas, su costumbre de abrazarlo sin motivo, la forma en que le decía «mi muchacho», el día en que le dijo que lo enviaría a Nueva York, el momento en que lo volvió a ver en Nápoles justo después de bajar del barco, la última vez que hablaron antes de que muriera, el descubrimiento de la parte de herencia que había querido dejarle... Ahora todo tenía sentido para él. Después se convenció de que Antonio también lo sabía todo: por eso siempre había sentido algo extraño en la forma en que se comportaba con él. Tenía miedo, solo miedo. Y luego pensó en Roberto y una lágrima silenciosa le recorrió la mejilla.

—Tengo un hermano —se repitió a sí mismo—. ¡Un hermano! ¡Sangre de mi sangre!

Cuántas veces, cuando era niño, le había pedido a Carmela que le «hiciera un hermanito», para no tener que jugar solo.

—Todos mis amigos tienen hermanos y hermanas, ¿por qué yo no? —sollozaba.

—Aprende a arreglártelas solo —zanjaba su madre.

Y ahora tenía un hermano de verdad... y todos los adultos en los que había confiado en su vida lo habían mantenido en secreto. Sintió rabia hacia todos ellos: hacia sus abuelos y su madre, que habían manejado su vida y también la de Nicola como si fueran marionetas, aprovechándose de su espíritu bondadoso; y hacia Carlo, porque no había tenido el valor, ni siquiera al final, de acabar con esa sarta de mentiras.

Y luego estaba Lorenza, su Lorenza. «Mi prima», se dijo, sacudiendo la cabeza, como si aún le costara creerlo. Recordó el afecto instantáneo que sintió por ella cuando hablaron por primera vez, muchos años atrás. La quiso desde el principio, instintivamente. Y luego ese afecto se convirtió en amor... Tal vez la había amado desde el primer momento y solo ahora se daba cuenta.

«¿Y ahora qué? —se había preguntado—. ¿Qué pasará entre nosotros ahora?».

Confesarle la verdad era imposible: conocía demasiado bien a Lorenza, su impulsividad, su naturaleza inquieta, y sabía que iría directamente a Anna y luego a Roberto, que destruiría sus vidas y haría que se derrumbaran todas las certezas en las que habían creído hasta ahora. No, se dijo, jamás lo permitiría. Anna y Roberto no se lo merecían. Su hermano no se lo merecía.

Durante las semanas siguientes Daniele no pudo tocarla. La primera vez que volvió a verla y ella se acercó para besarlo, Daniele se alejó casi de golpe.

—¿Qué te pasa? —le preguntó ella.

—Perdóname, Lorenza. Hoy no me siento bien...

¿Cómo podía hacer el amor con ella ahora que lo sabía?

Así que poco a poco empezó a negarse, a no presentarse en el taller los miércoles por la tarde, a desaparecer. Fue penoso, desgarrador. Sabía que la estaba haciendo sufrir y se sentía terriblemente culpable por ello. Pero no podía estar con ella. Ya no. Por eso partir le pareció la única salida posible. Sería doloroso y seguiría siéndolo durante mucho tiempo, pero sentía que solo tomando esa decisión podría salvar las vidas de todos. Y eso era lo que importaba.

Allí, en Nueva York, comenzaría de nuevo. Con sus diseños.

Cuando llegó a casa, estacionó el Ape cerca de la acera y bajó. «Será mejor que descargue antes de que oscurezca», se dijo, empezando a desatar los nudos de la cuerda.

—Aquí estás, por fin. —Oyó la voz de Lorenza detrás de él.

Él se dio la vuelta.

—¿Cuánto tiempo llevas aquí?

—Te he buscado por todas partes...

—He estado ocupado, discúlpame.

—¿Puedes decirme qué te pasa? Si ya no quieres verme, dilo y ya está. Pero no me trates así. No lo hagas.

—Perdóname —repitió Daniele—. Es que...

—¿Qué llevas ahí? —lo interrumpió ella, señalando el furgón.

Y, sin esperar respuesta, se acercó al Ape y, con un solo movimiento, retiró la lona.

En cuanto Lorenza vio todo el taller cargado allí dentro comenzó a lanzarle una ráfaga de preguntas a Daniele, que pronto se convirtieron en recriminaciones y acabaron en acusaciones.

—¿De modo que estás huyendo? ¿Y cuándo pensabas decírmelo? Lo has hecho todo a mis espaldas. ¿Tienes a otra? Es así, ¿verdad? Claro, hay alguien más. Cobarde, eres un cobarde. No has tenido el valor de decírmelo, ¿eh? Has dejado que lo adivine por mí misma. ¿Quién es? ¿Me estás echando, ahora que ya no te sirvo?

Daniele la dejó hablar hasta que, en un momento dado, perdió la paciencia.

—¡Basta! ¡No hay nadie más! ¡Déjalo!

Y, exhausto, se pasó una mano por el pelo.

Lorenza calló de repente. Era la primera vez que Daniele le gritaba.

—Perdona, lamento haber levantado la voz —murmuró él un instante después—. Ven, por favor. Tenemos que hablar.

Lorenza entró en casa de Daniele y él la siguió, pensando: «Es la última vez que la veo, la última vez que le hablo. Pero no tengo elección».

Ella se sentó en el sofá y cruzó los brazos sobre el pecho.

—Te escucho —susurró.

Daniele apartó una silla de la mesa y la colocó frente a ella. Se sentó, inclinándose hacia delante, y la miró directamente a los ojos.

—He tomado una decisión —comenzó—. Lo he pensado mucho...

—¿Me abandonas? —lo detuvo ella.

—Tienes que dejarme hablar. —Respiró profundamente y continuó—: Mi vida y la tuya son un desastre. Tú estás destruyendo a tu familia, Giada está creciendo con una madre siempre infeliz y enojada, y yo... Bueno, si continuamos así, nunca tendré una familia propia. Quiero... pararlo aquí.

—No puedes, no te lo permito —explotó Lorenza—. Hay una solución, y tú lo sabes...

—Lorenza —la interrumpió él—. Me marcho.

—¿Qué quieres decir? ¿Te marchas? ¿Qué estás diciendo?

—Vuelvo a Nueva York. Zarpo dentro de una semana. Es lo mejor para todos —dijo él, y se le quebró la voz.

Lorenza se puso en pie de un salto, furiosa.

—No puedes.

—No es algo que puedas decidir tú.

—¡No! —gritó ella—. Ni hablar. Me iré contigo.

—Tú no irás a ninguna parte. Te quedas aquí. Con tu familia. Con tu hija.

—¡Yo iré donde tú vayas! No te irás a Nueva York sin mí.

Daniele se puso de pie y dio unos pasos nerviosos por la habitación, luego se detuvo y, finalmente, decidió decirle lo único que la detendría. Era una mentira, otra, la enésima. Pero era necesaria.

—Ya no te amo —dijo, mirándola fijamente a los ojos.

—No es cierto... —respondió ella de inmediato, con la voz temblorosa.

—Ya no te amo —repitió él.

Y sintió que el corazón se le hacía añicos.

—Es despierta, aprende rápido —estaba diciendo Anna.

—No lo sé —respondió Antonio—. ¿Cómo va a aprender todo en tan poco tiempo? Lo necesito en menos de un mes, no en un año.

—Lo logrará. Lo sé. Confía en mí.

La secretaria de Antonio, Agnese, estaba a punto de jubilarse y Anna le había propuesto a Michela para reemplazarla. Tenía solo dieciséis años, era cierto, pero Anna la había observado cuidadosamente en las últimas semanas y había advertido en ella una inteligencia vivaz y una agudeza inusual para una chica de su edad. Siempre estaba trabajando duro durante las clases y, al final, siempre le decía a Anna que quería hacer «algo más». Así que cada vez le asignaba ejercicios adicionales y le sugería que leyera los libros más desafiantes.

—No pongo en duda que sea despierta, como dices, pero aprender en un mes lo que Agnese ha estado haciendo durante casi veinte años..., bueno, no lo veo realista —dijo Antonio—. Necesito una secretaria experimentada.

—Lo será —respondió Anna con convicción—. Ponla al lado de Agnese desde el principio, incluso a partir de mañana. Ella te dirá si está aprendiendo lo suficiente.

Mientras reflexionaba, Antonio balanceó la silla hacia la derecha y hacia la izquierda. Luego se detuvo.

—Está bien. Haremos la prueba —accedió al fin.

Anna aplaudió dos veces, contenta.

—Pero que sepas que me debes un favor —continuó él, agitando un dedo.

—Te invito al cine esta noche —respondió Anna de inmediato.

—¿Me está invitando al cine, *madame*?

—Tonto. —Se rio ella—. De todos modos, sí.

—¿Qué dan?

—*Umberto D.* Es de De Sica. Estaban colocando el cartel nuevo esta mañana cuando he pasado.

—En ese caso, trato hecho —dijo Antonio.

En ese momento oyeron un sonido de tacones en el pasillo. El repiqueteo se fue acercando cada vez más hasta que de repente cesó y la puerta de la oficina de Antonio se abrió bruscamente.

—¡Lorenza! —exclamó él, sorprendido.

—Hola, *ma petite* —la saludó Anna.

Pero al instante se dio cuenta de que la chica estaba visiblemente alterada y su sonrisa se esfumó de inmediato.

—Has sido tú, ¿verdad? —gritó Lorenza, acercándose a su padre.

—¿Qué he hecho? —preguntó Antonio, confuso.

—¿Qué le has dicho? ¿Lo has amenazado?

—Lorenza, cálmate —trató de detenerla Anna, acercándose.

—¿De quién estás hablando? —preguntó Antonio.

—Lo sabes muy bien. ¡No finjas conmigo, no lo intentes!

—No me hagas enojar, Lorenza —dijo él, levantándose—. No te permito que hables en ese tono.

—Debes calmarte, *ma petite* —intervino Anna, poniéndole una mano en el brazo—. Tu padre no tiene idea de lo que estás hablando... ¿Puedes explicárselo, por favor?

Lorenza miró primero a uno y luego al otro. A continuación, comenzó a llorar.

—Se va —murmuró Lorenza, mirando a Anna—. Daniele se va. Regresa a Nueva York.

—¡No sabía nada! —dijo Antonio de inmediato—. Te lo juro, Lorenza.

Ella lo miró fijamente por un momento con los ojos llorosos, luego se cubrió la cara con las manos y comenzó a sollozar violentamente.

—Tía... —murmuró finalmente, y se lanzó a los brazos de Anna.

—Chist —le dijo ella, acariciándole la cabeza. Luego miró a Antonio, que se había quedado inmóvil de pie detrás del escritorio.

Pero él bajó la mirada.

—No, no es eso. Es solo que preferiría haberlo sabido por ti en lugar de por mi madre. Me sentó un poco mal, eso es todo —dijo Roberto mientras seguía con la mirada el primer lote de botellas de Don Carlo que llevaban a la sección de etiquetado.

Daniele titubeó.

—Tienes razón —murmuró a continuación—. Debería haber venido a verte a ti antes que a nadie. Debería haber imaginado que Anna te lo diría de inmediato... Lo siento.

—Con cuidado —les advirtió Roberto a los dos hombres que estaban arrastrando la plataforma de botellas de manera bastante torpe. Luego se volvió de nuevo hacia Daniele—. Bueno, no importa —dijo con una pequeña mueca.

—¿Te apetece dar un paseo por el viñedo? —le propuso Daniele.

Se encaminaron hacia la salida de la Bodega, al principio sin hablar. Daniele mantenía las manos en los bolsillos y Roberto iba con la cabeza gacha, pero de vez en cuando alzaba la vista y miraba a su alrededor. Esa mañana de finales de febrero soplaba un fuerte viento del norte y, a lo largo del camino que llevaba a la Finca, las copas de los árboles oscilaban constantemente.

—¿Te vas por mi prima? —le preguntó Roberto, rompiendo el silencio.

—Sí, pero no es la única razón. Necesito un cambio de aires. Y, además, ya sabía antes que no quería hacer esto el resto de mi vida. Lo hice por Carlo... y por ti —dijo con un nudo en el estómago.

—Yo ya lo sabía. Lo de Lorenza y tú, quiero decir. ¿Por qué hiciste como si nada cuando te lo pregunté?

—No lo sé —respondió Daniele—. Quizá para protegerla.

—No confiaste en mí.

En la voz de Roberto había una gran amargura.

Daniele se detuvo.

—No, no es eso. Debes creerme. Es que... no sabía cómo te lo tomarías.

—¿Cómo debía tomármelo? Tú eres mi amigo...

Daniele sintió un calambre en el estómago.

—... y conmigo siempre puedes hablar de todo. No te habría juzgado. Nunca juzgo a nadie...

—Sí, eso es cierto —comentó Daniele con una pequeña sonrisa.

Siguieron caminando.

—Te voy a echar de menos —continuó diciendo Roberto.

Daniele le puso un brazo alrededor de los hombros.

—Yo también. Mucho.

—¿Y cuándo volverás?

—No lo sé. Tal vez para probar el próximo Don Carlo.

—Hum... —murmuró Roberto como si hubiera entendido que no era más que una mentira—. En mi opinión, no volverás. ¿Y qué voy a hacer sin ti?

—Por supuesto que volveré... Y, de todos modos, durante los dos últimos meses, prácticamente has estado llevando la Bodega solo, así que...

—¿Y si necesito pedirte consejo?

—Me llamas por teléfono. ¿Para qué lo compraste si no?

—Hum... —murmuró de nuevo Roberto, con la cabeza baja. Después lo miró—. ¿Estás seguro de que serás feliz allí?

Daniele no respondió de inmediato. Luego se encogió de hombros.

—No lo sé. Pero te prometo que lo intentaré.

—Entonces, asegúrate de conseguirlo —respondió Roberto con un tono de reproche fingido.

Al final llegaron al viñedo, donde las vides, desprovistas de hojas y de color, estaban en silencio.

El letrero de madera con las palabras FINCA GRECO rotuladas en blanco se veía bastante envejecido y había perdido el brillo de muchos años atrás, cuando Daniele había puesto un pie en ese lugar por primera vez. En un momento se vio a sí mismo de niño, justo allí, con la gorra en la cabeza y los tirantes que sostenían los pantalones una talla más grande, mirando la viña y saludando al Fiat 508 que se detenía junto al cartel. «Buenos días, señor Carlo», solía saludarlo cada vez, quitándose la gorra.

Daniele se acercó al rótulo y tocó las letras, una por una.

—Deberíamos repintarlas —le dijo a su hermano.

28

Abril-mayo de 1952

Cuando Antonio bajó a la cocina para desayunar, encontró a Agata muy atareada y con el rostro manchado de harina. Debía de haberse levantado muy temprano, en vista de que el pastel ya estaba en el horno.

—Qué aroma tan delicioso —dijo él, inclinándose para echar una ojeada—. Hacía tiempo que no preparabas pastel de chocolate.

—Eso es lo que quería Giada y eso es lo que le he hecho —respondió Agata con una sonrisa.

Antonio se sirvió café de la cafetera ya hecha que estaba en la mesa y se sentó.

—¿Quieres terminarte la masa antes de que lave el cazo? —le sugirió Agata.

—¿Y me lo preguntas? Pásamelo —respondió él. Y, con un dedo, recogió los restos de crema de cacao y se los llevó a la boca—. Mmm, delicioso —dijo con deleite.

—Bueno, menos mal —comentó Agata, satisfecha.

Antonio tomó un sorbo de café tibio. Agata debía de haberlo preparado al menos hacía una hora.

—Cuando era niña, Lorenza también quería siempre pastel de chocolate para su cumpleaños. —Sonrió Antonio.

Agata respondió con una mueca, después cogió el tazón y lo colocó en el fregadero, sobre una pila de platos sucios.

—Espero que se haya despertado bien esta mañana y que no le arruine la fiesta a la pequeñina —suspiró.

—Sí, esperemos —murmuró Antonio.

Desde que Daniele se había ido a principios de marzo, Lorenza se había convertido en un manojo de nervios. Tenía el rostro demacrado y los brazos como palillos.

—No tengo hambre —decía, empujando su plato cada vez que se sentaban a cenar juntos.

Ya solo se dirigía a Tommaso cuando era necesario y en un tono que parecía un gruñido. En una ocasión estalló porque él había olvidado traer el aceite a la mesa y Antonio se vio obligado a intervenir.

—¡Lorenza! ¡Te estás pasando! —le dijo.

Ella se levantó abruptamente de la mesa y se encerró en su habitación dando un portazo.

Agata estuvo a punto de seguirla, pero Tommaso se lo impidió.

—Déjala estar. Al menos comeremos tranquilos.

En esa frase, Antonio vio todo el cansancio de Tommaso. Tal vez había agotado su paciencia..., o tal vez ya no le importaba lo que Lorenza hiciera o dejara de hacer.

Antonio había intentado hablar con su hija muchas veces: le propuso dar un paseo juntos, la invitó a cenar fuera, al cine... Incluso fue a visitarla a la oficina de correos, pero ella siempre lo rechazaba y se encerraba en un silencio casi absoluto y hostil.

—Al fin y al cabo, tú te alegras de que se haya ido —le dijo una vez.

Antonio bajó la mirada, incapaz de negarlo. ¿Cómo podría? Tan pronto como Daniele se fue, suspiró aliviado y pensó que tal vez, por fin, su hija lo olvidaría y, con el tiempo, encontraría paz con su esposo, con su hija...

La pequeña fiesta de cumpleaños de Giada comenzó por la tarde en la casa de los abuelos. El pastel de chocolate, cubierto de azúcar glas, se exhibía sobre la mesa del comedor; a un lado se apilaban los platitos de postre de la vajilla buena y, junto a estos, las cucharitas de plata con el mango labrado, las que Agata solo sacaba en las ocasiones especiales.

La niña llegó en brazos de su padre. Iba ataviada con un vestido rosa con la falda de organza y un lazo de raso blanco en el pelo que llevaba cortado al estilo *bob*.

—¿De quién es el cumpleaños hoy? —preguntó Agata, cogiéndole ambas manitas.

—¡De Giada! —respondió la niña, muy alegre.

—¿Y cuántos años cumples? Díselo a la abuela.

—¿Es realmente necesario este teatro? —murmuró Lorenza, quitándose el abrigo.

—Enséñale a la abuela cuántos años cumples —dijo Tommaso, dejando a la niña en el suelo.

Giada levantó tres dedos.

—¡Muy bien! —aplaudió Agata, y luego la abrazó.

—¿Has visto que la abuela te ha hecho un pastel de chocolate? —dijo después Antonio, acariciándole la cabeza a Giada.

En pocos minutos se unieron a la fiesta Roberto y Maria. Ella llevaba en las manos una caja cerrada con un gran lazo rojo.

—¡Ooh! ¿De quién es ese regalo? —preguntó Agata a la niña.

Sentada en el sofá, apartada de todos, Lorenza negó con la cabeza y resopló, como si estuviera harta de las preguntas tontas de su madre.

Con la ayuda de Maria, la niña empezó a desenvolver el regalo.

Antonio se volvió por un momento hacia Lorenza y, con un gesto severo, le pidió que se uniera a ellos.

—¡Una muñeca! —exclamó Giada, abriendo los ojos como platos al ver la muñeca de porcelana de cabellos rubios, con la boca pintada de rojo y un vestido de campesina de cuadros blancos y azules.

Lorenza se acercó justo en ese momento, estirando el cuello solo para echar un vistazo, y luego volvió a sentarse en el sofá.

—Tía, ese pastel parece delicioso —dijo Roberto.

—Si tu madre llega pronto, también podremos comerlo —respondió Agata.

—Ha dicho que iba a tardar un poco... Está dando clase en la Casa —intervino Antonio—. Pero estoy seguro de que llegará en cualquier momento.

—Esperemos —dijo Agata con un gesto de desaprobación.

Anna llegó unos diez minutos después, disculpándose por la tardanza.

—¿Y Giovanna? —preguntó Antonio al cerrar la puerta.

—Se ha quedado allí... Hoy tenía su querido curso de punto —respondió Anna, sonriente—. Pero dejadme felicitar a la niña más preciosa del mundo —exclamó, extendiendo los brazos hacia Giada, quien corrió hacia ella—. Tengo un regalo para ti —dijo finalmente, sacando un pequeño paquete del bolsillo del pantalón.

Era un colgante redondo de oro con la letra G de Giada en relieve.

—Lo he encargado expresamente para ti —le dijo.

—Gracias de corazón, Anna —dijo Tommaso, un poco avergonzado—. Es demasiado.

—¡Ahora cortemos el pastel! —los llamó Agata, aplaudiendo.

Antonio clavó tres velitas en la esponjosa masa de pastaflora y las encendió. Todos comenzaron a cantar: «Cumpleaños feliz...». Y Giada hizo un intento por soplar, pero Maria la detuvo.

—Espera, tienes que pedir un deseo.

—Pero en tu interior, o no se cumplirá —añadió Roberto.

La niña lo pensó por un momento y luego posó la mirada en Lorenza, que estaba frente a ella, al otro lado de la mesa, y la observó fijamente.

—Ya sé qué deseo pedir —dijo, a continuación, volviendo a mirar a Maria. Y sopló entre el entusiasmo general.

Anna tomó dos pedazos de pastel y se acercó a Lorenza, que se había vuelto a sentar en el sofá.

—Aquí tienes, *ma petite* —dijo, tendiéndole el platito.

—No, tía. No me apetece —respondió Lorenza.

—Mira que está delicioso —insistió Anna, sentándose a su lado y tomando un bocado.

Lorenza negó con la cabeza.

—Me entran náuseas solo con mirarlo.

—Estaba pensando —continuó Anna sin dejar de masticar—, ¿por qué no vienes a la Casa a echarme una mano esta tarde? Ha llegado otra chica, Giulia. Tiene tu edad, ¿sabes?

Lorenza asintió, pero con una expresión que daba a entender que, en el fondo, no le importaba en absoluto.

—¿Y bien? —insistió Anna, dejando el plato vacío—. ¿Vendrás?

—Pero ¿a hacer qué, tía?

—A ayudarme. Creo que te haría bien.

—Sí, seguro... —respondió Lorenza con una sonrisita irónica.

Y luego comenzó a rascarse la manga de la blusa. Pero como la tela no se lo permitía,, se subió la manga, mostrando el brazo.

Anna no pudo evitar notar la cicatriz de lo que parecía una herida cortante.

—Pero ¿qué te has hecho ahí?

—Nada —se apresuró a responder Lorenza, bajándose inmediatamente la manga—. Me distraje en la cocina. Suele pasar —concluyó, encogiéndose de hombros.

Anna no volvió a pensar en ese corte hasta unos días después. Era una mañana tranquila en la oficina de correos, tanto que a las once y media ya había terminado de entregar el correo y había regresado. Aprovechó la oportunidad para hacer algo que llevaba tiempo pensando: abrir una cuenta de ahorros en la Caja Postal, a nombre de la Casa para las Mujeres, en la cual ingresaría una cantidad cada mes; de este modo sus inquilinas podrían usar el dinero libremente para comprar comida, ropa, jabones, detergentes y todo lo necesario, sin que tuvieran que pedírselo a ella cada vez.

—¿Estás segura? —murmuró Tommaso—. ¿No sería mejor un fondo de caja que administres tú, así puedes controlar los ingresos y los gastos?

—Ya no son unas niñas, y yo no soy su madre —respondió ella, levantando un poco una ceja—. No necesitan que las controlen. Lo que necesitan es confianza. Y sentirse responsables de sus propias vidas.

—Y si, por ejemplo, la persona autorizada en la cuenta se hace la lista y retira todo el dinero y desaparece en la nada, ¿qué?

—Ninguna de ellas lo haría jamás —respondió Anna.

—¿Cómo puedes estar segura?

—Lo estoy y punto.

—Como quieras —se rindió Tommaso—. Solo quería sugerirte que fueras cautelosa. Pero el dinero es tuyo, así que...

—Y te lo agradezco —dijo Anna—. Pero sé lo que hago.

—Se dicen ciertas cosas por ahí... —los interrumpió Elena, asomándose desde la habitación trasera.

—¿A qué te refieres? —preguntó Anna, volviéndose.

—Esa tal Melina... está allí, ¿verdad?

—Sí, ¿y qué?

—¿Y ya sabes lo que hace?

—Lo que hacía, mejor dicho —respondió Anna, molesta—. De todos modos, sí, lo sé. ¿Y qué?

—Pues que es normal que la gente hable. Dicen que se ha convertido en una casa de mujeres de mala vida...

—¿Quién lo dice? —preguntó Anna, irritándose.

—Don Luciano, por ejemplo. Y no solo él —respondió Elena.

—Don Luciano. —Se rio Anna—. Bueno, no me sorprende.

—Parece que conoce a las putas mejor que nadie —intervino Carmine, que no se había perdido una palabra de la conversación.

—¡Serás deslenguado! —lo regañó Elena.

—Como si no lo supieras... —replicó Carmine.

—En cualquier caso, no me importa lo que digan. Especialmente ese don Luciano —declaró Anna.

—Ah, bueno, si para ti está bien, pues mejor —murmuró Elena. Que se quedara con su casa de mujeres de mala vida.

—Es más, ¿sabéis una cosa? —dijo Anna después de unos minutos, como si hubiera reflexionado sobre ello—. ¡Me parece que iré a decírselo a la cara!

Salió de la oficina con determinación y atravesó la concurrida plaza para ir directamente hacia la parroquia.

—¿Tienes prisa, cartera? —le gritó un hombre sentado en un banco.

Era el hombre de brazos musculosos que trabajaba el tabaco en la casa en ruinas de las afueras del pueblo.

Anna no le respondió y siguió adelante sin inmutarse. Encontró a don Luciano en el atrio, con el monaguillo a su lado; estaba hablando con un pequeño grupo de feligreses, los que se habían quedado después de la misa de las once.

Anna avanzó hasta el atrio y, cuando estuvo cerca de don Luciano, le dio un golpecito en el hombro.

Los feligreses enmudecieron de repente.

—¿Me permite que hablemos un momento? —dijo Anna.

—Buenos días, señora cartera —respondió don Luciano afablemente—. ¿Cómo puedo ayudarla?

—Bueno, primero, dejando de difundir rumores falsos y maliciosos sobre la Casa para las Mujeres.

Los feligreses comenzaron a mirarse entre sí, como si estuvieran diciendo: «¡Esta escena no nos la podemos perder!».

—La experiencia me ha enseñado que cuando los rumores se vuelven... ruidosos, casi siempre hay algo de verdad —dijo don Luciano.

A Anna le hubiera encantado abofetearlo.

—También circulan rumores sobre usted —respondió—. Siguiendo su lógica, deberíamos creer que dicen la verdad. Casi siempre.

Mientras tanto, algunas de las personas que estaban en la plaza se habían acercado.

Don Luciano miró a toda esa gente y luego volvió a mirar a Anna.

—Fue una imprudente al rechazar la bendición —siguió diciendo—. Si me hubiera escuchado, no tendría que tratar con mujeres poco respetables y esos rumores no circularían.

—¿Y quién es «respetable»? —replicó Anna—. ¿Usted? ¿Que predica la caridad y la bondad divina, pero luego cierra la puerta en la cara a mujeres como Melina? ¿No somos todos hijos de Dios? Al parecer, está diciendo que, en realidad, algunos son más hijos de Dios que otros.

—Eso no es en absoluto lo que he dicho —protestó don Luciano, volviendo a mirar a los feligreses—. Pero los pecados son pecados. No me corresponde a mí perdonarlos, sino a Dios.

—Bueno, entonces le deseo que su Dios también le perdone a usted los suyos —dijo Anna—. Por lo que se dice por ahí, no son pocos. Buena suerte cuando esté ante Él.

Y se marchó, acompañada por un murmullo que se elevó a su alrededor como el zumbido de un enjambre: «No se haga mala sangre, don Luciano...», «Ah, si Carlo estuviera todavía aquí, bendito sea...», «Esta forastera siempre se ha creído mejor que los demás».

Elena y Carmine permanecían asomados a la puerta de la oficina; estaba claro que no se habían perdido ni una sola palabra de la escena.

—Le has cantado las cuarenta, ¿eh? —le dijo Carmine con expresión divertida.

—No lo suficiente —respondió Anna.

Regresó a la oficina justo para recoger su abrigo y la valija y se fue, aún encolerizada y con el corazón desbocado. Montó en el sillín de su bicicleta e inspiró profundamente un par de veces para intentar quitarse la tensión de encima.

—Maldito idiota —murmuró para sí misma.

Siguió pedaleando hasta que se dio cuenta de que, absorta en sus pensamientos, había tomado el camino equivocado. Estaba cerca de la casa de Tommaso y Lorenza y pensó en visitar a su sobrina, que no iba a la oficina desde hacía dos días.

—Solo tiene un poco de gripe —había dicho Tommaso sin levantar la vista de sus papeles.

Llamó al timbre un par de veces antes de que Lorenza fuera a abrir. Y, cuando finalmente se presentó en la puerta, a Anna le bastó una mirada para darse cuenta de que la gripe no era la razón por la que Lorenza se había quedado en casa. Estaba muy pálida y tenía unas ojeras violáceas y profundas. Además, llevaba vendas alrededor de los codos.

—Tranquila, tía. No he intentado matarme, si es lo que estás pensando —dijo Lorenza con suficiencia ante la mirada consternada de Anna—. Entra, pero no hagas ruido: Giada acaba de quedarse dormida.

Anna entró, tambaleándose.

—Creo que necesito un sorbo de agua —dijo, a continuación, sentándose en el sofá—. Tommaso nos ha dicho que tenías la gripe... —agregó, cogiendo con mano temblorosa el vaso que Lorenza le había traído.

—Yo le he pedido que diga eso. En la oficina, a mi madre. A todos —explicó Lorenza.

Anna se bebió el agua de un trago y apretó con fuerza el vaso vacío.

—Ahora me vas a contar lo que está pasando —murmuró, mirando fijamente a su sobrina—. No me marcharé de aquí hasta que hables. De lo contrario, iré a preguntárselo a Tommaso, y sabes que lo haré.

Con un suspiro, Lorenza se sentó en el sofá y, sin mirarla, dijo:

—Son solo unos cortecitos. Unos pequeños cortes inofensivos...

—¿Inofensivos? ¿Estás bromeando? —la interrumpió Anna, incrédula.

—Pues sí, ¿qué quieres que te diga? Me hacen sentir mejor... Pero no sabía que sangrara tanto en el interior de los codos, eso es todo.

—¿Eso es todo? —repitió Anna—. ¿Me estás diciendo que para ti es algo normal?

—Normal... —murmuró Lorenza, como si esa palabra le fuera desconocida—. ¿Sabes lo que no es normal? —continuó diciendo con más energía, al tiempo que giraba la cabeza hacia Anna—. Que Daniele haya desaparecido sin dejar rastro. Que no sepa cómo encontrarlo. Que yo esté aquí y él al otro lado del mundo. Eso es lo que no es normal, tía.

—Pero eso, desde luego, no es una buena razón para hacer... lo que haces —respondió Anna, señalando las heridas.

—Ya te lo he dicho. Me hace sentir mejor. Al menos durante un rato...

—Pero lo que estás diciendo no tiene sentido, Lorenza, ¿te das cuenta? Alguien debe ayudarte. No puedes seguir así.

—Sí, ayudarme, cómo no... —respondió ella, mirando al techo.

—Deja que te ayude yo —dijo Anna, poniendo una mano sobre la suya.

Lorenza enderezó la cabeza.

—Ah, ¿sí? ¿De verdad quieres ayudarme? Entonces dime dónde está, dónde vive.

—¿Y cómo voy a saberlo...?

—Trata de averiguarlo. Incluso Roberto dice que no lo sabe..., como si fuera tonta. Sé que se comunican.

—Y, una vez que sepas dónde está, ¿qué harás, eh?

—Hablar con él, escribirle, convencerlo de que vuelva conmigo —respondió ella, encogiéndose de hombros, como si esa fuera una respuesta obvia.

—¿Te ayudaría a sentirte mejor? Hablar con él, quiero decir —le preguntó Anna.

—Oh, sí —respondió Lorenza con una mueca.

Anna lo pensó por un momento.

—Está bien, te ayudaré —prometió—. Pero tú para de hacer esto, de inmediato —dijo con la voz quebrada, señalando las vendas.

Lorenza no contestó.

Era poco después del amanecer de uno de los primeros días de mayo cuando Tommaso, con Giada durmiendo en los brazos, llamó a la puerta de sus suegros. Agata le abrió, en bata y con el pelo recogido bajo un gorro, y Tommaso, al entrar, le pidió en voz baja:

—Lleva a Giada arriba, por favor.

Agata lo miró, confusa.

—Pero ¿qué...? —intentó decir, pero Tommaso la detuvo, haciéndole entender que hablarían, pero sin la niña presente.

Mientras Agata llevaba a su nieta al dormitorio, Antonio salió de su estudio atándose la bata alrededor de la cintura.

—Tommaso... ¿Qué sucede? —le preguntó, frunciendo el ceño.

—Esperemos a Agata —respondió él.

Se sentaron en la mesa de la cocina. Tommaso sacó del bolsillo un papel cuadriculado doblado por la mitad y se lo entregó a sus suegros.

Antonio lo cogió y lo abrió. Agata se inclinó para leer junto a él.

«Estoy bien. No me busquéis», decía la nota.

La caligrafía era la de Lorenza, estrecha y puntiaguda.

Ambos levantaron la vista hacia Tommaso.

—¿Qué significa? —dijo Antonio.

Tommaso explicó que había encontrado ese mensaje hacía solo unos minutos, en la mesa de la sala de estar, cuando se despertó y fue a la planta de abajo. No sabía nada más, excepto que, evidentemente, Lorenza había salido mientras él dormía.

Antonio se levantó y comenzó a caminar de un lado a otro frotándose la cara.

—Pero ¿tuvisteis una pelea anoche? ¿Se enfadó por algo? —indagó Agata.

—No... —susurró Tommaso.

—Y ¿cómo es posible que no oyeras nada? —estalló Antonio—. Se va de casa así, en plena noche...

—Cálmate, Antonio —dijo Agata, poniéndole una mano en el brazo.

Tommaso apoyó los codos en la mesa y se cogió la cabeza con las manos.

—Será una de sus locuras. Ya sabéis cómo es —trató de tranquilizarlos Agata—. Regresará.

—Tal vez haya ido a ver a esa amiga suya... a Lecce —sugirió Tommaso, levantando los ojos.

Antonio se detuvo y apretó el respaldo de una silla con ambas manos. ¿Cómo podía revelarles a todos, en ese momento, que esa amiga no existía ni había existido nunca?

—No. —Negó con la cabeza, decidido—. No está allí.

—No puede haber ido lejos —dijo Agata.

—Podría haber cogido el autobús de línea —objetó Tommaso—. Pero yo no puedo quedarme aquí sin hacer nada. —Miró a Antonio—. ¿Vamos a buscar por los campos de los alrededores?

—De acuerdo —dijo Antonio, poco convencido—. Intentemos eso.

Cada uno con su propio automóvil y siguiendo dos direcciones diferentes, Antonio y Tommaso se fueron. Antonio buscó en cada rincón de Lizzanello y Pisignano, luego regresó y se dirigió al sur, hacia los campos de las cercanías del pueblo de Castrì.

—Dónde te has metido... —murmuraba mientras miraba a su alrededor.

Después de dar vueltas durante más de dos horas sin éxito, finalmente decidió regresar a casa.

—¿Nada? —le preguntó Agata en la puerta.

—He buscado por todas partes —respondió Antonio, lanzando las llaves del coche sobre la mesa.

—Tal vez Tommaso la haya encontrado —murmuró, retorciéndose las manos.

Tommaso regresó poco después. Se había dirigido a Lecce, explicó, sin saber siquiera por dónde empezar a buscar. Se dio cuenta en ese momento de que no había avisado de su ausencia en la oficina. Se le había ido completamente de la cabeza, incluso que tenía un trabajo.

—Sí —dijo Antonio—. En la fábrica de aceite también deben de haberme dado por desaparecido.

—Marchaos —intervino Agata—. De momento no podéis hacer nada más.

—Tal vez sea mejor que vayas a casa de Tommaso cuando la niña se despierte. En caso de que Lorenza regrese... —sugirió Antonio—. Más tarde nos reuniremos contigo.

Agata asintió.

—Por ahora, mantengámoslo entre nosotros —les pidió un instante antes de que los dos hombres salieran—. Quizá esta noche regrese y se habrá armado todo un alboroto por nada. Diles a tus compañeros que no se sentía bien... A Anna también. Diles eso.

La glicinia que se encontraba en la entrada de la casa de Tommaso y Lorenza estaba en plena floración. A Agata siempre le había encantado el olor de esas flores y, antes de abrir la puerta, se detuvo junto a ella y respiró profundamente.

—Mira qué bien huele —le dijo a la niña, que estaba entre sus brazos con cara de sueño.

Mientras metía la llave en la cerradura, pensó que le gustaría llevar una fragancia que solo oliera a glicinia.

Preparó un poco de leche para la niña, sacó unas galletas y le dijo que empezara a comer.

—La abuela va un momento arriba, pero vuelve enseguida —le dijo con una caricia.

Subió al dormitorio. Mientras esperaba a Tommaso y Antonio, una idea terrible se había abierto paso en su mente. Con el corazón agitado, esperando con todo su ser estar equivocada, fue hacia la cómoda, abrió un cajón y extendió la mano hasta el fondo, detrás de las toallas dobladas. El cofre de madera clara en el que Lorenza guardaba sus joyas todavía estaba allí. Agata lo abrió con manos temblorosas: estaba vacío. No quedaba ni rastro de los anillos, las pulseras ni los collares. Faltaba todo, incluso el colgante con la G de Giada, el que Anna le había regalado a la niña por su cumpleaños... Agata se derrumbó en la cama, luchando por contener las lágrimas.

Esa noche, en la cena, nadie tenía apetito.

—¿Dónde está mamá? —seguía preguntando Giada.

—Ha ido a preparar una sorpresa —le respondía Agata—. Ya verás como regresa con un bonito regalo.

—Pero yo no quiero un regalo, quiero a mamá —lloriqueaba ella, frotándose los ojos.

Al final, Agata tomó a la niña en brazos, la llevó arriba y permaneció a su lado hasta que se quedó dormida.

Abajo, Antonio caminaba por la habitación. Tommaso, en cambio, estaba hundido en el sofá, mirando fijamente al vacío.

—No va a volver —murmuró en un susurro.

Antonio se detuvo por un momento y levantó la mirada hacia él.

—Tengo que ir a hablar con Anna —dijo a continuación.

Tommaso se volvió.

—Agata no quiere que se sepa, todavía... Esperemos.

—No —lo interrumpió Antonio decidido, dirigiéndose a la puerta.

Todas las luces de la casa de Anna estaban apagadas excepto la de su dormitorio.

Antonio golpeó suavemente la puerta varias veces hasta que vio la luz encenderse en la sala de estar y oyó los pasos lentos y decididos de Anna, que habría reconocido entre un millar, acercándose a la entrada.

Ella le abrió. Llevaba una bata de seda azul y tenía la cara brillante por la crema.

—¿Antonio? ¿Qué sucede?

—Perdona, ¿estabas durmiendo?

—Todavía no, pero casi. Ven, pasa.

—¿He despertado a alguien? —preguntó él.

—No, tranquilo. Estoy sola —respondió ella, cerrando la puerta—. Giovanna se ha quedado a dormir en Contrada con las chicas y Roberto está cenando con la familia de Maria. Es el cumpleaños de su padre. O de su madre, no lo recuerdo —murmuró ella, levantando una ceja.

Antonio la miró y luego corrió a abrazarla, escondiendo la cabeza en el hueco de su cuello.

—Pero ¿qué te pasa? —dijo Anna, desconcertada. Levantó un brazo y se lo apoyó en el hombro.

—Se ha ido —exclamó Antonio con la voz entrecortada.

—¿Quién? ¿Quién se ha ido?

Lo llevó al sofá y, mientras le sostenía la mano, Antonio le contó todo lo ocurrido el día más largo de su vida.

Ella lo escuchó sin aliento y con los ojos muy abiertos. Imaginó a Lorenza escribiendo: «Estoy bien. No me busquéis» y luego escabulléndose de casa en medio de la noche por la oscura y desierta calle.

—Ayúdame. ¿Dónde más podemos buscarla? —le preguntaba Antonio—. Yo ya no lo sé.

Anna retiró lentamente la mano de la de él e igual de despacio se levantó. Dio unos pasos, cubriéndose la boca con la mano, luego se detuvo y lo miró de nuevo.

—Sé adónde ha ido...

Antonio se levantó de un salto y se acercó a ella.

—¿Adónde?

A ella se le llenaron los ojos de lágrimas.

—¿Qué te pasa? ¿Por qué te pones así? —le preguntó él, poniéndole las manos en los brazos.

—He hecho una... una estupidez.

Antonio retiró las manos y dio un paso atrás.

—Le di la dirección de Daniele..., la dirección de Nueva York. Quería escribirle, hablar con él, estaba sufriendo mucho...

Por el rostro de Antonio pasaron la rabia y el desconcierto.

—¿Por qué lo hiciste? —preguntó en un murmullo—. ¿Por qué? Le pedí a Roberto que no le dijera nada. Nunca.

—Roberto no tiene nada que ver... Lo descubrí por mi cuenta, fui yo —replicó ella.

—¿Por qué? ¿Por qué has hecho algo así, Anna?

—Tú no le has visto los cortes.

—¿Cortes? ¿Qué cortes? —estalló él.

—Los del brazo —respondió ella, señalándose el interior del codo—. Me dijo que la hacían sentir mejor...

—Pero ¿qué clase de historia es esta? —dijo Antonio casi gritando.

—Sí, sé que es absurdo, ni yo misma lo entiendo bien... Pero debes creerme, Antonio —le rogó—. Lo que cuenta es que Lorenza estaba mal, muy mal. Y yo tuve miedo.

—¿Y entonces? —La voz de él se había convertido en un susurro.

—Necesitaba hablar con Daniele... Yo solo quería que se sintiera mejor, no pensé que...

—No pensaste —repitió él, amargamente—. No lo pensaste. —Dio unos pasos nerviosos por la habitación—. ¡Ya debe de estar en alta mar! —gritó a continuación, abriendo los brazos—. ¿Adónde voy a ir a buscarla, ahora? ¿Adónde?

Anna se llevó las manos a la boca.

—Lo siento... —murmuró.

—¿Cómo pudiste no pensar en eso? —continuó Antonio, golpeándose la frente con el puño.

—Solo quería que se sintiera mejor... —repitió ella con un hilo de voz.

—¡No debiste meterte! —gritó él, destrozado—. Lorenza no es Claudia.

A Anna le pareció que alguien le había asestado una puñalada por la espalda.

—¿Qué has dicho?

—Nada...

—Te he oído —dijo ella, acercándose—. Ten el valor de repetirlo.

Él hizo un gesto como si quisiera dejarlo correr y le dio la espalda.

—Repítelo —susurró ella, obligándolo a volverse de un manotazo.

—Debiste haberte quedado al margen —dijo, en cambio, Antonio—. Te pedí que me ayudaras a razonar con ella, no que le pusieras en la mano un billete para el otro lado del mundo.

—¡Yo no le he puesto nada en la mano! Solo quería ayudarla, como siempre he hecho.

Antonio entornó los ojos.

—Tú lo sabías todo, ¿no es cierto?

—¿Qué quieres decir?

—Cuidabas de Giada todos los miércoles sabiendo adónde iba... —Anna desvió la mirada y trató de apartarse de él, pero Antonio la agarró por el brazo—. Y también sabías que se iría... y la encubriste, y tal vez todavía la estés encubriendo, ¿no es así?

—¡No! —gritó ella.

—¡Admítelo! —Anna trató de liberarse, pero Antonio apretó más fuerte—. Eres una mentirosa. Ya no me fío de ti, y no confiaré en ti nunca más —añadió con firmeza y la mirada llena de furia.

Un destello de angustia pasó por los ojos de Anna.

—¿Y tú? ¿Cuántas mentiras has dicho tú? —gritó ella entonces—. ¿Cuándo le dijiste la verdad a Carlo? ¿Cuándo tuviste el valor...?

Antonio le soltó el brazo de repente.

—¿Qué tiene que ver Carlo ahora? —murmuró, aturdido.

—Ya lo sabes —dijo ella, sin dejar de mirarlo. Nunca en su vida había sentido una rabia tan fuerte e incontrolable. Percibía que los estaba arrastrando a los dos, que iba a convertirse en lava que no deja nada vivo a su paso, y aun así no se detuvo—. Dime, qué se siente al fingir ser alguien que no eres... Antonio el hermanito mayor, Antonio el hermanito sincero...

—Para —susurró él.

—¿Sabes cuál es la verdad? —continuó ella—. Carlo podía tener muchos defectos, pero al menos él sí era auténtico. Nunca se escondía. Era mejor que tú, y siempre lo has sabido.

Antonio frunció el ceño y abrió la boca para replicar, pero luego lo reconsideró y la cerró de inmediato.

Y con pasos rápidos se dirigió hacia la puerta.

—¿Cuánto alivio sientes ahora que ya no está? ¿Ahora que por fin te has quedado con todo el protagonismo? —exclamó Anna, sabiendo que estaba hundiéndole el cuchillo.

Antonio se paró justo en la puerta un momento antes de abrirla. Se volvió, fue directamente hacia ella y, con todas sus fuerzas, le dio una bofetada en pleno rostro.

—Atrévete a repetirlo y te mataré con mis propias manos —dijo con la voz temblorosa.

Anna se tocó la mejilla y se quedó mirando a Antonio, incrédula y asustada.

Él apretó los puños y se dirigió nuevamente hacia la puerta. Ya la había abierto cuando Anna, en un susurro, dijo:

—Nunca te perdonaré lo que acabas de hacer.

Él se volvió por un instante.

—Yo tampoco —contestó.

Y salió dejando la puerta abierta.

EPÍLOGO

13 DE AGOSTO DE 1961

—Abuelo, es la hora de las medicinas —dijo Giada con su voz aguda mientras abría de par en par la puerta del estudio de Antonio—. La abuela dice que vengas, que ya te las ha preparado —añadió con una sonrisa.

Antonio, sentado en su escritorio, se volvió bruscamente. Cuando sonreía de esa manera, Giada se parecía a su madre de un modo impresionante. De vez en cuando, especialmente en los últimos tiempos, Antonio se confundía y se dirigía a Giada llamándola Lorenza.

No había vuelto a ver a su hija desde aquel mes de mayo de 1952. Sin embargo, cada Navidad recibían una postal de felicitación desde Nueva York, llena de signos de exclamación. Y solo con su firma.

—Voy enseguida, pequeña —le respondió—. Por favor, cierra la puerta.

Esperó a que Giada saliera de la habitación y luego, con manos temblorosas, sacó la carta del cajón de su escritorio. Su sobrino Roberto se la había entregado unas horas antes en un sobre blanco que solo decía: «Antonio». Reconoció de inmediato la caligrafía precisa y ondulada de Anna.

—No tengo ni idea de lo que hay escrito. Pero espero verte en el funeral más tarde —le había dicho Roberto antes de irse.

Antonio acarició la carta y la leyó una vez más.

¿Recuerdas la novela que estaba leyendo en Gallipoli? Creo que fue el verano de 1937, cuando pasamos las vacaciones todos juntos en aquella encantadora casita que alquiló Carlo. La novela era Las afinidades electivas, *de Goethe. Me intrigó la pregunta que planteaba, la misma que me estaba haciendo también yo en ese momento: ¿qué sucede cuando se introduce un tercer elemento en una pareja? Incluso entonces, como siempre he hecho, esperaba encontrar la respuesta en un libro. Pero esa vez no ocurrió.*

¿Y sabes por qué? Porque la respuesta la tenía delante de mis ojos: eras tú, que cada mañana de ese verano te levantabas en cuanto oías mis pasos (¿creías que no me daba cuenta?), venías al porche y te sentabas en la tumbona frente a la mía para leer junto a mí. Para estar conmigo.

Bueno, te confesaré algo: en estos años de silencio entre nosotros he seguido subrayando cada libro que he leído y escribiendo mis anotaciones en el margen para ti, incluso sabiendo que nunca las leerías.

Sé que me has odiado, y mucho. No has perdido ninguna oportunidad para hacérmelo saber, desde tus saludos distantes cuando te cruzabas conmigo en el pueblo hasta las miradas torvas que me lanzabas desde lejos o cada vez que te llevaba el correo a la fábrica de aceite y tenía que quedarme en la puerta y dejárselo a la secretaria. Ni siquiera viniste a Lecce a ver la nueva sede de la Casa para las Mujeres...

¿Cuántas energías has gastado en odiarme?

Demasiadas, lo sé. Las mismas que yo he gastado en odiarte a ti.

Sabes, todavía no te he perdonado esa bofetada. Pero también debes saber que no me he perdonado a mí misma las palabras venenosas que te dije esa noche. Y, aun así, nunca pensé en ir a pedirte perdón.

No tuve clara la razón por la que no lo hice hasta hace poco. ¿Sabes?, la enfermedad es como la llave de un candado...

La verdad, mi querido Antonio, es que durante todo este tiempo hemos necesitado odiarnos.

Era la única forma de no traicionar a Carlo.

La verdad, como me dijiste una vez, se encuentra entre líneas.

¿Y sabes qué hay entre las mías? Que corría el riesgo de amarte más de lo que nunca amé a Carlo. Y no podía permitir que eso sucediera. Carlo no se lo merecía.

Ahora ya lo sabes.

Todo ha ido como debía ser.

O al menos eso creo.

Anna

De repente, del otro lado de la ventana, llegó un ligero murmullo e inmediatamente después la voz atronadora del sacerdote comenzó a rezar el Eterno Reposo imponiéndose por encima de los susurros. Antonio se aferró a los apoyabrazos de la silla y se levantó con dificultad. Con pasos lentos y titubeantes, se acercó a la ventana y lentamente apartó la cortina con dos dedos.

El ataúd pasó frente a sus ojos, llevado a hombros por Roberto, Carmine, Nando y otro hombre al que Antonio no conocía, seguido por un cortejo de trajes oscuros y cabezas inclinadas. Antonio entornó los ojos y escudriñó la procesión: reconoció a la esposa de Roberto, Maria, y luego a Giovanna, Elena, Chiara del brazo de su esposo, y también a Melina, y a Michela, que había sido su secretaria durante unos meses, y muchas muchas mujeres a las que nunca antes había visto.

En el féretro no había la típica corona de flores, sino la gorra de Anna, la que llevaba el escudo de Correos.

En un instante, en el corazón de Antonio volvió a ser el verano de 1934: aquella tarde de junio, en la plaza desierta soplaba un viento muy cálido y él se sentía feliz porque su hermano Carlo finalmente había regresado a casa. Del autobús azul que lo había traído de vuelta al sur, también bajó la mujer más hermosa que él había visto nunca, con unos ojos del color de las hojas de olivo, unos ojos que él no podía dejar de mirar; y tal vez ella se dio cuenta, porque se sonrojó como una jovencita.

Una ráfaga de viento, repentina e impetuosa, hizo volar la gorra, que desde el féretro fue a caer al suelo, justo a un palmo de la puerta de su casa.

Antonio dio un respingo y, en un instante, corrió la cortina.

AGRADECIMIENTOS

Mi primer agradecimiento es para Lila y Babu, por estar presentes en cada palabra escrita y cada golpe de teclado, invariablemente acurrucados en mis piernas en invierno y tumbados a mis pies en verano. En los momentos en que la inspiración vacilaba o cuando me enfrentaba a una escena más complicada, todo lo que necesitaba hacer era pasear con ellos en el silencio de los campos salentinos para encontrar las respuestas que buscaba.

Mi segundo agradecimiento es para Fulvio, por nuestra relación basada en los espacios claramente definidos del «yo», del «tú» y del «nosotros»: le doy las gracias por respetar con amor mi tiempo de escritura sin invadirlo nunca. Es una de las muchas razones por las que le contesté: «Sí, me casaré contigo».

Gracias a mi hermana Elisabetta, mi alma gemela, a quien dedico *La cartera*. Apasionada lectora desde el primer borrador, sé que quiere a mis personajes tanto como yo. A veces me dice: «¿Te imaginas qué diría Carlo?» o «Sin duda se merecería una de las respuestas de Anna».

Le doy las gracias a mi madre, Claudia, por haber guardado con devoción los recuerdos de Anna. Es a ella, su nieta favorita, a quien nuestra cartera entregó fotos, tarjetas de visita, morteros y cualquier otra cosa importante para ella. Incluyendo su valiosa receta de pesto genovés.

Gracias a mi padre, Franco, por su firme confianza en cada uno de mis proyectos y su apoyo inquebrantable a mis sueños.

Doy las gracias a Ilaria Gaspari, quien, cuando la novela era solo una idea, un tema de solo tres páginas, me alentó a seguir adelante con su entusiasmo contagioso.

Un abrazo lleno de gratitud y cariño para mi editora, Cristina Prasso. Es gracias a ella que *La cartera* ha encontrado su hogar. Le doy las gracias por todo el amor con el que cuidó de esta historia, por su minuciosa atención, por haber visto antes que yo en qué podía convertirse la novela. Trabajar con ella ha sido un honor, además de un viaje maravilloso del cual ya siento nostalgia.

Gracias de corazón a todo el equipo de Nord por la cálida bienvenida que le dieron a *La cartera* y por llevarla cogida de la mano y hacer que se sintiera segura.

Gracias a la Cantina Leone De Castris por su asesoramiento técnico. El Donna Anna es un cariñoso homenaje al Five Roses y su historia extraordinaria. A lo largo de los años he probado más de un vino, pero el Five Roses sigue siendo mi favorito. Insustituible.

Algunas aclaraciones necesarias antes de concluir: el pueblo de Lizzanello descrito en estas páginas es en realidad una síntesis de varias aldeas del Salento. De cada uno de ellos he tomado prestado un rincón para reflejar de la mejor manera posible el paisaje y el ambiente del territorio; los personajes del pueblo que habitan la novela son completamente fruto de mi imaginación, por lo que cualquier referencia a personas reales que hayan existido es casual e involuntaria; por último, es importante especificar que las circunstancias de la familia Greco se han modificado y replanteado ampliamente por razones narrativas, y la historia que cuento aquí no es su historia.

Finalmente, mi agradecimiento más grande es para Anna, por haber venido a buscarme. Las últimas palabras que pronunció, también confiadas a mi madre, fueron: «No quiero ser olvidada».

No lo serás. Te lo prometo.

ÍNDICE

Esta quinta edición de *La cartera*, de Francesca Giannone,
se terminó de imprimir en Grafica Veneta S.p.A. de Trebaseleghe (PD)
de Italia en enero de 2025. Para la composición del texto
se ha utilizado la tipografía Celeste diseñada por Chris Burke
en 1994 para la fundición FontFont.

Duomo ediciones es una empresa comprometida
con el medio ambiente. El papel utilizado para
la impresión de este libro procede de bosques
gestionados sosteniblemente.

PEFC
PEFC/18-31-226

Este libro está impreso por Grafica Veneta SpA
con un proceso de impresión y encuadernación certificado 100 %
neutro en carbono de conformidad con PAS 2060 BSI.

GRAFICA VENETA
GV CARBON NEUTRAL